DAS GESETZ

JOHN GRISHAM

DAS GESETZ

STORIES

Aus dem Amerikanischen von
Kristiana Dorn-Ruhl, Bea Reiter
und Imke Walsh-Araya

Weltbild

Die amerikanische Originalausgabe erschien 2009
unter dem Titel *Ford County – Stories*
bei Doubleday, New York.

Besuchen Sie uns im Internet:
www.weltbild.de

Genehmigte Lizenzausgabe für Verlagsgruppe Weltbild GmbH,
Steinerne Furt, 86167 Augsburg
Copyright der Originalausgabe © 2009 by Belfry Holdings, Inc.
Copyright der deutschsprachigen Ausgabe © 2010 by Wilhelm Heyne Verlag,
München, in der Verlagsgruppe Random House GmbH
Übersetzung: Kristiana Dorn-Ruhl, Bea Reiter und Imke Walsh-Araya
Umschlaggestaltung: Johannes Frick, Neusäß/Augsburg
Umschlagmotiv: Corbis Images, Düsseldorf (© C. Lyttle)
Gesamtherstellung: CPI – Clausen & Bosse, Leck
Printed in the EU
ISBN 978-3-86800-848-7

2014   2013   2012   2011
Die letzte Jahreszahl gibt die aktuelle Lizenzausgabe an.

Für Bobby Moak

Nachdem *Die Jury* vor über zwei Jahrzehnten erschienen war, wurde mir schmerzhaft bewusst, dass es wesentlich schwieriger ist, Bücher zu verkaufen, als sie zu schreiben. Ich erstand eintausend Exemplare und hatte viel Mühe, sie loszuwerden. Nachdem ich sie im Kofferraum meines Autos gestapelt hatte, fuhr ich los und bot sie in Büchereien, Gartencentern, Urlaubsressorts, Lebensmittelgeschäften, Cafés und einer Handvoll Buchhandlungen an. Häufig begleitete mich mein lieber Freund Bobby Moak auf diesen Reisen.

Es gibt Geschichten, die wir nie erzählen werden.

INHALT

BLUTSBRÜDER 9

RAYMONDS HEIMKEHR 63

DIE FISCHAKTEN 123

DAS CASINO 177

MICHAEL 223

ALTE FREUNDE 265

EIN ORT ZUM STERBEN 331

BLUTSBRÜDER

ALS SICH DIE NACHRICHT von Baileys Unfall in der ländlichen Siedlung Box Hill herumgesprochen hatte, gab es bereits mehrere Versionen. Ein Mitarbeiter der Baufirma hatte seine Mutter angerufen und berichtet, dass Bailey beim Einsturz eines Gerüstes in der Innenstadt von Memphis verletzt worden sei, dass er operiert werde, dass sein Zustand aber stabil und nicht lebensbedrohlich sei. Baileys Mutter, mit über zweihundert Kilo Körpergewicht krankhaft fettleibig und leicht erregbar, fing angesichts dieser Nachricht hysterisch an zu schreien, wodurch ihr ein paar Fakten entgingen. Sie rief Freunde und Nachbarn an, um ihnen die tragische Geschichte zu erzählen, und jedes Mal variierte sie Details oder erfand etwas dazu. Da sie es versäumt hatte, sich die Telefonnummer des Firmenmitarbeiters zu notieren, gab es keine Möglichkeit, die Gerüchte, die sich wie ein Lauffeuer verbreiteten, auf ihren Wahrheitsgehalt hin zu überprüfen.

Einer von Baileys Kollegen, der ebenfalls aus Ford County stammte, rief seine Freundin in Box Hill an und gab eine etwas andere Version der Ereignisse durch: Bailey sei von einem Bulldozer überfahren worden, direkt neben dem Gerüst, und er sei so gut wie tot. Die Ärzte bemühten sich, aber es sehe düster für ihn aus.

Dann rief jemand aus der Verwaltung des Krankenhauses in Memphis bei Bailey zu Hause an und wollte dessen Mutter sprechen. Man sagte ihm, dass sie im Bett liege und zu erregt sei, um zu sprechen, und dass sie deshalb nicht ans Telefon kommen könne. Die Nachbarin, die den Anruf entgegennahm, versuchte, dem Verwaltungsangestellten weitere Einzelheiten zu entlocken, bekam aber nicht viel aus ihm heraus. Auf der Baustelle sei irgendetwas eingestürzt, vielleicht ein Graben, in dem der junge Mann gearbeitet habe, oder so etwas in der Art. Ja, er werde operiert, und das Krankenhaus benötige ein paar Angaben zu seiner Person.

In dem kleinen Backsteinhäuschen von Baileys Mutter herrschte bald reges Gedränge. Am späten Nachmittag waren die ersten Besucher eingetroffen: Freunde, Verwandte und ein paar Pastoren aus den zahlreichen kleinen Kirchengemeinden des Ortes. Die Frauen versammelten sich in Küche und Wohnzimmer und tratschten, während immer wieder das Telefon klingelte, die Männer standen draußen und rauchten. Aufläufe und Kuchen tauchten auf.

Da man nichts zu tun hatte und wenig über Baileys Verletzungen wusste, stürzte man sich auf jeden noch so kleinen Hinweis, analysierte und zerpflückte ihn, um ihn dann an die Frauen im Haus beziehungsweise die Männer draußen weiterzugeben: Ein Bein sei zerquetscht und müsse vermutlich amputiert werden. Bailey habe ein schweres Schädel-Hirn-Trauma erlitten. Er sei mit dem

Gerüst vier Stockwerke hinabgestürzt, vielleicht auch acht. Sein Brustkorb sei zerschmettert worden. Manche der Theorien wurden spontan entwickelt. Hier und da erkundigte sich jemand mit Grabesmiene gar nach der Beerdigung.

Bailey war neunzehn und hatte in seinem kurzen Leben noch nie so viele Freunde und Bewunderer gehabt. Je weiter die Zeit voranschritt, desto mehr liebte ihn die versammelte Gemeinde. Ein guter Junge sei er, hieß es, ein viel besserer Mensch als sein nichtsnutziger Vater, den seit Jahren niemand gesehen hatte.

Baileys Exfreundin erschien und stand bald im Mittelpunkt des Interesses. Sie war aufgeregt und durcheinander und fing immer wieder an zu weinen, vor allem wenn sie von ihrem geliebten Bailey sprach. Als indes die Mutter im Schlafzimmer von ihrer Anwesenheit erfuhr, ließ sie sie vor die Tür setzen und nannte sie eine kleine Schlampe. Die kleine Schlampe gesellte sich zu den Männern draußen, rauchte und flirtete mit ihnen. Irgendwann verabschiedete sie sich mit dem Schwur, dass sie jetzt nach Memphis fahren werde, um ihren Bailey zu besuchen.

Der Cousin einer Nachbarin, der in Memphis lebte, erklärte sich widerstrebend bereit, das Krankenhaus aufzusuchen, um Erkundigungen einzuholen. Sein erster Anruf brachte die Nachricht, dass der junge Mann tatsächlich wegen unterschiedlicher Verletzungen operiert werde, sein Zustand aber offenbar stabil sei. Er habe allerdings viel Blut verloren. Beim zweiten Anruf korrigierte der Cousin ein paar Details zum Unfall. Er habe mit dem Vorarbeiter gesprochen. Bailey sei verletzt worden, als ein Bulldozer das Gerüst gerammt und zum Einstürzen gebracht habe. Dabei sei der arme Junge fünf Meter tief in einen Graben gefallen. Der Bautrupp arbeite an einem sechsstöckigen Bürogebäude in Memphis, Bailey sei dort als Maurergehilfe tätig. Das Krankenhaus lasse noch mindestens vierundzwanzig Stunden keine Besuche zu, aber Blutspenden würden benötigt.

Bailey ein Maurergehilfe? Seine Mutter hatte sich damit gebrüstet, dass er rasch befördert worden und inzwischen stellvertretender Vorarbeiter sei. Doch unter den gegebenen Umständen kam es niemandem in den Sinn, sie auf diese Unstimmigkeit anzusprechen.

Am Abend stand ein Mann im Anzug vor der Tür und stellte sich als eine Art Ermittler vor. Er wurde an einen Onkel verwiesen, den jüngsten Bruder von Baileys Mutter, und bei einem Gespräch unter vier Augen im Garten zückte er die Visitenkarte eines Anwaltsbüros in Clanton. »Die beste Kanzlei im ganzen County«, sagte er. »Wir arbeiten bereits an dem Fall.«

Der Onkel war beeindruckt. Er versprach, einen weiten Bogen um andere Anwälte zu machen – »die versuchen doch nur, die Leute abzuzocken« – und Schadensregulierer zum Teufel zu schicken, falls sich welche meldeten.

Irgendwann kam die Idee auf, nach Memphis zu fahren. Es waren nur zwei Autostunden bis dorthin, aber es hätten ebenso gut fünf sein können. Wer in Box Hill davon sprach, in die Stadt zu fahren, meinte damit Tupelo mit seinen fünfzigtausend Einwohnern. Memphis lag in einem anderen Bundesstaat, in einer anderen Welt, außerdem grassierte dort die Kriminalität. Die Mordrate war ebenso hoch wie in Detroit. Man sah sich das Gemetzel jeden Abend auf Channel 5 an.

Der Zustand von Baileys Mutter verschlechterte sich, sie war auf keinen Fall in der Lage zu fahren, geschweige denn Blut zu spenden. Baileys Schwester lebte in Clanton, aber sie konnte ihre Kinder nicht allein lassen. Morgen war Freitag, ein Arbeitstag, und man war sich einig, dass eine Fahrt nach Memphis und zurück, mit Blutspende und allem, viele Stunden dauern würde. Wann die Spender zurückkämen, ließ sich also nicht abschätzen.

Durch einen weiteren Anruf aus Memphis erfuhr man, dass der Junge nun operiert sei, sich ans Leben klammere und dringend Blut brauche. Als diese Meldung die Männer erreichte, die draußen in der Einfahrt standen, klang sie, als würde der arme Bailey jeden Augenblick das Zeitliche segnen, wenn sich seine Lieben nicht sofort auf den Weg ins Krankenhaus machten, um ihre Venen für ihn zu öffnen.

Rasch fand sich ein Held. Sein Name war Wayne Agnor, ein angeblich enger Freund von Bailey, der von allen Aggie genannt wurde. Er betrieb mit seinem Vater eine Autowerkstatt und konnte sich seine Arbeitszeit frei einteilen, so dass ein kurzer Trip nach Memphis kein Problem für ihn wäre. Außerdem besaß er einen Pick-up, ein aktuelles Dodge-Modell, und behauptete, Memphis wie seine Westentasche zu kennen.

»Ich kann sofort los«, erklärte Aggie den Männern selbstbewusst, und im Haus verbreitete sich die Kunde, dass die Fahrt tatsächlich stattfinden würde. Eine der

Frauen dämpfte die Erwartung, indem sie darauf hinwies, dass mehrere Freiwillige gebraucht würden, denn pro Spender würde immer nur ein halber Liter Blut abgenommen. »Man kann nicht eine Gallone auf einmal spenden«, sagte sie. Die wenigsten hatten jemals Blut gespendet, und der Gedanke an Kanülen und Schläuche machte vielen Angst. In Haus und Vorgarten wurde es still. Besorgte Nachbarn, die noch Augenblicke zuvor Baileys beste Freunde gewesen waren, suchten auf einmal die Distanz.

»Ich fahre mit«, sagte schließlich ein junger Mann, woraufhin er mit Glückwünschen überhäuft wurde. Sein Name war Calvin Marr, und auch er konnte sich seine Zeit frei einteilen, weil er gerade seinen Job in der Schuhfabrik in Clanton verloren hatte und derzeit arbeitslos war. Er hatte panische Angst vor Spritzen, aber die Vorstellung, endlich einmal nach Memphis zu kommen, war verlockend. Es sei ihm eine Ehre, Blut zu spenden, erklärte er.

Aggie fühlte sich bestärkt, nun, da er Anschluss gefunden hatte. »Sonst noch jemand?«, fragte er auffordernd in die Runde.

Allgemeines Raunen hob an, wobei die meisten Männer ihre Schuhspitzen musterten.

»Wir fahren mit meinem Wagen, und ich übernehme den Sprit«, sagte Aggie.

»Wann geht's los?«, fragte Calvin.

»Sofort«, sagte Aggie. »Es ist ein Notfall.«

»Das stimmt«, pflichtete jemand bei.

»Ich werde Roger mitschicken«, bot ein älterer Herr an. Das wurde mit allgemeiner Skepsis aufgenommen.

Roger, der selbst nicht anwesend war, brauchte sich wegen eines Jobs nicht zu sorgen, er hatte es bislang in keinem ausgehalten. Er hatte die Highschool abgebrochen und blickte auf eine wilde Vergangenheit mit Alkohol und Drogen zurück. Immerhin, vor Nadeln sollte er keine Angst haben.

Auch wenn die Männer über Bluttransfusionen wenig wussten, mochten sie sich nicht vorstellen, dass jemand so schwer verletzt sein konnte, dass er Rogers Blut brauchte. »Willst du Bailey umbringen?«, murmelte einer.

»Roger macht das«, sagte sein Vater voller Stolz.

Die große Frage war nur: War er überhaupt clean? Rogers Kampf gegen seine Dämonen war in Box Hill hinlänglich bekannt. Man wusste im Allgemeinen ziemlich genau, wann er auf Drogen war und wann nicht.

»Er ist zurzeit in guter Verfassung«, erwiderte sein Vater, wenn auch ohne rechte Überzeugung. Aber die Not des Augenblicks überwog alle Zweifel, und schließlich sagte Aggie: »Wo ist er?«

»Zu Hause.«

Natürlich war er zu Hause. Roger ging nie irgendwohin. Wohin hätte er auch gehen sollen?

Binnen Minuten hatten die Frauen einen großen Korb mit Sandwiches und anderem Proviant hergerichtet. Aggie und Calvin wurden umarmt und überschwänglich beglückwünscht, als machten sie sich auf den Weg, das Land zu verteidigen. Während sie davonbrausten, um Baileys Leben zu retten, standen alle anderen in der Auffahrt und winkten den tapferen jungen Männern zum Abschied hinterher.

Roger wartete am Briefkasten, und als der Pick-up hielt, steckte er den Kopf durch das Beifahrerfenster und fragte: »Bleiben wir über Nacht?«

»Ist nicht geplant«, sagte Aggie.

»Gut.«

Nach einigem Hin und Her einigten sie sich darauf, dass sich Roger, der Dünnste, zwischen Aggie und Calvin setzen sollte, die beide groß und dick waren. Der Proviantkorb wurde auf seinem Schoß deponiert. Sie hatten Box Hill kaum hinter sich gelassen, da packte Roger bereits das erste Truthahnsandwich aus. Mit siebenundzwanzig war er der Älteste von den dreien, aber die Zeit war nicht eben gnädig mit ihm umgegangen. Er hatte bereits zwei Scheidungen hinter sich und zahlreiche erfolglose Versuche, sich seine diversen Süchte austreiben zu lassen. Er war ausgemergelt und hypernervös, und kaum hatte er das erste Sandwich verschlungen, wickelte er auch schon das zweite aus. Aggie mit seinen hundertfünfundzwanzig Kilo und Calvin mit seinen hundertfünfunddreißig Kilo verzichteten, nachdem sie bei Baileys Mutter zwei Stunden lang Auflauf gegessen hatten.

Bei ihrem ersten Gespräch ging es um Bailey, den Roger kaum kannte, während Aggie und Calvin mit ihm zur Schule gegangen waren. Weil die drei Junggesellen waren, bewegte sich die Unterhaltung bald von ihrem verunfallten Nachbarn weg zum Thema Sex. Aggie hatte eine Freundin und behauptete, alle Vorzüge einer guten Beziehung zu genießen. Roger war angeblich schon mit jeder Bekannten im Bett gewesen und allzeit auf der Jagd. Der schüchterne Calvin war mit einundzwanzig noch Jungfrau, was er jedoch nie zugegeben hätte. Er fabulierte ein paar Eroberungen zusammen, ohne ins Detail zu gehen, und so konnte er weiterhin mitreden. Alle drei übertrieben, und alle drei wussten es.

Als sie die Grenze zu Polk County überquerten, sagte Roger: »Fahr bei Blue Dot raus. Ich muss mal pinkeln.« Aggie hielt an den Zapfsäulen vor einem Laden, und Roger rannte hinein.

»Meinst du, er trinkt?«, fragte Calvin, während sie warteten.

»Sein Daddy sagt, nein.«

»Sein Daddy lügt auch.«

Und tatsächlich tauchte Roger Minuten später mit einem Sixpack Bier wieder auf.

»O Mann«, sagte Aggie.

Als sie wieder auf ihren Plätzen saßen, verließ der Pick-up den Kiesparkplatz und nahm Fahrt auf.

Roger zog eine Dose heraus und bot sie Aggie an, der ablehnte. »Nein danke, nicht, wenn ich fahre.«

»Du kannst nicht fahren, wenn du trinkst?«

»Heute nicht.«

»Und du?« Er hielt Calvin die Dose hin.

»Nein danke.«

»Seid ihr auf Entzug, oder was?«, fragte Roger, während er die Verschlusskappe aufbog. Dann leerte er die halbe Dose in einem Zug.

»Ich dachte, du hättest aufgehört«, sagte Aggie.

»Hab ich auch. Ich hör dauernd auf. Aufhören ist einfach.«

Calvin, der den Proviant jetzt auf dem Schoß hatte, fing aus lauter Langeweile an, an einem Haferkeks zu nagen. Roger leerte die Dose, drückte sie Calvin in die Hand und sagte: »Kannst du sie rausschmeißen?«

Calvin ließ die Fensterscheibe herunter und schleuderte die Dose nach hinten auf die Ladefläche des Pickups. Während er das Fenster schloss, öffnete Roger schon das nächste Bier. Aggie und Calvin tauschten nervöse Blicke.

»Darf man denn Blut spenden, wenn man getrunken hat?«, fragte Aggie.

»Klar«, sagte Roger. »Hab ich schon oft gemacht. Habt ihr mal Blut gespendet?«

Aggie und Calvin gaben widerstrebend zu, dass sie das noch nie getan hatten, und das inspirierte Roger zu einer ausführlichen Beschreibung der Prozedur. »Man muss sich hinlegen, weil die meisten dabei bewusstlos werden. Die verdammte Nadel ist so dick, dass die Leute schon in Ohnmacht fallen, wenn sie sie nur sehen. Man bekommt einen breiten Gummiriemen um den Bizeps geschnallt, und dann stochert die Schwester in der Ellbogenbeuge herum und sucht nach einer dicken, fetten Vene. Am besten schaut man dabei woandershin. In neun von zehn Fällen sticht sie beim ersten Mal daneben – das tut höllisch weh –, dann entschuldigt sie sich, und man verflucht sie stillschweigend. Wenn man Glück hat, erwischt sie die Vene beim zweiten Mal, und wenn es klappt, schießt das Blut in einen Schlauch, der in einen kleinen Beutel führt. Das ganze Zeug ist durchsichtig, so dass man sein eigenes Blut sehen kann. Es ist erstaunlich, wie dunkel Blut ist, fast braun wie Kastanien. Bis ein halber Liter rausgelaufen ist, dauert es eine halbe Ewigkeit, und die ganze Zeit über hält sie die Nadel fest, die in der Vene steckt.« Zufrieden mit seiner Gruselgeschichte, hob Roger die Dose und trank.

Ein paar Meilen fuhren sie schweigend dahin.

Als die zweite Dose leer war, schleuderte Calvin sie ebenfalls nach hinten. Roger öffnete die dritte. »Das Bier hilft«, sagte er und schmatzte mit den Lippen. »Es verdünnt das Blut, so dass es schneller geht.«

Mittlerweile war offensichtlich, dass er die Absicht hatte, den Sixpack so schnell wie möglich zu vernichten. Aggie überlegte, dass es klug wäre, die Alkoholmenge etwas zu reduzieren. Er hatte schlimme Geschichten über Rogers Räusche gehört.

»Ich nehm auch eine«, sagte er. Roger reichte ihm eine Dose.

»Ich auch«, sagte Calvin.

»Na also, geht doch«, sagte Roger. »Ich trinke nicht gern allein. Daran erkennt man einen echten Trinker nämlich.«

Aggie und Calvin tranken maßvoll und langsam, während Roger das Bier weiterhin in sich hineinschüttete. Als der erste Sixpack geleert war, fiel ihm genau zur rechten Zeit ein, dass er mal pinkeln müsse. »Fahr da raus, bei Cully's Barbecue.« Sie befanden sich am Rande der kleinen Stadt New Grove, und Aggie begann sich zu fragen, wie lange die Fahrt wohl dauern würde. Roger verschwand hinter dem Laden, um sich zu erleichtern, dann schlüpfte er hinein und kaufte zwei weitere Sixpacks. Als New Grove hinter ihnen lag und sie wieder über einen dunklen, schmalen Highway rauschten, zogen sie die Verschlüsse auf.

»Schon mal in Memphis in einem Stripclub gewesen?«, fragte Roger.

»Ich bin überhaupt noch nie in Memphis gewesen«, gab Calvin zu.

»Nicht dein Ernst!«

»Doch.«

»Und du?« Roger wandte sich an Aggie.

»Klar war ich schon mal in einem Stripclub«, antwortete Aggie stolz.

»Und in welchem?«

»An den Namen kann ich mich nicht erinnern. Die sind doch alle gleich.«

»Da täuschst du dich«, widersprach Roger scharf und verschluckte sich fast an seinem Bier. »Manche haben super Miezen mit tollen Körpern, andere bloß Nutten vom Straßenstrich, die überhaupt nicht tanzen können.«

Roger setzte zu einem langen Vortrag über legalen Striptease in Memphis an. Früher hätten die Mädchen alles ausziehen dürfen, führte er aus, jeden Fetzen, dann wären sie vor einem auf den Tisch gesprungen und hätten wild getanzt, gezuckt und mit dem Hintern gewackelt, zu lauter Musik, Stroboskoplicht und unter wildem Applaus. Dann seien die Gesetze geändert und Stringtangas vorgeschrieben worden, was manche Clubs ignoriert hätten. Tabledance sei von Lapdance abgelöst worden, was wiederum zu neuen Vorschriften im Hinblick auf den Körperkontakt zu den Mädchen geführt habe.

Als Roger mit seinen historischen Ausführungen fertig war, leierte er die Namen von einem halben Dutzend Nachtclubs herunter, die er angeblich gut kannte, und lieferte einen eindrucksvollen Überblick über deren Stripperinnen. Seine Ausführungen waren detailliert und anschaulich, und als er schließlich geendet hatte, brauchten die beiden anderen noch ein Bier.

Calvin, der in seinem Leben noch herzlich wenig weibliches Fleisch berührt hatte, war völlig in Bann geschlagen. Nebenbei zählte er mit, wie viele Bierdosen Roger leerte, und als die Nummer sechs erreicht war – nach etwa einer Stunde –, wollte er eigentlich etwas sagen. Doch stattdessen lauschte er lieber diesem erfahrenen Mann von Welt, der einen geradezu unstillbaren Durst nach Bier hatte und immer mehr davon in sich hineinschüttete, während er mit erstaunlicher Präzision nackte Mädchen beschrieb.

Schließlich kehrten sie zu ihrem ursprünglichen Thema zurück. Roger sagte: »Bestimmt haben wir nachher noch Zeit, im Desperado vorbeizuschauen, wenn wir im Krankenhaus fertig sind, auf ein paar Drinks und vielleicht einen Tabledance oder zwei.«

Aggie hatte das rechte Handgelenk locker auf dem Lenkrad liegen, in der linken Hand hielt er ein Bier. Er beobachtete die Straße, ohne auf den Vorschlag zu reagieren. Seine Freundin würde ihn anschreien und mit Gegenständen nach ihm werfen, wenn sie erführe, dass er sein Geld in einem Club verprasst hatte, um Stripperinnen anzugaffen. Calvin dagegen war plötzlich ganz aufgeregt. »Das klingt gut«, sagte er voller Vorfreude.

»Klar«, fügte Aggie hinzu, weil ihm nichts anderes übrigblieb.

Aus der Gegenrichtung näherte sich ein Wagen, und kurz bevor er sie passierte, geriet Aggie versehentlich

21

mit dem linken Vorderreifen auf den gelben Mittelstreifen. Er riss den Wagen zurück auf die Fahrbahn. Das andere Auto bremste scharf.

»Das war ein Bulle!«, schrie Aggie. Roger und er wandten sich hastig um und warfen einen Blick auf den anderen Wagen, der abrupt angehalten hatte. Die Bremslichter glühten rot.

»Verdammt, du hast Recht«, sagte Roger. »Einer vom County. Nichts wie weg!«

»Der verfolgt uns«, sagte Calvin in Panik.

»Blaulicht! Blaulicht!«, kreischte Roger. »O Scheiße!«

Instinktiv drückte Aggie das Gaspedal durch, und der große Dodge röhrte über eine Anhöhe. »Bist du sicher, dass das eine gute Idee ist?«, fragte er.

»Fahr zu, verdammt!«, schrie Roger.

»Wir haben haufenweise Bier im Wagen«, fügte Calvin hinzu.

»Aber ich bin nicht betrunken«, beharrte Aggie. »Abhauen macht alles nur noch schlimmer.«

»Wir sind schon längst dabei, abzuhauen«, sagte Roger. »Jetzt geht es nur noch darum, nicht erwischt zu werden.« Mit diesen Worten leerte er eine weitere Dose, als wäre es seine letzte.

Der Pick-up erreichte hundertzwanzig Stundenkilometer, auf dem folgenden flachen Abschnitt des Highways sogar hundertvierzig. »Er kommt schnell näher«, sagte Aggie, der in den Rückspiegel blickte, bevor er die Augen wieder auf den Highway vor sich richtete. »Mit Blaulicht in die Hölle …«

Calvin ließ das Fenster herunter und sagte: »Kommt, wir schmeißen das Bier raus!«

»Nein!«, kreischte Roger. »Spinnst du? Der kriegt uns nicht! Schneller, schneller!«

Der Pick-up raste über eine kleine Anhöhe und wurde dabei fast von der Straße getragen. Dann schlitterte er mit ausbrechendem Heck um eine enge Kurve, und Calvin sagte: »Wir werden uns noch umbringen.«

»Halt's Maul!«, brüllte Roger. »Schaut nach einer Einfahrt, wir verstecken uns.«

»Da ist ein Briefkasten«, sagte Aggie und trat auf die Bremse. Der Deputy lag nur wenige Sekunden zurück, aber sein Wagen war nicht zu sehen. Sie bogen scharf nach rechts ab, und die Lichtkegel des Pick-ups wischten über ein kleines Farmhaus, das sich unter gewaltigen Eichen duckte.

»Licht aus«, befahl Roger, als hätte er solche Situationen schon öfter erlebt. Aggie stellte den Motor ab und schaltete die Scheinwerfer aus. Fast geräuschlos rollte der Wagen über die kurze Auffahrt, ehe er neben einem weiteren Pick-up zu stehen kam. Das Ford-Modell gehörte Mr. Buford M. Gates, wohnhaft Route 5, Owensville, Mississippi.

Der Polizeiwagen flog an ihnen vorbei, mit blinkendem Blaulicht, aber ohne Sirene. Die drei Blutspender hatten sich in ihre Sitze geduckt und hoben die Köpfe erst, als das Signallicht schon längst nicht mehr zu sehen war.

Das Haus, das sie sich ausgesucht hatten, lag dunkel und still da. Offenbar gab es keine Wachhunde. Sogar die Außenlampe an der vorderen Veranda war aus.

»Klasse gemacht«, sagte Roger leise, und sie begannen wieder zu atmen.

»Schwein gehabt«, flüsterte Aggie.

Sie beobachteten das Haus und lauschten in Richtung Highway, und nach ein paar Minuten wundervoller Stille waren sie sich einig, dass sie tatsächlich Glück gehabt hatten.

»Wie lange werden wir jetzt hier festsitzen?«, fragte Calvin schließlich.

»Nicht lange«, erwiderte Aggie, ohne die Fenster des Hauses aus den Augen zu lassen.

»Ich höre ein Auto«, sagte Calvin, und die drei zogen die Köpfe wieder ein. Sekunden später rauschte der Deputy aus der anderen Richtung vorbei, mit Blaulicht, aber ohne Sirene.

»Der verdammte Hurensohn sucht nach uns«, murmelte Roger.

»Klar tut er das«, sagte Aggie.

Als das Geräusch des Polizeiwagens in der Ferne verebbte, setzten sich die drei wieder auf, und Roger sagte: »Ich muss pissen.«

»Nicht hier«, sagte Calvin.

»Mach die Tür auf«, beharrte Roger.

»Kannst du nicht warten?«

»Nein.«

Calvin öffnete vorsichtig die Beifahrertür, stieg aus und sah Roger hinterher, der an Mr. Gates' Ford trat und gegen das rechte Vorderrad pinkelte.

Anders als ihr Mann hatte Mrs. Gates einen leichten Schlaf. Sie war sicher, dass sie draußen etwas gehört hatte, und als sie den letzten Rest Schlaf abgeschüttelt hatte, war sie dessen gewiss. Buford schnarchte schon seit einer Stunde, aber irgendwann gelang es ihr, ihn aus seinen Träumen zu reißen. Er griff unter das Bett und zog eine Flinte hervor.

Roger war noch nicht ganz fertig mit Pinkeln, als im Küchenfenster ein schmaler Lichtstreifen sichtbar wurde. Alle drei sahen ihn sofort. »Lauf!«, zischte Aggie durch die Autoscheibe, dann ergriff er den Schlüssel und drehte ihn im Zündschloss.

Calvin sprang in den Wagen zurück und sagte gepresst: »Los, los, los!«, während Aggie den Rückwärtsgang einlegte und Gas gab. Hastig an seiner Hose zerrend, stolperte Roger auf den Dodge zu. Er schwang sich über die Seitenklappen auf die Ladefläche, landete unsanft zwischen den leeren Bierdosen und klammerte sich fest, während der Wagen die Einfahrt zur Straße entlangholperte. Als sie auf Höhe des Briefkastens waren, ging das Verandalicht an. Auf der Straße kam der Wagen für einen Moment zum Stehen. Da öffnete sich die Vordertür des Hauses, und ein alter Mann stieß das Fliegengitter auf.

»Er hat eine Waffe!«, sagte Calvin.

»Zu schade«, sagte Aggie, rammte den Getriebehebel in die Drive-Stellung und malte eine fünfzehn Meter lange Gummispur auf die Straße, während sie einen filmreifen Blitzstart hinlegten. Eine Meile weiter bog Aggie in eine schmale Querstraße ein und stellte den Motor ab. Sie stiegen aus, streckten sich und lachten angesichts der Beinahekatastrophe. Ihr Lachen war nervös, und sie versuchten sich einzureden, dass sie keine Angst gehabt hätten. Dann überlegten sie, wo der Deputy sein mochte. Schließlich räumten sie die Ladefläche des Pick-ups auf und ließen die leeren

Dosen in einem Graben zurück. Zehn Minuten vergingen, und es gab noch immer kein Anzeichen von dem Deputy.

Aggie sprach das Offensichtliche aus. »Jungs, wir müssen weiter, Memphis wartet.«

Calvin, der vor dem Desperado noch mehr Angst hatte als vor dem Krankenhaus, sagte: »Ja, wir sind spät dran.«

Roger erstarrte mitten auf der Straße. »Ich hab meinen Geldbeutel verloren.«

»Was?«

»Ich hab meinen Geldbeutel verloren.«

»Wo?«

»Muss mir beim Pinkeln rausgefallen sein.«

Die Chancen standen gut, dass Rogers Geldbeutel nichts Wichtiges enthielt – wie Geld, Führerschein, Kreditkarten, irgendwelche Mitgliedskarten. Auf jeden Fall nichts, womit man mehr hätte anfangen können als mit einem benutzten Kondom. Aggie hätte fast nach dem Inhalt gefragt, aber dann tat er es doch nicht, weil er wusste, dass Roger behauptet hätte, das Ding sei voller Schätze.

»Ich muss ihn holen.«

»Ist das dein Ernst?«, fragte Calvin.

»Da ist mein Geld drin, mein Führerschein, meine Kreditkarten und all das Zeug.«

»Aber der Alte hat eine Waffe.«

»Und wenn's hell wird, findet er meinen Geldbeutel, holt den Sheriff, und der ruft den Sheriff von Ford County an, und dann haben sie uns. Du bist schon ganz schön blöd, weißt du?«

»Immerhin hab ich meinen Geldbeutel nicht verloren.«

»Er hat Recht«, sagte Aggie. »Er muss das Ding holen.« Den beiden anderen entging nicht, dass Aggie »er« gesagt hatte und nicht »wir«.

»Du hast doch keine Angst, oder?«, fragte Roger Calvin.

»Ich hab keine Angst, weil ich nämlich nicht zurückfahre.«

»Ich glaub schon, dass du Angst hast.«

»Lass gut sein«, sagte Aggie. »Wir tun Folgendes. Wir warten, bis der Alte wieder im Bett ist, dann fahren wir gemütlich zurück, so nah ans Haus wie möglich, aber nicht zu nah. Wir halten, du schleichst dich die Einfahrt hoch, suchst deinen Geldbeutel, und dann hauen wir ab.«

»Ich wette, in dem Ding ist sowieso nichts drin«, sagte Calvin.

»Und ich wette, da ist mehr drin als in deinem«, gab Roger zurück, während er sich ein Bier aus dem Wagen fischte.

»Lass gut sein«, sagte Aggie erneut.

Sie standen neben dem Wagen, tranken Bier und beobachteten den verwaisten Highway aus sicherer Entfernung. Nach fünfzehn Minuten, die ihnen wie eine Stunde vorkamen, stiegen sie ein, Roger kletterte auf die Ladefläche. Vierhundert Meter vor dem Haus hielt Aggie auf einem flachen Abschnitt der Straße und stellte den Motor ab, damit sie jedes sich nähernde Auto sofort hörten.

»Kannst du nicht dichter ranfahren?«, fragte Roger, als er neben der Fahrertür stand.

27

»Ist doch gleich hinter der Kurve da vorn«, erwiderte Aggie. »Noch dichter, und er könnte uns hören.«

Die drei blickten auf den dunklen Highway. Hinter den Wolken leuchtete hin und wieder der Mond hervor.

»Hast du eine Waffe?«, fragte Roger.

»Ich hab eine«, sagte Aggie, »aber die kriegst du nicht. Du schleichst dich zum Haus, und dann kommst du zurück. Ein Kinderspiel. Der Alte schläft bestimmt längst wieder.«

»Du hast doch keine Angst, oder?«, fragte Calvin voller Anteilnahme.

»Quatsch.« Und damit verschwand Roger in die Dunkelheit. Aggie ließ den Pick-up an und wendete mit ausgeschalteten Scheinwerfern, damit er in Fahrtrichtung stand. Er stellte den Motor wieder ab, und sie kurbelten die Fenster herunter und begannen zu warten.

»Er hat acht Bier intus«, sagte Calvin leise. »Der ist voll wie ein Eimer.«

»Aber er hat sich im Griff.«

»Alles Übung. Trotzdem, vielleicht erwischt ihn der Alte diesmal.«

»Wär mir ziemlich egal. Bloß wären wir dann auch dran.«

»Warum ist er gleich noch mal mitgefahren?«

»Sei still. Wir müssen auf den Verkehr hören.«

Roger verließ die Straße, als der Briefkasten in Sicht kam. Er sprang in einen Graben und lief geduckt durch ein Bohnenfeld in der Nähe des Hauses. Falls der Alte immer noch Ausschau hielt, würde er sich auf die Einfahrt konzentrieren. Also beschloss Roger, sich von hinten anzuschleichen. Alle Lichter waren aus. Das kleine Haus lag ruhig da, kein Laut war zu hören. Im Schutz der Bäume kroch Roger durch das nasse Gras, bis er den Ford-Pick-up sah. Er verharrte hinter einem Geräteschuppen, um Luft zu holen, und stellte fest, dass er schon wieder pinkeln musste. Nein, sagte er zu sich selbst, das musste jetzt warten. Er war stolz – er hatte es ohne das geringste Geräusch bis hierher geschafft. Dann packte ihn die Angst – was trieb er hier eigentlich? Er atmete tief durch, duckte sich und schlich weiter. Als der Ford zwischen ihm und dem Haus war, ging er auf alle viere und ertastete sich seinen Weg über den Schotterbelag am Ende der Einfahrt.

Weil der Kies unter ihm knirschte, bewegte Roger sich im Zeitlupentempo vorwärts. Er fluchte, als seine Hände nahe dem rechten Vorderrad in Feuchtigkeit langten. Dann fand er seinen Geldbeutel, und mit einem Grinsen steckte er ihn in die rechte Gesäßtasche seiner Jeans. Er hielt kurz inne, machte einen tiefen Atemzug und trat leise den Rückzug an.

In der Stille hörte Mr. Buford Gates alle möglichen Geräusche, auch solche, die nicht real waren. In der Gegend war zurzeit Wild unterwegs, und er nahm an, dass die Tiere auf der Suche nach Gras und Beeren waren. Plötzlich hörte er etwas anderes. Langsam erhob er sich aus seiner Deckung auf der seitlichen Veranda, richtete die Flinte zum Himmel und schoss zweimal in Richtung Mond.

Die Schüsse donnerten in der Ruhe des späten Abends wie Haubitzen, ein unheilverheißendes Dröhnen, das sich meilenweit fortsetzte.

Unten auf dem Highway, nicht weit entfernt, folgte unmittelbar auf die Schüsse das Quietschen von Reifen. Es klang in Bufords Ohren genauso wie das Geräusch, das er zwanzig Minuten zuvor direkt vor seinem Haus gehört hatte.

Die sind noch in der Nähe, dachte er.

Mrs. Gates öffnete die Seitentür. »Buford!«

»Ich glaube, die sind noch in der Nähe«, sagte er und lud die Browning Kaliber .16 nach.

»Hast du sie gesehen?«

»Vielleicht.«

»Was soll das heißen, vielleicht? Worauf hast du denn geschossen?«

»Geh wieder rein, ja?«

Die Tür wurde zugeschlagen.

Roger kauerte unter dem Ford-Pick-up, drückte sich mit angehaltenem Atem die Weichteile und schwitzte heftig, während er fieberhaft überlegte, ob er sich an die Getriebewelle direkt über ihm hängen oder auf dem Schotter wegkrabbeln sollte. Stattdessen rührte er sich nicht vom Fleck. Die dröhnenden Schüsse hallten immer noch in seinen Ohren, und die quietschenden Reifen seiner feigen Freunde ließen ihn lautlos fluchen. Er wagte kaum zu atmen.

Die Tür öffnete sich wieder, und die Frau sagte: »Hier ist eine Taschenlampe. Vielleicht siehst du dann, worauf du schießt.«

»Geh wieder rein und ruf bei der Gelegenheit den Sheriff an.«

Die Tür schlug erneut zu, dann hörte man die Frau gedämpft reden. Kaum eine Minute später war sie zurück. »Ich hab beim Sheriff angerufen. Es heißt, Dudley wäre irgendwo in der Gegend auf Streife.«

»Hol mir die Autoschlüssel«, sagte der Mann. »Ich dreh eine Runde auf dem Highway.«

»Du kannst doch bei Dunkelheit gar nicht fahren.«

»Jetzt hol mir endlich die verdammten Schlüssel.«

Abermals fiel die Tür krachend ins Schloss. Roger versuchte rückwärtszukriechen, aber auf dem Schotter machte er zu viel Lärm. Er bewegte sich vorwärts, in Richtung der Stimmen, aber auch das verursachte Knirschgeräusche. Also beschloss er zu warten. Wenn der Pickup rückwärts losfuhr, würde er bis zum letzten Moment warten, um dann die vordere Stoßstange zu packen und sich ein paar Meter weit ziehen zu lassen, bis er in der Dunkelheit entkommen konnte. Wenn ihn der Alte entdeckte, würde er mehrere Sekunden brauchen, um anzuhalten, seine Waffe zu nehmen, auszusteigen und die Verfolgung aufzunehmen. Dann wäre Roger schon längst im Wald verschwunden. Es war ein Plan, der funktionieren konnte. Ebenso gut könnte es aber auch passieren, dass Roger von den Rädern zermalmt, bis zum Highway mitgeschleift oder von einer Kugel tödlich getroffen wurde.

Buford trat von der seitlichen Veranda und begann mit seiner Taschenlampe zu suchen. Von der Tür aus schrie Mrs. Gates: »Ich hab deine Schlüssel versteckt. Du darfst in der Nacht nicht fahren!«

Braves Mädchen, dachte Roger.

»Besser, du gibst sie mir jetzt.«

»Ich hab sie versteckt.«

Buford brummte im Dunkel vor sich hin.

Der Dodge raste ein paar Meilen weit wie von der Kette gelassen, bis Aggie schließlich vom Gas ging und sagte: »Wir müssen zurück.«

»Warum?«

»Wenn er getroffen wurde, müssen wir erklären, was passiert ist, und uns um die Einzelheiten kümmern.«

»Hoffentlich ist er getroffen worden, und zwar so, dass er nicht mehr reden kann. Wenn er nicht mehr reden kann, kann er uns auch nicht verpfeifen. Komm, wir fahren nach Memphis.«

»Nein.« Aggie wendete, dann fuhren sie schweigend, bis sie wieder an der Nebenstraße angelangt waren, wo sie zuvor gewartet hatten. Unweit eines Zauns saßen sie auf der Motorhaube und überlegten, was sie als Nächstes tun sollten. Es dauerte nicht lange, und sie hörten eine Sirene, dann zischte Blaulicht auf dem Highway vorüber.

»Wenn der Krankenwagen kommt, haben wir ein Riesenproblem«, sagte Aggie.

»Und Roger erst.«

Als Roger die Sirene hörte, geriet er in Panik. Aber während sie näher kam, begriff er, dass sie die Geräusche übertönen würde, die er bei seiner Flucht verursachte. Er griff nach einem Stein, rutschte damit zu einer Seite des Pick-ups und schleuderte ihn in Richtung des Hauses. Etwas wurde getroffen. Mr. Gates sagte: »Was war das?«, und rannte zur Veranda zurück. Roger wand sich wie eine Schlange unter dem Wagen hervor, durch den Urin, den er vorhin hinterlassen hatte, und das feuchte Gras bis zu einer Eiche. In diesem Moment erschien mit lautem Gedröhne Deputy

Dudley auf der Bildfläche. Er stieg auf die Bremse und schlitterte in die Einfahrt, dass Schotter aufspritzte und Staub aufwirbelte. Der Aufruhr rettete Roger. Mr. und Mrs. Gates liefen Dudley entgegen, während Roger sich weiter in die Dunkelheit zurückzog. Binnen Sekunden war er hinter einer Reihe Sträucher, dann an einem alten Schuppen vorbei und schließlich in einem Bohnenfeld verschwunden. Eine halbe Stunde verstrich.

Aggie sagte: »Ich denke, wir sollten zum Haus gehen und denen alles erzählen. Dann wissen wir zumindest, ob er okay ist.«

»Aber die kommen uns bestimmt mit Widerstand gegen die Staatsgewalt und wahrscheinlich auch noch mit Trunkenheit am Steuer.«

»Also, was schlägst du vor?«

»Der Deputy ist bestimmt längst wieder weg. Dass kein Krankenwagen da ist, heißt, dass mit Roger alles okay ist, ganz egal, wo er ist. Ich wette, er hat sich irgendwo verkrochen. Am besten machen wir einen kurzen Abstecher zum Haus, schauen uns um und fahren dann weiter nach Memphis.«

»Ist einen Versuch wert.«

Sie fanden Roger am Straßenrand, Richtung Memphis humpelnd. Nach einem scharfen Wortwechsel beschlossen sie weiterzufahren. Roger nahm wieder seinen Platz in der Mitte ein, Calvin saß an der Tür. Zehn Minuten lang schwiegen sie, die Augen starr geradeaus gerichtet. Alle drei kochten vor Wut.

Rogers Gesicht war zerkratzt und blutig. Er stank nach Schweiß und Urin, und seine Sachen waren voller Schlamm und Schmutz. Nach ein paar Meilen öffnete

Calvin das Fenster, und noch ein paar Meilen weiter sagte Roger: »Mach das Fenster wieder zu.«

»Wir brauchen frische Luft«, erwiderte Calvin.

Sie hielten, um als Balsam für die Nerven einen neuen Sixpack zu besorgen, und nach ein paar Schlucken fragte Calvin: »Hat er auf dich geschossen?«

»Keine Ahnung«, sagte Roger. »Ich hab ihn gar nicht gesehen.«

»Das klang wie eine Kanone.«

»Ihr hättet das mal von da hören sollen, wo ich war.«

Das fanden Aggie und Calvin witzig, und sie lachten los. Roger, der sich inzwischen auch beruhigt hatte, ließ sich von ihrem Lachen anstecken, und bald johlten alle drei über den Alten mit seiner Knarre und seiner Frau, die die Schlüssel versteckt und Roger damit vermutlich das Leben gerettet hatte. Beim Gedanken an Deputy Dudley, der immer noch mit seinem Blaulicht auf dem Highway auf und ab flitzte, mussten sie noch mehr lachen.

Aggie hielt sich an die Nebenstraßen. Als sie unweit von Memphis auf den Highway 78 trafen, rasten sie die Auffahrt hoch, um in den Verkehr auf der vierspurigen Straße einzufädeln.

»Da vorn ist eine Truckerkneipe«, sagte Roger. »Ich muss mich mal waschen.«

Im Laden kaufte er ein T-Shirt mit einem NASCAR-Motiv und eine Kappe, dann wusch er sich auf der Männertoilette Gesicht und Hände. Als er zum Wagen zurückkehrte, waren Aggie und Calvin beeindruckt von seiner Verwandlung. Sie sausten weiter, den hellen Lichtern der Stadt entgegen. Es war jetzt fast zehn Uhr abends.

Die Werbetafeln wurden größer und greller und standen immer dichter. Seit einer Stunde hatten die drei das Desperado nicht mehr erwähnt, aber jetzt wurden sie plötzlich daran erinnert, durch ein aufreizendes Plakat mit einer jungen Frau, die aus den spärlichen Fetzen, die sie trug, förmlich herauszuquellen drohte. Ihr Name war Tiffany, und sie strahlte von einer riesigen Werbetafel herab, die das Desperado als den Herrenclub mit den heißesten Stripperinnen des gesamten Südens anpries. Der Dodge verlangsamte merklich.

Tiffanys nackte Beine schienen mindestens eine Meile lang zu sein, und das hauchdünne Nichts, das sie trug, ließe sich ihr zweifellos mit einem Handgriff vom Leib reißen. Sie hatte wasserstoffblonde Haare, üppige rote Lippen und einen verheißungsvollen Blick. Der Gedanke, dass sie möglicherweise nur ein paar Meilen von hier entfernt arbeitete und dass man sie leibhaftig sehen konnte, war überwältigend.

Der Dodge nahm wieder Fahrt auf. Ein paar Minuten lang sprach keiner. Schließlich sagte Aggie: »Am besten fahren wir gleich zum Krankenhaus. Bailey könnte inzwischen tot sein.«

Baileys Name fiel zum ersten Mal seit Stunden.

»Das Krankenhaus ist über Nacht offen«, sagte Roger. »Die machen nie zu. Meinst du vielleicht, die schließen abends und schicken alle heim?« Um seine Solidarität zu demonstrieren, lachte Calvin herzhaft los.

»Ihr wollt also vorher ins Desperado?«, fragte Aggie kompromissbereit.

»Warum nicht?«, sagte Roger.

»Wär doch was.« Calvin trank Bier und versuchte, sich Tiffany bei der Arbeit vorzustellen.

»Wir bleiben ein Stündchen und fahren dann zum Krankenhaus«, sagte Roger. Nach zehn Bier war er immer noch erstaunlich klar im Kopf.

Der Türsteher beäugte sie misstrauisch. »Zeig mal deinen Ausweis«, brummte er Calvin an, der einundzwanzig war, aber jünger aussah. Aggies Gesicht entsprach seinem Alter. Roger ging mit seinen siebenundzwanzig für vierzig durch. »Mississippi, hm?«, sagte der Türsteher mit unverhohlener Abneigung.

»Jo«, sagte Roger.

»Zehn Dollar.«

»Nur weil wir aus Mississippi sind?«, fragte Roger.

»Nein, Klugscheißer, das zahlt hier jeder. Wenn's dir nicht passt, kannst du ja auf deinen Trecker hüpfen und heimfahren.«

»Bist du zu allen Kunden so freundlich?«, fragte Aggie.

»Jo.«

Sie entfernten sich ein paar Schritte und steckten die Köpfe zusammen, um über den Eintrittspreis zu debattieren und ob sie bleiben sollten oder nicht. Roger erklärte, dass ganz in der Nähe noch ein Club sei, gab aber zu bedenken, dass der Eintritt dort ähnlich hoch sein könnte. Während sie sich im Flüsterton beratschlagten, versuchte Calvin durch die Tür zu spähen, um einen kurzen Blick auf Tiffany zu erhaschen. Er sprach sich dafür aus, zu bleiben, und am Ende war der Entschluss einstimmig.

Drinnen wurden sie von zwei kräftigen Rausschmei-
ßern abgetastet, die sie anschließend in das eigentliche
Lokal führten. In der Mitte des Raumes befand sich eine
runde Bühne mit zwei jungen Frauen – eine weiß, eine
schwarz –, die sich in alle Richtungen rekelten.
Calvin war wie gelähmt bei dem Anblick. Die zehn
Dollar Eintritt waren augenblicklich vergessen.
Ihr Tisch stand kaum sechs Meter von der Bühne entfernt. Der Club war halb voll, das Publikum war jung
und stammte überwiegend aus der Arbeiterklasse. Sie
waren nicht die einzigen Landjungs, die in die Stadt gekommen waren. Ihre Bedienung trug nichts als einen
Stringtanga, und als sie mit einem knappen »Was darf's
sein? Drei Getränke mindestens« vor ihnen auftauchte,
fiel Calvin beinahe in Ohnmacht. So viel sündiges Fleisch
auf einmal hatte er noch nie gesehen.
»Drei Getränke?«, fragte Roger und versuchte, Blick-
kontakt zu halten.
»So sieht's aus«, bestätigte sie.
»Was kostet ein Bier?«
»Fünf Dollar.«
»Und wir müssen drei bestellen?«
»Drei pro Gast. Das sind die Hausregeln. Wenn's euch
nicht passt, könnt ihr das mit den Jungs da besprechen.«
Sie nickte in Richtung der Rausschmeißer, während die
Augen der drei an ihren Brüsten haftenblieben.
Sie bestellten jeder drei Bier und musterten ihre Um-
gebung. Auf der Bühne waren jetzt vier Tänzerinnen.
Sie wanden sich zu stampfenden Rapbeats, die die Wände
erschütterten. Die Bedienungen huschten geschickt zwi-
schen den Tischen hindurch, als müssten sie jederzeit

mit grapschenden Fingern rechnen, sobald sie sich irgendwo zu lange aufhielten. Viele der Gäste waren betrunken und laut, und es dauerte nicht lange, da gab
es den ersten Tabledance. Eine Bedienung kletterte auf
einen Tisch ganz in der Nähe und begann mit ihrem
Programm, während ihr mehrere Trucker Geldscheine
in den String klemmten. Bald knisterten ihre Hüften vor
Dollarnoten.

Ein Tablett mit neun hohen und sehr schmalen Gläsern Bier kam. Das Bier war leichter als leicht und so
verwässert, dass es eher aussah wie verdünnte Limo. »Das
wären dann fünfundvierzig Dollar«, sagte die Bedienung,
woraufhin hektisch und umständlich Hosentaschen und
Brieftaschen durchsucht wurden. Am Ende hatten sie
das Geld beisammen.

»Machst du auch Lapdance?«, fragte Roger die Bedienung.

»Kommt drauf an.«

»Der hier hatte noch nie eine.« Roger deutete auf
Calvin, dessen Herzschlag kurz aussetzte.

»Zwanzig Dollar.«

Roger fand einen Zwanzig-Dollar-Schein, den er ihr
reichte, und im nächsten Augenblick saß sie auch schon
auf Calvin, der mit seinen hundertfünfunddreißig Kilo
genug Schoß für eine ganze Tanzcompagnie geboten
hätte. Amber, wie die aufreizende Nackte hieß, zuckte
und pumpte zu der stampfenden Musik, während Calvin die Augen schloss und sich fragte, was es mit der
wahren Liebe auf sich hatte.

»Streichel ihre Beine«, instruierte Roger, die Stimme
der Erfahrung.

»Nicht anfassen«, sagte Amber streng, während sie ihren Hintern auf Calvins massige Schenkel presste. Ein paar Typen an einem benachbarten Tisch schauten belustigt zu. Bald stachelten sie Amber mit obszönen Gesten an, und sie spielte mit ihrem Publikum.

Wie lange wird dieser Song wohl dauern?, überlegte Calvin. Seine breite, flache Stirn war in Schweiß gebadet.

Plötzlich drehte Amber sich um und pflanzte sich von Angesicht zu Angesicht auf ihn, und für mindestens eine Minute hatte Calvin eine attraktive, bebende, praktisch nackte Frau auf seinem Schoß. Es war eine Erfahrung, die sein Leben verändern würde. Er würde nie wieder derselbe sein.

Bedauerlicherweise ging der Song zu Ende, und Amber sprang auf die Beine, um nach den anderen Tischen zu sehen.

»Du kannst sie nachher nochmal haben«, sagte Roger. »Allein.«

»Wie meinst du das?«, fragte Aggie.

»Die haben hinten kleine Zimmer, wo man die Mädchen treffen kann, wenn sie mit der Arbeit fertig sind.«

»Du lügst.«

Calvin war noch immer sprachlos und glotzte stumm hinter Amber her, die im Club herumging und Bestellungen aufnahm. Doch seine Ohren funktionierten, und in einer Pause zwischen zwei Musikstücken bekam er mit, was Roger sagte. Amber könnte ihm gehören, nur ihm allein, in einem wunderbaren kleinen Hinterzimmer.

Sie tranken das wässrige Bier und sahen zu, wie immer mehr Gäste hereinkamen. Um elf Uhr war der Laden voll, und noch mehr Stripperinnen kamen auf die Bühne oder mischten sich unters Publikum. Calvin beobachtete mit eifersüchtiger Wut, wie sich Amber auf dem Schoß eines anderen Mannes rekelte, kaum drei Meter von ihm entfernt. Mit einem gewissen Stolz bemerkte er, dass sie die Frontalposition nur ein paar Sekunden hielt. Mit mehr Geld in der Tasche hätte er ihr fröhlich immer neue Scheine in den String geklemmt und sich den ganzen Abend lang kneten lassen.

Das Geld allerdings wurde bald ein Problem. Während einer weiteren Pause zwischen Songs und Striptease eröffnete der arbeitslose Calvin: »Ich weiß nicht, wie lange ich hier noch bleiben kann. Das Bier ist ganz schön teuer.«

Das Bier in den Viertellitergläsern war fast leer, und sie hatten die Bedienungen intensiv genug beobachtet, um zu wissen, dass leere Gläser nicht lange auf den Tischen geduldet wurden. Von den Gästen wurde erwartet, dass sie viel tranken, großzügige Trinkgelder gaben und den Mädchen Geld für individuelle Tanzeinlagen zusteckten. Nackte Haut wurde in Memphis teuer zu Markte getragen.

»Ich hab noch etwas Bargeld«, sagte Aggie.

»Ich hab Kreditkarten«, meinte Roger. »Bestell noch eine Runde, ich geh inzwischen pinkeln.« Als er aufstand, schien er zum ersten Mal leicht zu schwanken, dann verschwand er in Rauchschwaden und dem dichten Pulk von Gästen. Calvin winkte Amber heran und bestellte eine weitere Runde. Sie lächelte und zeigte mit einem Zwinkern, dass sie verstanden hatte. Was er sich viel sehnsüchtiger wünschte als das Brackwasser, das man hier zu trinken bekam, war mehr Körperkontakt mit dem Mädchen, das er schon als seines betrachtete. Aber das sollte nicht sein. Er schwor sich, mit doppelter Kraft einen Job zu suchen, Geld zu sparen und Stammgast im Desperado zu werden. Zum ersten Mal in seinem jungen Leben hatte Calvin ein Ziel.

Aggie blickte zu Boden, unter Rogers leeren Stuhl. »Der Blödmann hat das Ding schon wieder verloren.« Er hob den ramponierten Stoffgeldbeutel auf.

»Meinst du, er hat wirklich Kreditkarten?«, fragte Aggie.

»Bestimmt nicht.«

»Schauen wir doch mal nach.« Er sah auf, um sicherzugehen, dass Roger nicht in der Nähe war, und öffnete den Geldbeutel. Da war eine abgelaufene Kundenkarte von einem Supermarkt und eine Sammlung Visitenkarten – zwei von Anwälten, zwei von Kautionsagenten, eine von einer Entzugsklinik und eine von einem Bewährungshelfer. Ordentlich gefaltet und teilweise verdeckt steckte ein Zwanzig-Dollar-Schein dazwischen. »Was für eine Überraschung«, sagte Aggie. »Keine Kreditkarten, kein Führerschein.«

»Und dafür hätte er sich fast über den Haufen schießen lassen«, sagte Calvin.

»Er ist eben ein Vollidiot.« Aggie schloss den Geldbeutel und legte ihn auf Rogers Stuhl.

Das Bier kam, als Roger zurückkehrte und das Portemonnaie wieder einsteckte.

Sie kratzten fünfundvierzig Dollar zusammen und fanden sogar noch drei Dollar Trinkgeld. »Können wir einen Lapdance auf Karte bestellen?«, rief Roger Amber zu.

»Nein, nur gegen Bares«, erwiderte sie im Weggehen.

»Was hast du denn für Kreditkarten?«, fragte Aggie.

»Jede Menge«, sagte Roger großspurig.

Mit immer noch flammendem Schoß sah Calvin seiner geliebten Amber zu, wie sie sich durch das Lokal schlängelte. Aggie beobachtete die Mädchen ebenfalls, aber er hatte auch die Uhr im Blick. Er wusste nicht, wie lange es dauerte, einen halben Liter Blut zu spenden. Es ging auf Mitternacht zu. Und gegen seinen Willen musste er immer wieder an seine Freundin denken und was für einen Aufstand sie machen würde, wenn sie von ihrer kleinen Spritztour erführe.

Rogers Kondition ließ jetzt rapide nach. Seine Augenlider wurden schwer, und sein Kopf drohte ihm auf die Brust zu sinken. »Austrinken«, lallte er mit pelziger Zunge und versuchte aufzustehen. Aber da war nicht mehr viel zu machen. Zwischen den Songs unterhielt sich Calvin mit zwei Männern an einem Nebentisch und erfuhr, dass die berühmte Tiffany donnerstags nicht arbeitete.

Als das Bier ausgetrunken war, sagte Aggie: »Ich geh jetzt. Kommt ihr mit?«

Roger konnte nicht mehr allein stehen, und so schleppten sie ihn mit vereinten Kräften in Richtung Ausgang. Da glitt Amber an ihnen vorbei und sagte zu Calvin: »Verlässt du mich schon?«

Er nickte stumm, weil er kein Wort herausbekam.

»Komm später wieder, ja?«, gurrte sie. »Ich find dich süß.«

Einer der Rausschmeißer packte Roger und half ihm nach draußen. »Wann macht ihr zu?«, erkundigte sich Calvin.

»Um drei«, sagte der Mann und deutete auf Roger. »Aber den braucht ihr nicht wieder mitzubringen.«

»Sag mal, wo ist das Krankenhaus?«, fragte Aggie.

»Welches?«

Aggie sah Calvin an und Calvin Aggie, und es war klar, dass beide keinen blassen Schimmer hatten. Der Rausschmeißer wartete ungeduldig. »Es gibt zehn Krankenhäuser in dieser Stadt. Also, welches?«

»Ähm, das nächste«, stammelte Aggie.

»Das wird das lutherische sein. Kennt ihr euch in der Stadt aus?«

»Klar.«

»Na sicher. Ihr nehmt die Lamar bis zur Parkway, dann die Parkway bis zur Poplar. Es ist direkt hinter der East High School.«

»Danke.«

Der Rausschmeißer verscheuchte sie mit einer Handbewegung und ging wieder hinein. Sie schleppten Roger zum Wagen, stießen ihn hinein und irrten dann eine halbe Stunde lang am Rand der Innenstadt von Memphis herum, auf der hoffnungslosen Suche nach einem lutherischen Krankenhaus. »Bist du sicher, dass es das richtige Krankenhaus ist?«, fragte Calvin mehrmals.

Aggie fand jedes Mal eine andere Variante der Bekräftigung: ja, aber sicher, klar, na logisch.

Als sie sich plötzlich mitten im Zentrum wiederfanden, hielt Aggie neben einem Taxi und sprach den Fahrer an, der hinter dem Steuer schlief. »Hier gibt's kein lutherisches Krankenhaus«, erwiderte er. »Wir haben ein baptistisches, ein methodistisches, ein katholisches, ein Central, das Mercy und noch zwei andere, aber kein lutherisches.«

»Ich weiß, es gibt zehn in Memphis.«

»Sieben, um genau zu sein. Woher kommt ihr?«

»Mississippi. Welches ist denn von hier aus das nächste?«

»Das Mercy. Ist nur vier Straßen entfernt, in der Union Avenue.«

»Danke.«

Sie fanden das Mercy-Krankenhaus und gingen hinein, während der komatöse Roger im Wagen blieb. Die Klinik war eine Sammelstelle für Opfer nächtlicher Verbrechen, häuslicher Gewalt, von Schießereien mit der Polizei und Bandenkriegen, von Drogenmissbrauch und alkoholbedingten Verkehrsunfällen. Fast alle Patienten waren schwarz. Um die Notaufnahme herum schwirrten Krankenwagen und Polizeifahrzeuge. Grüppchen aufgeregter Familienangehöriger streiften suchend durch die gruftartigen Flure. Schreie und Rufe hallten durch das Gebäude, während Aggie und Calvin liefen und liefen, bis sie endlich den Informationsschalter fanden. Eine junge Mexikanerin saß dort, kaute Kaugummi und las in einer Zeitschrift.

»Sind hier auch Weiße zugelassen?«, erkundigte sich Aggie höflich.

Kühl antwortete sie: »Wen suchen Sie denn?«

»Wir sind zum Blutspenden hier.«

»Die Blutspendestelle ist am Ende des Flurs.« Sie deutete mit einem Finger in die entsprechende Richtung.

»Ist da noch offen?«

»Eher nicht. Für wen wollen Sie denn spenden?«

»Ähm, für Bailey.« Aggie schaute Calvin ratlos an.

»Vorname?« Mit dem Blick auf ihren Monitor begann sie, auf ihre Tastatur zu hacken.

Aggie und Calvin tauschten mit gefurchter Stirn einen Blick. »Ich dachte, Bailey wäre sein Vorname«, sagte Calvin.

»Und ich dachte, es wäre sein Nachname. Meistens wird er doch Buck genannt, oder?«

»Stimmt, aber seine Mama heißt mit Nachnamen Caldwell.«

»Wie oft war sie verheiratet?«

Das Mädchen verfolgte das Hin und Her mit offenem Mund.

Aggie sah sie an. »Gibt es hier jemand mit dem Nachnamen Bailey?«

Sie tippte, wartete und sagte dann: »Ein Mr. Jerome Bailey, Alter: achtundvierzig, schwarz, Schussverletzung.«

»Sonst noch jemand?«

»Nein.«

»Und jemand, der mit Vornamen Bailey heißt?«

»Wir registrieren nicht nach Vornamen.«

»Warum nicht?«

Die Schießerei war ein Gefecht zwischen zwei Banden, das eine Stunde zuvor in einer Siedlung im Norden der Stadt ausgebrochen war. Aus irgendeinem Grund hatte es sich auf den Parkplatz des Mercy-Krankenhauses verlagert. Roger, der immer noch schlafend im Auto lag,

45

wurde von einem Schuss in unmittelbarer Nähe unsanft aus dem Alkoholkoma gerissen. Es dauerte ein paar Sekunden, bis sein Gehirn auf Touren kam, dann wurde ihm schlagartig klar, dass schon wieder jemand auf ihn schoss. Er hob den Kopf und äugte vorsichtig durch das Beifahrerfenster, um erschrocken festzustellen, dass er keine Ahnung hatte, wo er sich befand. Da waren Reihen parkender Autos überall, ein großes Parkhaus, alle möglichen Gebäude, und in der Ferne blinkten rote und blaue Lichter.

Dann fielen erneut Schüsse. Roger duckte sich hastig, kippte dabei um und landete im Fußraum, wo er hektisch unter dem Sitz nach irgendeiner Art von Waffe suchte. Wie jeder andere Mann vom Land würde Aggie niemals ungeschützt herumfahren. Roger war sicher, dass sich hier irgendwo eine Waffe befand. Schließlich entdeckte er eine geladene vollautomatische 9-Millimeter-Pistole mit 12-Schuss-Magazin unter dem Fahrersitz. Er streichelte sie, küsste den Lauf und schob sich dann unter das Beifahrerfenster. Aufgebrachte Stimmen erklangen, und er entdeckte ein Auto, zweifellos ein Gangsterfahrzeug, das auf verdächtige Weise über den Parkplatz kreuzte.

Roger feuerte zweimal. Er traf zwar nichts, erreichte aber, dass die schießwütigen Parteien ihr Ziel neu definierten, denn im nächsten Augenblick wurde Aggies Dodge von einem Sturmgewehr unter Beschuss genommen. Die Heckscheibe platzte, und Glassplitter flogen ins Wageninnere und in Rogers lange Haare. Er warf sich zu Boden und versuchte, sich in Sicherheit zu bringen, indem er sich auf der Fahrerseite aus dem

Wagen gleiten ließ und sich geduckt einen Zickzackweg zwischen den unbeleuchteten parkenden Autos hindurchbahnte. Hinter ihm waren nun noch mehr wütende Stimmen zu hören, dann fiel wieder ein Schuss. Unbeirrt verfolgte er seinen Weg weiter, mit gebeugten Beinen, den Kopf auf Höhe der Autoreifen, höllische Schmerzen in den angespannten Waden und Oberschenkeln. Zwischen zwei Autos misslang ihm die Wende, und er krachte gegen die Frontstoßstange eines alten Cadillac. Einen Augenblick lang saß er auf dem Asphalt, horchte, schnaufte, schwitzte, fluchte, blutete aber zumindest nicht. Langsam hob er den Kopf, sah, dass ihn niemand verfolgte, beschloss aber dennoch, kein Risiko einzugehen, und schlug sich weiter zwischen den geparkten Wagen durch, bis er zu einer Straße kam. Ein Auto näherte sich, und er steckte die Pistole in eine der vorderen Hosentaschen.

Selbst für Roger war nicht zu übersehen, dass dieser Teil der Stadt Kriegsgebiet war. Die Häuser hatten schwere Gitter vor den Fenstern. Die Maschendrahtzäune waren mit rasierklingenscharfem Stacheldraht verstärkt, die Nebenstraßen düster und furchteinflößend. In einem kurzen lichten Moment fragte er sich: Was zur Hölle treibe ich hier eigentlich? Allein die Waffe bewahrte ihn davor, in Panik zu geraten. Er schlich den Gehweg entlang, überlegte, was er tun sollte, und beschloss dann, dass es am besten wäre, zum Wagen zurückzukehren und auf die Freunde zu warten. Die Schießerei hatte aufgehört. Vielleicht war die Polizei inzwischen da, und es bestand keine Gefahr mehr. Da hörte er Stimmen hinter sich, und ein rascher Blick zeigte ihm, dass eine Gruppe junger Schwarzer auf seiner Gehwegseite zu ihm aufschloss. Roger beschleunigte seine Schritte. Ein Stein schlug neben ihm ein und sprang ein paar Meter weiter. Sie brüllten ihm nach. Er zog die Waffe aus der Hosentasche, legte den Finger auf den Abzug und ging noch schneller. Vor ihm waren Lichter, und als er um die nächste Ecke bog, stand er auf einem Parkplatz vor einem 24-Stunden-Supermarkt.

Direkt vor dem Eingang parkte ein Wagen, daneben standen ein Mann und eine Frau, beide weiß, die sich anschrien. Als Roger auf der Bildfläche erschien, holte der Mann gerade zu einem Schlag aus. Er traf die Frau auf der Wange. Das klatschende Geräusch war ekelerregend. Roger erstarrte, als die Szene in sein vernebeltes Bewusstsein drang.

Aber die Frau steckte den Treffer gut weg und konterte mit einer unglaublichen Kombination. Sie landete einen rechten Cross, der dem Mann die Lippen aufriss, und zielte dann mit einem linken Aufwärtshaken in seine Weichteile. Er jaulte wie ein verletztes Tier und stürzte sich gekrümmt zu Boden, während Roger einen Schritt näher trat. Die Frau sah Roger an, auf seine Waffe und dann auf die Gang, die sich auf dem dunklen Gehweg näherte. Wenn es irgendwo innerhalb eines Radius von vier Blocks weitere Weiße bei klarem Verstand gab, befanden sie sich mit Sicherheit nicht auf der Straße.

»Ärger?«, fragte sie.

»Glaub schon. Und du?«

»Hab mich schon sicherer gefühlt. Hast du einen Führerschein?«

»Klar.« Roger wollte reflexartig nach seinem Geldbeutel greifen.

»Komm.« Sie hüpfte in den Wagen, und Roger setzte sich ans Steuer, neben seine neue Freundin und Retterin. Er ließ die Reifen quietschen, und schon bald waren sie Richtung Westen unterwegs.

»Wer war der Typ?«, fragte Roger, während er seinen Blick zwischen Straße und Rückspiegel hin- und herwandern ließ.

»Mein Dealer.«

»Dein Dealer!«

»Ja.«

»Sollen wir ihn einfach so liegen lassen?«

»Könntest du vielleicht die Waffe runternehmen?«

Roger stellte mit einem Blick auf seine linke Hand fest, dass er die Pistole immer noch fest in Händen hielt. Er legte sie auf den Sitz zwischen ihnen. Sie griff danach, richtete sie auf ihn und sagte: »Und jetzt Schnauze halten und fahren.«

Die Polizei war fort, als Aggie und Calvin zum Wagen zurückkamen. Sie starrten auf den Schaden und fluchten heftig, als ihnen klarwurde, dass Roger verschwunden war. »Er hat meine Waffe mitgenommen«, sagte Aggie, während er die Sitzunterseite abtastete.

»Verdammter Hurensohn«, wiederholte Calvin mehrmals. »Hoffentlich ist er tot.«

Sie wischten eilig die Glassplitter von den Sitzen und fuhren los, um möglichst schnell aus der Innenstadt herauszukommen. Einen Moment lang diskutierten sie, ob sie Roger suchen sollten, aber sie hatten die Nase voll von ihm. Die Mexikanerin am Infoschalter hatte ihnen den Weg zum Central Hospital beschrieben, dort würden sie Bailey am ehesten finden.

Die Dame am Empfangsschalter des Central Hospital sagte, dass die Blutspendestelle für heute geschlossen sei und erst am nächsten Morgen um acht Uhr wieder öffnen werde. Außerdem gebe es strenge Regeln, nach denen Blutgaben von offensichtlich alkoholisierten Personen nicht angenommen würden. Das Krankenhaus beherberge zurzeit niemanden, der mit Vor- oder Nachnamen Bailey heiße. Als sie sie verabschiedete, tauchte wie aus dem Nichts ein uniformierter Sicherheitsmann auf und bat sie zu gehen. Sie fügten sich, und er begleitete sie zum Ausgang. Sie wünschten einander Gute Nacht, und Calvin fragte: »Wissen Sie, wo wir hier in der Gegend einen halben Liter Blut verkaufen können?«

»In der Watkins ist eine Blutbank, nicht weit von hier.«

»Meinen Sie, die hat noch offen?«

»Ja, sie hat durchgehend geöffnet.«

»Wie kommt man da hin?«, fragte Aggie.

Der Sicherheitsmann zeigte ihnen die Richtung. »Aber passt auf, da gehen die Junkies hin, wenn sie Geld brauchen. Ziemlich übler Laden.«

Die Blutbank war die einzige Adresse in Memphis, die Aggie auf Anhieb fand. Als sie davor hielten, beteten sie, sie wäre geschlossen. Doch sie beteten vergebens. Der Empfangsbereich war ein schmuddeliger kleiner Raum mit einer Reihe Plastikstühle und Zeitschriften, die überall verstreut lagen. Ein nach was auch immer Süchtiger kauerte in Embryonalhaltung in einer Ecke auf dem Boden unter dem niedrigen Tisch und lag offenbar im

Sterben. Am Empfangstresen stand ein grimmig dreinblickender Mann im Chirurgenkittel. »Was wollt ihr?«,
begrüßte er sie feindselig.

Aggie räusperte sich, warf noch einen Blick auf den
Junkie und brachte dann mühsam hervor: »Kaufen Sie
hier Blut?«

»Wir zahlen dafür, wir nehmen es aber auch umsonst.«

»Wie viel?«

»Fünfzig Dollar für einen halben Liter.«

Für Calvin mit seinen restlichen 6,25 Dollar bedeutete das den Eintritt für das Desperado, drei wässrige
Bier und einen weiteren denkwürdigen Lapdance von
Amber. Aggie, der achtzehn Dollar und keine Kredit-
karte in der Tasche hatte, dachte an eine kurze Stipp-
visite im Desperado und Sprit für die Heimfahrt. Den
armen Bailey hatten beide vollkommen vergessen.

Der Mann reichte ihnen zwei Klemmbretter mit For-
mularen. Während sie die freien Felder ausfüllten, fragte
er: »Blutgruppe?«

Ratlose Gesichter.

»Welche Blutgruppe?«

»Die rote«, sagte Aggie, und Calvin lachte laut los.

Der Mann im Kittel verzog keine Miene. »Haben Sie
getrunken?«

»Das eine oder andere Gläschen, ja«, sagte Aggie.

»Aber den Alkohol stellen wir nicht extra in Rechnung«, fügte Calvin hinzu, dann brachen beide in don-
nerndes Gelächter aus.

»Was für eine Nadelgröße?«, fragte der Mann, und
den beiden verging schlagartig das Lachen.

Schriftlich versicherten sie, dass sie keinerlei Allergien oder Erkrankungen hätten.

»Wer ist der Erste?«

Keiner von beiden rührte sich. »Mr. Agnor«, sagte der Mann, »kommen Sie.« Aggie folgte ihm durch eine Tür in einen großen quadratischen Raum mit zwei Betten auf der einen und drei auf der anderen Seite. Auf dem ersten Bett rechts lag eine großbusige Frau in Trainingsanzug und Wanderstiefeln. Ein Schlauch verlief von ihrem Arm abwärts zu einem transparenten Plastikbeutel, der halb voll war mit einer dunkelroten Flüssigkeit. Aggie blickte auf den Schlauch, den Beutel, den Arm und entdeckte schließlich die Nadel, die in der Haut steckte. Er verlor das Bewusstsein und brach unter lautem Gepolter auf dem Fliesenboden zusammen.

Calvin saß auf einem Plastikstuhl nahe dem Ausgang und blätterte nervös eine Zeitschrift durch, während er aus dem Augenwinkel den sterbenden Junkie beobachtete. Als er den Krach aus dem Hinterzimmer hörte, dachte er sich nichts dabei.

Kaltes Wasser und Ammoniak ließen Aggie wieder zu Sinnen kommen, und es gelang ihm schließlich sogar, auf eines der Betten zu klettern, neben dem eine winzige Asiatin stand, den Mund mit weißer Gaze geschützt, und ihm erklärte, dass ihm nichts geschehen werde und er sich keine Sorgen zu machen brauche. »Halten Sie die Augen geschlossen«, sagte sie wiederholt.

»Ich brauch die fünfzig Flocken gar nicht.« In Aggies Kopf drehte sich alles. Sie verstand ihn nicht. Als sie das

Tablett mit den Utensilien neben ihn stellte, reichte ihm ein Blick darauf, um erneut beinahe das Bewusstsein zu verlieren.

»Augen zu, bitte«, sagte sie, während sie seinen linken Unterarm mit Alkohol abrieb, ein Geruch, der ihm Übelkeit verursachte.

»Sie können das Geld gern haben«, sagte er. Sie zog eine große schwarze Augenbinde hervor, legte sie ihm auf das Gesicht, und damit war Aggies Welt von einem Moment auf den anderen vollkommen schwarz.

Als der Mann vom Empfang zurückkam, schnellte Calvin von seinem Sitz hoch. »Kommen Sie mit«, sagte der Mann, und Calvin folgte ihm. Als sie den quadratischen Raum betraten und Calvin auf der einen Seite die Frau mit den Wanderstiefeln und auf der anderen Aggie mit seiner albernen Binde sah, schwanden ihm die Sinne, und er brach ganz in der Nähe der Stelle zusammen, wo noch vor wenigen Minuten Aggie umgefallen war.

»Was sind denn das für Armleuchter?«, fragte die Frau mit den Wanderstiefeln.

»Mississippi«, erklärte der Mann vom Empfang, während er, über Calvin gebeugt, geduldig wartete, bis dieser sich wieder regte. Auch diesmal halfen kaltes Wasser und Ammoniak. Aggie, blind hinter seiner Binde, hörte alles mit.

Am Ende kamen zwei halbe Liter zusammen. Einhundert Dollar wechselten den Besitzer. Um zehn Minuten nach zwei in der Nacht rollte der durchlöcherte Dodge auf den Parkplatz vor dem Desperado, und die zwei geilen Helden machten sich auf, die letzte Stunde der Party mitzufeiern. Arm an Blut, dafür randvoll mit

Testosteron, zahlten sie den Eintrittspreis und sahen sich nach dem Rausschmeißer um, der sie zum lutherischen Krankenhaus geschickt hatte. Er war nicht da. Im Inneren hatte sich das Publikum gelichtet, und die Mädchen waren erschöpft. Eine Stripperin in fortgeschrittenem Alter wippte pro forma ein wenig auf der Bühne herum.

Sie wurden zu einem Platz ganz in der Nähe ihres ersten Tisches geführt, und binnen Sekunden stand Amber vor ihnen. »Was darf's sein, Jungs? Drei Getränke mindestens.«

»Wir sind wieder da«, sagte Calvin stolz.

»Super. Was trinkt ihr?«

»Bier.«

»Alles klar«, sagte sie und verschwand.

»Ich glaube, sie erinnert sich nicht an uns«, sagte Calvin enttäuscht.

»Gib ihr zwanzig Dollar, das wird ihrem Gedächtnis auf die Sprünge helfen«, erwiderte Aggie. »Wirst du Geld für einen Lapdance rauswerfen?«

»Kann schon sein.«

»Du bist genauso hohl wie Roger.«

»Niemand ist so hohl wie Roger. Möchte wissen, wo er jetzt ist.«

»Wahrscheinlich treibt er mit aufgeschlitzter Kehle flussabwärts.«

»Was wird sein Daddy sagen?«

»Ich hoffe, er sagt: ›Der Junge war schon immer ein Schwachkopf.‹ Woher zum Henker soll ich wissen, was er sagen wird? Außerdem, was kümmert dich das?«

Auf der anderen Seite des Raumes saßen ein paar betrunkene Männer in Schlips und Kragen. Einer legte der Bedienung den Arm um die Taille, und sie riss sich blitzartig los. Ein Rausschmeißer erschien, zeigte auf den Mann und sagte:»Finger weg von den Mädchen!« Die Anzugtypen brüllten vor Lachen. Es war alles ein großer Spaß.

Als Amber die sechs Bier vor sie stellte, platzte Calvin heraus:»Wie wär's mit einem Lapdance?«

Sie runzelte die Stirn.»Später vielleicht. Ich bin ziemlich müde.« Damit verschwand sie wieder.

»Sie versucht, dein Geld für dich zu sparen«, sagte Aggie. Calvin war am Boden zerstört. Stundenlang hatte er immer wieder den kurzen Augenblick durchlebt, als Amber sich auf seinen ausladenden Schoß geschwungen und munter zur Musik gezuckt hatte. Er konnte sie förmlich spüren, ihr billiges Parfüm riechen.

Eine ziemlich dicke und wabbelige junge Frau erschien auf der Bühne und begann mit einer erbärmlichen Darbietung. Sie stand recht schnell unbekleidet da, fand aber trotzdem kaum Beachtung.»Das muss die Friedhofsschicht sein«, sagte Aggie. Calvin war mit den Gedanken woanders. Seine Augen folgten Amber, die sich durch den Club schlängelte. Sie bewegte sich eindeutig langsamer. Der Feierabend war nicht mehr weit.

Sehr zu Calvins Missfallen konnte einer der Anzugtypen Amber zu einem Lapdance bewegen. Sie fand zu ihrem alten Enthusiasmus zurück und war alsbald konzentriert bei der Arbeit, während die Männer allerlei Kommentare abgaben. Sie war von volltrunkenen Gaffern umrundet. Der, auf dem sie saß, verlor schließlich die Beherrschung. Gegen die Hausordnung und eine Verordnung der Stadt Memphis streckte er beide Hände vor und packte ihre Brüste. Ein großer Fehler.

Kaum eine Sekunde später passierten mehrere Dinge gleichzeitig. Ein Kamerablitz flammte auf, und jemand schrie: »Sittenpolizei, Sie stehen unter Arrest!« Unterdessen sprang Amber vom Schoß des Mannes und kreischte etwas über widerliche Griffel. Da die Rausschmeißer den Vorfall aus nächster Nähe beobachtet hatten, waren sie sofort zur Stelle. Zwei Polizisten in Zivil eilten hinzu. Der eine hielt eine Kamera, und der andere sagte immer wieder: »Sittenpolizei Memphis, Sittenpolizei Memphis.«

Jemand schrie: »Polizei!« Dann gab es Geschiebe und Gedränge und jede Menge wilde Flüche. Die Musik hörte abrupt auf. Die Gäste zogen sich zurück. Amber geriet ins Stolpern und stürzte über einen Stuhl. Sie ließ ein affektiertes, theatralisches Geheul hören, was Calvin veranlasste, sich in das Getümmel zu stürzen und zum ersten Fausthieb auszuholen. Er traf den Anzugträger, der sein Mädchen begrapscht hatte, und zwar ziemlich hart auf den Mund. Im selben Moment begannen mindestens elf erwachsene Männer, die Hälfte davon schwer alkoholisiert, wahllos in alle Richtungen loszuboxen. Calvin wurde von einem Rausschmeißer hart getroffen, woraufhin sich auch Aggie einmischte. Die Anzugtypen prügelten wild auf Rausschmeißer, Polizisten und die Jungs vom Land ein. Jemand warf ein Glas Bier, das auf der anderen Seite des Raumes neben dem Tisch einer Gruppe Motorradfahrer mittleren Alters einschlug. Die Biker hatten bis dahin nichts weiter getan, als jeden anzufeuern, der zu einem Hieb ausholte. Das berstende Glas allerdings gefiel ihnen gar nicht, und sie gingen zum Angriff über. Draußen vor dem Club hielten sich unterdessen geduldig zwei uniformierte Polizisten bereit, um die Opfer der Razzia abzuführen. Als sie den Tumult im Inneren hörten, gingen sie hinein, und nachdem sie begriffen hatten, dass eine regelrechte Massenschlägerei ausgebrochen war, zogen sie reflexartig ihre Schlagstöcke und hielten Ausschau nach dem nächsten geeigneten Schädel. Aggie war der Erste, der ihnen in die Quere kam, und während er schon auf dem Boden lag, prügelten die Polizisten sinnlos auf ihn ein. Die billigen Tische und Stühle zerbarsten. Zwei der Biker schnappten sich Holzbeine und gingen auf die Rausschmeißer los. Die Keilerei tobte immer weiter, neue Koalitionen bildeten sich, Körper prallten zu Boden. Die Verluste nahmen zu, bis Rausschmeißer und Polizei die Oberhand gewannen und schließlich die Gegner überwältigten – Anzugträger, Biker, die Jungs aus Ford County und noch ein paar andere, die sich den Spaß nicht entgehen lassen wollten. Blut war überall – auf dem Boden, auf Hemden und Jacken, vor allem aber auf Gesichtern und Armen.

Weitere Polizisten trafen ein, dann kamen die Krankenwagen. Aggie war bewusstlos und verlor viel Blut aus seinem ohnehin reduzierten Vorrat. Die Sanitäter fanden seinen Zustand besorgniserregend und verfrachteten ihn in den ersten Krankenwagen. Er wurde zum Mercy-Krankenhaus abtransportiert. Einer der Anzugträger hatte auch ein paar Hiebe von einem Schlagstock abbekommen und war ebenfalls ohne Bewusstsein. Er wurde in den zweiten Krankenwagen gebettet. Calvin bekam Handschellen angelegt und wurde auf den Rücksitz eines Polizeiwagens gestoßen, wo er auf einen aufgebrachten Mann in grauem Anzug und weißem Hemd traf, beides blutverschmiert.

Calvins rechtes Auge war zugeschwollen. Durch das linke erspähte er Aggies Pick-up, der einsam auf dem Parkplatz stand.

Fünf Stunden später durfte Calvin endlich von einem öffentlichen Telefon aus seine Mutter in Box Hill anrufen. Ohne sich lange mit Details aufzuhalten, erklärte er, dass er im Gefängnis sei, wegen gefährlicher Körperverletzung an einem Polizeibeamten angeklagt werde, was, einem seiner Zellengenossen zufolge, bis zu zehn Jahren Haft bedeuten könne, und dass Aggie mit eingeschlagenem Schädel im Mercy-Krankenhaus liege. Von Bailey war nicht die Rede.

Der Anruf schlug Wellen in der kleinen Gemeinde, und binnen einer Stunde war ein Wagen voller Freunde unterwegs nach Memphis, um den Schaden zu begutachten. Sie erfuhren, dass Aggie eine Operation überstanden hatte, bei der ein Blutgerinnsel aus seinem Hirn entfernt worden war, und dass er ebenfalls wegen gefährlicher Körperverletzung an einem Polizeibeamten angeklagt war. Ein Arzt sagte der Familie, dass er mindestens eine Woche im Krankenhaus bleiben müsse. Die Familie war nicht krankenversichert. Sein Auto war von der Polizei beschlagnahmt worden, und um es wiederzubekommen, waren scheinbar kaum zu bewältigende bürokratische Hindernisse zu überwinden.

Calvins Angehörige erfuhren, dass seine Kaution auf fünfzigtausend Dollar festgelegt worden sei, eine Summe, die sie niemals aufbringen konnten. Er werde von einem Pflichtverteidiger vertreten, bis sie genügend Geld zusammenhätten, um in Memphis einen Rechtsanwalt zu engagieren. Am späten Freitagnachmittag durfte schließlich ein Onkel zu Calvin ins Gefängnis, wo sie sich im Besucherraum trafen. Calvin trug einen orangefarbenen Overall und orangefarbene Gummilatschen und sah grauenvoll aus. Sein Gesicht war blau verfärbt und geschwollen, sein rechtes Auge immer noch geschlossen. Er hatte Angst und war deprimiert und lieferte kaum Detailinformationen.

Von Roger gab es immer noch keinen Hinweis.

Nach zwei Tagen im Krankenhaus ging es Bailey besser. Sein rechtes Bein war lediglich gebrochen und nicht zertrümmert, ansonsten hatte er nur harmlose Schnittwunden und Blutergüsse davongetragen, und sein Brustkasten schmerzte. Sein Arbeitgeber organisierte einen Krankenwagen, und am Samstagmittag um zwölf verließ Bailey das methodistische Krankenhaus in Memphis, um auf direktem Weg ins Haus seiner Mutter in Box Hill überführt zu werden, wo er wie ein Kriegsheimkehrer empfangen wurde. Erst nach Stunden bekam er berichtet, welche Mühen seine Freunde auf sich genommen hatten, um für ihn Blut zu spenden.

Acht Tage später kam Aggie zur Erholung nach Hause. Sein Arzt rechnete mit einer vollständigen Genesung, die aber Zeit brauchen werde. Seinem Anwalt war es gelungen, die Anklage auf einfache Körperverletzung zu reduzieren. Angesichts der Verletzungen, die ihm die Polizisten beigebracht hatten, erschien es nur fair, Aggie milde zu behandeln. Seine Freundin kam kurz vorbei, allerdings nur um Schluss zu machen. Die Legende von der Fahrt nach Memphis und der Schlägerei im Stripclub würde für immer an ihm hängenbleiben, und sie wollte damit nicht in Verbindung gebracht werden. Außerdem hielten sich hartnäckige Gerüchte, dass Aggie vielleicht doch einen leichten Gehirnschaden davongetragen haben könnte, und sie hatte schon den nächsten Kerl im Visier.

Drei Monate später kehrte Calvin nach Ford County zurück. Sein Anwalt hatte einen Deal ausgehandelt, der die gefährliche Körperverletzung in ein leichtes Vergehen umwandelte. Dafür musste Calvin drei Monate im Strafcamp von Shelby County ableisten. Er war davon nicht gerade begeistert, aber die Aussicht, der Polizei von Memphis vor Gericht zu begegnen, war auch alles andere als verlockend. Und wäre er der gefährlichen Körperverletzung für schuldig befunden worden, hätte er Jahre im Gefängnis verbracht.

Zur allgemeinen Verwunderung wurde in den Tagen nach diesem Aufruhr keineswegs die blutige Leiche von Roger Tucker in einer dunklen Gasse von Memphis aufgefunden. Ganz im Gegenteil. Er wurde überhaupt nicht gefunden. Nicht dass irgendjemand aktiv nach ihm gesucht hätte. Einen Monat nach dem Memphis-Trip rief er seinen Vater aus der Nähe von Denver von einem öffentlichen Telefon aus an. Er behauptete, dass er allein per Anhalter durch die Gegend streife und viel Spaß dabei habe. Zwei Monate später wurde er in Spokane im Bundesstaat Washington wegen Ladendiebstahls festgenommen und verbrachte daraufhin dort sechzig Tage in einem Gefängnis.

Es verging fast ein Jahr, ehe Roger nach Hause kam.

Raymonds heimkehr

MR. MCBRIDE FÜHRTE SEINE POLSTEREI im alten Eiskeller in der Lee Street, nur ein paar Straßen entfernt vom zentralen Platz der Stadt Clanton. Zum Abholen und Liefern seiner Sofas und Sessel benutzte er einen weißen Ford-Transporter, auf dem in großen schwarzen Buchstaben der Schriftzug »McBride Upholstery« prangte, darunter eine Telefonnummer und die Adresse. Der Wagen, immer sauber geputzt und nie zu schnell unterwegs, war ein vertrauter Anblick in Clanton. Mr. McBride war ziemlich bekannt, weil er der einzige Polsterer in der Stadt war. Er verlieh sein Auto selten, obwohl er ständig Anfragen bekam. Üblicherweise antwortete er höflich: »Nein. Ich habe Liefertermine.«

Zu Leon Graney allerdings sagte er Ja, und zwar aus zwei Gründen. Erstens waren die Umstände, die mit der Bitte zusammenhingen, einigermaßen ungewöhnlich, und zweitens war Leons Chef in der Lampenfabrik ein Cousin dritten Grades. Und da Kleinstadtbeziehungen nun eben so sind, wie sie sind, stand Leon Graney an einem heißen Mittwochnachmittag Ende Juli pünktlich um vier Uhr wie verabredet vor der Polsterei.

Die meisten Bewohner von Ford County hörten regelmäßig Radio, und es war weitläufig bekannt, dass es bei den Graneys nicht gut lief.

Mr. McBride ging mit Leon zum Wagen, übergab ihm die Schlüssel und sagte: »Pass gut darauf auf.«

Leon nahm den Schlüssel. »Herzlichen Dank.«

»Ich hab vollgetankt. Sollte für Hin- und Rückweg reichen.«

»Was bin ich Ihnen schuldig?«

Mr. McBride schüttelte den Kopf und spuckte auf den Kies neben dem Transporter. »Nichts. Das geht auf mich. Bring ihn vollgetankt wieder.«

»Mir würde es bessergehen, wenn ich Ihnen was dafür geben könnte«, protestierte Leon.

»Nein.«

»Also dann, vielen Dank noch mal.«

»Morgen gegen zwölf brauch ich ihn wieder.«

»Dann wird er wieder da sein. Kann ich meinen Wagen hierlassen?« Leon nickte in Richtung eines alten japanischen Pick-ups, der auf dem Grundstück parkte, eng verkeilt zwischen zwei anderen Wagen.

»Kein Problem.«

Leon öffnete die Tür des Transporters und stieg ein. Er ließ den Motor an und justierte den Sitz und die Spiegel. Mr. McBride trat an die Fahrertür, zündete sich eine filterlose Zigarette an und musterte Leon von der Seite. »Manche von den Leuten hier finden es nicht in Ordnung, weißt du«, sagte er.

»Danke. Aber den meisten ist es egal.« Leon war mit den Gedanken woanders und hatte keine Lust auf Smalltalk.

»Ich persönlich finde es auch nicht in Ordnung.«

»Danke. Ich bin morgen vor zwölf wieder da«, sagte Leon leise, dann stieß er mit dem Wagen zurück und lenkte auf die Straße hinaus. Er rückte sich auf seinem Sitz zurecht, testete die Bremsen und beschleunigte vorsichtig, um zu sehen, was der Motor an Leistung brachte. Zwanzig Minuten später war er schon weit von Clanton entfernt, inmitten der Hügellandschaft im Norden von Ford County. Hinter der kleinen Siedlung Pleasant Ridge wechselte der Straßenbelag zu Schotter, und die Häuser wurden kleiner und lagen weiter auseinander. Leon bog in eine kurze Einfahrt ein. Sie führte zu einem würfelförmigen Häuschen, an dessen Türen Unkraut wucherte und dessen Bitumenschindeldach dringend erneuert gehörte: das Zuhause der Graneys. Hier war er mit seinen Brüdern zusammen aufgewachsen, es war die einzige Konstante in ihrem traurigen und chaotischen Leben. Eine klapprige Rampe aus Pressholz lag vor der Seitentür, damit seine Mutter, Inez Graney, mit dem Rollstuhl hinauf- und hinabfahren konnte.

Als Leon den Motor abstellte, öffnete sich die Seitentür, und Inez rollte auf die Rampe heraus. Hinter ihr folgte die wuchtige Gestalt ihres mittleren Sohnes Butch, der immer noch bei seiner Mutter lebte, weil er nie woanders gelebt hatte, jedenfalls nicht in der freien Welt. Sechzehn von seinen sechsundvierzig Jahren hatte er hinter Gittern verbracht, und man sah ihm die kriminelle Karriere an – langer Pferdeschwanz, Ohrstecker, jede Menge Gesichtsbehaarung, massive Oberarme und eine Sammlung billiger Tätowierungen, die ihm ein Gefängniskünstler gegen Zigaretten gemacht hatte. Trotz seiner Vergangenheit ging Butch mit seiner Mutter und ihrem Rollstuhl liebevoll und sorgsam um. Er sprach leise mit ihr, während sie die Rampe passierten. Leon sah wartend zu, ehe er zur Rückseite des Transporters ging und die zweiflüglige Türe öffnete. Zusammen mit Butch hob er die Mutter vorsichtig hoch und setzte sie auf der Ladefläche ab. Butch schob sie bis zu der halbhohen Abtrennung, vor der die beiden Frontsitze im Boden verankert waren. Leon befestigte den Rollstuhl mit Packband, das jemand bei McBride im Wagen liegengelassen hatte, und als Inez sicher saß, stiegen ihre Söhne ein. Die Fahrt konnte beginnen. Innerhalb weniger Minuten waren sie wieder auf der Asphaltstraße und fuhren einer langen Nacht entgegen.

Inez war zweiundsiebzig, dreifache Mutter, mindestens vierfache Großmutter, eine einsame, alte Frau mit nachlassender Gesundheit, die sich nicht erinnern konnte, wann es das Schicksal zuletzt gut mit ihr gemeint hatte. Obwohl sie sich selbst seit fast dreißig Jahren als alleinstehend betrachtete, war sie, zumindest soweit sie wusste, nie offiziell von dem miesen Kerl geschieden worden, der sie mit siebzehn praktisch vergewaltigt und mit achtzehn geheiratet hatte, dem Vater ihrer drei Söhne, der zum Glück recht schnell von der Bildfläche verschwunden war. Wenn sie hin und wieder betete, vergaß sie nie, die aufrichtige Bitte anzufügen, dass Ernie sich von ihr fernhalten möge und dort bleiben solle, wohin ihn sein erbärmliches Leben geführt habe, sofern dasselbe nicht schon auf irgendeine schmerzliche Weise geendet hatte. Davon träumte sie in Wahrheit, auch wenn sie den Herrn nicht zu bitten wagte, dafür Sorge zu tragen. Ernie war an allem schuld – an ihrem schlechten Gesundheitszustand, ihrer Armut, ihrem primitiven Leben, daran, dass sie in völliger Abgeschiedenheit lebte, keine Freunde hatte und von ihrer eigenen Familie verachtet wurde. Was sie ihm jedoch am meisten verübelte, war die verabscheuungswürdige Art und Weise, wie er seine Söhne behandelt hatte. Sie im Stich zu lassen, war eine Gnade gewesen nach den jahrelangen Misshandlungen.

Als sie den Highway erreicht hatten, brauchten alle eine Zigarette. »Ob das McBride was ausmacht, wenn wir hier drin rauchen?«, fragte Butch. Er konsumierte drei Päckchen am Tag und nestelte schon die ganze Zeit an seiner Hosentasche herum.

»Hier ist schon mal geraucht worden«, sagte Inez. »Es muffelt wie in einem Teerloch. Ist die Klimaanlage an, Leon?«

»Ja, aber man merkt nichts davon, wenn die Fenster offen sind.«

Ohne weitere Rücksicht darauf, ob Mr. McBride das Rauchen in seinem Wagen gestattete oder nicht, pafften sie alsbald bei geöffneten Fenstern, während der warme Wind hereinfuhr und im Inneren herumwirbelte. Sobald er im Wagen war, konnte er nirgends mehr hinaus, es gab keine anderen Öffnungen, keine Lüftungsschlitze, und so fegte er hin und her und umtoste die drei Graneys, die stur auf die Straße blickten und rauchten, als wäre alles andere unbedeutend, während der Transporter über den Highway holperte. Butch und Leon hielten gelegentlich ihre Kippen nach draußen, damit der Wind die Asche wegblies. Inez klopfte sie vorsichtig in ihre gekrümmte linke Hand.

»Wie viel wollte McBride für das Ausleihen?«, fragte Butch, der auf der Beifahrerseite saß.

Leon schüttelte den Kopf. »Nichts. Er hat sogar vollgetankt. Meinte, dass er es nicht in Ordnung findet. Und dass andere es auch nicht in Ordnung finden.«

»Weiß nicht, ob ich das glaube.«

»Ich glaub's nicht.«

Als die drei Zigaretten geraucht waren, kurbelten Leon und Butch die Fenster hoch und drehten an Klimaanlage und Lüftung herum. Zunächst blies nur heiße Luft heraus, und es vergingen Minuten, bis es kühler wurde. Alle drei schwitzten.

»Geht's dir gut da hinten?«, fragte Leon mit einem Blick über die Schulter und lächelte seiner Mutter zu.

»Mir geht's bestens. Danke. Funktioniert die Klimaanlage?«

»Ja, es wird schon kühler.«

»Ich merke nichts.«

»Sollen wir halten und Wasser trinken oder so?«

»Nein. Nur schnell weiter.«

»Ich könnte ein Bier vertragen«, sagte Butch. Als hätten sie schon mit so etwas gerechnet, schüttelte Leon sofort den Kopf, und Inez stieß ein nachdrückliches Nein aus.

»Es wird nicht getrunken«, sagte sie, und damit war der Fall erledigt. Als Ernie die Familie vor Jahren verlassen hatte, hatte er nichts mitgenommen außer seiner Flinte, ein paar Klamotten und sämtlichen Schnaps aus seinem persönlichen Vorrat. Er war gewalttätig gewesen, wenn er betrunken war. Seine Söhne hatten schwere Narben davongetragen, körperlich und seelisch. Leon,

68

der Älteste, hatte die Brutalität stärker mitbekommen als seine jüngeren Brüder, und als kleiner Junge hatte er Alkohol mit den Schrecken eines hemmungslosen Vaters gleichgesetzt. Er hatte sein Leben lang keinen Tropfen angerührt, später allerdings andere Laster für sich entdeckt. Butch dagegen trank schon seit seiner frühen Teenagerzeit, wobei er sich nie hatte hinreißen lassen, Alkohol ins Haus seiner Mutter zu schleusen. Raymond, der Jüngste, hatte sich eher an Butch orientiert als an Leon.

Um von diesem unerfreulichen Thema abzulenken, fragte Leon seine Mutter nach einer Freundin aus der Nachbarschaft, eine alte Jungfer, die seit Jahren an Krebs litt. Wie gewöhnlich wurde Inez munter, wenn es um die Zipperlein und Behandlungen ihrer Nachbarn oder um ihre eigenen ging. Die Klimaanlage setzte sich schließlich durch, und die drückende Feuchtigkeit im Inneren begann nachzulassen. Als Butch zu schwitzen aufgehört hatte, angelte er sich eine Zigarette aus der Tasche, zündete sie an und öffnete das Fenster einen Spaltbreit. Sofort stieg die Temperatur. Bald rauchten alle drei wieder, und die Fenster wurden immer weiter gesenkt, bis die Luft von Hitze und Rauch erfüllt war.

Als sie zu Ende geraucht hatten, sagte Inez zu Leon: »Raymond hat vor zwei Stunden angerufen.«

Das war keine Überraschung. Seit Tagen rief Raymond ständig an, immer per R-Gespräch, und nicht nur seine Mutter. Leons Telefon klingelte so oft, dass seine (dritte) Frau sich inzwischen weigerte abzunehmen. Auch andere in der Stadt lehnten es ab, die Gebühren zu übernehmen.

»Was hat er gesagt?«, fragte Leon, aber nur weil er irgendetwas erwidern musste. Er wusste, was Raymond gesagt hatte, vielleicht nicht wörtlich, aber sinngemäß.

»Es sieht echt gut aus, hat er gesagt, und dass er wahrscheinlich das ganze Anwaltsteam, das er gerade hat, rausschmeißen und ein neues beauftragen muss. Du kennst ihn ja. Er erzählt den Anwälten, was sie tun sollen, und die überschlagen sich dann für ihn.«

Ohne den Kopf zu wenden, warf Butch Leon einen finsteren Blick zu, den dieser erwiderte. Beide schwiegen, denn es gab dazu nichts zu sagen.

»Er meinte, sein neues Team kommt von einer Kanzlei aus Chicago, die tausend Anwälte hat. Könnt ihr euch das vorstellen? Tausend Anwälte, die alle für Raymond arbeiten. Und er allein sagt ihnen, was sie machen sollen.«

Wieder ein Blickwechsel zwischen Fahrer und Beifahrer, der Inez wegen ihres fortgeschrittenen grauen Stars entging. Wenn sie mitbekommen hätte, wie sich ihre beiden Ältesten ansahen, wäre sie alles andere als erfreut gewesen.

»Er meinte, sie hätten gerade irgendeinen neuen Beweis entdeckt, der in der Verhandlung hätte vorgelegt werden sollen, aber Polizei und Staatsanwaltschaft hätten ihn unterschlagen, und mit diesem neuen Beweis, meint er, könnte es gut sein, dass der Prozess neu aufgerollt wird, und zwar wieder hier in Clanton, wobei er nicht sicher ist, ob er das hier haben will oder ob man vielleicht lieber woanders hingehen soll. Vielleicht am besten irgendwo ins Delta, meinte er, weil im Delta mehr Schwarze in der Jury sitzen, und er sagt, Schwarze sind in solchen Fällen nicht so streng. Was sagst du dazu, Leon?«

»Im Delta gibt es auf jeden Fall mehr Schwarze«, erwiderte Leon. Butch grummelte etwas Unverständliches.

»Er meinte, er traut in Ford County niemand mehr, schon gar nicht dem Gesetz und den Richtern. Mein Gott, die haben uns ja auch nie in Ruhe gelassen.«

Leon und Butch nickten in stummem Einverständnis. Beide waren oft genug in die Mühlen der Justiz geraten, Butch wesentlich häufiger noch als Leon. Und obwohl sie sich ihrer Verbrechen jedes Mal für schuldig bekannt hatten, um mit ausgehandelten Deals davonzukommen, waren sie stets der festen Überzeugung geblieben, dass sie nur deshalb verfolgt wurden, weil sie Graneys waren.

»Dabei weiß ich gar nicht, ob ich noch einen Prozess durchhalten würde«, sagte Inez, und ihre Stimme wurde immer schwächer.

Leon drängte es, zu sagen, dass Raymonds Chancen auf ein neues Verfahren praktisch gleich null seien und dass er schon seit zehn Jahren immer wieder Wirbel darum mache. Butch wollte in etwa das Gleiche sagen, allerdings hätte er hinzugefügt, dass er Raymonds Knastkacke über Anwälte und Prozesse und neue Beweise satthabe. Raymond solle endlich damit aufhören, immer anderen die Schuld in die Schuhe zu schieben, sondern die bittere Pille schlucken wie ein ganzer Kerl.

Stattdessen sprach keiner von beiden ein Wort.

»Er meinte, ihr hättet ihm letzten Monat seine Apanage nicht geschickt«, sagte Inez. »Stimmt das?«

71

Es dauerte weitere acht Kilometer, bis wieder ein Wort gesprochen wurde.

»Habt ihr gehört? Raymond sagt, ihr habt ihm seine Apanage für Juni nicht geschickt, und jetzt ist es schon Juli. Habt ihr das vergessen, oder was?«

Leon sprach als Erster und machte sich ordentlich Luft. »Vergessen? Wie sollten wir das vergessen? Der redet ja über nichts anderes. Ich kriege jeden Tag einen Brief, manchmal auch zwei, also nicht dass ich die alle lese, aber in jedem steht was von Apanage. ›Danke für das Geld, Bruder.‹ – ›Vergiss nicht das Geld, Leon, ich zähl auf dich, großer Bruder.‹ – ›Brauche das Geld, um die Anwälte zu bezahlen, du weißt ja, wie gierig diese Blutsauger sein können.‹ – ›Habe diesen Monat noch nichts von der Apanage gesehen, Bruder.‹«

»Was zum Henker ist eine Apanage?«, fragte Butch. Seine Stimme klang plötzlich nervös.

»Eine regelmäßige oder feste finanzielle Zuwendung, laut *Webster's*«, antwortete Leon.

»Also einfach Geld, oder was?«

»Genau.«

»Und warum kann er dann nicht sagen: ›Schick mir das verdammte Geld?‹ Oder: ›Wo bleibt das verdammte Geld?‹ Warum muss er so komische Wörter benutzen?«

»Das hatten wir doch auch schon tausendmal«, sagte Inez.

»Du hast ihm ein Wörterbuch geschickt«, sagte Leon zu Butch.

»Das ist zehn Jahre her, mindestens. Und er hat mich darum gebeten.«

»Tja, er hat es immer noch und benutzt es, um Wörter zu finden, die wir im Leben noch nicht gehört haben.«

»Ich frage mich oft, ob seine Anwälte mit seinem Wortschatz klarkommen«, sinnierte Butch.

»Jetzt versucht ihr aber, vom Thema abzulenken«, sagte Inez. »Also: Warum habt ihr ihm letzten Monat seine Apanage nicht geschickt?«

»Ich dachte, ich hätte«, sagte Butch ohne Überzeugung.

»Das glaub ich nicht«, erwiderte sie.

»Der Scheck ist in der Post«, sagte Leon.

»Das glaub ich auch nicht. Wir haben vereinbart, dass wir ihm jeder hundert Dollar schicken, jeden Monat, zwölf Monate im Jahr. Das ist das Mindeste, das wir tun können. Ich weiß, dass es schwer ist, vor allem für mich, wo ich von Sozialhilfe lebe und alles. Aber ihr Jungs habt Arbeit, da könnt ihr doch wenigstens hundert Dollar entbehren für euren kleinen Bruder, damit er sich anständig was zu essen kaufen und seine Anwälte bezahlen kann.«

»Müssen wir das jetzt alles nochmal durchkauen?«, fragte Leon.

»Ich hör das jeden Tag«, sagte Butch. »Wenn ich nichts von Raymond höre, am Telefon oder durch die Post, dann hör ich es von Mama.«

»Willst du dich vielleicht beschweren?«, fragte sie. »Passt dir was nicht an deinen Lebensumständen? Wohnt umsonst bei mir und motzt auch noch rum.«

»Ach, komm schon«, sagte Leon.

»Und wer soll sich um dich kümmern?«, verteidigte sich Butch.

»Lasst gut sein. Das hatten wir doch schon so oft.«

Die drei atmeten tief durch und griffen wieder nach ihren Zigaretten. Nach einer langen, schweigsamen Rauchpause gingen sie in die nächste Runde. Inez eröffnete harmlos: »Ich hab ja nie einen Monat ausgelassen. Und wenn ihr euch erinnert, hab ich auch nie einen Monat ausgelassen, als ihr in Parchman eingesessen habt.«

Leon stieß einen Grunzlaut aus, hieb auf das Lenkrad und sagte verärgert: »Mama, das ist fünfundzwanzig Jahre her. Wieso fängst du jetzt wieder damit an? Ich bin seit der Bewährung höchstens mal wegen zu schnellem Fahren dran gewesen.« Butch, dessen kriminelle Karriere wesentlich bunter aussah als die Leons und der gerade auf Bewährung war, schwieg.

»Ich hab nie einen Monat ausgelassen«, wiederholte Inez.

»Ach, komm schon.«

»Und manchmal waren es sogar zweihundert Dollar im Monat, weil ich zwei von euch dort hatte, wenn ich mich recht erinnere. Kann nur von Glück sagen, dass ich nie alle drei gleichzeitig hinter Gittern hatte. Dann hätte ich meine Stromrechnung nicht mehr bezahlen können.«

»Ich dachte, diese Anwälte arbeiten umsonst«, sagte Butch in dem Versuch, von sich abzulenken und ein Thema anzuschneiden, das möglichst nichts mit der Familie zu tun hatte.

»Tun sie auch«, bestätigte Leon. »Das nennt man dann *pro bono*. Es wird von allen Rechtsanwälten erwartet, dass sie ab und zu so was machen. Soweit ich weiß, rechnen die großen Kanzleien gar nicht damit, dass sie was gezahlt kriegen, wenn sie so einen Fall übernehmen.«

»Und was macht dann Raymond mit dreihundert Dollar im Monat, wenn er seine Anwälte nicht bezahlen muss?«

»Das hatten wir doch auch schon alles«, sagte Inez.

»Bestimmt gibt er ein Vermögen aus für Stifte, Papier, Briefumschläge und Porto«, sagte Leon. »Angeblich schreibt er ja zehn Briefe am Tag. Mann, dafür gehen bestimmt hundert Dollar im Monat drauf.«

»Außerdem hat er acht Romane geschrieben«, fügte Butch hinzu. »Oder waren es neun, Mama? Ich weiß es nicht mehr.«

»Neun.«

»Neun Romane, mehrere Gedichtbände, jede Menge Kurzgeschichten, Hunderte Songs. Denkt bloß mal an das ganze Papier, das er dafür gebraucht hat«, sagte Butch.

»Machst du dich etwa über Raymond lustig?«, fragte Inez.

»Aber nie im Leben.«

»Einmal hat er eine Kurzgeschichte verkauft«, sagte sie.

»Ja, klar. Wie hieß noch die Zeitschrift? *Karre frisieren – leicht gemacht.* Die haben ihm vierzig Mäuse für eine Geschichte über einen Typen gegeben, der tausend Radkappen geklaut hat. Es heißt, man schreibt immer über das, was man kennt.«

»Und wie viele Geschichten hast du verkauft?«, fragte sie.

»Keine, weil ich keine geschrieben habe, und das liegt daran, dass ich kapiert habe, dass ich kein Talent zum Schreiben habe. Wenn mein kleiner Bruder auch kapieren würde, dass er nicht das geringste künstlerische Talent hat, dann könnte er viel Geld sparen und Hunderten von Leuten diesen Unsinn ersparen.«

»Du bist brutal.«

»Nein, Mama, nur ehrlich. Und wenn du von Anfang an ehrlich zu ihm gewesen wärst, dann hätte er vielleicht irgendwann aufgehört zu schreiben. Aber nein. Du hast seine Bücher gelesen und seine Gedichte und seine Kurzgeschichten und ihm erzählt, dass das alles ganz super wäre. Und so hat er immer mehr geschrieben, längere Wörter genommen, längere Sätze und längere Absätze gemacht, und inzwischen ist er an einem Punkt, wo wir kaum mehr irgendwas von dem kapieren, was er schreibt.«

»Also bin ich an allem schuld?«

»Nicht zu hundert Prozent, das nicht, nein.«

»Er schreibt aus therapeutischen Gründen.«

»Alles klar. Also, ich versteh nicht, wie Schreiben helfen soll.«

»Er sagt, es hilft.«

»Sind die Bücher handgeschrieben oder getippt?«, unterbrach sie Leon.

»Getippt«, sagte Butch.

»Wer tippt sie?«

»Dafür zahlt er so einen Typen in der Rechtsbibliothek«, sagte Inez. »Ein Dollar pro Seite, und eins von den Büchern war über achthundert Seiten dick. Ich hab's trotzdem gelesen, jedes Wort.«

»Hast du irgendwas verstanden?«, fragte Butch.

»Das meiste. Ein Wörterbuch hilft. Gott, ich weiß nicht, wo der Junge alle diese Wörter hernimmt.«

»Und Raymond hat die Bücher nach New York geschickt, damit sie veröffentlicht werden, oder?«, fragte
Leon ungeduldig.

»Ja, aber sie haben sie sofort wieder zurückgeschickt«,
sagte sie. »Wahrscheinlich haben sie die ganzen Wörter
auch nicht verstanden.«

»Man sollte doch annehmen, dass diese Leute in New
York verstehen, was er meint«, sagte Leon.

»Niemand versteht, was er meint«, sagte Butch. »Das
ist das Problem mit Raymond, dem Schriftsteller, Raymond, dem Dichter, Raymond, dem politischen Gefangenen, Raymond, dem Songwriter, und Raymond, dem
Anwalt. Kein Mensch mit klarem Verstand hat auch nur
eine leise Ahnung von dem, was Raymond meint, wenn
er schreibt.«

»Also, wenn ich das richtig verstehe«, sagte Leon, »besteht ein großer Teil von Raymonds Unkosten in der
Finanzierung seiner literarischen Karriere. Papier, Porto,
Tippkosten, Kopien, Versand nach New York und zurück. Stimmt doch, oder, Mama?«

»Ich denke schon.«

»Und es ist unwahrscheinlich, dass er mit seiner Apanage tatsächlich seine Anwälte bezahlt hat«, sagte Leon.

»Sehr unwahrscheinlich«, stimmte Butch zu. »Und
vergiss nicht seine musikalische Karriere. Er brauchte Geld
für Gitarrensaiten und Noten. Außerdem dürfen die
Häftlinge neuerdings Kassetten ausleihen. So ist Raymond
doch zum Bluessänger geworden. Er hat sich B. B. King
und Muddy Waters angehört, und jetzt unterhält er die
Kollegen in den anderen Todeszellen spätabends mit so
Bluessessions, wenn man ihm glauben darf.«

»Ja, ich weiß. Davon hat er geschrieben.«

»Er hatte immer eine schöne Stimme«, sagte Inez.

»Ich hab ihn nie singen hören«, sagte Leon.

»Ich auch nicht«, ergänzte Butch.

Sie waren auf der Umgehungsstraße von Oxford, zwei Stunden von Parchman entfernt. Der Transporter schien bei einer Geschwindigkeit von fünfundneunzig Stundenkilometern am besten zu laufen, darüber fingen die Fronträder ein wenig an zu schlackern. Es gab keinen Grund zur Eile. Westlich von Oxford wurden die Hügel flacher, das Mississippi-Delta war nicht mehr weit. Inez erkannte rechter Hand eine kleine weiße Kirche mit Friedhof, und sie fand, dass sie sich nicht verändert hatte in all den Jahren, die sie diese Fahrten zum Staatsgefängnis nun schon unternahm. Sie fragte sich, ob es in Ford County Frauen gab, die diese Strecke ebenso oft gefahren waren wie sie, aber sie kannte die Antwort. Leon hatte vor vielen Jahren die Tradition begründet, mit einer Haftzeit von dreißig Monaten. Damals hatte sie ihn jeden ersten Sonntag im Monat besuchen dürfen. Manchmal hatte Butch sie gefahren, manchmal hatte sie dem Sohn eines Nachbarn etwas dafür gegeben, aber sie hatte nie einen Besuchstag ausfallen lassen, und sie hatte stets Erdnussbuttertoffees und Extrazahnpasta dabei. Sechs Monate nachdem Leon auf Bewährung entlassen worden war, fuhr er sie, damit sie Butch besuchen konnte. Dann saßen Butch und Raymond ein, allerdings in verschiedenen Trakten mit verschiedenen Vorschriften.

Dann brachte Raymond den Deputy um und kam in den Todestrakt, der seine eigenen Gesetze hatte.

Mit ein wenig Übung lassen sich die meisten unangenehmen Dinge ertragen, und Inez Graney hatte gelernt, sich auf die Besuche zu freuen. Der Rest des Landes hatte ihre Söhne abgeschrieben, aber sie würde sie niemals im Stich lassen. Sie war da gewesen, als sie geboren wurden, und sie war da gewesen, als sie vom Vater verprügelt wurden. Sie hatte mitgelitten, wenn sie vor Gericht und diversen Bewährungsausschüssen erscheinen mussten, und sie hatte jedem, der ihr zuhörte, versichert, dass sie gute Jungs seien. Sie seien misshandelt worden von dem Mann, den sie, Inez, zum Ehemann gewählt habe. Also sei alles ihre Schuld. Wenn sie einen anständigen Kerl geheiratet hätte, würden ihre Kinder vielleicht ein ganz normales Leben führen.

»Meint ihr, dass diese Person da sein wird?«, fragte Leon.

»O Gott«, stöhnte Inez.

»Warum sollte sie sich das entgehen lassen?«, fragte Butch. »Ich bin sicher, dass sie auftauchen wird.«

»O Gott.«

»Diese Person« war ein schräger Vogel namens Tallulah, eine Frau, die vor ein paar Jahren in das Leben der Graneys getreten war, um eine ohnehin schlimme Situation noch viel schlimmer zu machen. Über eine Gruppe von Gegnern der Todesstrafe hatte sie Kontakt zu Raymond aufgenommen, der ihr in seiner typischen Art mit einem langen Brief geantwortet hatte, in dem er beteuerte, dass er unschuldig sei und misshandelt werde, und wie üblich von seiner angehenden literarischen und musikalischen Karriere faselte. Er schickte ihr Ge-

dichte, Liebessonette, und sie verfiel ihm. Im Besucherraum des Todestraktes sahen sie sich zum ersten Mal
und verliebten sich durch die dicke Glasscheibe hindurch. Raymond sang ein paar Bluesklassiker, Tallulah
war hingerissen. Es wurde von Hochzeit geredet, aber
diese Pläne mussten warten, bis Tallulahs damaliger Gatte
vom Staate Georgia hingerichtet worden war. Nach einer
kurzen Trauerphase fuhr sie nach Parchman, für eine
bizarre Zeremonie, die von keinerlei staatlicher oder
religiöser Autorität anerkannt wurde. Jedenfalls war Raymond verliebt, und das inspirierte seine ohnehin weit-
schweifige Korrespondenz zu neuen Höhenflügen. Die
Familie war also vorgewarnt und wusste, dass Tallulah
begierig darauf war, nach Ford County zu kommen, um
ihre neue Verwandtschaft kennenzulernen. Als sie dann
tatsächlich vor der Tür stand, weigerten sich die Graneys jedoch, sie als neues Familienmitglied anzuerken-
nen. Und so stattete sie der Redaktion der *Ford County
Times* einen Besuch ab, wo sie ihre wirren Gedanken
und ihre Einblicke in die erbärmliche Situation des
armen Raymond Graney zum Besten gab und versi-
cherte, dass er durch neue Beweise vom Vorwurf des
Mordes an dem Deputy entlastet werden würde. Außerdem verkündete sie, dass sie von Raymond schwanger
sei, das Ergebnis mehrerer unbewachter Familienbesuche, die Insassen des Todestraktes inzwischen gestattet
seien.

Tallulah schaffte es auf die Titelseite, samt Foto, aber
der Reporter war klug genug, ihre Angaben in Parchman zu überprüfen. Familienbesuche waren den Häft-
lingen nicht erlaubt, schon gar nicht den Todeskandi-

daten. Außerdem gab es keine offizielle Heiratsurkunde. Unbeeindruckt fuhr Tallulah fort, für Raymond die Fahne hochzuhalten, und schickte sogar mehrere seiner umfangreichen Manuskripte nach New York, wo sie abermals von beschränkten Verlegern abgelehnt wurden. Mit der Zeit hörte man immer weniger von ihr, aber Inez, Leon und Butch lebten dennoch ständig mit der Horrorvorstellung, dass bald irgendwo ein neuer Graney geboren würde. Zwar gab es die Haftregeln, die unbewachte Besuche von Ehegatten untersagten, aber sie kannten Raymond. Er fand immer einen Weg.

Nach zwei Jahren informierte Raymond die Familie darüber, dass Tallulah und er die Scheidung wollten und dass er für eine korrekte Abwicklung fünfhundert Dollar benötige. Das führte zu Zank und Beleidigungen, und das Geld wurde erst aufgetrieben, als er zum wiederholten Male mit Selbstmord drohte. Nicht lange nachdem die Schecks eingegangen waren, übermittelte Raymond in einem Brief die großartige Nachricht, dass er sich mit Tallulah versöhnt habe. Er bot nicht an, Inez, Butch und Leon das Geld zurückzuzahlen, obwohl ihn alle drei dazu aufforderten. Raymond lehnte mit der Begründung ab, sein neues Anwaltsteam brauche das Geld, um Gutachter und private Ermittler zu engagieren.

Was Leon und Butch ärgerte, war das Anspruchsdenken ihres Bruders, der so tat, als schuldeten sie ihm das Geld. In der ersten Zeit seiner Haft hatten ihn die Brüder daran erinnert, dass er ihnen keinen Penny geschickt habe, als sie hinter Gittern saßen und er nicht. Das hatte zu einem so heftigen Streit geführt, dass ihre Mutter sich einschalten und vermitteln musste.

Reglos und gekrümmt saß Inez in ihrem Rollstuhl, einen großen Leinenbeutel auf dem Schoß. Als die Gedanken an Tallulah allmählich versickerten, öffnete sie die Tasche und fischte nach einem Brief von Raymond, dem letzten, den er geschrieben hatte. Sie öffnete den Umschlag, der weiß und überall mit Raymonds schwungvoller Schnörkelschrift bedeckt war, und zog zwei gelbe Notizzettel heraus.

Liebste Mutter,
es wird zunehmend offensichtlich und augenscheinlich, dass die schwerfälligen und umständlichen,
ja geradezu lethargischen Ränkeschmieder unserer
ungerechten und ehrlosen Justiz auf unvermeidliche
und unwiderrufliche Weise ihre abscheulichen und
verabscheuungswürdigen Augen auf mich gerichtet
haben.

Inez atmete durch und las dann den ersten Satz noch einmal. Die meisten Wörter sahen vertraut aus. Nachdem sie jahrelang Briefe mit Hilfe eines Wörterbuches gelesen hatte, hatte sich ihr Wortschatz erstaunlich erweitert.

Butch blickte sich um, sah den Brief und schüttelte den Kopf, sagte aber nichts.

Gleichwohl wird es dem Staate Mississippi abermals
nicht gelingen, Raymond T. Graney Blut abzunehmen, vielmehr wird er mit diesem Ansinnen komplett
versagen und eine tiefe, allumfassende Demütigung

erleben. Denn ich habe mich der Dienste eines jungen Anwalts mit erstaunlichen Fähigkeiten versichert, eines außerordentlichen Advokaten, der von mir mit Bedacht aus den zahllosen Legionen von Juristen ausgewählt wurde, die sich mir buchstäblich vor die Füße werfen.

Kurze Pause, dann ein zweiter Durchgang. Inez kam jetzt kaum noch mit.

So nimmt es denn nicht wunder, dass ein Anwalt von solch exquisiter und außerordentlicher, ja geradezu einzigartiger Begabung und Gewandtheit nicht in meiner Angelegenheit tätig werden und effizient wirken kann, so er nicht einen angemessenen Tribut erhält.

»Was heißt Tribut?«, fragte sie.

»Buchstabier mal«, sagte Butch.

Sie buchstabierte langsam, dann dachten alle drei über das Wort nach. Vokabelübungen dieser Art waren ihnen inzwischen ebenso vertraut wie Unterhaltungen über das Wetter.

»Wie wird das verwendet?«, fragte Butch, und sie las den Satz vor.

»Geld«, sagte Butch, und Leon stimmte sofort zu. Raymonds rätselhafte Ausdrücke hatten oft etwas mit Geld zu tun.

»Lass mich raten. Er hat einen neuen Anwalt und braucht Extrageld, um ihn zu bezahlen.«

Inez ignorierte ihn und las weiter.

*Mit großer Animosität, ja Beklommenheit bitte
ich dich, ja flehe ich dich an, mir die durchaus
angemessene Summe von fünfzehnhundert Dollar
zukommen zu lassen, die umgehend Verwendung
in meiner Verteidigung finden wird und mich
unzweifelhaft von allen Ketten erlösen und in
die Freiheit führen und mir im Übrigen den Arsch
retten wird. Komm schon, Mama, jetzt ist der
Moment, wo die Familie füreinander einstehen
und an einem Strang ziehen muss, metaphorisch
gesprochen.
Deine Animosität, ja Unbotmäßigkeit wird als
fatale Vernachlässigung aufgefasst werden.*

»Was heißt Animosität?«, fragte sie.

»Buchstabier mal«, sagte Leon. Sie buchstabierte »Animosität«, dann auch noch »metaphorisch«, und nach einer halbherzigen Debatte war klar, dass keiner von den dreien eine Ahnung hatte.

*Eine finale Anmerkung, ehe ich mich dringlicherer
Korrespondenz zuwende – Butch und Leon haben es
erneut versäumt, mir meine Apanage zu übersenden.
Ihre letzten Perfidien stammen vom Monat Juni,
und mittlerweile ist schon der halbe Juli vergangen.
Bitte, schlage, quäle, schikaniere und löchere die
beiden Dummköpfe, damit sie ihren Beitrag zu meinem Verteidigungsfonds leisten.*

*In Liebe, wie immer,
von deinem besten und liebsten Sohn Raymond*

Jeder Brief an einen Todeskandidaten wurde von jemandem in der Postannahmestelle vom Staatsgefängnis in Parchman gelesen, ebenso wurde jeder nach draußen gehende Brief geprüft. Inez hatte oft Mitleid mit der armen Seele, die Raymonds Episteln durcharbeiten musste. Inez ermüdeten sie vor allem deshalb, weil sie so anstrengend waren. Sie hatte immer Angst, etwas Wichtiges zu übersehen.

Die Briefe erschöpften sie. Die Songtexte laugten sie aus. Die Romane verursachten ihr Kopfschmerzen. Die Gedichte waren unergründlich.

Zweimal in der Woche schrieb sie zurück, pünktlich wie ein Uhrwerk, denn wenn sie ihren Jüngsten auch nur einen Tag warten ließ, musste sie mit einer Flut von Beschimpfungen rechnen, einem Vier- oder gar Fünfseiter in giftigem Ton voller Ausdrücke, die man in keinem Wörterbuch fand. Und wenn sich die Apanage auch nur in geringstem Maße verzögerte, folgten unangenehme R-Gespräche.

Von den Brüdern war Raymond der beste Schüler gewesen, wobei keiner von den dreien die Highschool abgeschlossen hatte. Leon war besser in Sport gewesen, Butch in Musik, aber Klein Raymond hatte am meisten im Kopf gehabt. Er schaffte es bis zur vorletzten Klasse der Highschool, ehe er mit einem gestohlenen Motorrad erwischt wurde und sechzig Tage Jugendstrafe absitzen musste. Er war damals sechzehn, fünf Jahre jünger als Butch und zehn Jahre jünger als Leon, und die Graney-Brüder hatten längst einen Ruf als geschickte Autodiebe. Raymond stieg ins Familiengeschäft ein und vergaß die Schule.

»Wie viel will er dieses Mal?«, fragte Butch.

»Fünfzehnhundert für einen neuen Anwalt. Er meinte, ihr hättet ihm seine Apanage für letzten Monat nicht geschickt.«

»Lass gut sein, Mama«, sagte Leon unwirsch, und lange Zeit wurde kein Wort mehr gesprochen.

Als der erste Autoschieberring aufflog, hielt Leon den Kopf dafür hin und saß seine Zeit in Parchman ab. Nach seiner Entlassung heiratete er zum zweiten Mal und hängte seine kriminelle Karriere an den Nagel. Butch und Raymond gaben sich in dieser Hinsicht keine Mühe, sondern erweiterten ihre Aktivitäten sogar noch. Sie dealten mit gestohlenen Waffen und Geräten, versuchten sich im Marihuanahandel, schmuggelten schwarz gebrannten Schnaps, und natürlich stahlen sie Autos und verkauften sie an Hehler im Norden Mississippis. Butch wurde ein Neunachser zum Verhängnis, der voller Sony-Fernseher sein sollte, stattdessen aber eine Ladung Maschendraht enthielt. Fernseher wären auf dem Schwarzmarkt leicht loszuschlagen gewesen, ganz im Gegensatz zu Maschendraht. Im Verlauf der Ermittlungen fand der Sheriff Butchs Versteck mitsamt dem wertlosen Diebesgut. Butch bekam achtzehn Monate, sein erster Aufenthalt in Parchman. Raymond kam ohne Anklage davon und lebte weiterhin vom Diebstahl. Er blieb bei seiner ersten Liebe – Pkws und Pick-ups – und war damit recht erfolgreich, wobei er sämtliche Gewinne in Alkohol, Glücksspiel und Frauen anlegte.

Vom Beginn ihrer kriminellen Karrieren an wurden die Graney-Brüder von einem widerlichen Deputy namens Coy Childers verfolgt. Er verdächtigte sie grundsätzlich jedes Vergehens und Verbrechens, das in Ford County begangen wurde. Er beobachtete sie, verfolgte sie, bedrohte sie, schikanierte sie, und hin und wieder nahm er sie fest, mal aus gutem Grund und mal einfach nur so. Alle drei waren von Childers in den Tiefen des Gefängnisses von Ford County zusammengeschlagen worden. Sie hatten sich bitterlich bei Childers' Vorgesetztem, dem Sheriff, beschwert, aber wer hört schon auf die Klagen berüchtigter Verbrecher? Und die Graneys waren inzwischen ziemlich berüchtigt.

Aus Rache stahl Raymond Childers' Streifenwagen und verkaufte ihn an einen Hehler in Memphis. Das Polizeifunkgerät behielt er, um es dem Deputy in einem anonymen Päckchen zu schicken. Raymond wurde festgenommen und wäre wieder zusammengeschlagen worden, wenn nicht sein vom Gericht bestellter Verteidiger interveniert hätte. Es gab nicht die geringsten Beweise gegen ihn, nur einen begründeten Verdacht. Zwei Monate später, Raymond war wieder entlassen worden, kaufte Childers seiner Frau einen neuen Chevrolet Impala. Raymond stahl ihn prompt vom Parkplatz einer Kirche während des Mittwochabendgebets und verkaufte ihn an einen Hehler unweit von Tupelo. Jetzt schwor Childers öffentlich, dass er Raymond Graney umbringen werde.

Für den eigentlichen Tötungsakt gab es keine Zeugen, zumindest machte niemand eine Aussage dazu. Es passierte an einem späten Freitagabend, auf einem Kiesweg nicht weit von dem geräumigen Trailer entfernt, den Raymond zu der Zeit mit seiner aktuellen Freundin bewohnte. Nach der These der Staatsanwaltschaft war

Childers allein gekommen, hatte sein Auto stehen gelassen und sich leise zu Fuß genähert, mit der Absicht, Raymond zur Rede zu stellen und ihn vielleicht sogar festzunehmen. Childers wurde nach Sonnenaufgang von ein paar Jägern gefunden. Er hatte zwei Kopfdurchschüsse von einer leistungsstarken Waffe und lag auf dem Kiesweg in einer Kuhle, so dass sich große Mengen Blut um seine Leiche gesammelt hatten. Zwei der Geschworenen mussten sich beim Anblick der Fotos vom Tatort übergeben.

Raymond und seine Freundin behaupteten, zur Tatzeit in einem Tanzclub gewesen zu sein, aber offenbar waren sie dort die einzigen Gäste gewesen, denn es fand sich niemand, der das Alibi bestätigen konnte. Die ballistische Untersuchung ergab, dass die Kugeln zu einer gestohlenen Waffe gehörten, die aus dem Arsenal eines von Raymonds ältesten Unterweltkontakten stammte. Es gab zwar keinen Beweis dafür, dass Raymond die Waffe jemals besessen, gestohlen oder geliehen hatte, aber der Verdacht genügte. Der Staatsanwalt überzeugte die Jury, dass Raymond a) ein Motiv hatte (er hasste Childers, außerdem war er ein überführter Verbrecher), dass er b) die Gelegenheit zur Tat gehabt hatte (Childers war unweit von Raymonds Trailer gefunden worden, und es gab meilenweit keine Nachbarn) und dass er c) über die entsprechenden Mittel verfügt hatte (die mutmaßliche Mordwaffe wurde im Gerichtssaal herumgezeigt, samt einem Zielfernrohr aus Armeebeständen, das dem Mörder die Sicht auch bei Nacht ermöglicht haben könnte, obwohl nicht zu beweisen war, dass das Gerät zur Tatzeit tatsächlich an der Waffe angebracht gewesen war).

Raymonds Alibi war schwach. Seine Freundin hatte
ebenfalls ein Strafregister und gab eine erbärmliche Zeu-
gin ab. Der vom Gericht bestellte Verteidiger lud drei
Personen vor, die aussagen sollten, dass sie gehört hätten, wie Childers schwor, dass er Raymond töten werde.
Keiner der drei hielt dem Druck stand, auf dem Zeu-
genstuhl zu sitzen und vom Sheriff und mindestens
zehn Deputys in Uniform angestarrt zu werden. Die
Verteidigungsstrategie war ohnehin fragwürdig. Wenn
Raymond glaubte, dass Childers gekommen war, um
ihn umzubringen, hatte er dann in Notwehr gehandelt?
Gab denn Raymond das Verbrechen überhaupt zu? Das
tat er nämlich nicht. Er bestand darauf, dass er von nichts
wisse und in einer Tanzbar gewesen sei, während jemand
anders Childers kaltmachte.

Obwohl der Druck der Öffentlichkeit, Raymond schul-
digzusprechen, enorm war, ließ sich die Jury zwei Tage
Zeit, bis sie es dann schließlich tat.

Ein Jahr später ließ die Bundespolizei einen Metham-
phetaminring auffliegen, und nach einen Dutzend hastig ausgehandelter Deals mit Strafminderung kam heraus, dass Deputy Coy Childers enge Beziehungen zu
dem Drogensyndikat gepflegt hatte. Zwei weitere ähnliche Morde passierten in Marshall County, einhundert
Kilometer entfernt. Childers' unbescholtener Ruf war
auf einmal schwer beschädigt. Gerüchte kamen auf, wer
ihn wohl in Wirklichkeit ermordet haben mochte, aber
Hauptverdächtiger blieb nach wie vor Raymond.

Raymonds Verurteilung und die Todesstrafe wurden
vom obersten Gerichtshof des Staates Mississippi einstimmig bestätigt. Weitere Berufungsverfahren führten

zu weiteren Bestätigungen. Nun, elf Jahre später, hatte der Wirbel um den Fall nachgelassen.

Westlich von Batesville wurden die Hügel von Flachland abgelöst, und der Highway durchschnitt Felder mit hochstehender Baumwolle und Sojabohnen. Farmer auf grünen John Deeres holperten über die Straße, als wäre sie für Traktoren und nicht für Pkws gebaut worden. Aber die Graneys hatten es nicht eilig. Der Transporter fuhr unbeirrt seinen Weg, vorbei an stillstehenden Baumwollentkörnungsmaschinen und verlassenen Holzhütten, an großen neuen Trailern mit Satellitenschüsseln und Pick-ups vor der Tür und gelegentlich auch an stattlichen Wohnhäusern, die weiter von der Straße entfernt standen, zum Schutz vor dem Verkehrslärm. In Marks bog Leon nach Süden ab, und sie drangen tiefer ins Delta vor.

»Ich denke, Charlene wird auch da sein«, sagte Inez.

»Höchstwahrscheinlich«, meinte Leon.

»Sie würde sich das um keinen Preis entgehen lassen«, sagte Butch.

Charlene war Childers' Witwe, eine Frau mit langer Leidensgeschichte, die das Martyrium ihres Mannes mit erstaunlichem Elan zu ihrer Sache gemacht hatte. Sie war jeder Opfergruppe beigetreten, die sie finden konnte, ganz gleich, ob sie auf Staats- oder Bundesebene operierte. Sie drohte der örtlichen Presse und jedem anderen mit Klagen, der es wagte, Childers' Integrität infrage zu stellen. Sie hatte lange Leserbriefe geschrieben, in denen sie forderte, die Todesstrafe an Raymond Graney zügiger zu vollziehen. Und sie hatte in all den Jahren nicht einen Verhandlungstermin verpasst, selbst wenn sie dafür bis nach New Orleans fahren musste, was vonnöten war, als der Fall beim Bundesberufungsgericht für den fünften Gerichtsbezirk der Vereinigten Staaten lag.

»Für diesen Tag hat sie gebetet«, sagte Leon.

»Na, dann soll sie mal schön weiterbeten, weil Raymond nämlich gesagt hat, dass es nicht passieren wird«, sagte Inez. »Er hat mir versprochen, dass seine Anwälte viel besser sind als die vom Staat und dass die tonnenweise Schriftsätze einreichen.«

Leon sah Butch an, der den Blick erwiderte, und schaute dann wieder auf die Baumwollfelder. Sie fuhren durch die Farmsiedlungen Vance, Tutwiler und schließlich Rome, als die Sonne endgültig hinter dem Horizont verschwunden war. Mit der Dämmerung kamen Schwärme von Insekten, die auf Motorhaube und Frontscheibe zerplatzten. Die Graneys rauchten mit geöffneten Fenstern und sprachen wenig. Es schlug ihnen immer auf die Stimmung, wenn sie sich Parchman näherten – bei Butch und Leon aus offensichtlichen Gründen und bei Inez, weil sie dadurch an ihre Unzulänglichkeiten als Mutter erinnert wurde.

Parchman war eine berüchtigte Haftanstalt und zugleich eine Farm mit Plantagen, die sich über achtzehntausend Morgen fruchtbarer schwarzer Erde erstreckten. Jahrzehntelang hatte die Farm durch die Arbeit der Häftlinge Baumwolle hervor- und dem Staat Profit eingebracht, bis die Bundesgerichte sich einschalteten und diese moderne Form der Sklaverei weitgehend abschafften. In einem anderen Verfahren beendete ein Bundesgericht schließlich die Rassentrennung. Diese und andere Urteile hatten das Leben im Gefängnis zwar

etwas leichter gemacht, dafür hatte die Gewalt zugenommen.

Für Leon waren dreißig Monate in Parchman genug
gewesen, um ihn für immer zu läutern – so stellten sich
gesetzestreue Bürger den Sinn und Zweck eines Gefängnisses vor. Für Butch hingegen war nach der ersten Haft
klar gewesen, dass er auch weitere aushalten würde, und
fortan waren kein Auto und kein Truck in ganz Ford
County mehr sicher vor ihm.

Der Highway 3 verlief gerade und eben, es gab wenig
Verkehr. Es war fast Nacht, als der Transporter das kleine
grüne Schild mit der schlichten Aufschrift »Parchman«
passierte. Vor ihnen waren Lichter und Bewegungen zu
erkennen, Anzeichen für ungewöhnliche Vorgänge. Dort,
wo rechter Hand das weiße steinerne Eingangsportal
zum Gefängnis aufragte, herrschte auf der anderen Seite
der Straße auf einem Kiesgrundstück wildes Durcheinander: Gegner der Todesstrafe hatten sich versammelt.
Manche knieten im Kreis und beteten. Andere marschierten in geschlossener Formation herum und hielten hand-
gemalte Transparente für Raymond Graney hoch. Eine
weitere Gruppe sang ein Kirchenlied. Eine kniete mit
Kerzen in der Hand um einen Priester. Etwas weiter
vorn an der Straße skandierte eine kleinere Gruppe von
Befürwortern Slogans und Beschimpfungen gegen die
Graney-Unterstützer. Deputys in Uniform sorgten für
Ruhe. Fernsehreporter zeichneten eifrig alles auf.

Leon blieb am Wachhäuschen stehen, das von Ge-
fängnisaufsehern und nervösen Sicherheitsbeamten um-
ringt war. Ein Aufseher mit einem Klemmbrett trat an
die Fahrertür des Transporters und sagte: »Name?«

»Graney, die Familie von Mr. Raymond Graney. Leon, Butch und Mutter Inez.«

Der Aufseher notierte etwas, trat einen Schritt zurück, sagte gerade noch: »Warten Sie«, und verschwand. Drei Aufseher hatten sich direkt vor dem Wagen postiert, vor einer provisorischen Barrikade, die die Zufahrt versperrte.

»Er geht Fitch holen«, sagte Butch. »Wetten?«

»Nein«, sagte Leon.

Fitch war eine Art stellvertretender Gefängnisleiter, ein langgedienter Angestellter der Anstalt, in dessen perspektivlosem Job Ausbrüche und Exekutionen die einzigen Höhepunkte darstellten. In Cowboystiefeln und mit einem falschen Stetson auf dem Kopf, eine große Pistole an der Hüfte, stolzierte er durch Parchman, als würde die Anlage ihm gehören. Fitch hatte ein Dutzend Direktoren kommen und gehen sehen und ebenso viele Prozesse überstanden. Als er sich dem Transporter näherte, sagte er laut: »So, so, die Graneys sind wieder da, wo sie hingehören. Seid ihr zum Möbelreparieren gekommen, Jungs? Wir hätten da noch einen alten elektrischen Stuhl, der mal aufgepolstert gehört.« Er lachte über seinen Witz, und hinter ihm ertönte ebenfalls Gelächter.

»Abend, Mr. Fitch«, sagte Leon. »Wir haben unsere Mutter dabei.«

»Abend, Ma'am«, sagte Fitch und lugte in das Wageninnere. Inez erwiderte nichts.

»Woher habt ihr den Transporter?«, fragte Fitch.

»Geliehen«, antwortete Leon. Butch hielt die Augen geradeaus. Er weigerte sich, Fitch anzusehen.

»Von wegen geliehen. Wann habt ihr euch wohl zum letzten Mal was geliehen? Ich bin sicher, Mr. Bride sucht in diesem Augenblick nach seinem Auto. Vielleicht sollte ich ihn anrufen.«

»Tun Sie das, Fitch«, sagte Leon.

»Für dich heißt das Mr. Fitch.«

»Ganz wie Sie meinen.«

Fitch spuckte einen dicken Schleimklumpen aus und zeigte ihnen mit einem Nicken an, dass sie hineinfahren durften, als wäre er derjenige, der hier das Sagen hatte. »Ich denke, ihr wisst, wo es langgeht, Jungs«, sagte er. »Ihr wart weiß Gott lange und oft genug hier. Fahrt dem Wagen da nach zur Hochsicherheit. Dort werdet ihr dann durchsucht.« Er winkte einem der Aufseher an der Barrikade. Eine Durchfahrt wurde frei geräumt, und sie ließen Fitch ohne ein weiteres Wort stehen. Ein paar Minuten lang folgten sie einem Wagen ohne Kennzeichen, in dem lauter bewaffnete Männer saßen. Sie passierten einen separaten Trakt nach dem anderen, jeder einzelne mit Maschendraht und NATO-Drahtverhau umgeben. Butch blickte auf den Trakt, in dem er mehrere Jahre seines Lebens verbracht hatte. Auf einem hell beleuchteten, offenen Feld, das »Spielplatz« genannt wurde, sah er das unvermeidliche Basketballspiel von schweißnassen Männern mit nackten Oberkörpern, immer nur ein hartes Foul entfernt von der nächsten hirnlosen Prügelei. Die ruhigeren saßen an Picknicktischen und warteten auf den Abendappell um zehn Uhr und die Hitze der Nacht, denn in den Zellen funktionierten die Klimaanlagen meistens nicht, vor allem nicht im Juli.

Wie gewöhnlich warf auch Leon einen Blick auf seinen alten Trakt, ohne jedoch weiter bei dem Gedanken zu verweilen. Nach so vielen Jahren hatte er es geschafft, mit den emotionalen Narben der hier erduldeten Misshandlungen zu leben. Die Insassen waren zu achtzig Prozent schwarz, und Parchman war einer der wenigen Orte in Mississippi, wo die Weißen nicht die Regeln aufstellten.

Der Hochsicherheitstrakt war ein Fünfziger-Jahre-Bau mit Flachdach, eingeschossig, mit roter Klinkerfassade wie zahllose Grundschulgebäude aus derselben Zeit. Er war ebenfalls mit NATO-Draht umzäunt und von Aufsehern bewacht, die sich normalerweise gelangweilt in ihren Türmen lümmelten. Heute Abend freilich waren sämtliche Uniformträger hellwach und nervös. Leon parkte, wie man ihn angewiesen hatte, dann wurden Butch und er von einem kleinen Bataillon Aufseher mit undurchdringlichen Gesichtern von oben bis unten durchsucht. Inez wurde herausgehoben und zu einem provisorischen Kontrollpunkt geschoben, wo sie von zwei Aufseherinnen ebenfalls sorgfältig durchsucht wurde. Sie wurden in das Gebäude geführt, durch eine ganze Reihe schwerer Türen, an weiteren Aufsehern vorbei und schließlich in einen kleinen Raum, den sie noch nie gesehen hatten. Der Besucherraum lag ganz woanders. Zwei Aufseher stellten sich auf, während sie Platz nahmen. Das Zimmer enthielt ein Sofa, zwei Klappstühle, eine Reihe alter Aktenschränke und sah aus wie das Büro irgendeines unbedeutenden Verwaltungsangestellten, den man für diesen Abend von seinem Platz vertrieben hatte.

Die beiden Bewacher wogen jeder etwa hundertdrei-ßig Kilo, ihre Nacken maßen mindestens einen halben Meter in der Breite, und ihre Köpfe waren vorschrifts-mäßig geschoren. Nach fünf unbehaglichen Minuten hatte Butch genug. Er ging ein paar Schritte auf sie zu und provozierte sie mit der furchtlosen Frage: »Und was genau macht ihr zwei hier drin?«

»Anweisungen befolgen«, sagte der eine.

»Wessen Anweisungen?«

»Die der Anstaltsleitung.«

»Merkt ihr eigentlich nicht, wie bescheuert ihr aus-seht? Wir sind die Familie des Verurteilten, wir warten darauf, dass wir ein paar Minuten mit unserem Bruder verbringen können, in diesem beschissenen kleinen Loch ohne Fenster, mit Betonwänden und einer einzigen Tür, und ihr steht hier Wache, als wären wir gefährlich. Merkt ihr nicht, wie bescheuert das ist?«

Die Stiernacken schienen sich noch weiter auszudeh-nen. Die Gesichter liefen puterrot an. Wäre Butch ein Insasse gewesen, hätten sie ihn jetzt zusammengeschla-gen. Aber er war keiner. Er war ein Bürger, ein ehema-liger Strafgefangener, der alle Polizisten, Beamten, Auf-seher, Wärter und Wach- und Sicherheitsleute jeder Art von ganzem Herzen hasste. Wer eine Uniform trug, war automatisch sein Feind.

»Sir, bitte setzen Sie sich«, sagte einer der beiden kühl.

»Nur falls ihr das noch nicht kapiert habt, ihr Dep-pen, ihr könnt diesen Raum von der anderen Seite der Tür aus genauso gut bewachen wie hier drinnen. Ich schwör's. Ganz im Ernst. Ich weiß, ihr seid wahrscheinlich nicht dafür ausgebildet, das zu kapieren, aber ihr könntet durch diese Tür gehen und eure fetten Ärsche draußen parken, dann wäre hier drin immer noch alles sicher, aber wir hätten ein bisschen unsere Ruhe. Wir könnten uns mit unserem kleinen Bruder unterhalten, ohne darüber nachdenken zu müssen, dass ihr Komiker alles mitbekommt.«

»Lass jetzt besser gut sein, Kumpel.«

»Nur los, einfach durch die Tür gehen, sie von außen zumachen, dann immer schön ein Auge drauf haben und fein Wache halten. Ich bin sicher, ihr kriegt das hin. Ich weiß, ihr passt ganz toll auf uns auf.«

Natürlich rührte sich keiner der beiden, und Butch setzte sich schließlich auf einen Klappstuhl neben seine Mutter. Nach einer halben Stunde, die ihnen endlos vorkam, trat der Gefängnisleiter mit seinem ganzen Stab ein und stellte sich vor. »Die Exekution ist immer noch für eine Minute nach Mitternacht anberaumt«, sagte er in offiziellem Ton, als wäre er in einer Routinebesprechung. »Wir rechnen nicht mit einem Anruf aus dem Büro des Gouverneurs.« Kein Hauch von Mitgefühl.

Inez schlug beide Hände vors Gesicht und fing leise an zu weinen.

»Die Verteidiger bemühen sich wie immer, in letzter Minute noch etwas zu bewirken, aber unsere Anwälte haben uns gesagt, dass mit einer Begnadigung nicht zu rechnen ist.«

Leon und Butch blickten zu Boden.

»Wir lockern die Vorschriften ein wenig bei solchen Gelegenheiten. Sie dürfen so lange hier drinnen bleiben, wie Sie möchten, und wir bringen Raymond kurz herein. Es tut mir leid, dass es so weit gekommen ist. Wenn ich etwas für Sie tun kann, lassen Sie es mich wissen.«

»Sorgen Sie dafür, dass diese zwei Dumpfbacken verschwinden.« Butch zeigte auf die Aufseher. »Wir wären gern unter uns.«

Der Gefängnisleiter zögerte einen Augenblick, sah sich im Raum um und sagte dann: »Kein Problem.« Er ging und nahm die Aufseher mit. Fünfzehn Minuten später öffnete sich die Tür erneut, und mit einem breiten Grinsen trat Raymond herein, um direkt auf seine Mutter zuzusteuern. Nach einer langen Umarmung und ein paar Tränen drückte er seine Brüder kräftig und berichtete, dass sich die Dinge zu ihren Gunsten entwickelten. Sie zogen die Stühle zum Sofa und setzten sich eng zusammen. Raymond ergriff die Hände seiner Mutter.

»Wir werden die Arschlöcher kurz vor dem Ziel stoppen«, sagte er, immer noch grinsend, ein Muster an Selbstvertrauen. »Meine Anwälte reichen in diesem Augenblick tonnenweise Habeas-Corpus-Klagen ein, und sie sind sich ziemlich sicher, dass der U. S. Supreme Court die Revision zulassen wird.«

»Was heißt das?«, frage Inez.

»Das heißt, dass der Supreme Court sich mit dem Fall befassen will, und das bedeutet automatisch einen Aufschub. Das heißt, dass wir vermutlich in Ford County ein neues Verfahren bekommen, wobei ich nicht weiß, ob ich das dort will.«

Raymond trug weiße Gefängniskleidung, keine Socken und ein Paar billige Gummisandalen. Es war nicht zu übersehen, dass er Speck angesetzt hatte. Seine Wangen waren rund und aufgedunsen. Ein Rettungsring hing ihm über den Gürtel. Sie hatten ihn fast sechs Wochen nicht gesehen, und seine Gewichtszunahme war bemerkenswert. Wie gewöhnlich plapperte er über Dinge, die sie nicht verstanden und auch nicht glaubten, zumindest Butch und Leon nicht. Raymond besaß von jeher eine blühende Fantasie, ausgeprägte Schlagfertigkeit und die angeborene Unfähigkeit, die Wahrheit zu sagen.

Der Junge konnte das Blaue vom Himmel lügen.

»Ich hab zwei Dutzend Anwälte, die sich da reinverbissen haben«, sagte er. »Da hat der Staat gar keine Chance.«

»Wann wirst du was vom Supreme Court hören?«, wollte Inez wissen.

»Jeden Augenblick. Ich hab Bundesrichter in Jackson, New Orleans und Washington sitzen, die warten nur drauf, dem Staat in den Arsch zu treten.«

Nachdem ihm der Staat elf Jahre lang in denselben getreten hatte, war es schwer, zu glauben, dass es Raymond jetzt, in letzter Sekunde, gelingen sollte, das Blatt zu wenden. Leon und Butch nickten ernst, als nähmen sie ihm seine Geschichte ab und glaubten tatsächlich, dass das Unvermeidliche nicht stattfinden würde. Sie wussten seit langem, dass ihr kleiner Bruder Childers aufgelauert und ihm mit der gestohlenen Flinte buchstäblich den Kopf weggeblasen hatte. Raymond hatte Butch vor Jahren, lange nachdem er in der Todeszelle gelandet war, erzählt, er sei so stoned gewesen, dass er sich an den Mord kaum erinnern könne.

»Außerdem haben wir in Jackson ein paar Promianwälte, die Druck auf den Gouverneur machen, nur falls sich der Supreme Court wieder mal drückt«, sagte er.

Alle drei nickten, aber niemand erwähnte, was der Gefängnisleiter gesagt hatte.

»Hast du meinen letzten Brief bekommen, Mama? Den über den neuen Anwalt?«

»Ja, sicher. Hab ihn auf der Fahrt hierher gelesen«, sagte sie mit einem Nicken.

»Ich will ihn beauftragen, sobald das neue Verfahren grünes Licht hat. Er ist aus Mobile und knallhart, kann ich euch sagen. Aber wir können später noch über ihn reden.«

»Sicher, mein Sohn.«

»Danke. Schau, Mama, ich weiß, dass das schwer ist, aber du musst Vertrauen haben, in mich und meine Anwälte. Ich kümmere mich jetzt seit einem Jahr selber um meine Verteidigung und sag den Anwälten, was sie tun sollen, weil das muss man heutzutage, und es wird alles gut werden, Mama. Vertrau mir.«

»Mach ich doch, mach ich doch.«

Raymond sprang auf die Füße und hob die Arme, um sich mit geschlossenen Augen zu dehnen. »Ich mach jetzt Yoga, hab ich das erzählt?«

Die drei nickten. Seine Briefe waren voll gewesen mit Einzelheiten über seine neue Leidenschaft. Über die Jahre hatte die Familie alle seine enthusiastischen Berichte ertragen, wie er zum Buddhismus, zum Islam, zum Hinduismus übergetreten war, wie er Meditation, Kung-Fu, Aerobic, Gewichtheben und Fasten entdeckt hatte und natürlich wie er versucht hatte, Dichter, Schriftsteller, Sänger und Musiker zu werden. Er hatte in seinen Briefen an zu Hause wenig ausgelassen.

Was auch immer aktuell war, mit Fasten und Aerobic hatte es augenscheinlich nichts zu tun. Raymond war so dick, dass seine Hosen am Hintern spannten.

»Hast du Brownies mitgebracht?«, fragte er seine Mutter. Er liebte ihre Pekannuss-Brownies.

»Nein, Schatz, tut mir leid. Ich war so durcheinander wegen dieser ganzen Sache.«

»Du bringst immer welche mit.«

»Tut mir leid.«

Das war typisch für Raymond. Sein letzter Gang lag nur noch wenige Stunden entfernt, und er schimpfte seine Mutter wegen nichts.

»Okay, aber vergiss sie nicht wieder.«

»Bestimmt nicht, Schatz.«

»Und noch was. Tallulah dürfte jeden Moment kommen. Sie würde euch zu gern kennenlernen, weil ihr habt sie ja nie gewollt. Sie gehört zur Familie, ganz egal, was ihr meint. Und deshalb bitte ich euch in diesem unerfreulichen Augenblick meines Lebens um den Gefallen, sie zu akzeptieren und nett zu ihr zu sein.«

Leon und Butch konnten nichts sagen. Inez brachte nur heraus: »Ja, mein Herz.«

»Wenn ich endlich draußen bin aus diesem verdammten Kasten, ziehen wir nach Hawaii und bekommen zehn Kinder. Ich bleibe auf gar keinen Fall in Mississippi, nicht nach all dem, was passiert ist. Sie gehört also von jetzt an zur Familie.«

Zum ersten Mal sah Leon auf seine Uhr und dachte, dass es nur noch zwei Stunden waren, bis sie erlöst wären. Auch Butch gingen Gedanken durch den Kopf, allerdings bewegten sie sich in eine ganz andere Richtung.

Die Idee, Raymond zu erwürgen, ehe ihn der Staat umbringen konnte, brachte ihn in eine echte Zwickmühle.

Raymond stand plötzlich auf und sagte: »Gut, also, ich muss mich noch mit den Anwälten treffen. In einer halben Stunde bin ich zurück.« Er ging zur Tür, öffnete sie und streckte die Arme vor, um sich die Handschellen anlegen zu lassen. Als die Tür wieder zu war, sagte Inez: »Ich glaube, alles wird gut.«

»Mama, denk dran, was der Direktor gesagt hat«, meinte Leon.

»Raymond lügt sich in die eigene Tasche«, fügte Butch hinzu. Inez fing wieder an zu weinen.

Der Anstaltsgeistliche, Pater Leland, ein katholischer Priester, stellte sich mit leiser Stimme der Familie vor. Sie boten ihm einen Platz an.

»Es tut mir alles so leid«, sagte er düster. »Das ist das Schlimmste an meinem Beruf.«

Katholiken waren eine Seltenheit in Ford County, und die Graneys kannten keinen einzigen. Misstrauisch beäugten sie den weißen Kragen um seinen Hals.

»Ich habe versucht, mit Raymond zu reden«, fuhr Pater Leland fort. »Aber er zeigt wenig Interesse am christlichen Glauben. Er sagte, er sei seit seiner Kindheit nicht oft in der Kirche gewesen.«

»Hätte ich ihn doch öfter mitgenommen«, jammerte Inez.

»Er bezeichnet sich gar als Atheist.«

»O Gott.«

Natürlich wussten die Graneys seit geraumer Zeit, dass Raymond jeglichem Glauben abgeschworen hatte und die Meinung vertrat, dass es keinen Gott gebe. Auch das hatten sie seinen epischen Briefen in allen Einzelheiten entnehmen können.

»Wir sind keine Kirchgänger«, räumte Leon ein.

»Ich werde für Sie beten.«

»Raymond hat das Auto von der Frau des Deputys auf dem Parkplatz vor der Kirche geklaut«, sagte Butch. »Hat er Ihnen das erzählt?«

»Nein. Wir haben uns viel unterhalten in letzter Zeit, und er hat mir viele Geschichten erzählt. Aber diese nicht.«

»Danke, Sir, dass Sie so freundlich zu Raymond sind«, sagte Inez.

»Ich werde bis zum Ende bei ihm bleiben.«

»Dann wird es also tatsächlich passieren?«, fragte sie.

»Es müsste schon ein Wunder geschehen, um den Lauf der Dinge jetzt noch aufzuhalten.«

»Herr im Himmel, hilf«, sagte sie.

»Lasset uns beten.« Pater Leland schloss die Augen, faltete die Hände und begann: »Vater unser im Himmel, schau herab auf uns in dieser Stunde, sende den Heiligen Geist auf uns herab und schenke uns Frieden. Schenke den Anwälten und Richtern, die sich in diesem Moment redlich bemühen, Kraft und Weisheit. Und schenke Raymond Mut, jetzt, da er sich auf die schwerste Stunde vorbereitet.« Pater Leland hielt einen Moment lang inne, um kaum merklich sein linkes Auge zu öffnen. Alle drei Graneys starrten ihn an, als hätte er zwei Köpfe. Irritiert schloss er das Auge wieder und kam rasch zum Ende: »Heiliger Vater, gewähre den verantwortlichen Beamten und den Menschen von Mississippi Gnade und Vergebung, denn sie wissen nicht, was sie tun. Amen.«

Er verabschiedete sich, und sie warteten ein paar Minuten, bis Raymond zurückkam. Er hatte seine Gitarre dabei, und sobald er sich auf dem Sofa eingerichtet hatte, schlug er ein paar Akkorde an. Er schloss die Augen und fing an zu summen. Dann sang er:

I got time to see you baby
I got time to come on by
I got time to stay forever
'Cause I got no time to die.

»Das ist ein altes Stück von Mudcat Malone«, erklärte er. »Einer von meinen Lieblingssongs.«

I got time to see you smilin'
I got time to see you cry
I got time to hold you baby
'Cause I got no time to die.

Das Lied war anders als alles, was sie bislang je gehört hatten. Butch hatte einmal Banjo in einer Bluegrass-Band gespielt, aber das Musikmachen schon vor vielen Jahren aufgegeben. Er hatte nicht das mindeste Talent zum Singen, ebenso wenig wie sein jüngerer Bruder. Raymond gab ein kehliges Brummen von sich in dem übertriebenen Versuch, wie ein schwarzer Bluessänger zu klingen, und zwar einer in tiefer Verzweiflung.

I got time to be yo' daddy
I got time to be yo' guy

I got time to be yo' lover
'Cause I got no time to die.

Als der Text zu Ende war, spielte er ohne Gesang weiter und stellte sich dabei ganz passabel an. Butch freilich fand, dass sein Können auf der Gitarre nach elf Jahren Üben in seiner Zelle immer noch ziemlich armselig war.

»Ist das schön!«, sagte Inez.

»Danke, Mama. Und jetzt eins von Little Bennie Burke, dem wahrscheinlich Besten von allen. Er stammt übrigens aus Indianola, habt ihr das gewusst?« Sie hatten es nicht gewusst. Wie der Großteil der weißen Landbevölkerung hatten sie keine Ahnung von Blues und noch weniger Interesse daran.

Raymonds Gesicht verzerrte sich erneut. Er schlug härter in die Saiten.

I packed my bags on Monday
Tuesday said so long
Wednesday saw my baby
Thursday she was gone
Got paid this Friday mornin'
Man said it's all right
Told him he could shove it
I'm walkin' out tonight.

Leon sah auf die Uhr. Es war jetzt kurz vor elf, noch eine gute Stunde. Er war nicht sicher, ob er eine weitere Stunde lang Raymonds Blues zuhören könnte, fügte sich dann aber. Butch ging der Gesang auch auf die Nerven, doch er schaffte es, ruhig sitzen zu bleiben, mit geschlossenen Augen, als beruhigten ihn Worte und Musik.

I'm tired of pickin' cotton
I'm tired of shootin' dice
I'm tired of getting' hassled
I'm tired of tryin' to be nice
I'm tired of workin' for nothing
I'm tired of havin' to fight
Everything's behind me now
I'm walking out tonight.

Dann wusste Raymond den Text nicht mehr weiter und fuhr summend fort. Nachdem er schließlich geendet hatte, blieb er eine Minute lang mit geschlossenen Augen sitzen, als hätte die Musik ihn in eine andere Welt versetzt, an einen viel schöneren Ort.

»Wie spät ist es, Bruder?«, fragte er Leon.

»Punkt elf.«

»Ich muss noch mal bei den Anwälten nachfragen. Sie rechnen damit, dass jetzt die Entscheidung fällt.«

Er stellte die Gitarre in eine Ecke, klopfte an die Tür und trat hindurch. Die Aufseher legten ihm Handschellen an und führten ihn weg. Minuten später kam aus der Küche ein ganzer Trupp von Männern mitsamt einer bewaffneten Eskorte. Eilig stellten sie einen quadratischen Klapptisch auf und verteilten größere Mengen Speisen darauf. Sofort war der Raum erfüllt von den Gerüchen, und Leon und Butch bekamen vor Hunger ganz weiche Knie. Sie hatten seit dem Mittag nichts gegessen. Inez war zwar viel zu sehr mit anderen Dingen beschäftigt, um an Essen zu denken, sah sich das Festbüfett aber genauestens an. Catfish gebacken, Pommes frites, frittierte Maisbällchen und Krautsalat standen in der Mitte des Tisches. Rechts davon türmte sich ein riesiger Cheeseburger mit einer weiteren Portion Pommes frites und frittierten Zwiebelringen auf. Links lag eine mittelgroße Pizza mit Peperoni und blubbernd heißem Käse. Direkt vor dem Catfish war ein großes Stück von etwas, das wie Zitronenkuchen aussah, daneben ein Dessertteller mit einem Schokoladenkuchen. Eine Schüssel mit Vanilleeis fand an der Tischkante gerade noch Platz.

Während die drei Graneys auf das Essen starrten, sagte einer der Aufseher: »Zu seiner letzten Mahlzeit bekommt er, was er will.«

»O Gott.« Inez fing erneut an zu weinen.

Als sie wieder allein waren, versuchten Butch und Leon, das Essen zu ignorieren, das sie fast berühren konnten, aber die Düfte waren überwältigend. Catfish im Teigmantel, in Maisöl ausgebacken. Frittierte Zwiebelringe. Peperoni. Die Luft in den kleinem Raum war erfüllt von den konkurrierenden, aber köstlichen Gerüchen.

Von den dargebotenen Speisen hätten leicht vier Personen satt werden können.

Um 23.15 Uhr kam Raymond lautstark fluchend zurück. Er meckerte über die Aufseher und beschwerte sich zusammenhanglos über seine Anwälte. Als er das Essen sah, vergaß er all seine Probleme und seine Familie und nahm den einzigen Platz am Tisch ein. Überwiegend die Finger benutzend, stopfte er sich Pommes und Zwiebelringe in den Mund und fing an zu erzählen.

»Das Berufungsgericht hat uns gerade abgewiesen, diese Deppen. Unser Habeas-Corpus-Antrag war wundervoll, hab ihn selbst verfasst. Wir sind auf dem Weg nach Washington, zum Supreme Court. Da steht eine Großkanzlei parat, bereit zum Angriff. Sieht alles gut aus …« Er stopfte sich noch mehr Essen in den Mund und kaute dann, ohne seine Rede zu unterbrechen. Inez blickte auf ihre Füße und wischte sich Tränen aus den Augen. Butch und Leon schienen geduldig zuzuhören, während sie den Fliesenboden betrachteten.

»Tallulah schon gesehen?«, fragte Raymond, der immer noch mit vollem Mund malmte, nach einem Schluck Eistee.

»Nein«, sagte Leon.

»Schlampe. Die will doch nur die Buchrechte für meine Lebensgeschichte. Aber die wird sie nicht kriegen. Ich übertrage sämtliche literarischen Rechte auf euch drei. Na, wie findet ihr das?«

»Schön«, sagte Leon.

»Toll«, sagte Butch.

Raymond hatte eine zweihundert Seiten lange Autobiografie geschrieben, die von jedem Verleger der Vereinigten Staaten abgelehnt worden war. Das letzte Kapitel seines Lebens stand nun kurz vor dem Abschluss.

Er kaute schmatzend, während er ohne Sinn und Verstand über Fisch, Burger und Pizza herfiel und dabei auf dem Tisch schwere Verwüstungen anrichtete. Gabel und Finger wanderten über den Tisch, häufig gleichzeitig in verschiedene Richtungen, stießen, stocherten, schnappten und beförderten neue Bissen in seinen Mund, kaum dass er geschluckt hatte. Ein dem Hungertod nahes Schwein an einem Fresstrog hätte weniger Lärm gemacht. Inez hatte sich nie lange mit Tischmanieren aufgehalten, und ihre Söhne besaßen alle keine. Aber nach elf Jahren im Todestrakt hatten Raymonds ohnehin miserable Angewohnheiten neue Dimensionen erreicht.

Leon allerdings war inzwischen mit einer Frau verheiratet, die eine gute Erziehung genossen hatte. Nach zehn Minuten platzte er in das letzte Mahl hinein. »Musst du so schmatzen?«, fauchte er.

»Verdammt, Mann, du machst mehr Lärm als ein Pferd beim Maisfressen«, fiel Butch sofort mit ein.

Raymond erstarrte und funkelte seine Brüder an. Ein paar spannungsgeladene Sekunden lang stand die Situation auf der Kippe, und es war durchaus möglich, dass es zu einer klassischen Graney-Prügelei mit Flüchen und persönlichen Beleidigungen kommen würde. Über die Jahre hatte es einige wilde Raufereien im Besucherraum des Todestraktes gegeben, alle schmerzvoll, alle denkwürdig. Diesmal allerdings blieb Raymond ruhig.

»Meine letzte Mahlzeit«, sagte er. »Und meine eigene Familie motzt an mir herum.«

»Ich nicht«, sagte Inez.

»Danke, Mama.«

Leon hob kapitulierend die Hände. »Entschuldige. Wir sind alle ein bisschen nervös.«

»Nervös?«, sagte Raymond. »Du meinst wohl, ihr seid nervös?«

»Tut mir leid, Ray.«

»Mir auch«, sagte Butch, aber nur weil es von ihm erwartet wurde.

»Lust auf ein Maisbällchen?« Raymond hielt Butch eines entgegen.

Noch vor ein paar Minuten war ihnen dieses letzte Mahl unwiderstehlich vorgekommen. Und obwohl nach Raymonds wilder Attacke der Tisch halb in Trümmern lag, hätte Butch nur zu gern ein paar Pommes und ein Maisbällchen genommen. Trotzdem lehnte er ab. Es schien irgendwie makaber, einem Menschen von seinem letzten Mahl etwas wegzuessen. »Nein danke«, sagte er.

Nachdem er wieder zu Atem gekommen war, aaste Raymond weiter, wenn auch langsamer und gemäßigter. Er aß Zitronen- und Schokokuchen auf, dann das Eis, rülpste laut und lachte darüber. »Das ist auf jeden Fall nicht meine letzte Mahlzeit«, sagte er schließlich, »das versprech ich euch.«

Es klopfte an der Tür, ein Aufseher trat ein und sagte: »Mr. Tanner möchte Sie sehen.«

»Schicken Sie ihn rein«, sagte Raymond. »Mein leitender Anwalt«, verkündete er seiner Familie stolz.

Mr. Tanner war ein schmächtiger junger Mann mit Glatzenansatz in einem verblichenen marineblauen Sakko, abgetragenen hellen Baumwollhosen und ausgetretenen Tennisschuhen. Er trug keine Krawatte. Unter dem Arm hatte er einen Stapel Papier. Sein Gesicht war blass und hager, und er sah aus, als hätte er dringend Erholung nötig. Raymond stellte ihn der Familie vor, aber Mr. Tanner machte nicht den Eindruck, als freute er sich in diesem Moment über neue Bekanntschaften.

»Der Supreme Court hat uns gerade abgewiesen«, verkündete er mit Grabesmiene.

Raymond schluckte schwer, der Raum versank in Schweigen.

»Was ist mit dem Gouverneur?«, fragte Leon schließlich. »Und den Anwälten, die mit ihm reden wollten?« Tanner warf Raymond einen verdutzten Blick zu. Der sagte: »Ich hab sie alle gefeuert.«

»Und was ist mit den Anwälten in Washington?«, fragte Butch.

»Hab ich auch gefeuert.«

»Und die Großkanzlei in Chicago?«, fragte Leon.

»Hab ich auch gefeuert.«

Tanner blickte zwischen den Graneys hin und her.

»Kein guter Zeitpunkt, um Anwälte zu feuern«, sagte Leon.

»Welche Anwälte?«, fragte Tanner. »Ich bin der einzige Anwalt, der an diesem Fall arbeitet.«

»Sie sind auch gefeuert.« Raymond rammte sein Glas Eistee so heftig auf den Klapptisch, dass Eis und Tee an die Wand spritzten. »Na los, bringt mich schon um!«, schrie er. »Mir ist es jetzt egal.«

Ein paar Sekunden lang wagte niemand zu atmen, dann öffnete sich plötzlich die Tür, und der Gefängnisleiter kam mitsamt seinem Gefolge zurück. »Es wird Zeit, Raymond«, sagte er ziemlich ungeduldig. »Mit der Berufung ist es vorbei, und der Gouverneur liegt längst im Bett.«

Es entstand eine lange Pause, als ihnen klarwurde, dass jetzt nichts mehr zu ändern war. Inez weinte. Leon starrte mit leerem Blick auf die Wand, an der Tee und Eisreste zu Boden rannen. Butch betrachtete gedankenverloren die letzten beiden Maisbällchen. Tanner schien einer Ohnmacht nahe.

111

Raymond räusperte sich und sagte: »Ich möchte gerne diesen katholischen Typ sehen. Wir müssen beten.«

»Ich gehe ihn holen«, sagte der Gefängnisleiter. »Sie haben einen letzten Augenblick mit Ihrer Familie, dann ist es Zeit, zu gehen.«

Er verschwand und mit ihm sein Gefolge. Tanner folgte ihnen eilig.

Raymond ließ die Schultern sinken, sein Gesicht war blass. Sein trotziger Mut war verflogen. Langsam ging er auf seine Mutter zu, ließ sich vor ihr auf die Knie sinken und legte ihr den Kopf in den Schoß. Sie strich ihm über die Haare, wischte sich die Augen und sagte immer wieder: »O Gott, o Gott.«

»Es tut mir so leid, Mama«, murmelte Raymond. »Es tut mir so leid.«

Einen Moment lang weinten sie zusammen, während Leon und Butch schweigend danebenstanden. Raymonds Augen waren feucht und rot, seine Stimme schwach und dünn. »Das war's dann wohl«, sagte er zu dem Priester, der traurig nickte und ihm auf die Schulter klopfte.

»Ich werde mit Ihnen in der Isolationszelle sein, Raymond«, sagte er. »Wir werden dort ein letztes Gebet zusammen sprechen, wenn Sie möchten.«

»Ist wahrscheinlich keine schlechte Idee.«

Die Tür öffnete sich erneut, und der Anstaltsleiter kam zurück. Er wandte sich an die Graneys und Pater Leland. »Hören Sie, bitte«, sagte er. »Das ist meine vierte Exekution, und ich habe inzwischen ein paar Dinge gelernt. Zum Beispiel, dass es keine gute Idee ist, wenn die Mutter der Hinrichtung beiwohnt. Ich empfehle Ihnen dringend, Mrs. Graney, hierzubleiben, in diesem Raum, etwa eine Stunde lang, bis alles vorbei ist. Wir haben eine Krankenschwester, sie wird mit Ihnen warten. Sie hat ein Beruhigungsmittel dabei, und ich rate Ihnen, es zu nehmen. Bitte.« Er sah Leon und Butch mit nachdrücklichem Blick an. Beide verstanden die Botschaft.

»Ich werde bis zum Ende dabei sein«, sagte Inez und heulte dann so laut auf, dass selbst der Gefängnisleiter eine Gänsehaut bekam.

Butch trat neben sie und streichelte ihre Schulter.

»Du musst hierbleiben, Mama«, sagte Leon. Inez weinte wieder.

»Sie bleibt hier«, sagte Leon zum Gefängnisleiter. »Geben Sie ihr diese Pille.«

Raymond nahm seine beiden Brüder in die Arme und sagte ihnen zum ersten Mal im Leben, dass er sie liebe, was ihm sogar in diesem schrecklichen Moment schwerfiel. Er küsste seine Mutter auf die Wange und verabschiedete sich.

»Sei ein Mann«, sagte Butch mit zusammengebissenen Zähnen und feuchten Augen, und sie umarmten sich ein letztes Mal.

Raymond wurde weggeführt, und die Krankenschwester betrat das Zimmer. Sie reichte Inez eine Pille und ein Glas Wasser, und binnen Minuten war Inez in ihrem Rollstuhl zusammengesunken. Die Krankenschwester setzte sich neben sie und sagte, an Butch und Leon gewandt: »Es tut mir so leid.«

Um 0.15 Uhr ging die Tür auf, und ein Aufseher sagte: »Kommen Sie.« Die Brüder wurden aus dem Raum geführt, in den Flur hinaus, der voller Aufseher, Beamter und Schaulustiger war, die das Glück gehabt hatten, Zutritt zu bekommen, und dann zurück zum Haupteingang. Die Luft draußen war noch immer schwer und dick, die Hitze hatte nicht nachgelassen. Sie zündeten sich rasch eine Zigarette an, während sie auf einem schmalen Pfad am Westflügel des Hochsicherheitstraktes entlanggingen, vorbei an den offenen Fenstern, die mit dicken schwarzen Stäben gesichert waren. Auf ihrem langsamen Weg zur Todeskammer hörten sie, wie die anderen Verurteilten an ihre Zellentüren hämmerten und ihren Protest hinausbrüllten, so viel Lärm machten, wie sie nur irgend konnten, als letzten Gruß für einen der Ihren.

Butch und Leon rauchten erregt und wollten am liebsten mitschreien, zur Unterstützung, aus Solidarität. Stattdessen blieben beide stumm. Als sie um eine Ecke bogen, lag vor ihnen ein kleines, flaches Gebäude aus rotem Backstein, vor dessen Tür Aufseher und etliche andere Leute warteten. Daneben stand ein Krankenwagen. Die Brüder wurden von ihrer Eskorte durch eine Seitentür in den überfüllten Zeugenraum geführt. Beim Eintreten sahen sie all die Gesichter, die sie erwartet hatten, aber sie interessierten sie nicht. Sheriff Walls war da, weil das Gesetz es so vorschrieb. Der Staatsanwalt war aus freien Stücken da. Charlene, Childers' Witwe mit der langen Leidensgeschichte, saß neben dem Sheriff. Sie war in Begleitung zweier kräftiger junger Mädchen, die offensichtlich ihre Töchter waren. Die Opferseite des Zeugenraumes war durch eine Plexiglasscheibe abgetrennt, so dass man die Familie des Verurteilten anstarren, aber nicht anschreien und beleidigen konnte. Butch und Leon saßen auf Plastikstühlen. Fremde schlurften hinter ihnen herein, und als alle saßen, wurde die Tür geschlossen. Es war heiß und voll im Zeugenraum.

Sie starrten ins Leere. An den Fenstern vor ihnen waren schwarze Vorhänge zugezogen, so dass sie die grausigen Vorbereitungen auf der anderen Seite nicht verfolgen konnten. Es gab Geräusche, kaum wahrnehmbare Bewegungen. Plötzlich wurden die Vorhänge beiseitegerissen, und sie blickten in die Todeskammer, vier mal fünf Meter groß, mit frisch gestrichenem Betonboden. In der Mitte stand die Gaskammer, ein achteckiger silberfarbener Zylinder, der wiederum Fenster hatte, damit der Vorgang ordnungsgemäß bezeugt und anschließend der Tod festgestellt werden konnte.

Und da war Raymond, auf einen Stuhl in der Gaskammer geschnallt, den Kopf mit schaurigen Riemen fixiert, so dass er nur geradeaus blicken und die Zeugen nicht anschauen konnte. Er schien nach oben zu sehen, während der Gefängnisleiter mit ihm sprach. Neben dem Direktor waren ein als offizieller Zeuge bestellter Beamter anwesend, ebenso einige Aufseher und natürlich der Scharfrichter und sein Assistent. Jeder von ihnen hatte eine bestimmte Aufgabe zu erfüllen, und alle zeigten grimmig-entschlossene Mienen, als wären sie persönlich von diesem Ritual betroffen. Sie alle waren Freiwillige, bis auf den Gefängnisleiter und den Beamten.

Ein kleiner Lautsprecher, der im Zeugenraum an einem Nagel hing, übertrug die letzten Äußerungen und Geräusche.

Der Beamte trat nahe an die Tür der Gaskammer heran und sagte: »Raymond Graney, ich bin gesetzlich verpflichtet, Ihnen Ihren Hinrichtungsbefehl zu verlesen.« Er hob ein Blatt Papier und fuhr fort: »Gemäß dem gegen Sie vom Berufungsgericht von Ford County verhängten Schuldspruch und Todesurteil wird hiermit angeordnet, dass die Exekution durch tödliches Gas in der Gaskammer der staatlichen Justizvollzugsanstalt des Bundesstaates Mississippi in Parchman an Ihnen vollstreckt wird. Möge Gott Ihrer Seele gnädig sein.« Dann trat er zur Seite und griff nach dem Hörer eines an der Wand befestigten Telefons. Er horchte und sagte: »Kein Aufschub.«

Der Gefängnisleiter fragte: »Gibt es irgendwelche Gründe, warum diese Hinrichtung nicht fortgeführt werden sollte?«

»Nein«, erwiderte der Beamte.

»Ihre letzten Worte, Raymond?«

Raymonds Stimme war kaum wahrnehmbar, aber in der absoluten Stille des Zeugenraumes wurde er gehört: »Es tut mir leid, was ich getan habe. Ich bitte die Familie von Coy Childers um Vergebung. Mein Gott hat mir vergeben. Bringen wir's hinter uns.«

Die Aufseher verließen den Hinrichtungsraum, der Gefängnisleiter und der Beamte blieben zurück und entfernten sich so weit wie möglich von Raymond. Der Scharfrichter trat vor und schloss die schmale Tür der Gaskammer. Sein Assistent überprüfte die Dichtungen. Als die Kammer bereit war, sahen sich beide kurz prüfend im Raum um. Alles in Ordnung. Der Scharfrichter verschwand in einem kleinen Verschlag, dem Chemikalienraum, um die Gasventile zu bedienen.

Lange Sekunden verstrichen. Die Zeugen gafften voll fasziniertem Abscheu und mit stockendem Atem. Auch Raymond hielt den Atem an.

Der Scharfrichter steckte einen Behälter mit Schwefelsäure an einen Schlauch, der vom Chemikalienraum zu einer Mulde direkt unter Raymonds Stuhl in der Gaskammer führte. Er zog an einem Hebel, um den Behälter zu öffnen. Ein Klicken war zu hören, das die meisten Zuschauer zusammenfahren ließ. Auch Raymond fuhr zusammen. Seine Finger krallten sich um die Armlehnen des Stuhls. Sein Rückgrat versteifte sich. Ein paar Sekunden vergingen, dann reagierte die Schwefelsäure mit dem Zyanid, das sich bereits in der Mulde befand, und das tödliche Gas begann aufzusteigen. Als Raymond die Luft nicht mehr länger anhalten konnte, sog er so viel wie möglich von dem Gift ein, um den Prozess zu beschleunigen. Sein Körper antwortete mit Zuckungen und Krämpfen. Seine Schultern schnellten zurück. Sein Kinn und seine Stirn pressten sich mit aller Kraft gegen die Kopfriemen. Seine Hände, Arme und Beine zuckten wild in dem immer dichter aufsteigenden Gas.

Rund eine Minute lang wehrte sich sein Körper heftig, dann entfaltete das Zyanid seine Wirkung. Die Krämpfe ließen nach. Sein Kopf wurde reglos. Seine Finger lösten ihren Todesgriff von den Armlehnen. Die Luft wurde immer undurchdringlicher, während Raymonds Atmung sich verlangsamte und schließlich stoppte. Ein letztes Zucken in seinen Brustmuskeln, eine leichte Vibration seiner Hände, dann war es endlich vorbei.

Um 0.31 Uhr wurde er für tot erklärt. Die schwarzen Vorhänge wurden zugezogen und die Zeugen aus dem

Raum gescheucht. Draußen lehnten sich Butch und Leon an eine Ecke des Backsteingebäudes und rauchten eine Zigarette.

Im Hinrichtungsraum wurde ein Abzug an der Gaskammer geöffnet, so dass das Gas in die stickige Luft über Parchman entweichen konnte. Fünfzehn Minuten später kamen Aufseher mit Handschuhen, die Raymond losschnallten und seinen Leichnam aus dem Raum zogen. Seine Kleidung wurde ihm vom Leib geschnitten, um später verbrannt zu werden. Die Leiche wurde mit kaltem Wasser abgebraust, mit Küchentüchern getrocknet und dann wieder in Gefängniskleidung gesteckt und in einen billigen Kiefernsarg gelegt.

Leon und Butch setzten sich zu ihrer Mutter und warteten auf den Gefängnisleiter. Inez stand immer noch unter der Wirkung des Beruhigungsmittels, aber sie begriff klar und deutlich, was vor wenigen Minuten geschehen war. Sie hatte ihren Kopf in die Hände gelegt, weinte leise und murmelte nur hin und wieder vor sich hin. Ein Aufseher kam herein und fragte nach den Schlüsseln für Mr. McBrides Transporter. Eine Stunde verstrich.

Schließlich betrat der Gefängnisleiter den Raum, er kam direkt von der Pressekonferenz. Er äußerte ein paar sentimental klingende Beileidsbekundungen und bemühte sich sogar erfolgreich, eine mitfühlende Trauermiene aufzusetzen, ehe er Leon bat, einige Formulare zu unterschreiben. Er erklärte, dass Raymond fast eintausend Dollar auf seinem Gefängniskonto hinterlassen habe, die würden binnen einer Woche per Scheck zugestellt. Er sagte, der Transporter sei beladen mit dem Sarg und vier Kisten, die Raymonds Habseligkeiten beinhalteten – seine

Gitarre, Kleidung, Bücher, Korrespondenz, juristische Unterlagen und Manuskripte. Sie dürften jetzt gehen.

Der Sarg wurde zur Seite geschoben, damit Inez daran vorbeigerollt werden konnte, und als sie ihn berührte, erlitt sie einen erneuten Zusammenbruch. Leon und Butch rückten die Kisten zurecht, befestigten den Rollstuhl und schoben den Sarg wieder zurück. Als alles an seinem Platz war, folgten sie einem Wagen voller Aufseher zurück zum vorderen Teil der Gefängnisanlage, passierten den Ausgang, und während sie auf den Highway 3 einbogen, kamen sie an den letzten Protestierern vorbei. Die Fernsehteams waren fort. Leon und Butch zündeten sich Zigaretten an, aber Inez war zu aufgewühlt, um zu rauchen. Kilometerweit sprach niemand ein Wort, während sie durch Baumwoll- und Sojabohnenfelder rauschten. In der Nähe von Marks entdeckte Leon einen Lebensmittelladen, der noch geöffnet war. Er kaufte ein Mineralwasser für Butch und große Becher Kaffee für sich und seine Mutter.

Als das Delta von Hügelland abgelöst wurde, ging es ihnen besser.

»Was hat er als Letztes gesagt?«, fragte Inez mit pelziger Zunge.

»Er hat sich entschuldigt«, sagte Butch. »Hat Charlene um Verzeihung gebeten.«

»Also hat sie es gesehen?«

»Und ob. Das hätte sie sich doch nie entgehen lassen.«

»Ich hätte es sehen sollen.«

»Nein, Mama«, widersprach Leon. »Du darfst für den Rest deines Lebens dankbar sein, dass du nicht dabei warst. Deine letzte Erinnerung an Raymond war eine lange Umarmung und ein herzliches Lebewohl. Glaub nicht, dass du was verpasst hast.«

»Es war grauenvoll«, sagte Butch.

»Ich hätte es sehen sollen.«

In Batesville fuhren sie an einem Imbisslokal vorbei, das für Chicken Burger und Rund-um-die-Uhr-Service warb. Leon wendete. »Ich müsste mal«, sagte Inez. Um 3.15 Uhr in der Nacht waren sie die einzigen Gäste. Butch schob seine Mutter zu einem der vorderen Tische, und sie aßen schweigend.

Inez schaffte ein paar Bissen, verlor dann aber den Appetit. Butch und Leon schlangen wie ausgehungerte Flüchtlinge.

Um kurz nach fünf erreichten sie Ford County. Es war noch immer dunkel, und die Straßen lagen verlassen da. Sie fuhren nach Pleasant Ridge zu einer kleinen Pfingstkirche, auf deren Parkplatz sie einbogen und warteten. Im ersten Morgenlicht hörten sie irgendwo in der Ferne einen Motor starten.

»Warte hier«, sagte Leon zu Butch, stieg aus und verschwand. Hinter der Kirche lag ein Friedhof, und am anderen Ende war ein Schaufelbagger im Begriff, das Grab auszuheben. Der Bagger gehörte dem Chef eines Cousins. Um halb sieben kamen mehrere Männer von der Kirche und gingen zum Grab. Leon steuerte den Transporter über einen Feldweg und hielt neben dem Bagger, der seine Arbeit beendet hatte und nun still dastand. Die Männer zogen den Sarg aus dem Transporter und luden ihn sich auf die Schultern. Butch und Leon hoben den Rollstuhl mit ihrer Mutter behutsam auf den Erdboden und schoben sie hinterher.

Sie ließen den Sarg an Seilen in das Grab hinab, die sie wieder herauszogen, als er auf den zehn mal zehn Zentimeter dicken Balken stand. Der Priester las einen kurzen Bibelvers und sprach ein Gebet. Leon und Butch schaufelten ein wenig Erde auf den Sarg, dann dankten sie den Männern für ihre Hilfe.

Während sie wegfuhren, füllte der Bagger das Grab mit Erde auf.

Das Haus war leer, nirgendwo besorgte Nachbarn oder trauernde Verwandte. Sie luden Inez aus und schoben sie in ihr Schlafzimmer, und sie fiel alsbald in tiefen Schlaf. Die vier Kisten wurden in einen Schuppen gestellt, wo sie samt Inhalt verwittern und verblassen würden wie die Erinnerung an Raymond.

Es wurde beschlossen, dass Butch an dem Tag zu Hause bleiben solle, um nach Inez zu sehen und die Reporter fernzuhalten. In der letzten Woche hatte es viele Anrufe gegeben, jemand mit Kamera hatte sich angekündigt. Butchs Chef in der Sägemühle würde das verstehen.

Leon fuhr nach Clanton und hielt am Stadtrand, um zu tanken. Punkt acht bog er auf den Parkplatz von Mr. McBrides Polsterei ein und lieferte den Transporter ab. Ein Angestellter erklärte, dass Mr. McBride noch nicht da sei, sondern vermutlich beim Frühstück im Coffeeshop, da er normalerweise erst gegen neun eintreffe. Leon übergab die Schlüssel, dankte dem Angestellten und ging.

Er fuhr zu der Lampenfabrik im Osten der Stadt und begann wie jeden Morgen pünktlich um 8.30 Uhr mit der Arbeit.

DIE FISCHAKTEN

NACHDEM MACK STAFFORD SEIN BROT siebzehn Jahre lang im Schweiße seines Angesichts mit einer Anwaltskanzlei verdient hatte, die aus einem längst vergessenen Grund irgendwann praktisch nur noch Insolvenzen und Scheidungen bearbeitete, kam es ihm auch Jahre später noch erstaunlich vor, dass ein einziger Anruf alles verändert hatte. Als vielbeschäftigter Anwalt, der sich mit den drängenden Problemen anderer befasste, hatte er zahlreiche Anrufe mit einschneidenden Folgen getätigt und entgegengenommen: Anrufe, mit denen Scheidungsverfahren eingeleitet oder abschließend geregelt wurden, Anrufe, bei denen er schmerzhafte Sorgerechtsurteile übermitteln musste, Anrufe, durch die ehrliche Menschen erfuhren, dass sie ihr Geld nie wiedersehen würden. Überwiegend unangenehme Anrufe. Der Gedanke, dass ein einziger Anruf so schnell zu seiner eigenen Scheidung und Insolvenz führen würde, war ihm nie gekommen.

Der Anruf erfolgte an einem trüben, trostlosen und ansonsten eher ereignislosen Dienstag Anfang Februar, und da es kurz nach zwölf Uhr war, nahm Mack ihn persönlich entgegen. Freda, seine Sekretärin, machte gerade Besorgungen und wollte sich ein Sandwich holen, und weil sie die einzige Angestellte der kleinen Kanzlei war, hatte Mack Telefondienst. Die Tatsache, dass er allein war, sollte sich als entscheidend erweisen. Wäre Freda ans Telefon gegangen, hätte sie den Anrufer mit Fragen gelöchert. Tatsächlich wären in der Folge viele Ereignisse nicht eingetreten, wenn sie auf ihrem Posten im Empfangsbereich der Kanzlei Jacob McKinley Stafford, Rechtsanwaltsgesellschaft mit beschränkter Haftung, gewesen wäre.

Nach dem dritten Klingeln nahm Mack den Hörer des Telefons auf seinem Schreibtisch ab und meldete sich wie üblich mit »Kanzlei«. Da er im Durchschnitt fünfzig Anrufe pro Tag erhielt, von denen die meisten von zerstrittenen Eheleuten und verärgerten Gläubigern stammten, hatte er sich vor langer Zeit angewöhnt, seine Stimme zu verstellen und keinen Namen zu nennen, wenn Freda nicht da war, um die Telefonate zu filtern. Er ging höchst ungern unvorbereitet an den Apparat, aber er brauchte das Geschäft. Wie jeder andere Anwalt in Clanton – und von denen gab es viele – wusste er, dass der nächste *der Anruf* sein konnte: der dicke Fang, der große Fall, der ihm ein üppiges Honorar bringen und vielleicht sogar den Weg in ein neues Leben eröffnen würde. An diesem kalten Wintertag, an dem die Luft ein wenig nach Schnee roch, kam er tatsächlich.

»Ich hätte gern Mr. Mack Stafford gesprochen«, sagte eine Männerstimme mit einem ungewohnten Nordstaatenakzent.

Die Stimme klang viel zu kultiviert und zu weit weg, als dass sie Mack gefährlich werden konnte. »Das bin ich«, erwiderte er daher.

»Rechtsanwalt Mack Stafford?«

»Genau der. Mit wem spreche ich?«

»Ich bin Marty Rosenberg von der Kanzlei Durban & Lang in New York.«

»New York City?«, fragte Mack viel zu eifrig. Natürlich New York City. Obwohl ihn seine Tätigkeit nie auch nur in die Nähe der Metropole geführt hatte, wusste er selbstverständlich, wer Durban & Lang waren. Jeder Anwalt in den Vereinigten Staaten hatte zumindest schon von der Kanzlei gehört.

»Ganz recht. Darf ich Sie Mack nennen?« Die Stimme klang ein wenig kurz angebunden, aber höflich, und Mack sah Mr. Rosenberg plötzlich vor sich, wie er in einem luxuriösen Büro mit Gemälden an der Wand saß, während untergeordnete Anwälte und Sekretärinnen beflissen seine Aufträge erledigten. Trotz seiner Machtposition legte dieser Mann Wert darauf, freundlich zu bleiben. Eine Welle der Unsicherheit erfasste Mack, als er sich in seinem schäbigen kleinen Büro umsah und sich fragte, ob Mr. Rosenberg bereits zu dem Schluss gelangt war, dass nur Kleinstadt-Loser selbst ans Telefon gingen.

»Selbstverständlich. Und Sie sind Marty?«

»Ganz recht.«

»Normalerweise gehe ich natürlich nicht selbst ans Telefon, aber meine Sekretärin hat gerade Mittagspause.« Das musste gesagt werden, der Mann sollte schließlich wissen, dass er es mit einem richtigen Anwalt mit einer richtigen Sekretärin zu tun hatte.

»Stimmt, ich hatte ganz vergessen, dass Sie eine Stunde zurück sind.« In Rosenbergs Stimme lag eine Spur Herablassung, der erste Hinweis, dass wohl nicht nur eine Stunde zwischen ihnen lag.

»Was kann ich für Sie tun?« Mack nahm das Gespräch in die Hand. Genug mit dem Geplänkel. Sie waren beide vielbeschäftigte, bedeutende Anwälte. Fieberhaft überlegte er, welcher Fall, welcher Vorgang, welche Sache für eine so große und renommierte Kanzlei von Interesse sein mochte.

»Wir vertreten eine Schweizer Firma, die kürzlich eine Mehrheitsbeteiligung am südkoreanischen Tinzo-Konzern erworben hat. Sie kennen Tinzo?«

»Natürlich«, erwiderte Mack wie aus der Pistole geschossen, während er sich das Gehirn zermarterte. Der Name Tinzo kam ihm tatsächlich bekannt vor, allerdings nur sehr vage.

»Uns liegen alte Unterlagen von Tinzo vor, denen zufolge Sie mehrere Holzfäller vertreten, die durch angeblich fehlerhafte, von einem Tinzo-Geschäftsbereich auf den Philippinen hergestellte Kettensägen verletzt worden sein sollen.«

Ach so, *Tinzo*! Jetzt war Mack im Bilde. Die Erinnerung kehrte zurück, obwohl er immer noch keine Einzelheiten präsent hatte. Die Fälle waren alt, überholt und fast vergessen, weil er sein Bestes getan hatte, sie zu verdrängen.

»Schreckliche Verletzungen«, behauptete er zur Sicherheit. Schrecklich mochten sie gewesen sein, allerdings nicht so ernst, dass Mack tatsächlich geklagt hätte. Er hatte die Mandate vor Jahren übernommen, jedoch das Interesse verloren, als es ihm nicht gelang, einen schnellen Vergleich zu erzielen. Seine Theorie bezüglich der Haftung stand auf eher wackligen Beinen. Die fraglichen Tinzo-Kettensägen hatten sich nämlich bis dahin als sicher erwiesen. Vor allem jedoch waren Produkthaftungsprozesse kompliziert, teuer, viel zu anspruchsvoll für ihn und bedeuteten normalerweise den Gang vor ein Geschworenengericht, was Mack möglichst vermied. Scheidungen, Privatinsolvenzen und gelegentlich ein Testament oder ein Vertrag, da fühlte er sich sicher. Die Honorare waren bescheiden, aber für ihn und die meisten anderen Anwälte in Clanton reichte es zum Leben, und es gab praktisch kein Risiko.

»Bei Ihnen da unten scheint keine Klage eingereicht worden zu sein«, fuhr Rosenberg fort.

»Noch nicht«, erwiderte Mack so selbstbewusst wie möglich.

»Wie viele von diesen Fällen vertreten Sie, Mack?«

»Vier«, gab er zurück, obwohl er das nicht mehr genau wusste.

»Ja, das stimmt mit unseren Aufzeichnungen überein. Uns liegen die vier Schreiben vor, die Sie vor einiger Zeit an die Firma geschickt haben. Allerdings scheint seit dieser anfänglichen Korrespondenz nicht mehr viel passiert zu sein.«

»Wir arbeiten noch an den Fällen«, behauptete Mack, was eigentlich gelogen war. Technisch gesehen waren die Kanzleiakten nie geschlossen worden, aber er hatte sie seit Jahren nicht mehr angefasst. »Fischakten« nannte er sie. Je länger sie unberührt herumlagen, desto mehr stanken sie.

»Die Verjährungsfrist beträgt sechs Jahre«, verkündete er mit Nachdruck, als hätte er vor, gleich am nächsten Tag ordentlich Gas zu geben und einen knallharten Rechtsstreit vom Zaun zu brechen.

»Ihre Vorgehensweise scheint mir doch etwas ungewöhnlich, wenn ich das sagen darf«, meinte Rosenberg. »Seit über vier Jahren ist nicht ein einziges Schriftstück eingegangen.«

Mack, der keine Lust hatte, über seine Verschleppungstaktik zu sprechen, beschloss, nicht länger um den heißen Brei herumzureden. »Worauf wollen Sie hinaus, Marty?«

»Unsere Schweizer Mandantin möchte reinen Tisch machen und sich potenzielle Haftungsfälle vom Hals schaffen. Diese Europäer verstehen unser Schadensersatzrecht nicht. Ehrlich gesagt, haben sie einen Heidenrespekt davor.«

»Nicht ohne Grund«, warf Mack ein, als würde er regelmäßig enorme Summen von Unternehmen erstreiten, die sich etwas zuschulden kommen ließen.

»Sie wollen ihre Bücher bereinigen und haben mich angewiesen, die Möglichkeit eines Vergleichs zu prüfen.«

Mack war aufgestanden, hatte das Telefon zwischen Kinn und Schulter geklemmt und wühlte mit rasendem Puls in dem Haufen auf dem altersschwachen Sideboard hinter seinem Schreibtisch nach einer Fischakte, auf der verzweifelten Suche nach den Namen der Mandanten, die vor Jahren durch die Schlamperei bei Konstruktion und Fertigung der Tinzo-Kettensägen verstümmelt worden waren. *Wie bitte? Vergleich? Umverteilung von oben nach unten?* Mack traute seinen Ohren nicht.

»Sind Sie noch dran?«, fragte Rosenberg.

»O ja, ich blättere nur gerade durch eine Akte. Lassen Sie mich sehen, bei den Kettensägen handelte es sich immer um dasselbe Modell, eine 58X, vierundzwanzig Zoll, mit dem Beinamen LazerCut, ein professionelles Hochleistungsmodell, bei dem aus irgendeinem Grund der Kettenschutz fehlerhaft und damit gefährlich war.«

»So ist es, Mack. Ich will jetzt nicht diskutieren, was fehlerhaft gewesen sein mag, so was wird vor Gericht entschieden. Ich spreche von einem Vergleich, Mack. Wir verstehen uns doch richtig?«

Und ob, wäre Mack fast herausgeplatzt. »Selbstverständlich. Ich bin gern bereit, über einen Vergleich zu sprechen. Sie haben offenbar schon eine Vorstellung. An was haben Sie gedacht?«

Er saß jetzt wieder und blätterte hektisch durch die Akte, auf der Suche nach Datumsangaben, wobei er nur beten konnte, dass die sechsjährige Verjährungsfrist noch bei keinem dieser plötzlich so wichtigen Fälle abgelaufen war.

»Ja, Mack, ich kann Ihnen Geld anbieten, aber ich muss Sie gleich darauf hinweisen, dass sich meine Mandantin nicht auf Verhandlungen einlassen wird. Wenn wir die Sache schnell und ohne jedes Aufsehen beilegen können, stellen wir entsprechende Schecks aus. Falls Sie jedoch feilschen wollen, können Sie das Geld vergessen. Habe ich mich klar ausgedrückt, Mack?«

O ja. Kristallklar. Mr. Marty Rosenberg in seinem Luxusbüro hoch über Manhattan hatte keine Ahnung, wie schnell, unauffällig und billig er die Fischakten verschwinden lassen konnte. Mack war bereit, alles zu akzeptieren. Seine schwer verletzten Mandanten meldeten sich schon lange nicht mehr bei ihm.

»Einverstanden.«

Rosenberg schaltete einen Gang hoch und fasste sich noch präziser. »Wir schätzen die Kosten für die Verteidigung vor einem Bundesgericht bei Ihnen auf hunderttausend, vorausgesetzt es gelingt uns, alle Fälle in einem Verfahren zusammenzufassen. Das ist natürlich großzügig kalkuliert, weil keine Klage eingereicht wurde, und, offen gesagt, scheint mir ein Rechtsstreit angesichts der dünnen Beweislage eher unwahrscheinlich. Sagen wir, noch einmal hunderttausend für die Personenschäden, von denen allerdings keiner dokumentiert ist. Unseres Wissens haben die Betroffenen Finger beziehungsweise eine Hand verloren. Auf jeden Fall würden wir hunderttausend pro Schadensfall zuzüglich Anwaltskosten zahlen, das wäre also ein Gesamtangebot von einer halben Million.«

Mack riss den Mund so weit auf, dass er fast das Telefon verschluckt hätte. Eigentlich hatte er mindestens das Dreifache von Rosenbergs erstem Angebot verlangen wollen, das war übliche Anwaltsroutine, aber nun konnte er ein paar Sekunden lang weder sprechen noch atmen.

»Der gesamte Betrag wird auf einmal ausbezahlt, vertraulich und ohne Anerkennung einer Rechtspflicht. Das Angebot gilt dreißig Tage lang, bis zum zehnten März.«

Schon ein Angebot von zehntausend pro Schadensfall wäre für Mack ein völlig unerwarteter warmer Geldregen gewesen. Er rang nach Luft und suchte nach einer Antwort.

»Wie gesagt, Mack, wir versuchen nur, die Bilanz zu bereinigen. Was denken Sie?«

Was ich denke?, wiederholte Mack im Stillen. *Wenn ich mich recht erinnere, beträgt mein Anteil vierzig Prozent. Leicht auszurechnen. Ich glaube, letztes Jahr hatte ich Bruttoeinnahmen von fünfundneunzigtausend, von denen die Hälfte für Fixkosten – Fredas Gehalt und die Aufwendungen für das Büro – draufgegangen ist. Das ergibt sechsundvierzigtausend vor Steuern, etwas weniger als meine Frau als Konrektorin der Clanton High School verdient hat. Mir gehen im Augenblick eine Menge Dinge durch den Kopf, die nicht so recht druckreif sind, wie zum Beispiel: 1. Ist das ein Scherz? 2. Wer von meinen Studienkollegen könnte dahinterstecken? 3. Falls es doch kein Scherz ist, wie rette ich dieses wunderbare Honorar vor den Geiern? 4. Meine Frau und die beiden Töchter bräuchten keinen Monat, um das Geld auf den Kopf zu hauen. 5. Freda würde einen satten Bonus verlangen. 6. Wie komme ich nach so vielen Jahren wieder an meine Kettensägen-Mandanten ran? Und so weiter. Ich denke eine ganze Menge, Mr. Rosenberg.*

»Das ist sehr großzügig, Marty«, brachte Mack schließlich heraus. »Ich bin sicher, meine Mandanten werden hocherfreut sein.« Nach dem ersten Schock fing sein Gehirn allmählich wieder an zu arbeiten.

»Gut. Dann sind wir uns also einig?«

»Lassen Sie mich überlegen. Ich muss natürlich mit meinen Mandanten sprechen, das könnte ein paar Tage dauern. Kann ich Sie in einer Woche anrufen?«

»Natürlich. Aber wir möchten die Sache abschließen, verlieren Sie also keine Zeit. Und ich kann gar nicht genug betonen, dass wir großen Wert auf Vertraulichkeit legen. Ein solcher Vergleich bleibt doch unter uns, Mack?«

Bei diesen Summen war Mack zu allem bereit. »Ich habe verstanden. Kein Wort, zu niemandem.« Das meinte er ernst. Er überlegte, wer alles nicht von seinem Lottogewinn erfahren würde.

»Perfekt. Sie melden sich in einer Woche?«

»Abgemacht. Hören Sie, Marty, meine Sekretärin redet gern. Es ist besser, wenn Sie nicht hier anrufen. Ich melde mich am nächsten Dienstag bei Ihnen. Welche Uhrzeit?«

»Sagen wir, elf Uhr Ostküstenzeit?«

»Abgemacht, Marty.«

Sie tauschten Telefonnummern und Adressen aus und verabschiedeten sich. Dem Digitaltimer an Macks Telefon zufolge hatte der Anruf acht Minuten und vierzig Sekunden gedauert.

Das Telefon klingelte erneut, unmittelbar nachdem Rosenberg aufgelegt hatte, aber Mack starrte es nur an. Er wollte das Schicksal nicht herausfordern. Stattdessen ging er zu dem großen Schaufenster an der Vorderseite des Büros, auf das sein Name gemalt war, und blickte über die Straße zum Gericht, wo in diesem Augenblick im ersten Stock im Richterzimmer ein paar gewöhnliche kleine Anwälte kalte Sandwiches mampften, sich über fünfzig Dollar mehr oder weniger Kindesunterhalt stritten und darüber verhandelten, ob die Ehefrau den Honda bekommen sollte und der Ehemann den Toyota. Er wusste, dass sie da waren, weil sie immer da waren und er oft an solchen Gesprächen teilnahm. Ein paar Türen weiter studierten im Büro der Geschäftsstelle andere Anwälte Grundstücksregister, Hypothekenbücher und verstaubte Liegenschaftskarten, wobei sie müde Witze rissen und sich Geschichten und Anekdoten erzählten, die er schon tausendmal gehört hatte. Vor ein oder zwei Jahren hatte irgendwer in Clanton einundfünfzig Anwälte gezählt, deren Kanzleien sich praktisch alle rund um den Platz in der Stadtmitte angesiedelt hatten. Sie aßen in denselben Restaurants, trafen sich in denselben Coffeeshops, tranken in denselben Bars, warben um dieselben Mandanten, und fast alle nörgelten und schimpften gleichermaßen über ihren Beruf. In einer Stadt mit zehntausend Einwohnern gab es genügend Streitigkeiten, um einundfünfzig Anwälte zu ernähren, obwohl tatsächlich weniger als die Hälfte gebraucht wurde.

Mack hatte nur selten das Gefühl, gebraucht zu werden. Natürlich brauchten seine Frau und seine Töchter ihn, wobei er sich oft fragte, ob sie nicht ohne ihn glücklicher gewesen wären. Aber die Stadt konnte ihre rechtlichen Bedürfnisse problemlos ohne ihn abdecken. Tatsächlich war er schon vor langer Zeit zu dem Schluss gekommen, dass es kaum auffallen würde, wenn er seinen Laden dichtmachte. Kein Mandant würde ohne Rechtsvertreter auskommen müssen. Die anderen Anwälte würden sich insgeheim ins Fäustchen lachen, weil sie einen Konkurrenten weniger hatten. Nach etwa einem Monat würde ihn auch im Gericht niemand mehr vermissen. Viele Jahre lang hatte ihn das traurig gestimmt. Besonders deprimierend waren jedoch weder Gegenwart noch Vergangenheit, sondern die Zukunft. Die Aus-

133

sicht, eines Tages mit sechzig Jahren aufzuwachen und immer noch ins Büro zu trotten – bestimmt in dasselbe Büro –, um einvernehmliche Scheidungen und Kleinstinsolvenzen für Menschen abzuwickeln, die sich sein bescheidenes Honorar kaum leisten konnten, verdarb ihm jeden Tag aufs Neue die Laune. Es war eine Vorstellung, die Mack sehr unglücklich machte.

Er wollte da raus. Und zwar solange er noch jung war.

Auf dem Bürgersteig ging ein Anwalt namens Wilkins vorbei, ohne einen Blick auf Macks Fenster zu werfen. Wilkins war ein Vollidiot, der seine Kanzlei vier Häuser weiter hatte. Vor Jahren hatte Mack nach einem Spätnachmittagsdrink mit drei anderen Anwälten, von denen einer Wilkins war, den Mund zu voll genommen und Einzelheiten seines großartigen Plans preisgegeben, durch die Kettensägen-Geschichte ein reicher Mann zu werden. Leider wurde aus dem Plan nichts, und als Mack keinen der kompetenteren Prozessanwälte im Bundesstaat für seinen Plan gewinnen konnte, fingen die Akten an zu stinken.

»He, Mack, wie geht's der Kettensägen-Sammelklage?« oder »He, Mack, gibt's schon einen Vergleich im Kettensägen-Verfahren?«, fragte Wilkins, der Mistkerl, seitdem gern, wenn andere Anwälte zugegen waren. Im Laufe der Zeit hatte er die Sache jedoch vergessen.

He, Wilkins, alter Junge, was hältst du von diesem Vergleich? Eine halbe Million Dollar auf die Hand, zweihunderttausend davon für mich. Mindestens, wenn nicht mehr. He, Wilkins, du hast in den letzten fünf Jahren zusammen keine zweihunderttausend Dollar verdient.

Aber ihm war klar, dass Wilkins nie davon erfahren würde. *Niemand* würde je davon erfahren, und das war Mack sehr recht.

Bald würde Freda zurückkommen, mit lautem Getöse wie immer. Mack flitzte zu seinem Schreibtisch, rief die Nummer in New York an, fragte nach Marty Rosenberg und legte auf, als er dessen Sekretärin am Telefon hatte. Dann überprüfte er seine Termine für den Nachmittag, die so trostlos waren wie das Wetter. Eine neue Scheidung um 14.30 Uhr und eine, die bereits lief, um 16.30 Uhr. Er hatte eine Liste von fünfzehn Anrufen, die er erledigen musste, und darunter war nicht einer, auf den er sich gefreut hätte. Die vernachlässigten Fischakten auf dem Sideboard gammelten vor sich hin. Er schnappte sich seinen Mantel, ließ die Aktentasche stehen und schlich sich zur Hintertür hinaus.

Sein Auto war ein kleiner BMW mit mehr als hundertfünfzigtausend Kilometern auf dem Buckel. Der Leasingvertrag lief in fünf Monaten aus, und er hatte keine Ahnung, was er als Nächstes fahren sollte. Da Anwälte, selbst wenn sie noch so pleite waren, mit ihrem fahrbaren Untersatz Eindruck schinden mussten, hatte er sich in aller Stille umgesehen, ohne irgendwen einzuweihen. Seine Frau würde mit seiner Wahl sowieso nicht zufrieden sein, ganz gleich, wie sie ausfiel, und er fühlte sich dieser Diskussion nicht gewachsen.

Seine Lieblingsbierroute begann im Parker's Country Store, zwölf Kilometer südlich der Stadt in einem kleinen Ort, in dem ihn keiner kannte. Er kaufte sich einen Sixpack knallgrüne Flaschen, gutes Importbier zur Feier des Tages, und fuhr auf schmalen Nebenstraßen weiter nach Süden, bis sein Auto das einzige war. Dabei hörte er Jimmy Buffett, der vom Segeln und Rumtrinken und einem Leben sang, von dem Mack schon eine ganze Weile träumte. Im Sommer vor dem Jurastudium hatte er einen zweiwöchigen Tauchurlaub auf den Bahamas verbracht. Als seine Anwaltstätigkeit im Laufe der Jahre immer öder wurde und er immer weniger Trost in seiner Ehe fand, hörte er immer öfter Buffett. Er war wie geschaffen für das Leben auf einem Segelboot. Er war bereit.

An einem versteckten Picknickplatz am Lake Chatulla, dem größten Gewässer in einem Umkreis von achtzig Kilometern, parkte er und ließ den Motor bei eingeschalteter Heizung laufen, wobei er sein Fenster einen Spaltbreit öffnete. Er trank Bier und blickte auf den See hinaus, auf dem es im Sommer von Wasserskibooten und kleinen Katamaranen nur so wimmelte. Im Februar lag er verlassen da.

Rosenbergs Stimme klang ihm klar und deutlich im Ohr. Immer noch hätte er ihr Gespräch praktisch Wort für Wort wiederholen können. Mack sprach mit sich selbst und sang dann die Buffett-Lieder mit.

Das war der große Augenblick, eine Gelegenheit, wie sie wahrscheinlich nie wiederkehren würde. Endlich gelang es ihm, sich selbst davon zu überzeugen, dass er nicht träumte, dass das Geld tatsächlich in Reichweite war. Er fing an zu rechnen und rechnete wieder und wieder nach.

Es begann, leicht zu schneien, nur ein Hauch, der schmolz, sobald er den Boden berührte. Da allein die Aussicht auf eine wenige Zentimeter dicke Schneeschicht die Stadt immer in Aufregung versetzte, war ihm beim

Anblick der wenigen Flocken klar, dass sich die Schulkinder jetzt die Nasen an den Fenstern plattdrückten und außer Rand und Band waren bei dem Gedanken, nach Hause geschickt zu werden. Vermutlich rief seine Frau gerade in der Kanzlei an, um ihm zu sagen, er solle die Mädchen abholen. Freda würde nach ihm suchen. Nach dem dritten Bier schlief er ein.

Er verpasste den Termin um 14.30 Uhr, aber das war ihm egal. Den um 16.30 Uhr verpasste er ebenfalls. Ein Bier hob er sich für den Rückweg auf, und als er sein Büro um Viertel nach fünf durch die Hintertür betrat, fand er seine Sekretärin völlig aufgelöst vor.

»Wo waren Sie?«, wollte Freda wissen.

»Ich bin rumgefahren«, erklärte er, während er seinen Mantel auszog und im Gang aufhängte. Sie folgte ihm in sein Büro, die Hände in die Hüften gestemmt, ganz wie seine Frau. »Sie haben zwei Termine verpasst, die Maddens und die Gardens, und die waren sehr verärgert. Sie stinken wie eine ganze Brauerei.«

»Bier wird ja auch in Brauereien gemacht.«

»Sehr schlau. Sie haben gerade tausend Dollar Honorar zum Fenster rausgeworfen.«

»Na und?« Er ließ sich auf seinen Stuhl fallen und fegte ein paar Akten von seinem Schreibtisch.

»Na und? Wir brauchen hier alles, was wir kriegen können. Sie können es sich nicht leisten, Mandanten zu vergraulen. Letzten Monat hat es nicht einmal für die laufenden Kosten gereicht, und diesen Monat sieht es noch schlechter aus.« Ihre hohe, schrille Stimme überschlug sich fast und sprühte nur so von dem Gift, das sich in den letzten Stunden angesammelt hatte. »Auf meinem Schreibtisch liegt ein ganzer Stapel Rechnungen, und auf der Bank ist kein Geld. Die andere Bank wüsste übrigens gern, wie es mit dem Kredit weitergehen soll, den Sie sich aus unerfindlichen Gründen haben einräumen lassen.«

»Wie lange arbeiten Sie schon hier, Freda?«

»Fünf Jahre.«

»Das ist lang genug. Packen Sie Ihr Zeug und verschwinden Sie. Sofort.«

Sie rang nach Luft und schlug beide Hände vor den Mund. »Sie werfen mich raus?«, brachte sie mühsam hervor.

»Nein. Ich senke die laufenden Kosten. Ich baue Personal ab.«

Sie lachte laut und hysterisch, gab aber nicht auf. »Und wer soll ans Telefon gehen, die Tipparbeit erledigen, die Rechnungen bezahlen, die Ablage erledigen, die Mandanten betreuen und auf Sie aufpassen?«

»Niemand.«

»Sie sind betrunken, Mack.«

»Nicht betrunken genug.«

»Ohne mich kommen Sie doch gar nicht zurecht.«

»Bitte gehen Sie einfach. Ich habe keine Lust, mit Ihnen zu streiten.«

»Sie werden Ihr letztes Hemd verlieren«, knurrte sie.

»Habe ich schon.«

»Dann verlieren Sie jetzt den Verstand.«

»Auch schon geschehen. Bitte.«

Freda zog beleidigt ab, und Mack legte die Füße auf den Schreibtisch. Zehn Minuten lang knallte sie vorn im Büro Schubladen zu und trampelte herum.

»Sie sind ein mieses Schwein, das wissen Sie hoffentlich!«, brüllte sie dann.

»Sie haben's erfasst. Auf Wiedersehen.«

Die Eingangstür fiel ins Schloss, dann kehrte Ruhe ein. Der erste Schritt war getan.

Eine Stunde später ging er wieder. Es war dunkel und kalt, und der Schnee hatte sich verzogen. Er war immer noch durstig und hatte weder Lust, nach Hause zu gehen, noch wollte er sich in einer der drei Bars im Zentrum von Clanton sehen lassen.

Das Riviera Motel lag östlich der Stadt am Highway nach Memphis. Es war eine Absteige im Stil der fünfziger Jahre mit winzigen Zimmern, von denen manche stundenweise vermietet wurden, einem kleinen Bistro und einer kleinen Lounge. Mack ließ sich an der Bar nieder und bestellte ein Bier vom Fass. Eine Jukebox spielte Country-Music, im Fernseher über ihm lief ein College-Basketballspiel, und die Kundschaft bestand aus der üblichen Mischung von Low-Budget-Reisenden und gelangweilten Einheimischen, die alle die fünfzig längst hinter sich gelassen hatten. Er kannte nur den Barmann, einen betagten Burschen, dessen Name ihm entfallen war. Mack war nicht gerade Stammgast im Riviera.

Er bestellte eine Zigarre, zündete sie an, trank von seinem Bier, und nach ein paar Minuten zückte er einen kleinen Notizblock und fing an zu schreiben. Damit seine Frau nichts von seiner verzweifelten Finanzlage merkte, führte er seine Kanzlei als Rechtsanwaltsgesellschaft mit beschränkter Haftung, das war unter Anwälten der letzte Schrei. Einziger Gesellschafter war er selbst, und seine Schulden konzentrierten sich in erster Linie auf diese Gesellschaft: ein Kredit über fünfundzwanzigtausend Dollar, den er vor sechs Jahren aufgenommen und bisher nicht einmal versuchsweise zurückgezahlt hatte, zwei Firmenkreditkarten für kleinere private und geschäftliche Ausgaben, bei denen er das Limit von zehntausend Dollar voll ausgereizt hatte und die er mit minimalen Zahlungen am Laufen hielt, sowie die üblichen Schulden für Büroausstattung. Der größte Negativposten war eine Hypothek von hundertzwanzigtausend Dollar, die Mack auf das Bürogebäude aufgenommen hatte, um es trotz des heftigen Protests seiner Frau vor acht Jahren kaufen zu können. Die monatliche Belastung lag bei tausendvierhundert Dollar, und leider trugen die leerstehenden Räumlichkeiten im ersten Stock, deren Vermietung er beim Kauf des Gebäudes fest eingeplant hatte, nicht das Geringste zur Tilgung bei.

An diesem wunderbaren, trüben Februartag war Mack mit den Hypothekenzahlungen für sein Büro zwei Monate im Rückstand.

Er bestellte noch ein Bier, während er das Elend zusammenrechnete. Wenn er in die Insolvenz ging und einem befreundeten Anwalt seine Akten übergab, war er wieder ein freier Mann. Das würde für ihn weder peinlich noch demütigend werden. Keiner würde mit dem Finger auf ihn zeigen oder hinter seinem Rücken über ihn tuscheln, weil er, Mack Stafford, nämlich nicht mehr da sein würde.

Die Kanzlei war kein Problem. Anders sah es mit seiner Ehe aus.

Nachdem er bis zweiundzwanzig Uhr getrunken hatte, fuhr er nach Hause. Er bog in die Einfahrt seines bescheidenen kleinen Hauses in einem alten Viertel von Clanton, stellte den Motor ab, schaltete das Licht aus, ohne auszusteigen, und musterte das Haus. Im Wohnzimmer brannte Licht. Sie wartete.

Das Haus hatten sie kurz nach der Hochzeit vor fünfzehn Jahren von ihrer Großmutter gekauft, und seit etwa fünfzehn Jahren wünschte sich Lisa etwas Größeres. Ihre Schwester war mit einem Arzt verheiratet und wohnte in einem schönen Haus draußen beim Country Club, wo alle anderen Ärzte und Banker und manche Anwälte wohnten. Dort lebte es sich viel besser, weil die Häuser neuer waren, Pools und Tennisplätze und einen Golfplatz direkt um die Ecke hatten. Während ihrer Ehe hatte Lisa ihn immer wieder daran erinnert, dass ihr gesellschaftlicher Aufstieg kaum Fortschritte machte. Aufstieg? Mack wusste, dass sie in Wirklichkeit ins Schleudern gekommen waren. Je länger sie in dem Haus blieben, desto kleiner wurde es.

Lisas Familie gehörte seit Generationen das einzige Zementwerk der Stadt, und obwohl sie damit zur obersten Gesellschaftsschicht zählte, brachte es finanziell nicht viel ein. Als »Familie mit Geld« waren sie mit einem Status geschlagen, der viel mit Snobismus und bedauerlich wenig mit harten Fakten zu tun hatte. Damals schien eine Ehe mit einem Anwalt vielversprechend, aber mittlerweile hatte Lisa ihre Zweifel, und Mack wusste es.

Das Licht auf der Veranda ging an.

Falls es einer ihrer üblichen Streits werden sollte, würden die Mädchen – Helen und Margo – in der ersten

Reihe sitzen. Wahrscheinlich telefonierte ihre Mutter bereits seit Stunden herum und warf mit Gegenständen um sich, wobei sie bei aller Randale immer darauf achtete, dass die Mädchen wussten, wer im Recht war und wer nicht. Beide waren mittlerweile junge Teenager und schienen genau wie Lisa zu werden. Mack liebte sie, aber er war bereits bei seinem dritten Bier am See zu dem Schluss gekommen, dass er ohne sie leben konnte.

Die Haustür ging auf, und sie erschien. Sie trat einen Schritt auf die schmale Veranda hinaus, verschränkte die nackten Arme und funkelte den erschauernden Mack über den gefrorenen Rasen hinweg wütend an. Er erwiderte den Blick, öffnete die Fahrertür und stieg aus.

»Wo warst du?«, giftete sie ihn an, als er die Tür zuknallte.

»Im Büro«, fauchte er zurück, wobei er vorsichtig einen Fuß vor den anderen setzte, um nicht ins Torkeln zu geraten wie ein Betrunkener. Sein Mund war voll mit Pfefferminzkaugummi, obwohl er nicht plante, irgendwem etwas vorzumachen. Die Einfahrt fiel vom Haus zur Straße hin leicht ab.

»Wo warst du?«, fragte sie wieder, diesmal noch ein bisschen lauter.

»Denk bitte an die Nachbarn.« Er sah die vereiste Stelle zwischen ihrem und seinem Auto nicht, und als er sie bemerkte, hatte er bereits das Gleichgewicht verloren. Mit einem Aufschrei rutschte er nach vorn weg und schlug mit der Stirn auf dem hinteren Stoßfänger von Lisas Wagen auf. Für einen Moment wurde ihm schwarz vor Augen, und als er zu sich kam, hörte er aufgeregte Frauenstimmen.

»Er ist betrunken«, verkündete eine davon.

Danke, Lisa.

Ihm dröhnte der Schädel, und er konnte nur verschwommen sehen.

Lisa wich nicht von seiner Seite. Dabei gab sie Dinge von sich wie »O mein Gott, das ist ja Blut!« oder »Euer Vater ist besoffen!« und »Ruft einen Krankenwagen!«. Gnädigerweise verlor er erneut das Bewusstsein, und als er wieder hören konnte, hatte eine Männerstimme die Führung übernommen – Mr. Browning von nebenan. »Passen Sie auf das Eis auf, Mrs. Stafford, und geben Sie mir die Decke. Er blutet stark.«

»Er hat getrunken«, erklärte Lisa, wie immer auf der Suche nach Verbündeten.

»Wahrscheinlich spürt er gar nichts«, stellte Mr. Browning freundlich fest. Er und Mack waren seit Jahren zerstritten.

Obwohl er nur benommen war und hätte reden können, beschloss Mack, während er in der Kälte lag, einfach die Augen zu schließen und es anderen zu überlassen, sich um ihn zu sorgen. Es dauerte nicht lange, bis er den Krankenwagen hörte.

Im Krankenhaus gefiel es ihm. Die Medikamente bekamen ihm gut, die Schwestern fanden ihn nett, und jetzt hatte er eine ausgezeichnete Ausrede, um nicht ins Büro zu gehen. Auf seiner Stirn prangten sechs Stiche und ein hässlicher blauer Fleck, aber er hatte »keine zusätzlichen Hirnschäden« davongetragen, wie er Lisa am Telefon sagen hörte, als sie glaubte, er schliefe. Nachdem sich herausgestellt hatte, dass die Verletzungen leicht waren, besuchte sie ihn nicht mehr im Krankenhaus und hielt auch die Mädchen fern. Er hatte es nicht eilig, zu gehen, und sie legte keinen Wert darauf, dass er nach Hause kam. Aber nach zwei Tagen ordnete der Arzt seine Entlassung an. Während er seine Habseligkeiten einsammelte und sich von den Schwestern verabschiedete, kam Lisa in sein Zimmer und schloss die Tür. Sie setzte sich auf den einzigen Stuhl, verschränkte die Arme und schlug die Beine übereinander, als wollte sie stundenlang bleiben. Mack legte sich entspannt aufs Bett. Die letzte Dosis Perocet wirkte noch, und er fühlte sich wunderbar beschwingt.

»Du hast Freda entlassen«, sagte Lisa mit zusammengebissenen Kiefern und hochgezogenen Augenbrauen.

»Ja.«

»Warum?«

»Weil ich ihre große Klappe satthatte. Warum interessiert dich das? Du kannst Freda doch nicht ausstehen.«

»Was wird aus der Kanzlei?«

»Zunächst einmal herrscht endlich Ruhe. Freda ist nicht die erste Sekretärin, die ich entlassen habe. Kein Grund zur Aufregung.«

Eine Pause trat ein, während sie die verschränkten Arme löste und anfing, mit einer Haarsträhne zu spielen. Das bedeutete, dass sie tiefschürfende Gedanken wälzte, die er gleich zu hören bekommen würde.

»Wir haben morgen um siebzehn Uhr einen Termin bei Dr. Juanita«, sagte sie. Da hast du es. Friss oder stirb.

Dr. Juanita war Eheberaterin. Insgesamt gab es in Clanton drei zugelassene Berater, die Mack durch seine

Arbeit als Scheidungsanwalt bekannt waren. Privat kannte er sie, weil Lisa ihn schon zu allen dreien zur Beratung geschleppt hatte. *Er* brauchte Beratung, Lisa natürlich nicht. Dr. Juanita schlug sich immer auf die Seite der Frauen, so dass ihre Wahl keine Überraschung war.

»Wie geht es den Mädchen?«, fragte Mack. Er wusste, dass die Antwort unangenehm ausfallen würde, aber wenn er nicht fragte, würde sie sich später bei Dr. Juanita darüber beschweren, dass er sich noch nicht einmal nach seinen Töchtern erkundigt hatte.

»Sie schämen sich. Ihr Vater kommt nachts besoffen nach Hause, stürzt in der Einfahrt, schlägt sich den Schädel auf und muss ins Krankenhaus, wo sich herausstellt, dass sein Blutalkoholgehalt doppelt so hoch ist wie erlaubt. Die ganze Stadt weiß davon.«

»Die ganze Stadt weiß nur davon, weil du es überall herumerzählst. Warum kannst du nicht die Klappe halten?«

Ihr Gesicht lief rot an, und ihre Augen glühten vor Hass. »Du kannst einem nur leidtun! Du bist ein mieser, kleiner Säufer, das weißt du hoffentlich!«

»Da bin ich anderer Meinung.«

»Wie viel trinkst du eigentlich?«

»Nicht genug.«

»Du brauchst Hilfe, Mack. Professionelle Hilfe.«

»Und die bekomme ich von Dr. Juanita?«

Sie sprang auf und lief zur Tür. »Ich denke nicht daran, mich im Krankenhaus mit dir zu streiten.«

»Natürlich nicht. Du streitest lieber zu Hause, wo die Mädchen dabei sind.«

Sie riss die Tür auf. »Morgen siebzehn Uhr, und ich rate dir, da zu sein.«

»Ich überlege es mir.«

»Und komm heute bloß nicht nach Hause.«

Sie knallte die Tür zu, und Mack hörte, wie sie mit wütend klappernden Absätzen entschwand.

Der erste Mandant in Macks Kettensägen-Sammelklagen-projekt war ein Mann namens Odell Grove gewesen, ein Holzfäller. Fast fünf Jahre zuvor hatte Mr. Groves neun-zehnjähriger Sohn wegen einer schnellen Scheidung Macks Kanzlei aufgesucht. Im Rahmen der anwaltlichen Vertretung des Jungen, der ebenfalls Holzfäller war, er-fuhr Mack von Odell Groves gefährlicher Begegnung mit einer Kettensäge. Bei Routinearbeiten war die Kette gerissen, und da der Schutz versagt hatte, hatte Odell Grove das linke Auge verloren. Er trug nun eine Augen-klappe, und anhand dieser Klappe gelang es Mack, seinen längst vergessenen Mandanten in der Fernfahrerkneipe in der Nähe der kleinen Stadt Karraway zu identifizie-ren. Es war kurz nach acht am Morgen nach seiner Ent-lassung aus dem Krankenhaus. Die Nacht hatte er in der Kanzlei verbracht. Nachdem die Mädchen in die Schule gegangen waren, hatte er sich ins Haus geschlichen und ein paar Kleidungsstücke geholt. Um sich den Einhei-mischen anzupassen, trug er Stiefel und einen Tarnan-zug, den er gelegentlich zur Hirschjagd benutzte. Die frische Stirnwunde hatte er mit einer tief ins Gesicht ge-zogenen grünen Wollmütze getarnt, aber die blauen Flecken ließen sich nicht vollständig verdecken. Er nahm Schmerzmittel, und ihm dröhnten die Ohren. Die Medikamente verliehen ihm den Mut zu dieser unangenehmen Begegnung. Ihm blieb auch keine Wahl.

Odell Grove mit der schwarzen Augenklappe saß drei Tische von ihm entfernt, aß Pfannkuchen, unterhielt sich lautstark und gönnte Mack keinen Blick. Laut Akte hatten sie sich vor vier Jahren und zehn Monaten in genau diesem Lokal getroffen, wobei Mack behauptet hatte, Grove habe einen bombensicheren Anspruch gegen die Hersteller der Kettensäge. Ihr letzter Kontakt lag zwei Jahre zurück. Damals hatte Grove in der Kanzlei angerufen und sich in ziemlich scharfem Ton nach seinem bombensicheren Anspruch erkundigt. Danach hatte die Akte nur noch vor sich hin gegammelt.

Mack trank an der Bar einen Kaffee, warf einen Blick in die Zeitung und wartete, dass die frühen Gäste zur Arbeit mussten. Schließlich hatten Grove und seine beiden Kollegen ihr Frühstück beendet und gingen zur Kasse. Mack legte einen Dollar für den Kaffee auf die Theke und folgte ihnen nach draußen.

Als sie zu ihrem Holztransporter gingen, schluckte Mack und rief seinen Mandanten beim Namen. Alle drei blieben stehen, und Mack ging zu einer freundlichen Begrüßung hinüber.

»Mr. Grove, ich bin's, Mack Stafford. Ich habe Ihren Sohn bei seiner Scheidung vertreten.«

»Der Anwalt?«, fragte Grove verwirrt. Er musterte die Stiefel, die Jagdkleidung, die ins Gesicht gezogene Skimütze.

»Genau, aus Clanton. Haben Sie einen Augenblick Zeit?«

»Was …«

»Nur eine Minute. Es geht um etwas Geschäftliches.«

Grove sah die beiden anderen an, dann zuckten alle drei die Achseln. »Wir warten im Wagen«, sagte einer der beiden.

Wie die meisten Männer, die in den Wäldern Bäume fällen, hatte Odell Grove breite Schultern, einen gewaltigen Brustkorb, massige Unterarme und wettergegerbte Hände. Und das verbliebene Auge sprühte mehr vor Verachtung, als die meisten Menschen in zwei gesunde Augen hätten legen können.

»Was gibt's?«, knurrte er und spuckte aus. In seinem Mundwinkel hing ein Zahnstocher. Seine linke Wange zierte eine Narbe, die er Tinzo zu verdanken hatte. Der Unfall hatte ihn ein Auge und die Holzernte eines Monats gekostet.

»Ich schließe meine Kanzlei«, sagte Mack.

»Was soll das heißen?«

»Dass ich mein Büro dichtmache. Sieht so aus, als könnte ich für Sie ein bisschen Geld rausholen.«

»Das habe ich schon mal gehört.«

»Hier ist der Deal. Ich besorge Ihnen fünfundzwanzigtausend Dollar bar auf die Hand binnen weniger Wochen, aber nur wenn Sie die Sache vertraulich behandeln. Sie müssen schweigen wie ein Grab. Niemand darf davon wissen.«

Für einen Mann, der noch nie fünftausend Dollar in bar gesehen hatte, war das eine verführerische Aussicht. Grove vergewisserte sich, dass sie auch wirklich allein waren. Dabei kaute er auf dem Zahnstocher herum, offenbar um seine Gedanken zu beflügeln.

»Da stimmt doch was nicht«, sagte er, und seine Augenklappe zuckte.

»Die Sache ist ganz einfach, Mr. Grove. Es geht um einen schnellen Vergleich, weil der Kettensägen-Hersteller von einer anderen Firma übernommen worden ist. So was passiert ständig. Das Unternehmen will diese Altfälle ein für alle Mal vom Tisch haben.«

»Und da ist wirklich nichts faul dran?«, fragte Grove, dem sein Anwalt offenkundig nicht vertrauenswürdig erschien.

»Natürlich nicht. Die Firma zahlt, aber nur wenn die Sache vertraulich bleibt. Außerdem gibt es doch bloß Ärger, wenn Ihre Leute erfahren, dass Sie so viel Geld in der Tasche haben.«

Grove fixierte den Holztransporter, in dem seine beiden Kumpel saßen. Dann dachte er an seine Frau, deren Mutter, seinen Sohn, der wegen einer Drogensache im Gefängnis saß, und an den anderen Sohn, der arbeitslos war. Es dauerte nicht lange, bis ihm jede Menge Leute eingefallen waren, die ihm gern helfen würden, das Geld auszugeben. Mack wusste genau, was ihm durch den Kopf ging.

»Cash auf die Hand, Mr. Grove. Aus meiner Tasche in Ihre Tasche, und keiner erfährt davon. Nicht einmal das Finanzamt.«

»Mehr ist nicht rauszuholen?«, fragte Grove.

Mack runzelte die Stirn und kickte mit dem Fuß gegen einen Stein. »Nicht einen Cent, Mr. Grove, nicht einen Cent. Fünfundzwanzigtausend oder nichts. Und wir müssen schnell handeln. In knapp einem Monat könnten Sie das Geld haben.«

»Was muss ich tun?«

»Kommen Sie nächste Woche am Freitag um acht Uhr morgens hierher. Ich brauche eine Unterschrift, dann kriegen Sie Ihr Geld.«

»Wie viel verdienen Sie da dran?«

»Das tut nichts zur Sache. Wollen Sie die Kohle oder nicht?«

»Für ein Auge ist das nicht viel.«

»Da haben Sie Recht, aber mehr werden Sie nicht bekommen. Ja oder nein?«

Grove spie erneut aus und schob den Zahnstocher von einer Seite auf die andere. »Von mir aus«, meinte er schließlich.

»Gut. Nächsten Freitag, acht Uhr morgens, hier, und kommen Sie allein.«

Bei ihrer ersten Begegnung vor mehreren Jahren hatte Grove einen anderen Holzfäller erwähnt, der durch dasselbe Kettensägen-Modell von Tinzo eine Hand verloren hatte. Dieser zweite Personenschaden hatte Mack von einer großen Kampagne, einer Sammelklage für Dutzende, vielleicht Hunderte verstümmelter Mandanten träumen lassen. Damals, vor Jahren, hatte er das Geld schon fast in seiner Hand gespürt.

Sein zweiter Mandant hauste im benachbarten Polk County in einem trostlosen Tal tief in einem Kiefernwald. Er hieß Jerrol Baker, war einunddreißig und längst kein Holzfäller mehr, weil er den Beruf mit nur einer Hand nicht mehr ausüben konnte. Er hatte sich mit einem Cousin in einem überbreiten Trailer ein Methamphetaminlabor eingerichtet. Als Chemiker verdiente Baker deutlich besser, als er als Holzfäller je verdient hatte. Allerdings erwies sich sein neuer Beruf als nicht weniger riskant – er entkam nur knapp dem Feuertod, als das Labor in die Luft flog, wobei Ausrüstung, Inventar, Trailer und Cousin eingeäschert wurden. Baker wurde vor Gericht gestellt und zu einer Freiheitsstrafe verurteilt. Aus dem Gefängnis schrieb er mehrfach an seinen Sammelklagenanwalt und erkundigte sich nach seinem bombensicheren Anspruch gegen Tinzo, erhielt jedoch nie eine Antwort. Nach einigen Monaten wurde er auf Bewährung entlassen und kehrte angeblich in die Gegend zurück. Mack hatte seit mindestens zwei Jahren nicht mehr mit ihm gesprochen.

Ihn zu finden war ihm zunächst schwierig, wenn nicht unmöglich erschienen. Das Haus von Jerrol Bakers Mutter stand leer. Ein Nachbar ein paar Häuser weiter verhielt sich höchst unkooperativ, bis Mack ihm erklärte, dass er Jerrol dreihundert Dollar schulde und einen Scheck für ihn habe. Da Baker vermutlich bei den meisten Nachbarn seiner Mutter in der Kreide stand, rückte der Mann mit ein paar Informationen heraus. Schließlich sah Mack weder wie ein Drogenfahnder noch wie ein Zustellungsbeamter oder ein Bewährungshelfer aus. Der Nachbar deutete auf einen Hügel hinter der Straße, und Mack folgte seiner Wegbeschreibung. Auf seinem Weg in die tiefen Kiefernwälder von Polk County musste er noch mehrmals andeuten, dass er Baker Geld bringe. Es war schon fast Mittag, als die Schotterstraße abrupt endete. Ein uralter Trailer thronte einsam auf von wilden Ranken überwucherten Betonblöcken. Mack, der eine Handfeuerwaffe vom Kaliber .38 in der Tasche hatte, näherte sich vorsichtig. Die schief in den Scharnieren hängende Tür öffnete sich langsam.

Jerrol Baker trat auf die baufällige Bretterveranda und starrte Mack wütend an, der in sechs Meter Entfernung wie angewurzelt stehen blieb. Baker trug kein Hemd, aber Arme und Brust waren mit einer farbenprächtigen Sammlung von Gefängnistätowierungen bedeckt. Sein Haar war lang und fettig, der ausgemergelte Körper offenkundig vom Meth verwüstet. Die linke Hand hatte er dank Tinzo verloren, in der rechten hielt er eine abgesägte Schrotflinte. Er nickte wortlos. Die Augen lagen gespenstisch tief in ihren Höhlen.

»Ich bin Mack Stafford, Anwalt aus Clanton. Sie sind doch Jerrol Baker?«

Mack rechnete halb damit, dass Baker auf ihn anlegen und schießen würde, aber die Flinte bewegte sich nicht. Merkwürdigerweise lächelte sein Mandant und zeigte dabei einen zahnlosen Mund, der furchteinflößender war als die Waffe.

»Stimmt«, grunzte er.

Das Gespräch dauerte zehn Minuten, und es war in Anbetracht der Umgebung und ihrer Vorgeschichte ein überraschend höflicher Austausch. Als Baker klarwurde, dass er fünfundzwanzigtausend Dollar in bar bekommen sollte, ohne dass irgendwer davon erfuhr, freute er sich wie ein kleines Kind und lud Mack sogar in den Trailer ein. Mack lehnte dankend ab.

Noch bevor sie sich in ihren Ledersesseln vor dem Schreibtisch der Eheberaterin niederließen, war Dr. Juanita bereits über alle Probleme informiert und spielte die Unvoreingenommene nur noch. Fast hätte Mack gefragt, wie oft sich die beiden Frauen ausgetauscht hatten, aber seine Strategie gründete auf Konfliktvermeidung.

Nach ein paar Bemerkungen, die die Anspannung zwischen den Eheleuten lösen und eine warme, vertrauensbildende Atmosphäre schaffen sollten, bat Dr. Juanita sie, sich zu äußern. Wie erwartet, redete Lisa zuerst. Eine Viertelstunde lang schwafelte sie darüber, wie unglücklich, unausgefüllt und frustriert sie sich fühle, und fand deutliche Worte, um die Gefühlskälte und den mangelnden Ehrgeiz ihres Ehemannes zu beschreiben, der immer öfter zur Flasche greife.

Macks Stirn war schwarzblau verfärbt und zu einem Drittel von einem dicken weißen Verband bedeckt, so dass er tatsächlich wie ein Alkoholiker aussah. Er biss sich auf die Zunge, hörte zu und versuchte, bedrückt und deprimiert zu wirken. Als er an der Reihe war, äußerte er sich ähnlich, hielt sich aber zurück. Die Probleme waren überwiegend seine Schuld, und er war bereit, das zu akzeptieren.

Danach sprach Dr. Juanita mit jedem von ihnen einzeln. Lisa ging zuerst nach draußen in die Lobby, wo sie in Illustrierten blätterte und nach neuer Munition suchte. Mack saß der Eheberaterin allein gegenüber. Als er diese Tortur zum ersten Mal erlebt hatte, war er nervös gewesen. Mittlerweile hatte er so viele Sitzungen hinter sich, dass ihm alles egal war. Was er auch sagte, es würde ihre Ehe nicht retten; warum sollte er seine Zeit verschwenden?

»Ich habe das Gefühl, dass Sie diese Ehe beenden wollen«, stellte Dr. Juanita leise, aber zutreffend fest und sah ihn forschend an.

»Weil Lisa sie beenden will. Sie will ein besseres Leben, ein besseres Haus, einen besseren Ehemann. Ich bin einfach nicht gut genug.«

»Lachen Sie beide jemals zusammen?«

»Vielleicht wenn was Lustiges im Fernsehen kommt. Ich lache, sie lacht, die Mädchen lachen.«

»Was ist mit Sex?«

»Wir sind beide zweiundvierzig und kommen auf durchschnittlich einmal pro Monat. Das ist ziemlich traurig, weil es jedes Mal höchstens fünf Minuten dauert. Es gibt keine Leidenschaft, keine Romantik, wir bringen es eben hinter uns. Ganz technisch, nach Schema X. Ich glaube, aus Lisas Sicht könnten wir das Ganze auch lassen.«

Dr. Juanita machte sich Notizen, so wie Mack es bei Mandanten tat, die nichts sagten, bei denen aber trotzdem irgendetwas aufgeschrieben werden musste.

»Wie viel trinken Sie?«, fragte sie.

»Nicht im Entferntesten so viel, wie Lisa sagt. In Lisas Familie ist Alkohol verpönt, da gelten schon drei Bier am Abend als Besäufnis.«

»Aber Sie trinken zu viel.«

»An dem bewussten Abend hatte es geschneit. Ich bin auf dem Eis ausgerutscht und mit dem Kopf aufgeschlagen, und mittlerweile ist ganz Clanton davon überzeugt, dass ich in meiner Einfahrt sturzbesoffen gestürzt und auf den Schädel gefallen bin, weshalb ich mich jetzt so merkwürdig verhalte. Lisa sucht Verbündete, merken Sie das nicht? Sie erzählt allen, was ich für ein mieser Typ bin, weil sie die Leute auf ihrer Seite haben will, wenn sie die Scheidung einreicht. Die Fronten sind schon vorgezeichnet. Es ist unvermeidlich.«

»Sie geben auf?«

»Ich kapituliere. Vollständig. Bedingungslos.«

Zufällig war der nächste Sonntag der zweite Sonntag im Monat, ein Tag, den Mack hasste wie keinen anderen. In Lisas Familie, dem Bunning-Clan, war es ehernes Gesetz, dass sich alle am zweiten Sonntag des Monats nach dem Gottesdienst im Haus ihrer Eltern zum Brunch versammelten. Als Entschuldigung wurde höchstens akzeptiert, dass ein Familienmitglied verreist war. Selbst das wurde nicht gern gesehen, und über Abwesende wurde fleißig hergezogen, selbstverständlich außer Hörweite der Kinder.

Mack, dessen Stirn sich mittlerweile dunkelblau verfärbt hatte und immer noch eine deutlich sichtbare Schwellung aufwies, konnte der Versuchung nicht widerstehen, sich einen letzten großen Abgang zu verschaffen. Er schwänzte die Kirche, schlüpfte ungeduscht und unrasiert in eine alte Jeans und ein dreckiges Sweatshirt und entfernte die weiße Gaze von seiner Wunde, um den Bunnings mit dem dramatischen Anblick der scheußlichen Naht den gesamten Brunch zu verderben. Er kam ein paar Minuten zu spät, aber früh genug, um die Erwachsenen an der ersten Runde vernichtender Kommentare zu hindern. Lisa ignorierte ihn, wie die meisten anderen. Seine Töchter versteckten sich mit ihren Cousinen, die natürlich alles über den Skandal gehört hatten und mehr über ihren verrückt gewordenen Onkel erfahren wollten, im Wintergarten.

Kurz bevor sich alle an den Tisch setzten, ging Lisa dicht an ihm vorbei. »Wieso verschwindest du nicht?«, zischte sie ihm durch die zusammengebissenen Zähne zu.

155

»Weil ich am Verhungern bin und seit dem letzten zweiten Sonntag im Monat keinen verbrannten Auflauf mehr gegessen habe«, erwiderte Mack fröhlich.

Die sechzehn Familienmitglieder hatten sich vollzählig versammelt, und nachdem Lisas Vater, der noch vom Kirchgang ein weißes Hemd mit Krawatte trug, den Tag mit seiner üblichen Bitte an den Allmächtigen gesegnet hatte, gaben sie die Speisen herum, und das Mahl begann. Wie immer begann Lisas Vater nach kaum dreißig Sekunden, über den Zementpreis zu sprechen. Die Frauen tuschelten untereinander. Zwei von Macks Neffen starrten von der anderen Seite des Tisches wie gebannt auf seine Stirn und brachten keinen Bissen hinunter.

Schließlich hielt Lisas Mutter, die Matriarchin, es nicht mehr aus. »Mack, dein armer Kopf sieht ja furchtbar aus. Das tut bestimmt weh.«

Mack, der mit einer solchen Attacke gerechnet hatte, erwiderte das Feuer. »Ich spüre gar nichts. Die Medikamente sind genial.«

»Wie ist das passiert?« Die Frage kam von seinem Schwager, einem Arzt, der einzigen Person am Tisch, die Zugriff auf Macks Krankenhausakte hatte. Mack war ziemlich sicher, dass der Doktor Macks Unterlagen praktisch auswendig gelernt und die behandelnden Ärzte, Schwestern und Hilfskräfte ausgequetscht hatte, bis er mehr über Macks Zustand wusste als Mack selbst. Jetzt, wo Mack kurz davorstand, seine Kanzlei aufzulösen, tat es ihm nur leid, dass er seinen Schwager nie wegen ärztlicher Kunstfehler verklagt hatte. Andere hatten es getan, und zwar mit Erfolg.

»Ich war betrunken«, verkündete Mack stolz. »Bin spät nach Hause gekommen, auf dem Eis ausgerutscht und auf den Kopf gefallen.«

Die ausschließlich aus Nichttrinkern bestehende Familie am Tisch erstarrte.

Mack hatte noch nicht genug. »Sagt bloß, ihr habt die Geschichte noch nicht gehört. Lisa war doch Augenzeugin und hat es allen erzählt.«

»Mack, bitte.« Lisa ließ die Gabel sinken, wie die anderen – bis auf Mack. Der stach in das zähe Huhn und stopfte sich damit den Mund voll.

»Bitte was?«, fragte er mit vollem Mund, so dass das Fleisch für alle sichtbar war. »Du hast doch dafür gesorgt, dass jeder hier am Tisch deine Version der Ereignisse kennt.« Er kaute, redete und deutete mit der Gabel auf seine Frau, die am anderen Ende des Tisches neben ihrem Vater saß. »Und wahrscheinlich hast du auch alles über unsere Sitzung bei der Eheberaterin erzählt.«

»O Gott!« Lisa war fassungslos.

»Dass ich im Büro schlafe, ist wohl allgemein bekannt«, sagte er. »Nach Hause kann ich nicht, sonst rutsche ich am Ende noch einmal aus. Außerdem könnte ich mich besaufen und meine Kinder verprügeln, wer weiß. Stimmt's, Lisa?«

»Das reicht, Mack«, sagte ihr Vater, die Stimme der Autorität.

»Ja, Sir. Entschuldigung. Das Huhn ist praktisch roh. Wer hat denn das verbrochen?«

Seine Schwiegermutter fuhr auf und wirkte steifer denn je. Sie zog die Brauen hoch. »Das war ich, Mack. Hast du sonst noch etwas am Essen auszusetzen?«

»Jede Menge, aber scheiß drauf.«

»Solche Ausdrücke will ich hier nicht hören«, mahnte sein Schwiegervater.

»Da seht ihr es selbst.« Lisa beugte sich vor. »Er dreht durch.« Die meisten nickten ernst. Helen, ihre jüngere Tochter, fing leise an zu weinen.

»Das sagst du gern, was?«, rief Mack von seinem Tischende. »Der Eheberaterin hast du das auch erzählt. Jedem hast du das erzählt. Mack ist auf den Kopf gefallen, und jetzt ist die Kacke am Dampfen.«

»Mack, solche Ausdrücke dulde ich nicht«, sagte ihr Vater streng. »Bitte geh raus.«

»Entschuldigung. Ich gehe gern.« Mack stand auf und stieß mit dem Fuß seinen Stuhl nach hinten weg. »Es wird euch freuen, zu hören, dass ich zum letzten Mal hier war. Ist das nicht toll?«

Als er ging, herrschte betretenes Schweigen. Das Letzte, was er hörte, war Lisas Stimme. »Es tut mir furchtbar leid«, sagte sie.

Am Montag ging Mack um den Stadtplatz herum zur Kanzlei von Harry Rex Vonner, einem Freund, der als härtester Scheidungsanwalt von Ford County bekannt war und in dessen großen Büroräumen es stets hektisch zuging. Harry Rex war ein lauter, stämmiger Poltergeist, der schwarze Zigarren kaute, seine Sekretärinnen anfuhr, Justizangestellte zur Schnecke machte, die Prozessliste des Gerichts kontrollierte, Richter einschüchterte und in seinen Scheidungsverfahren die gegnerische Partei in Angst und Schrecken versetzte. Sein Büro sah aus wie eine Mülldeponie: Aktenkartons in der Eingangshalle, überquellende Abfalleimer, Regale, auf denen sich alte Illustrierte stapelten, Zigarettenqualm, der in einer dichten, bläulichen Wolke unter der Decke hing, eine dicke Staubschicht auf Möbeln und Bücherregalen und die unvermeidliche, bunt zusammengewürfelte Schar unglücklich dreinblickender Mandanten, die am Eingang warteten. Die Kanzlei war der reinste Zirkus, Pünktlichkeit ein Fremdwort. Ständig brüllte irgendwer im Hintergrund. Die Telefone klingelten pausenlos. Der Kopierer war grundsätzlich durch einen Papierstau lahmgelegt. Und so weiter. Mack war schon oft geschäftlich in der Kanzlei gewesen und liebte das Chaos, das hier herrschte.

»Es heißt, du drehst durch, Junge«, begrüßte ihn Harry Rex an der Tür zu seinem Büro. Der Raum war groß, fensterlos und lag hinten im Gebäude, weit weg von den wartenden Mandanten. Er war mit Bücherregalen, Umzugskartons, Beweisstücken, vergrößerten Fotos und Stapeln dicker Aussageprotokolle vollgestopft, und die Wände bedeckten billige Passepartout-Fotos, die vor allem einen grinsenden Harry Rex mit der Flinte in der Hand und erlegten Tieren zeigte. Mack wusste nicht mehr, wann er zum letzten Mal da gewesen war, aber es schien sich nichts verändert zu haben.

Sie setzten sich, Harry Rex hinter einen massiven, mit Unterlagen überhäuften Schreibtisch, Mack auf einen abgewetzten Segeltuchstuhl, der hin und her wackelte.

»Ich habe mir nur die Stirn aufgeschlagen, das ist alles«, erklärte Mack.

»Du siehst furchtbar aus.«

»Danke.«

»Hat sie die Scheidung schon eingereicht?«

»Nein, ich habe gerade nachgesehen. Sie will sich eine Anwältin aus Tupelo nehmen, hier kann sie angeblich keinem trauen. Ich will keinen Ärger, Harry Rex. Sie kann alles haben – die Mädchen, das Haus mit allem, was drin ist. Ich melde Insolvenz an, mache die Kanzlei dicht und ziehe weg.«

Harry Rex schnitt bedächtig das Ende von der nächsten schwarzen Zigarre ab und schob sie sich in den Mundwinkel. »Du drehst ja doch durch, Junge.« Harry Rex war um die fünfzig, wirkte aber viel älter und weiser. Alle, die jünger waren als er, wurden freundschaftlich als »Junge« tituliert.

»Nennen wir es Midlife-Crisis. Ich bin zweiundvierzig und habe keine Lust mehr, Anwalt zu sein. Meine Ehe ist am Ende, meine Karriere steckt in der Sackgasse. Es wird Zeit für eine Veränderung, für einen kleinen Tapetenwechsel.«

»Junge, ich habe drei Ehen hinter mir. Nur weil du eine Frau loswerden willst, musst du nicht gleich die Flinte ins Korn werfen und abhauen.«

»Ich brauche keine Berufsberatung, Harry Rex. Du sollst mich im Scheidungs- und im Insolvenzverfahren vertreten. Den Papierkram habe ich schon vorbereitet. Einer von deinen Lakaien soll alles bei Gericht einreichen, damit ich abgesichert bin.«

»Wo willst du hin?«

»Weit weg. Bisher ist nichts entschieden, aber ich gebe dir Bescheid, wenn ich weiß, wo ich lande. Falls ich gebraucht werde, komme ich zurück. Meine Töchter sind ja noch hier.«

Harry Rex ließ sich in seinen Sessel sinken. Er atmete tief aus und musterte die Aktenstapel, die sich planlos auf dem Boden neben seinem Schreibtisch türmten. Dann starrte er auf das Telefon, an dem fünf rote Lämpchen blinkten.

»Kann ich mitkommen?«, fragte er.

»Sorry. Du bleibst hier und spielst meinen Anwalt. Ich habe elf Scheidungsverfahren laufen, die meisten davon einvernehmlich, acht Insolvenzen, eine Adoption, zwei Nachlässe, einen Autounfall, eine Arbeitsunfähigkeitsentschädigung und zwei Schiedsverfahren für Kleinunternehmer. Das ergibt ein Gesamthonorar von etwa fünfundzwanzigtausend Dollar über die nächsten sechs Monate. Ich möchte, dass du das für mich übernimmst.«

»Das sind doch Peanuts.«

»Stimmt, genau damit schlage ich mich seit siebzehn Jahren herum. Gib das Zeug einem deiner kleinen Rechtsanwälte und zahl ihm einen Bonus. Glaub mir, es ist nicht weiter kompliziert.«

»Wie sieht's mit Kindesunterhalt aus?«

»Maximal dreitausend pro Monat, was deutlich mehr ist, als ich mir im Augenblick leisten kann. Fang mit zweitausend an, dann siehst du schon, wie es läuft. Unüberbrückbare Differenzen, sie kann die Scheidung einreichen, ich schließe mich ihrem Antrag an. Das Sorgerecht kann sie ruhig haben, aber ich will die Mädchen sehen, wenn ich hier bin. Sie bekommt das Haus, ihr Auto, die Bankkonten, alles. Mit der Insolvenz hat sie nichts zu tun. Unser gemeinsames Vermögen ist davon nicht betroffen.«

»Womit gehst du dann in die Insolvenz?«

»Mit der Kanzlei Jacob McKinley Stafford, Rechtsanwaltgesellschaft mit beschränkter Haftung. Friede ihrer Asche.«

Harry Rex kaute auf seiner Zigarre, während er den Insolvenzantrag studierte, an dem nichts außergewöhnlich war. Ein ausgeschöpftes Kreditkartenlimit, ein nie getilgter Kredit, die viel zu hohen Hypothekenzahlungen.

»Du musst das nicht tun«, sagte er. »Das kriegen wir in den Griff.«

»Der Antrag ist fertig, Harry Rex. Mein Entschluss steht fest, und es wird sich noch einiges mehr ändern. Ich setze mich ab. Tauche unter. Bin schon weg.«

»Ganz schön mutig.«

»Nein. Die meisten Leute finden es feige, abzuhauen.«

»Und wie findest du es?«

»Das ist mir so was von egal. Wenn ich jetzt nicht gehe, sitze ich für den Rest meines Lebens hier fest. Das ist meine einzige Chance.«

»Guter Junge.«

Am Dienstag um Punkt zehn Uhr, eine ruhmreiche Woche nach dem ersten Telefonat, tätigte Mack den zweiten Anruf. Während er die Nummer eingab, gratulierte er sich lächelnd zu den erstaunlichen Leistungen der vergangenen sieben Tage. Seine Strategie funktionierte perfekt. Bisher lief alles wie geschmiert, vielleicht mit Ausnahme seiner Kopfverletzung, aber selbst die hatte er geschickt in seinen Fluchtplan integriert. *Mack ist auf den Kopf gefallen und musste deswegen sogar ins*

*Krankenhaus. Kein Wunder, dass er sich so komisch be-
nimmt.*

»Mr. Marty Rosenberg«, sagte er höflich und wartete, bis er durchgestellt wurde. Es dauerte nicht lange,
bis er den wichtigen Anwalt am Apparat hatte und mit
ihm Höflichkeitsfloskeln austauschte. Rosenberg schien
es nicht eilig zu haben und erging sich so lange in be-
langlosem Geplauder, dass Mack sich plötzlich fragte,
ob diese mangelnde Zielstrebigkeit hieß, dass er seine
Meinung geändert hatte und nichts mehr von ihrer Vereinbarung wissen wollte. Er beschloss, zum Thema zu
kommen.

»Hören Sie, Marty, ich habe mit allen vier Mandanten gesprochen, und wie Sie sich denken können, sind
alle bereit, Ihr Angebot anzunehmen. Für eine halbe
Million Dollar ist die Sache gegessen.«

»Äh, wie, eine halbe Million hatten wir gesagt, Mack?«
Rosenberg schien sich da nicht so sicher.

Mack stockte der Atem. »Genau, Marty.« Er kicherte
gekünstelt, als hätte sich der liebe Marty einen seiner
altbekannten Scherze erlaubt. »Sie hatten mir hunderttausend für jeden Fall plus hunderttausend für Anwaltskosten angeboten.«

Mack hörte, wie oben in New York in Papieren ge-
wühlt wurde. »Äh, ja, lassen Sie mich kurz nachsehen,
Mack. Es geht doch um die Tinzo-Fälle, oder?«

»Ganz recht, Marty«, erwiderte Mack ebenso frustriert wie besorgt. Es war zum Verzweifeln. Der Mann
mit dem Scheckbuch wusste noch nicht einmal, wovon
die Rede war. Dabei hatte er vor einer Woche so kompe-
tent gewirkt! Jetzt schien er keine Ahnung zu haben.

»Ich fürchte, ich habe die Fälle verwechselt«, hörte er Rosenberg zu seinem Entsetzen sagen.

»Soll das ein Witz sein?«, blaffte Mack viel zu heftig. *Cool bleiben,* mahnte er sich selbst.

»Haben wir für diese Fälle wirklich so viel angeboten?«, fragte Rosenberg, der offenbar während des Gesprächs in seinen Notizen blätterte.

»Und ob Sie das haben, und ich habe das Angebot in gutem Glauben an meine Mandanten weitergeleitet. Wir haben eine Vereinbarung, Marty. Sie haben ein vernünftiges Angebot vorgelegt, wir haben es angenommen. Da können Sie jetzt keinen Rückzieher machen.«

»Es kommt mir nur ein wenig viel vor, das ist alles. Ich habe im Augenblick jede Menge Produkthaftungsfälle am Hals.«

Herzlichen Glückwunsch, hätte Mack fast gesagt. *Du hast jede Menge Arbeit und bekommst dafür jede Menge Geld.* Er wischte sich den Schweiß von der Stirn und sah seine Felle davonschwimmen. *Nur keine Panik.*

»Das ist überhaupt nicht viel. Sie sollten mal mit diesen Leuten reden. Odell Grove hat nur noch ein Auge, Jerrol Baker fehlt die linke Hand, Doug Jumpers rechte Hand ist so zerfetzt, dass sie nicht mehr zu gebrauchen ist, und von Travis Johnsons Fingern sind bloß Stummel übrig. Wenn Sie sehen, in welch elenden Verhältnissen diese Leute leben, merken Sie vielleicht, dass eine halbe Million nicht nur angemessen, sondern eher niedrig ist.«

Mack atmete tief durch und hätte fast gelächelt. Kein schlechtes Schlusswort. Vielleicht hätte er doch öfter vor Gericht Plädoyers halten sollen.

»Ich habe nicht die Zeit, solche Einzelheiten zu diskutieren und über die Haftung zu streiten, Mark, ich ...«

»Ich heiße Mack. Mack Stafford, Anwalt aus Clanton,
Mississippi.«

»Ja, richtig, Entschuldigung.« In New York wurde
erneut mit Papieren geraschelt. Gedämpfte Stimmen im
Hintergrund: Mr. Rosenberg erteilte Anweisungen. Dann
war er wieder am Apparat und klang jetzt voll konzentriert. »Ihnen ist doch klar, dass Tinzo vier Prozesse wegen dieser Kettensäge gewonnen hat. Ein klarer Durch-
marsch, keinerlei Haftung.«

Mack war das natürlich nicht klar, weil er seine Mini-
Sammelklage längst vergessen hatte. »Ja, damit habe ich
mich eingehend befasst. Aber ich dachte, Sie wollten
über die Haftung nicht streiten, Marty«, erwiderte er
dennoch mit dem Mut der Verzweiflung.

»Da haben Sie auch wieder Recht. Ich faxe Ihnen die
Unterlagen für den Vergleich.«

Mack atmete tief durch.

»Bis wann können Sie sie mir zurückschicken?«, fragte Rosenberg.

»In den nächsten Tagen.«

Sie feilschten um Formulierungen. Es gab ein Hin
und Her darüber, wie das Geld verteilt werden sollte. Das Telefonat dauerte noch einmal zwanzig Minuten, während sie ihre anwaltlichen Pflichten wahrnah-
men.

Nachdem Mack endlich aufgelegt hatte, schloss er die
Augen, legte die Füße auf den Schreibtisch und lehnte
sich in seinem Drehsessel zurück. Er war ausgebrannt,
erschöpft, stand immer noch unter Schock, den er aber

schnell überwand. Bald lächelte er wieder und summte ein Jimmy-Buffett-Lied.

Das Telefon ließ er klingeln.

Tatsächlich hatte er weder Travis Johnson noch Doug Jumper aufspüren können. Travis arbeitete angeblich irgendwo im Westen als Fernfahrer, wofür sieben heile Finger offenbar ausreichten. Seine Exfrau hatte einen Stall voller Kinder, für die sie schon lange keinen Unterhalt mehr gesehen hatte. Sie hatte die Nachtschicht in einem rund um die Uhr geöffneten Lebensmittelgeschäft und keine große Lust, mit Mack zu reden. Seine damaligen Versprechungen, eine Entschädigung für die drei teilweise abgetrennten Finger zu erstreiten, waren ihr noch im Gedächtnis. Von flüchtigen Bekannten von Travis erfuhr Mack, dass dieser sich ein Jahr zuvor abgesetzt hatte und nicht plante, nach Ford County zurückzukehren.

Von Doug Jumper hieß es, er sei tot. Er war in Tennessee wegen Körperverletzung ins Gefängnis gewandert und seit drei Jahren von niemandem mehr gesehen worden. Seinen Vater hatte er nie kennengelernt. Seine Mutter war weggezogen. Ein paar Verwandte lebten im County verstreut, aber im Großen und Ganzen zeigten sie wenig Interesse daran, über Doug zu reden, schon gar nicht mit einem Anwalt, selbst wenn dieser Tarnkleidung für Jäger oder eine ausgebleichte Jeans und Wanderstiefel oder eines der anderen Outfits trug, die Mack benutzte, um unter den Einheimischen nicht aufzufallen. Seine erprobte Methode mit dem Scheck, den er Doug Jumper angeblich übergeben wollte, funktionierte nicht. Nichts half, und als er nach zweiwöchiger Suche zum dritten oder vierten Mal das Gerücht hörte, Jumper sei tot, gab er schließlich auf.

Er besorgte sich die Unterschriften von Odell Grove und Jerrol Baker, wobei Baker mit der rechten Hand kaum mehr als einen mitleiderregenden Krakel zustande brachte, und beging dann seine erste Straftat. Mr. Marty Rosenberg oben in New York brauchte eine notarielle Beurkundung der Dokumente, in denen Vergleich und Haftungsfreistellung geregelt wurden, was absolut üblich war. Nur hatte Mack seine Sekretärin gefeuert, die als Notarin bestellt war, und sich an einen anderen Notar zu wenden, war viel zu kompliziert.

Hinter verschlossenen Türen fälschte Mack an seinem Schreibtisch mühsam Fredas Unterschrift als Notarin und beglaubigte erst Groves und dann Bakers Unterschrift mit einem abgelaufenen Notarsstempel, den er in einem Aktenschrank eingeschlossen gehabt hatte. Zufrieden betrachtete er sein Werk. Diese Tat hatte er seit Tagen geplant, und er war überzeugt, dass er nie erwischt werden würde. Die Fälschungen waren gelungen, die Manipulationen am Notarsstempel fielen kaum auf, und in New York würde sich sowieso keiner Zeit für eine genauere Prüfung nehmen. Mr. Rosenberg und sein brillantes Team hatten es so eilig, die Akten zu schließen, dass sie einen flüchtigen Blick auf Macks Papiere werfen, ein paar Details abgleichen und den Scheck schicken würden.

Die Liste seiner Straftaten wurde länger, als er die Unterschriften von Travis Johnson und Doug Jumper fälschte. Er fand das absolut gerechtfertigt, schließlich hatte er sich große Mühe gegeben, die beiden zu finden, und sollten sie je auftauchen, würde er ihnen, genau wie Grove und Baker, fünfundzwanzigtausend Dollar anbieten. Sofern er vor Ort war.

Nur hatte Mack nicht die Absicht, vor Ort zu sein.

Am nächsten Morgen schickte er das Päckchen per Eilpost nach New York, womit er nun auch noch den U. S. Postal Service für seine kriminellen Machenschaften missbraucht hatte. Wenn das herauskam, hatte er das FBI am Hals, was ihn aber nicht weiter belastete.

Dann stellte Mack den Insolvenzantrag und brach dabei erneut das Gesetz, weil er die ausstehenden Honorare aus seinem Kettensägen-Projekt verschwieg. Man konnte natürlich argumentieren – was er vielleicht auch tun würde, falls er erwischt wurde –, dass das Geld noch gar nicht eingegangen sei, aber das überzeugte nicht einmal ihn selbst. Allerdings versuchte er auch gar nicht mehr, überzeugend zu wirken. Niemand in Clanton oder überhaupt in Mississippi würde von dem Honorar jemals Kenntnis erlangen.

Er hatte sich seit zwei Wochen nicht mehr rasiert und fand, der grau melierte Bart stand ihm gut. Er hörte auf zu essen und trug weder Sakko noch Krawatte. Die blauen Flecke und die Fäden an seiner Stirn waren verschwunden. Wenn er sich in der Stadt blicken ließ, was nur selten vorkam, stutzten die Leute und tuschelten, denn es hieß, der arme Mack stehe vor dem Ruin. Die Gerüchte über seine Insolvenz verbreiteten sich im Gericht wie ein Lauffeuer, und als bekanntwurde, dass Lisa die Scheidung eingereicht hatte, kannten Juristen, Justizangestellte und Sekretärinnen kaum noch ein anderes

Thema. Sein Büro blieb während der Geschäftszeiten und außerhalb geschlossen. Niemand ging ans Telefon. Das Kettensägen-Geld wurde auf ein neu eröffnetes Bankkonto in Memphis überwiesen, von dem aus es diskret verteilt wurde. Mack hob fünfzigtausend Dollar in bar ab, zahlte Odell Grove und Jerrol Baker aus und hatte ein gutes Gefühl dabei. Natürlich hatten die beiden Anspruch auf mehr, zumindest nach den Bedingungen der längst vergessenen Verträge, die ihnen Mack unter die Nase gehalten hatte, als sie ihn engagierten. Aber Mack fand, dass die Umstände eine flexiblere Auslegung der besagten Verträge erforderten, und dafür gab es mehrere Gründe. Erstens waren seine Mandanten zufrieden. Zweitens hätten seine Mandanten alles, was über fünfundzwanzigtausend Dollar hinausging, bestimmt ohnehin verprasst, so dass es dem Schutz des Geldes diente, wenn Mack den Löwenanteil gleich einbehielt. Drittens waren fünfundzwanzigtausend Dollar eine faire Entschädigung für ihre Verletzungen, vor allem in Anbetracht der Tatsache, dass die beiden gar nichts bekommen hätten, wäre Mack nicht auf die clevere Idee mit dem Kettensägen-Prozess gekommen.

Viertens, fünftens und sechstens unterschieden sich von der Argumentation her nicht wesentlich, und Mack hatte schon keine Lust mehr, Gründe für sein Verhalten zu finden. Er hinterging seine Mandanten, und er wusste es.

Er war kriminell geworden, fälschte Dokumente, unterschlug Vermögenswerte, betrog Mandanten. Hätte er sich die Zeit genommen, darüber nachzudenken, dann hätte er sich mies gefühlt. Tatsächlich war er so begeistert von der Aussicht, allem zu entkommen, dass er sich immer wieder dabei ertappte, wie er unmotiviert lachte. Angesichts dessen, was er nun auf dem Kerbholz hatte, gab es kein Zurück, und selbst das gefiel ihm.

Er übergab Harry Rex einen Scheck über fünfzigtausend Dollar, um die Anfangskosten der Scheidung abzudecken, und unterschrieb die notwendigen Papiere, damit sein Anwalt die Angelegenheiten für ihn regeln konnte. Das restliche Geld wurde auf ein Konto bei einer mittelamerikanischen Bank überwiesen.

Der letzte Akt in seiner wohldurchdachten und brillant umgesetzten Abschiedsinszenierung war ein Treffen mit seinen Töchtern. Nach mehreren gereizten Telefonaten hatte Lisa schließlich nachgegeben und sich bereiterklärt, Mack an einem Donnerstagabend für eine Stunde ins Haus zu lassen. Sie selbst würde weggehen, jedoch nach exakt sechzig Minuten zurückkehren.

Irgendwann hat ein kluger Mensch in den ungeschriebenen Regeln des menschlichen Verhaltens festgelegt, dass solche Begegnungen unerlässlich sind. Mack hätte gut darauf verzichten können, aber dann wäre er nicht nur kriminell, sondern auch noch feige gewesen. Man konnte nicht alle Regeln infrage stellen. Vermutlich war es für die Mädchen wichtig, ihren Gefühlen Luft zu machen, zu weinen, nach dem Warum zu fragen. Er hätte sich keine Sorgen zu machen brauchen. Lisa hatte die beiden so gut vorbereitet, dass sie es kaum über sich brachten, ihn zu umarmen. Er versprach, sie so oft wie möglich zu besuchen, auch wenn er woanders lebte. Das nahmen sie mit einer Skepsis auf, die er nicht für möglich gehalten hätte. Nach einer halben Stunde, die sich endlos hinzog, drückte Mack ihre steifen Körper noch einmal an sich und lief zum Auto. Als er davonfuhr, war er davon überzeugt, dass die drei Frauen ein glückliches neues Leben ohne ihn planten.

Hätte er sich gestattet, über seine Fehler und Irrtümer nachzudenken, wäre er wahrscheinlich melancholisch geworden. Er verdrängte den Gedanken daran, wie glücklich sie gewesen waren, als die Mädchen klein waren. Oder war er nie glücklich gewesen? Er wusste es nicht.

Er fuhr zur Kanzlei, betrat sein Büro – wie immer in jüngster Zeit – durch die Hintertür und ging ein letztes Mal durch die Räume. Alle noch offenen Akten hatte Harry Rex bekommen. Die alten Unterlagen hatte Mack verbrannt. Gesetzbücher, Büroausstattung, Möbel und die billigen Bilder an den Wänden waren verkauft oder verschenkt worden. Er griff nach einem mittelgroßen Koffer, dessen Inhalt sorgfältig ausgewählt war. Keine Anzüge, Krawatten, Oberhemden, Sakkos und Businessschuhe – diese Sachen hatte er alle gespendet. Mack reiste mit leichtem Gepäck.

Er nahm den Bus nach Memphis, flog von dort nach Miami, dann weiter nach Nassau, wo er eine Nacht lang blieb, bevor er einen Flug nach Belize City im mittelamerikanischen Staat Belize nahm. Dort wartete er eine Stunde lang in der Tropenhitze am Flughafen, trank an der winzigen Bar ein Bier, während er einer Gruppe lärmender Kanadier zuhörte, die sich begeistert über Grätenfischangeln unterhielten, und von der Zukunft träumte. Zwar wusste er nicht so genau, was die ihm bringen würde, aber es konnte nur besser sein als die Schneise der Verwüstung, die er hinterließ.

Das Geld lag in Belize, einem Land, dessen Auslieferungsabkommen mit den Vereinigten Staaten nur auf dem Papier bestand. Falls ihm jemand auf die Spur kam, was er nicht erwartete, würde er sich diskret nach Panama absetzen. Die Wahrscheinlichkeit, dass er gefasst wurde, war verschwindend gering, und wenn jemand anfing, in Clanton herumzuschnüffeln, würde Harry Rex bald davon erfahren.

Die Maschine nach Ambergris Cay war eine betagte Cessna Caravan, ein Zwanzigsitzer, der überfüllt war mit gut genährten Amerikanern, die zu breit für die schmalen Sitze waren. Aber das war Mack egal. Er sah aus dem Fenster auf das leuchtend aquamarinblaue Wasser dreihundert Meter unter ihm, warmes Salzwasser, in dem er bald schwimmen würde. Auf der Insel nahm er sich nördlich des Hauptorts San Pedro ein Zimmer in einer Anlage, die sich Rico's Reef Resort nannte. Die Zimmer waren eigentlich strohgedeckte Häuschen mit einer kleinen Veranda. Auf jeder Veranda hing eine lange Hängematte, was sehr schön veranschaulichte, wie die Prioritäten bei Rico lagen. Er bezahlte bar für eine Woche im Voraus – von Kreditkarten hatte er ein für alle Mal die Nase voll – und schlüpfte in seine neue Arbeitskleidung: T-Shirt, alte Jeansshorts, Baseballkappe, keine Schuhe. Bald hatte er die Bar entdeckt, wo er einen Rumcocktail bestellte und einen gewissen Coz kennenlernte. Coz hatte sich an einem Ende der Teakholztheke niedergelassen und schien dort seinen festen Platz zu haben. Das lange Haar trug er zu einem Pferdeschwanz zusammengebunden. Seine Haut war von der Sonne gegerbt und zu einem Bronzeton verbrannt. Dem leichten Akzent nach stammte er aus Neuengland. Es dauerte nicht lange, bis Coz, der Kette rauchte und dunklen Rum trank, durchblicken ließ, dass er einmal für eine nicht näher beschriebene Kanzlei in Boston gearbeitet hatte. Er versuchte, in Macks Vergangenheit herumzustochern, aber Mack wagte es nicht, irgendwelche Informationen preiszugeben.

»Wie lange bleibst du?«, fragte Coz.

»Bis ich die richtige Sonnenbräune habe«, erwiderte Mack.

»Das kann ein bisschen dauern. Sei vorsichtig, die Sonne ist hier brutal intensiv.«

Coz hatte viele Tipps für das Leben in Belize parat.

»Kluger Junge«, meinte er, als er merkte, dass aus seinem Trinkkumpan nicht viel herauszuholen war. »Hier bist du besser vorsichtig mit dem, was du sagst. Es wimmelt nur so von Amerikanern, die vor irgendwas weglaufen.«

Später ließ sich Mack von der Brise in seiner Hängematte schaukeln und blickte auf den Ozean hinaus. Während er der Brandung lauschte, nippte er an seinem Rum mit Soda und fragte sich, ob er wirklich auf der Flucht war. Es gab keinen Haftbefehl, keinen Gerichtsbeschluss, keine Gläubiger, die ihm auf den Fersen waren. Zumindest nicht soweit ihm bekannt war. Und das war auch nicht zu erwarten. Wenn er wollte, konnte er morgen nach Hause zurück, aber der Gedanke war furchtbar. Er hatte kein Zuhause mehr. Sein Zuhause war etwas, dem er gerade entwischt war. Der Gedanke, alles aufgegeben zu haben, wog schwer, doch der Rum half ihm, darüber hinwegzukommen.

Mack verbrachte die erste Woche entweder in der Hängematte oder am Pool, wo er vorsichtig dosierte Sonnenbäder nahm, bevor er wieder eine Pause auf der Veranda einlegte. Wenn er nicht schlief, sich sonnte oder an der Bar herumhing, machte er lange Spaziergänge am Meer. Dabei fing er an, sich Gesellschaft zu wünschen. Er unterhielt sich mit den Touristinnen in den kleinen Hotels und Fischerhäuschen und fand schließlich eine nette junge Frau aus Detroit. Manchmal langweilte er sich, aber Langeweile in Belize war viel besser als Langeweile in Clanton.

Am 25. März erwachte Mack aus einem bösen Traum. Aus unerfindlichen Gründen war ihm das Datum eingefallen, an dem in Clanton die neue Gerichtsperiode begann. Normalerweise wäre Mack zur Verlesung der Prozessliste im großen Gerichtssaal gewesen. Dort hätte er sich, wie die übrigen zwanzig Anwälte, gemeldet, wenn sein Name aufgerufen wurde, um dem Richter mitzuteilen, dass Mr. und Mrs. Soundso anwesend und zur Scheidung bereit waren. Er hatte an diesem Tag mindestens drei Gerichtstermine. Leider konnte er sich sogar noch an die Namen der Mandanten erinnern. Es war Fließbandarbeit, und Mack war ein schlecht bezahlter und leicht zu ersetzender Arbeiter gewesen.

Nackt unter den dünnen Laken liegend, schloss er die Augen und spürte den moderigen Geruch von Eiche und Leder in der Nase, der den alten Gerichtssaal erfüllte. Er hörte die Stimmen der anderen Anwälte, die sich noch in letzter Minute über irgendwelche Einzelheiten zankten und dabei sehr wichtigtaten. Er sah den Richter in seiner verblichenen schwarzen Robe zusammengesunken auf dem massiven Stuhl sitzen und ungeduldig darauf warten, dass er endlich die Papiere zur Auflösung einer Ehe unterzeichnen konnte, die wie so viele andere im Himmel geschlossen worden war.

Dann öffnete Mack Stafford die Augen, und während er den sich langsam drehenden Deckenventilator betrachtete und auf die frühmorgendlichen Geräusche des Ozeans lauschte, überwältigte ihn plötzlich die Freude über seine Freiheit. Er schlüpfte in seine Gymnastikshorts und lief über den Strand zu einem Steg, der siebzig Meter weit ins Wasser reichte. Im Sprint rannte er über den Pier und verlangsamte das Tempo auch an dessen Ende nicht. Lachend sprang er in die Luft und landete mit einem gewaltigen Klatscher. Das warme Wasser drückte ihn nach oben, und er fing an zu schwimmen.

Das casino

CLANTONS EHRGEIZIGSTER GESCHÄFTSMANN war ein Landmaschinenhändler namens Bobby Carl Leach. Aus einem großen, mit Kies bestreuten Verkaufsgelände am Highway nördlich der Stadt hatte Bobby Carl ein Imperium gemacht. Dazu gehörten zeitweise ein Reparaturdienst für Bagger und Planierraupen, ein Fuhrpark aus Holzlastern, zwei Fischrestaurants mit All-you-can-eat-Büfett, ein unerschlossenes Grundstück im Wald, auf dem der Sheriff Marihuanaplantagen fand, und ein Sammelsurium an Immobilien, das zum größten Teil aus leerstehenden Gebäuden in ganz Clanton bestand. Irgendwann brannten die meisten davon nieder. Brandstiftung klebte wie Pech an Bobby Carl, Prozesse waren sein ständiger Begleiter. Mit Gerichtsverfahren kannte er sich aus; er prahlte sogar gern damit, dass eine ganze Horde von Anwälten für ihn arbeite. Mit einer bewegten Geschichte aus dubiosen Geschäften, Scheidungen, Steuerprüfungen, Versicherungsbetrug und immer nur beinahe vor Gericht endenden Auseinandersetzungen war Bobby Carl selbst so etwas wie ein produzierendes Gewerbe, zumindest für die Anwaltskammer am Ort.

Und obwohl er ständig in Schwierigkeiten steckte, hatte er noch nie vor Gericht gestanden. Im Lauf der Zeit nahm seine Fähigkeit, sich dem Gesetz zu entziehen, fast schon legendäre Ausmaße an, und die meisten Einwohner Clantons hatten ihren Spaß daran, Geschichten über Bobby Carls Geschäfte zu erzählen und dabei gehörig zu übertreiben.

Bobby Carls Auto war immer ein Cadillac DeVille, stets kastanienbraun, neu und in makellosem Zustand. Alle zwölf Monate tauschte er ihn gegen das aktuelle Modell ein. Niemand wagte es, den gleichen Wagen zu fahren wie er. Einmal kaufte er sich einen Rolls-Royce, der im Umkreis von dreihundert Kilometern der einzige seiner Art war, behielt ihn aber nicht einmal ein Jahr. Als ihm klarwurde, dass er die Einheimischen mit einem derart exotischen Automobil nicht beeindrucken konnte, schaffte er ihn wieder ab. Die Einwohner Clantons hatten keine Ahnung, wo der Rolls-Royce hergestellt wurde und was er kostete. Keiner der Automechaniker in der Stadt wollte ihn in seiner Werkstatt haben, was aber keine Rolle spielte, da sie sowieso keine Ersatzteile dafür besorgen konnten.

Bobby Carl trug gefährlich spitze Cowboystiefel, gestärkte Hemden und dunkle Anzüge mit Weste, deren Taschen stets mit Geldscheinen vollgestopft waren. Dazu kam eine erstaunliche Menge an Accessoires aus Gold – dicke Uhren, wuchtige Halsketten, Armbänder, Gürtelschnallen, Kragenclips, Krawattenklammern. Er sammelte Gold wie manche Frauen Schuhe. Goldene Zierleisten schmückten seine Autos, Büros, Aktenkoffer, Messer, Bilderrahmen, und sogar die Armaturen in seinem Badezimmer waren aus Gold. Für Diamanten hatte er ebenfalls eine Schwäche. Das Finanzamt hatte schon längst den Überblick über seinen tragbaren Reichtum verloren, denn Bobby Carl kaufte natürlich auf dem Schwarzmarkt ein.

So auffällig er sich in der Öffentlichkeit gab, so verschwiegen war er, wenn es um sein Privatleben ging. Er lebte zurückgezogen in einem seltsam aussehenden, modernen Haus, das in den Hügeln östlich von Clanton versteckt war, und die Tatsache, dass nur wenige dieses Haus kannten, ließ das Gerücht entstehen, er gehe dort allen möglichen illegalen und unmoralischen Aktivitäten nach. Die Gerüchte entbehrten nicht einer gewissen Grundlage. Ein Mann in seiner Position war zwangsläufig ein Magnet für Frauen mit lockerem Lebenswandel, und Bobby Carl war diesen Damen sehr zugetan. Einige von ihnen heiratete er sogar, was er hinterher immer bereute. Auch dem Alkohol war er gewogen, doch er trank nie im Übermaß. Trotz seiner wilden Freundinnen und ebenso wilden Partys war Bobby Carl Leach noch nie wegen eines Katers zu spät zur Arbeit gekommen. Dazu war ihm Geld viel zu wichtig.

Jeden Morgen um fünf Uhr – auch an Sonntagen – fuhr Bobby Carl mit seinem kastanienbraunen DeVille einmal um das Gericht von Ford County herum, das mitten in Clanton lag. Um diese Zeit waren die Geschäfte und Büros noch dunkel und leer, was ihm sehr behagte. Sollten sie ruhig schlafen. Die Banker, Anwälte, Immobilienmakler und Geschäftsleute, die sich die Mäuler über ihn zerrissen und ihn um sein Geld beneideten, waren um fünf Uhr morgens noch nicht bei der Arbeit.

Bobby Carl genoss die Dunkelheit und die Stille. Der Wettbewerb ruhte zu dieser frühen Stunde. Nach seiner täglichen Siegesrunde um das Gerichtsgebäude fuhr er schnurstracks in sein Büro, das auf dem Verkaufsgelände seiner Landmaschinenfirma lag und zweifelsohne das größte in ganz Ford County war. Es nahm den gesamten ersten Stock eines alten Backsteingebäudes ein, das noch aus der Zeit vor Pearl Harbor stammte. Hinter den dunkel getönten Fenstern sitzend, konnte Bobby Carl seine Traktoren im Auge behalten und gleichzeitig den Verkehr auf dem Highway beobachten.

Bobby Carl, der zu dieser frühen Stunde noch allein und daher zufrieden war, begann jeden Tag mit einer Kanne starken Kaffees und der Zeitungslektüre. Er abonnierte jede Tageszeitung, die er bekommen konnte – Memphis, Jackson, Tupelo –, sowie die Wochenzeitungen aus den umliegenden Countys. Während er las und pausenlos Kaffee in sich hineinschüttete, suchte er in den Zeitungen nicht nach Neuigkeiten, sondern nach Geschäftsideen. Immobilien, die zum Verkauf standen, landwirtschaftlich genutzten Flächen, Zwangsversteigerungen, Fabriken, die in Betrieb genommen oder stillgelegt wurden, Auktionen, Insolvenzen, Geschäftsauflösungen, Ausschreibungen, Bankenfusionen, öffentlichen Bauvorhaben. Die Wände seines Büros waren übersät mit Plänen von Baugrundstücken und Luftaufnahmen von Städten und Countys. Auf seinem Computer waren die Kataster der näheren Umgebung gespeichert. Er wusste, wer mit seiner Grundsteuer im Verzug war, seit wann und mit welcher Summe. Diese Informationen sammelte und archivierte er in den Stunden vor

180

der Morgendämmerung, während alle anderen noch schliefen.

Seine größte Schwäche – noch vor Frauen und Whiskey – war das Glücksspiel. Er hatte viele hässliche Erfahrungen mit Casinos in Las Vegas, Pokerclubs und Buchmachern für Sportwetten gemacht. Regelmäßig ließ er große Summen auf der Hunderennbahn in West Memphis, und einmal hätte er sich auf einer Kreuzfahrt zu den Bermudas beinahe in den Bankrott gespielt. Als in Mississippi völlig unerwartet die ersten Casinos eröffnet wurden, nahmen die Schulden, mit denen er sein Geschäftsimperium belastete, bedenkliche Ausmaße an. Da er bei der einzigen Bank in der Stadt, die ihn als Kunden haben wollte, keinen Kredit zur Deckung seiner Verluste am Würfeltisch mehr bekam, musste er Teile seines Goldes nach Memphis ins Pfandhaus bringen, damit er seine Angestellten bezahlen konnte. Dann brannte eine seiner Immobilien aus. Er drängte die Versicherungsgesellschaft zu einer schnellen Schadensregulierung, und damit hatten seine Geldnöte fürs Erste ein Ende.

Das einzige Casino in Mississippi, das nicht auf Wasser schwamm, war von den Choctaw-Indianern gebaut worden. Es lag in Neshoba County, zwei Stunden südlich von Clanton, und eines Abends ließ Bobby Carl dort zum letzten Mal in seinem Leben die Würfel rollen. Er hatte ein kleines Vermögen verloren, und als er nicht mehr ganz nüchtern nach Hause fuhr, schwor er sich, nie wieder zu spielen. Jetzt war Schluss. Er verlor sowieso immer. Offenbar gab es einen guten Grund dafür, dass diese smarten Jungs immer mehr Casinos bauten.

Bobby Carl Leach hielt sich ebenfalls für einen smarten Jungen.

Er begann, Nachforschungen anzustellen. Nach kurzer Zeit fand er heraus, dass das Innenministerium 562 Indianerstämme im ganzen Land anerkannt hatte, in Mississippi jedoch nur die Choctaw. Früher hatten in Mississippi zahllose Indianer gelebt – mindestens neunzehn große Stämme –, doch die meisten waren in den 1830ern zwangsumgesiedelt und nach Oklahoma geschickt worden. In Mississippi gab es nur noch dreitausend Choctaw, und die machten mit ihrem Casino eine Menge Geld.

Sie brauchten Konkurrenz.

Weitere Nachforschungen ergaben, dass der zweitgrößte Stamm in Mississippi die Yazoo gewesen waren. Lange vor der Ankunft des weißen Mannes hatte sich das Stammesgebiet über eine Fläche erstreckt, die heute fast die gesamte nördliche Hälfte von Mississippi ausmachte, einschließlich Ford County. Nachdem Bobby Carl einer Firma für Ahnenforschung ein paar Dollar gezahlt hatte, erstellte diese einen äußerst suspekten Stammbaum, mit dem sich angeblich beweisen ließ, dass der Urgroßvater von Bobby Carls Vater zu einem Sechzehntel Yazoo gewesen war.

Der Geschäftsplan nahm Gestalt an.

Knapp fünfzig Kilometer von Clanton entfernt, an der Grenze zu Polk County, gab es einen kleinen Lebensmittelladen, der einem leicht dunkelhäutigen alten Mann mit langen Zöpfen und Türkisringen an jedem Finger gehörte. Er wurde von allen nur Häuptling Larry genannt, was vor allem daran lag, dass er behauptete, Vollblutindianer zu sein und das auch beweisen zu können. Er war ein Yazoo und stolz darauf. Und um die Leute davon zu überzeugen, dass er ein echter Indianer war, konnte man bei ihm außer Eiern und kaltem Bier alle möglichen billigen indianischen Gebrauchsgegenstände und Souvenirs kaufen. Am Highway stand ein in China produziertes Tipi, und in einem Käfig neben dem Eingang schlief ein altersschwacher Schwarzbär. Da Häuptling Larrys Laden das einzige Geschäft im Umkreis von fünfzehn Kilometern war, kauften genügend Einheimische bei ihm ein, und gelegentlich verfuhren sich auch Touristen, die dann ihren Tank auffüllten und ein paar Fotos machten.

Häuptling Larry war eine Art Aktivist. Er lächelte selten und sah aus, als würde er die ganze Last seines gequälten, vergessenen Volkes auf den Schultern tragen. Er schrieb wütende Briefe an Abgeordnete, Gouverneure und Bürokraten, deren Antworten an die Wand hinter der Ladenkasse gepinnt wurden. Beim geringsten Anlass setzte er zu einer verbitterten Tirade gegen die neuesten Ungerechtigkeiten an, mit denen »sein Volk« überzogen wurde. Geschichte gehörte zu seinen Lieblingsthemen, und er konnte stundenlang davon erzählen, wie man ihm »sein Land« gestohlen hatte. Die meisten Einheimischen hatten gelernt, so wenig wie möglich zu sagen, wenn sie ihre Einkäufe bezahlten, doch einige hatten Spaß daran, sich einen Stuhl zu schnappen und den Häuptling lamentieren zu lassen.

Fast zwanzig Jahre lang hatte Häuptling Larry andere Nachkommen der Yazoo in der Gegend ausfindig gemacht. Die meisten, die er anschrieb, hatten keine

Ahnung, dass sie indianischer Abstammung waren, und wollten auch nichts damit zu tun haben. Sie waren vollständig integriert, lebten in Mischehen und hatten keine Ahnung von dem Genpool, den sie Häuptling Larry zufolge besitzen sollten. Sie waren weiß! Schließlich lebten sie in Mississippi, und selbst die kleinste Anspielung auf gemischtes Blut bedeutete weitaus Unangenehmeres als ein bisschen Amateurahnenforschung unter den Ureinwohnern. Von denen, die sich die Mühe machten, Häuptling Larry zu antworten, behaupteten fast alle, angelsächsische Vorfahren zu haben. Zwei drohten, ihn zu verklagen, einer wollte ihn umbringen. Doch Häuptling Larry machte weiter, und als er einen bunt zusammengewürfelten Haufen aus zwei Dutzend gescheiterten Existenzen um sich geschart hatte, gründete er einen Yazoo-Stamm und beantragte beim Innenministerium dessen Anerkennung.

Jahre vergingen. In den Reservaten wurde das Glücksspiel erlaubt, und plötzlich stieg der Wert von Land, das sich im Besitz von Indianern befand.

Als Bobby Carl beschloss, dass in seinen Adern das Blut der Yazoo floss, machte er sich still und leise daran, an dieser Entwicklung teilzuhaben. Mit Hilfe einer großen Anwaltskanzlei in Tupelo wurde an den entsprechenden Stellen in Washington Druck ausgeübt, und Häuptling Larrys Yazoo wurden als Indianerstamm anerkannt. Der Stamm besaß kein Land, was aber nach den gesetzlichen Bestimmungen auch gar nicht notwendig war.

Das Land hatte Bobby Carl. Sechzehn Hektar mit Buschwerk und Weihrauchkiefern ganz in der Nähe von Häuptling Larrys Tipi am Highway.

Als die Urkunde aus Washington kam, versammelte sich der stolze junge Stamm im Hinterzimmer von Häuptling Larrys Laden zu einer Feierstunde. Die Yazoo hatten ihren Abgeordneten eingeladen, der aber im Kapitol zu tun hatte. Sie hatten den Gouverneur eingeladen, aber keine Antwort erhalten. Sie hatten andere Offizielle eingeladen, aber wichtigere Pflichten verhinderten deren Teilnahme. Sie hatten die Lokalpolitiker eingeladen, aber auch diese waren unabkömmlich. Nur irgendein einfacher, blasser Unterstaatssekretär aus dem Innenministerium kam und übergab die Papiere. Die Yazoo, von denen die meisten genauso blass waren wie der Bürokrat, waren trotzdem beeindruckt. Es war keine Überraschung, dass Larry einstimmig zum Häuptling auf Lebenszeit gewählt wurde. Von einem Gehalt war nicht die Rede. Aber man unterhielt sich lange über ein Haus, ein Stück Land, auf dem man ein Bürogebäude oder eine Zentrale errichten konnte, einen Ort, der Identität und Sinn vermitteln sollte.

Am nächsten Tag fuhr Bobby Carl in seinem kastanienbraunen DeVille auf den mit Kies bestreuten Parkplatz vor Häuptling Larrys Laden. Er kannte Larry nicht und war auch noch nie in dessen Geschäft gewesen. Er musterte das gefälschte Tipi, bemerkte die abblätternde Farbe auf den Außenwänden, rümpfte die Nase angesichts der uralten Zapfsäulen und blieb so lange vor dem Käfig des Bären stehen, bis er sich davon überzeugt hatte, dass das Tier tatsächlich noch am Leben war. Dann betrat er das Geschäft, um seinen Blutsbruder kennenzulernen.

Zum Glück hatte Häuptling Larry noch nie etwas von Bobby Carl Leach gehört, denn sonst hätte er ihm die Dose Diätlimonade verkauft und sich gleich wieder von ihm verabschiedet. Nachdem Bobby Carl ein paar Schlucke getrunken hatte und klargeworden war, dass er es nicht eilig hatte, sagte Häuptling Larry:»Wohnen Sie hier in der Gegend?«

»Auf der anderen Seite des County«, erwiderte Bobby Carl, während er einen nachgemachten Speer berührte, das zu einem Apachenkriegerkostüm auf einem Regal neben der Kasse gehörte.»Glückwunsch zur Anerkennung«, sagte er.

Häuptling Larry schwoll vor Stolz die Brust. Er lächelte zum ersten Mal.»Danke. Woher haben Sie das gewusst? Stand es in der Zeitung?«

»Nein. Ich habe kürzlich davon gehört. Einer meiner Vorfahren war auch ein Yazoo.«

Das Lächeln verschwand sofort, und die schwarzen Augen des Häuptlings richteten sich missbilligend auf Bobby Carls teuren Anzug aus Schurwolle, die Weste, das gestärkte weiße Hemd, die auffällige Krawatte mit Paisley-Muster, die goldenen Armbänder, die goldene Uhr, die goldenen Manschettenknöpfe, die goldene Gürtelschnalle, die Cowboystiefel mit ihren messerscharfen Spitzen. Dann waren die Haare an der Reihe – gefärbt und mit einer Dauerwelle versehen, kleine Löckchen, die sich lustig um die Ohren kringelten. Die Augen waren blaugrün, irisch und unruhig. Häuptling Larry hätte natürlich jemanden bevorzugt, der in etwa so aussah wie er, jemanden, der zumindest ein paar charakteristische Merkmale eines amerikanischen Ureinwohners vorweisen konnte. Doch heutzutage musste er nehmen, was er kriegen konnte. Der Genpool war schon so verdorben, dass es genügte, wenn jemand von sich behauptete, ein Yazoo zu sein.

»Es stimmt«, sagte Bobby Carl. Seine Hand bewegte sich zur Innentasche seines Jacketts. »Ich habe Papiere.« Häuptling Larry winkte ab. »Das ist nicht notwendig. Freut mich, Sie kennenzulernen, Mr. ...«

»Leach. Bobby Carl Leach.«

Während Bobby Carl ein Sandwich aß, erwähnte er, dass er den Häuptling der Choctaw gut kenne, und bot sich an, die beiden großen Männer miteinander bekanntzumachen. Häuptling Larry beneidete die Choctaw schon lange wegen ihres Ansehens und ihrer Anstrengungen, die Kultur ihres Stammes zu bewahren. Außerdem hatte er einiges über ihre höchst profitablen Casinos gelesen, deren Gewinne verwendet wurden, um den Stamm zu unterstützen, Schulen und Krankenhäuser zu bauen und die jungen Leute mit einem Stipendium aufs College zu schicken. Bobby Carl, der Philanthrop, hob die sozialen Errungenschaften der Choctaw hervor, die so weise waren, die Gier des weißen Mannes nach Glücksspiel und Alkohol für ihre Zwecke zu nutzen.

Am nächsten Tag brachen sie zu einem Ausflug in das Reservat der Choctaw auf. Bobby Carl fuhr und redete pausenlos. Als sie das Casino erreichten, hatte er Häuptling Larry davon überzeugt, dass die stolzen Yahoo genauso erfolgreich sein konnten und das junge Volk fortan im Wohlstand leben würde. Der Häuptling der Choctaw war seltsamerweise durch andere Termine verhindert, doch ein Untergebener zeigte ihnen lustlos das riesige Casino mit angeschlossenem Hotel sowie die beiden 18-Loch-Golfplätze, das Kongresszentrum und die hauseigene Start- und Landebahn, alles in einem sehr ländlichen und einsamen Teil von Neshoba County gelegen.

»Er hat Angst vor Konkurrenz«, flüsterte Bobby Carl Häuptling Larry zu, während ihr Begleiter sie ohne jeden Enthusiasmus herumführte.

Als sie zurückfuhren, machte Bobby Carl sein Angebot. Er wollte den Yazoo das sechzehn Hektar große Waldgrundstück schenken. Damit hatte der Stamm endlich eine Heimat! Und auf dem Land konnten sie dann ein Casino bauen. Bobby Carl kannte einen Architekten und einen Bauunternehmer und einen Banker, und die Lokalpolitiker kannte er auch. Es war klar, dass er das Ganze schon seit einiger Zeit geplant hatte. Häuptling Larry war zu benommen und zu naiv, um viele Fragen zu stellen. Die Zukunft sah plötzlich sehr rosig aus, und Geld hatte damit nur wenig zu tun. Es ging um Respekt. Häuptling Larry hatte von einem Zuhause für sein Volk geträumt, von einem Ort, an dem seine Brüder und Schwestern leben konnten, an dem sie versuchen konnten, ihr kulturelles Erbe wiederauferstehen zu lassen.

Auch Bobby Carl träumte, doch seine Träume hatten herzlich wenig mit dem Ansehen eines seit langem in Vergessenheit geratenen Indianerstamms zu tun.

Das Geschäft sicherte ihm fünfzig Prozent an dem Casino. Dafür schenkte er den Yazoo die sechzehn Hektar Land, beschaffte die Finanzierung für das Projekt und beauftragte die Anwälte, den Regulierungsbehörden genügend Papier in den Rachen zu werfen. Allerdings gab es im Grunde genommen nicht viel zu regulieren, da das Casino auf Indianerland gebaut wurde.

Das County und der Bundesstaat konnten nichts dagegen tun; das war bereits durch mehrere Prozesse im ganzen Land entschieden worden.

Am Ende des langen Tages schüttelten sich die beiden Blutsbrüder die Hand und stießen mit einer Dose Diätlimonade auf die Zukunft an.

Das Grundstück im Wald wechselte seinen Besitzer, die Planierraupen walzten jeden Quadratzentimeter platt, die Anwälte gingen in Angriffsstellung, die Banker sahen das Licht am Ende des Tunnels, und binnen eines Monats brach über Clanton die entsetzliche Nachricht herein, dass Ford County ein Casino bekommen sollte. Tagelang brodelte die Gerüchteküche in den Coffeeshops im Zentrum, und im Gericht und den Büros der Stadt sprach man von nichts anderem mehr. Von Anfang an wurde Bobby Carls Name mit dem Skandal in Verbindung gebracht, was dem Ganzen eine ominöse Glaubwürdigkeit verlieh. Es passte zu ihm, war genau die Art von unmoralischem, profitablem Projekt, das er mit aller Macht vorantreiben würde. In der Öffentlichkeit leugnete Bobby Carl, etwas damit zu tun zu haben, doch privat bestätigte er das Projekt und ließ das auch jedem gegenüber durchsickern, von dem er annehmen konnte, dass er es weitererzählen würde.

Als zwei Monate später die ersten Fundamente gegossen wurden, gab es keinen traditionellen Spatenstich mit Lokalpolitikern, keine Reden mit dem Versprechen, Arbeitsplätze zu schaffen, keines der obligatorischen Gruppenfotos. Alles lief völlig unspektakulär ab, was auch gewollt war, und wenn nicht ein Zeitungsvolontär dabei gewesen wäre, dem jemand einen Tipp gegeben hatte, wäre der Beginn der Bauarbeiten niemandem aufgefallen. So jedoch erschien in der nächsten Ausgabe der *Ford County Times* ein großes Foto auf der Titelseite, auf dem ein von Bauarbeitern umringter Zementtransporter zu sehen war. Dem kurzen Artikel waren nur wenige Details zu entnehmen, was vor allem daran lag, dass niemand hatte reden wollen. Häuptling Larry war unabkömmlich hinter der Fleischtheke. Bobby Carl Leach hatte wichtige Termine außerhalb. Das Amt für Indianische Angelegenheiten beim Innenministerium zeigte sich unkooperativ. Eine anonyme Quelle bestätigte jedoch, dass das Casino »in ungefähr zehn Monaten« den Betrieb aufnehmen werde.

Der Artikel und das Foto auf der Titelseite bestätigten die Gerüchte, und die Stadt explodierte förmlich. Die Baptistenprediger sprachen sich ab und wetterten am folgenden Sonntag gegen das Glücksspiel und die damit zusammenhängenden Gefahren für ihre Kirchengemeinden. Sie riefen die Gläubigen dazu auf, Briefe zu schreiben. Schreibt Briefe! Ruft eure Mandatsträger an! Behaltet eure Nachbarn im Auge, auf dass sie nicht der Sünde des Glücksspiels anheimfallen. Sie mussten dieses Krebsgeschwür von ihrer Stadt fernhalten. Die Indianer griffen erneut an.

Die nächste Ausgabe der *Times* war voll mit aufgeregten Leserbriefen, und kein einziger davon sprach sich für das Casino aus. Der Satan kam über sie, und alle anständigen Leute sollten »eine Wagenburg bilden«, um seine sündigen Absichten abzuwehren. Als sich der Verwaltungsausschuss des County wie üblich an einem Montagmorgen zu seiner Sitzung traf, wurde diese in den größten Gerichtssaal verlegt, um die wütende Menge einlassen zu können. Die fünf Ausschussmitglieder schickten ihren Anwalt vor, der dem Mob zu erklären versuchte, dass das County nichts gegen das Casino tun könne. Das Ganze sei eindeutig eine Angelegenheit des Bundes. Die Yazoo seien offiziell anerkannt worden. Das Land gehöre ihnen. Die Indianer hätten in mindestens sechsundzwanzig anderen Bundesstaaten Casinos gebaut, und das fast immer gegen den Widerstand der Einheimischen. Gruppen besorgter Bürger hätten deshalb Prozesse geführt, und sie hätten alle verloren.

Ob es stimme, dass Bobby Carl Leach die treibende Kraft hinter dem Casino sei, fragte jemand.

Der Anwalt war zwei Tage vorher mit Bobby Carl zusammen auf einer Sauftour gewesen. Er konnte nicht leugnen, was die ganze Stadt vermutete. »Ich glaube, ja«, sagte er zögernd. »Aber wir haben kein Recht, alles über das Casino zu erfahren. Außerdem ist Mr. Leach indianischer Abstammung.«

Lautes Gegröle tönte durch den Saal, gefolgt von Buhrufen und Gezische.

»Der würde doch behaupten, ein Zwerg zu sein, wenn er damit Geld machen könnte!«, brüllte jemand. Dies rief noch mehr Gelächter und höhnische Bemerkungen hervor.

Sie schrien und buhten eine Stunde lang, doch schließlich wurde es wieder ruhiger. Es war klar, dass das County nichts unternehmen konnte, um den Bau des Casinos zu stoppen.

Und daher ging der Widerstand weiter. Noch mehr Leserbriefe, noch mehr Predigten, noch mehr Telefonanrufe bei Mandatsträgern, einige Artikel in der Zeitung. Nach Wochen und Monaten verlor die Opposition das Interesse. Bobby Carl hielt sich bedeckt und ließ sich nur selten in der Stadt sehen. Allerdings erschien er jeden Morgen um sieben auf der Baustelle, brüllte den Bauleiter an und drohte, jemanden zu feuern.

Gut ein Jahr nachdem die Yazoo ihre Anerkennungsurkunde aus Washington erhalten hatten, war das Lucky Jack Casino fertig. Alles daran war billig. Der Spielsaal war eine eilig zusammengewürfelte Kombination aus drei vorgefertigten Metallgebäuden, die zusammengeschweißt und mit einer Blendfassade aus weißem Klinker und jeder Menge Neonreklame versehen worden waren. Direkt daneben hatte man ein Hotel mit fünfzig Zimmern hochgezogen, das so gebaut war, dass es möglichst gewaltig wirkte. Es hatte fünf Stockwerke mit kleinen, engen Zimmern, die man für 49,95 Dollar pro Nacht bekam, und war das höchste Gebäude im County. Das Leitmotiv im Innern des Casinos war der Wilde Westen – Cowboys und Indianer, Planwagen, Revolverhelden, Saloons und Tipis. Die Wände waren mit schreiend bunten Gemälden gepflastert, die Schlachtszenen aus dem Wilden Westen zeigten, bei denen die Indianer hinsichtlich der Anzahl der Gefallenen leicht im Vorteil waren, falls man sich die Mühe machte, genauer hinzusehen. Auf dem Boden lag ein billiger Teppich mit einem farbenfrohen Muster aus Pferden und Rindern. Die Atmosphäre hatte etwas von einer lärmenden Kongresshalle, die man so schnell wie möglich zusammengeschustert hatte, um Spieler anzulocken. Für die Gestaltung zeichnete fast immer Bobby Carl verantwortlich. Die Mitarbeiter wurden nur kurz geschult. »Einhundert neue Jobs«, schleuderte Bobby Carl jedem entgegen, der sein Casino kritisierte. Häuptling Larry bekam ein Zeremoniengewand der Yazoo mit allem Drum und Dran – oder zumindest das, was er dafür hielt – und hatte fortan die Aufgabe, durch den Spielsaal zu streifen und sich mit den Gästen zu unterhalten, damit diese das Gefühl bekamen, auf echtem Indianerland zu sein. Von den zwei Dutzend offiziellen Yazoo unterschrieben fünfzehn einen Arbeitsvertrag. Sie bekamen Stirnbänder und Federn und wurden im Schnellkurs zum Croupier für Blackjack ausgebildet, einer der besser bezahlten Jobs.

Für die Zukunft waren schon Pläne gemacht – ein Golfplatz, ein Kongresszentrum, ein Hallenbad und so weiter –, doch zuerst mussten sie Geld verdienen. Und dazu brauchten sie Spieler.

Die Eröffnung fand ohne viel Brimborium statt. Bobby Carl wusste, dass Kameras, Reporter und zu große Aufmerksamkeit viele der Neugierigen abschrecken würden, daher wurde das Lucky Jack in aller Stille eröffnet. Er schaltete Anzeigen in den Zeitungen der umliegenden Countys, in denen er bessere Gewinnchancen, Spielautomaten mit mehr Jackpots und »den größten Pokerraum von Mississippi« anpries. Das war eine unverfrorene Lüge, doch niemand wagte es, ihm öffentlich zu widersprechen. Am Anfang lief das Geschäft schleppend; die Einheimischen hatten ihre Drohung wahrgemacht und kamen nicht. Die meisten Gäste stammten aus den angrenzenden Countys, und nur wenige Spieler blieben über Nacht. Das Hotelhochhaus war leer.

Häuptling Larry begegnete nur selten jemandem, mit dem er reden konnte, wenn er seine Tour durch den Spielsaal machte.

Nach der ersten Woche hatte sich in Clanton herumgesprochen, dass das Casino in Schwierigkeiten war. Experten zum Thema dozierten in den Coffeeshops im Stadtzentrum. Mutigere gaben zu, im Lucky Jack gewesen zu sein, und berichteten zufrieden, dass es so gut wie leer gewesen sei. Die Prediger frohlockten von ihren Kanzeln – der Satan war besiegt. Die Indianer waren wieder einmal vernichtend geschlagen worden.

Nach zwei Wochen äußerst schleppenden Geschäftsbetriebs war Bobby Carl der Meinung, dass es Zeit zum Mogeln war. Er rief eine seiner Exfreundinnen an, die nichts dagegen hatte, in die Zeitung zu kommen, und manipulierte die Spielautomaten, so dass sie mit einem Ein-Dollar-Jeton auf einen Schlag vierzehntausend Dollar gewann. Ein zweiter Strohmann, der in Polk County wohnte, gewann achttausend Dollar an den »Spielautomaten mit den meisten Jackpots diesseits von Vegas«. Die beiden Gewinner posierten für ein Foto mit Häuptling Larry, als dieser ihnen mit viel Getue überdimensional vergrößerte Schecks überreichte, und Bobby Carl schaltete ganzseitige Anzeigen in acht Wochenzeitungen, darunter auch in der *Ford County Times*.

Die Verlockung des sofortigen Reichtums war überwältigend. Der Umsatz verdoppelte sich, dann verdreifachte er sich. Nach sechs Wochen machte das Lucky Jack Gewinn. Das Hotel bot Wochenendpakete mit kostenloser Übernachtung an und hatte häufig keine freien Zimmer mehr. Die ersten Wohnmobile aus anderen Bundesstaaten rollten heran. Riesige Plakatwände im gesamten Norden Mississippis bewarben die tolle Zeit im Lucky Jack.

An Stella war die tolle Zeit vorbeigegangen. Sie war achtundvierzig, Mutter einer erwachsenen Tochter und Frau eines Mannes, den sie nicht mehr liebte. Als sie Sidney geheiratet hatte, hatte sie gewusst, dass er langweilig, ruhig und nicht besonders attraktiv war und dass es ihm an Ehrgeiz mangelte. Nun, da sie auf die fünfzig zuging, konnte sie sich nicht mehr daran erinnern, warum sie sich je zu ihm hingezogen gefühlt hatte. Mit der Romantik und der Leidenschaft war es schnell vorbei gewesen, und als ihre Tochter geboren wurde, bestand ihre Ehe nur noch auf dem Papier. An Stellas dreißigstem Geburtstag vertraute sie einer ihrer Schwestern an, dass sie todunglücklich sei. Ihre Schwester, die eine Scheidung hinter sich und die nächste vor sich hatte, riet ihr, Sidney loszuwerden und sich einen Mann mit Persönlichkeit zu suchen, jemanden, der das Leben genoss und der möglichst auch noch Geld hatte. Stattdessen vergötterte Stella ihre Tochter und fing heimlich an, die Pille zu nehmen. Der Gedanke an ein zweites Kind mit Sidneys Genen war alles andere als reizvoll für sie.

Inzwischen waren achtzehn Jahre vergangen, und die Tochter war ausgezogen. Sidney hatte ein paar Kilo zugenommen, bekam langsam graue Haare und war lethargischer und langweiliger als jemals zuvor. Er arbeitete als Sachbearbeiter für eine mittelgroße Lebensversicherung und gab sich damit zufrieden, Jahr um Jahr dort abzusitzen und von seinem Ruhestand zu träumen, von dem er aus unerfindlichen Gründen annahm, dass er weitaus aufregender sein würde als die ersten fünfundsechzig Jahre seines Lebens. Stella wusste es besser. Sie wusste, dass Sidney, egal, ob er arbeitete oder im Ruhestand war, immer der gleiche unausstehliche Versager sein würde, dessen stumpfsinnige tägliche Rituale sich niemals ändern und sie irgendwann in den Wahnsinn treiben würden.

Sie hatte genug.

Stella wusste, dass er sie immer noch liebte, ja geradezu vergötterte, doch sie konnte seine Gefühle nicht erwidern. Jahrelang machte sie sich vor, dass ihre Ehe immer noch auf Liebe beruhe, auf jener Art von nüchterner, tief verwurzelter Liebe, die Jahrzehnt um Jahrzehnt überdauerte. Doch irgendwann war es vorbei mit dieser Vorstellung.

Sie brach ihm nur sehr ungern das Herz, doch irgendwann würde er darüber hinwegkommen.

Stella nahm fast zehn Kilo ab, färbte ihre Haare dunkler, schminkte sich etwas stärker und überlegte, ob sie sich die Brüste vergrößern lassen sollte. Sidney sah ihr amüsiert dabei zu. Sein Frauchen wirkte plötzlich zehn Jahre jünger. Was hatte er doch für ein Glück!

Mit dem Glück war es vorbei, als er eines Abends nach Hause kam und niemanden antraf. Die Möbel waren noch fast alle da, seine Frau nicht. Ihr Kleiderschrank war ausgeräumt. Sie hatte ein paar Garnituren Bettwäsche und einige Sachen aus der Küche mitgenommen, war aber nicht gierig gewesen. Die Scheidung war alles, was Stella von Sidney wollte.

Die Papiere lagen auf dem Küchentisch – ein von beiden Parteien gestellter Antrag auf Scheidung aufgrund unüberbrückbarer Differenzen, formuliert von einem Anwalt. Man hatte ihn in einen Hinterhalt gelockt! Er weinte, als er den Antrag durchging, und noch mehr Tränen flossen, als er die zwei Seiten ihres recht knappen Abschiedsbriefes las. Etwa eine Woche lang zankten sie sich telefonisch, es ging immerzu hin und her, hin und her. Er flehte sie an, zu ihm zurückzukommen. Sie lehnte ab, sagte, dass es vorbei sei, dass er die Papiere unterschreiben und zu weinen aufhören solle.

Sie hatten seit Jahren am Ortsrand von Karraway gelebt, einer langweiligen, trostlosen Gegend, die ausgesprochen gut zu einem Mann wie Sidney passte. Stella dagegen hatte die Nase voll davon. Sie war nach Clanton gezogen, in den Verwaltungssitz des County, eine größere Stadt mit einem Country Club und einigen Nachtclubs. Dort wohnte sie bei einer alten Freundin, im Keller, und suchte einen Job. Sidney versuchte, sie zu finden, doch sie ging ihm aus dem Weg. Ihre Tochter rief aus Texas an und stellte sich innerhalb kürzester Zeit auf die Seite ihrer Mutter.

Das Haus, in dem es schon immer sehr ruhig gewesen war, fühlte sich jetzt an wie ein Grab, und Sidney hielt es dort nicht mehr aus. Er entwickelte ein Ritual: Wenn es dunkel war, fuhr er nach Clanton, zuerst ins Stadtzentrum, dann in die Seitenstraßen, während sein Blick in der fieberhaften Hoffnung umherschweifte, dass er seine Frau sah und sie ihn, dass ihr grausames Herz schmelzen und das Leben wieder schön sein würde. Er fand sie nicht, und so fuhr er weiter, aus der Stadt heraus, aufs Land.

Eines Abends kam er an Häuptling Larrys Geschäft vorbei, fuhr weiter und bog dann ab, auf den vollen Parkplatz des Lucky Jack Casino. Vielleicht war sie ja dort. Vielleicht sehnte sie sich so nach Abwechslung und dem schnellen Leben, dass sie nichts dabei fand, sich an einem derart üblen Ort aufzuhalten. Es war nur ein Gedanke, nur eine Entschuldigung, die er vorschob, um sich das anzusehen, wovon alle redeten. Wer von ihnen hätte sich schon träumen lassen, dass es im spießigen Hinterland von Ford County jemals ein Casino geben würde? Sidney lief über den geschmacklosen Teppich, unterhielt sich mit Häuptling Larry, beobachtete eine Gruppe betrunkener Landeier, die ihre Lohnschecks am Würfeltisch verspielten, bemitleidete die Tattergreise, die ihre Ersparnisse an manipulierten Spielautomaten verloren, und hörte kurz einem furchtbar schlechten Schnulzensänger zu, der auf einer kleinen Bühne im hinteren Teil des Spielsaals erfolglos versuchte, so zu klingen wie Hank Williams. Vor der Band wälzten sich ein paar übergewichtige Aufreißer mit ihren Partnerinnen über die Tanzfläche. Richtige Teufelskerle waren das. Stella fand er nicht. Sie war weder in der Bar noch in der Cafeteria noch im Pokerraum. Sidney war erleichtert, doch sein Herz war immer noch gebrochen.

Er hatte seit Jahren nicht mehr Karten gespielt, konnte sich aber noch an die Grundregeln von Blackjack erinnern, das ihm sein Vater beigebracht hatte. Nachdem er eine halbe Stunde um die Blackjacktische herumgeschlichen war, fasste er sich ein Herz und setzte sich an einen

Fünf-Dollar-Tisch, wo er sich einen Zwanzig-Dollar-Schein wechseln ließ. Nach einer Stunde hatte er fünfundachtzig Dollar gewonnen. Am nächsten Tag las er sich zu Hause die Regeln für Blackjack noch einmal durch – Gewinnchancen, Verdoppeln, Splitten, Vor- und Nachteile der Versicherung. Am folgenden Abend kehrte er an denselben Tisch zurück und gewann über vierhundert Dollar. Er las noch etwas mehr über das Spiel, und am dritten Abend spielte er drei Stunden lang, trank nichts anderes als Kaffee und ging mit tausendsiebenhundertfünfzig Dollar nach Hause. Er fand Blackjack einfach und logisch. Jedes Blatt ließ sich ausspielen, je nachdem, was der Geber gerade in der Hand hatte, und den Gewinnchancen zufolge konnte ein Spieler sechs von zehn Spielen gewinnen. Berücksichtigte man dann noch, dass man bei einem Blackjack das Doppelte seines Einsatzes als Gewinn bekam, hatte man bei diesem Spiel die besten Chancen gegen das Casino.

Warum gab es dann so viele Verlierer? Sidney war entsetzt darüber, wie wenig die anderen Spieler wussten und wie unklug sie sich bei ihren Einsätzen verhielten. Pausenlos Alkohol in sich hineinzuschütten, war der Sache natürlich genauso wenig förderlich, und in einem Land, in dem Trinken streng geregelt war und immer noch als große Sünde galt, konnten die wenigsten den kostenlosen Drinks im Lucky Jack widerstehen.

Sidney las, spielte, trank Kaffee, der ihm von den Cocktail-Kellnerinnen an den Spieltisch gebracht wurde, und spielte wieder. Er kaufte sich Bücher und Videos und lernte, wie man Karten zählt, eine schwierige Strategie, die häufig wunderbar funktionierte, aber auch dazu führte, dass ein Spieler in den meisten Casinos vor die Tür gesetzt wurde. Und was am wichtigsten war: Er lernte die Disziplin, die man brauchte, um mit der Statistik zu spielen, er lernte aufzuhören, wenn er am Verlieren war, und die Höhe seiner Einsätze radikal zu ändern, wenn der Kartenstapel kleiner wurde.

Er fuhr nicht mehr nach Clanton, um seine Frau zu suchen. Stattdessen fuhr er schnurstracks ins Lucky Jack, wo er so gut wie jeden Abend ein oder zwei Stunden lang spielte und mit mindestens eintausend Dollar nach Hause ging. Je mehr er gewann, desto mehr fielen ihm die durchdringenden Blicke der Tischchefs auf. Er hatte den Eindruck, dass die muskelbepackten jungen Männer in billigen Anzügen – Sicherheitsleute, wie er vermutete – ihn etwas genauer beobachteten. Sidney weigerte sich beharrlich, die »Clubmitgliedschaft« zu beantragen, mit der Stammkunden, die mit hohen Einsätzen spielten, jede Menge Vergünstigungen bekamen. Er weigerte sich, in irgendeiner Form Spuren zu hinterlassen. Sein Lieblingsbuch über Glücksspiel – *So sprengen Sie das Casino* – war von einem ehemaligen Berufsspieler geschrieben worden, und dieser predigte unaufhörlich das Mantra der Täuschung und Tarnung. Man solle nie dieselben Kleidungsstücke, Schmuckstücke, Hüte, Mützen, Brillen tragen. Nie länger als eine Stunde am selben Tisch spielen. Nie seinen Namen nennen. Man solle einen Freund mitnehmen und ihm sagen, dass er einen Frank oder Charlie oder sonst wie nennen sollte. Gelegentlich bewusst schlecht spielen. Immer etwas anderes trinken, aber die Finger vom Alkohol lassen. Der Grund dafür war ganz einfach. Jedes Casino im Land hatte von Gesetz wegen das Recht, einen Spieler vor die Tür zu setzen. Wenn ein Mitarbeiter den Verdacht hatte, dass man Karten zählte oder falsch spielte, oder wenn man zu viel gewann und das Casino davon die Nase voll hatte, konnte es einen rausschmeißen. Dafür brauchte es nicht einmal einen Grund zu nennen. Mit unterschiedlichen Identitäten konnte man es ihnen ein bisschen schwerer machen.

Durch seine Erfolge beim Glücksspiel fand Sidney einen neuen Sinn im Leben, doch nachts wachte er immer noch auf und sehnte sich nach Stella. Das Scheidungsurteil war von einem Richter unterschrieben worden. Sie würde nicht zurückkommen, doch er verzehrte sich trotzdem nach ihr, träumte immer noch von der Frau, die er ewig lieben würde.

Stella litt nicht an Einsamkeit. Die Neuigkeit von einer attraktiven, frisch geschiedenen Frau in der Stadt machte schnell die Runde, und binnen kurzem wurde sie zu einer Party eingeladen, auf der sie den berühmt-berüchtigten Bobby Carl Leach kennenlernte. Obwohl sie etwas älter war als die Frauen, denen er sonst nachstieg, fand er sie attraktiv und sexy. Er bezirzte sie mit seinem üblichen Schwall an Komplimenten und schien wie gebannt an ihren Lippen zu hängen. Für den nächsten Tag verabredeten sie sich zum Abendessen, und nach dem Dessert ging es schnurstracks ins Bett. Obwohl er grob und vulgär war, fand sie den Sex mit ihm berauschend, weil er so ganz anders war als der stoische, unterkühlte Akt mit Sidney.

Nach kurzer Zeit hatte Stella einen gut bezahlten Job als Assistentin/Sekretärin von Mr. Leach. Sie war die letzte in einer langen Reihe von Frauen, die nicht wegen ihrer organisatorischen Fähigkeiten auf die Gehaltsliste gesetzt wurden. Doch wenn Mr. Leach davon ausging, dass sie nicht viel mehr tun würde, als ab und zu ans Telefon zu gehen und bei Bedarf einen Striptease vor ihm hinzulegen, hatte er sich gründlich verrechnet. Stella verschaffte sich einen Überblick über sein Imperium und fand nur wenig, das für sie von Interesse war. Nutzholz, unbebaute Grundstücke, Mietobjekte, Landmaschinen und billige Motels waren so langweilig wie Sidney, vor allem im Vergleich zum Glamour eines Casinos. Sie gehörte ins Lucky Jack, und schon bald hatte sie ein Büro in der Etage über dem Spielsaal, wo Bobby Carl abends mit einem Gin Tonic in der Hand umherschlenderte, die unzähligen Videokameras anstarrte und sein Geld zählte. Stella war jetzt Betriebsleiterin und fing an, eine Erweiterung des Speisesaals zu planen und mit einem Hallenbad zu liebäugeln. Sie hatte eine Menge Ideen, und Bobby Carl war froh, eine unkomplizierte Bettgespielin zu haben, die sich genauso engagiert um das Geschäft kümmerte.

In Karraway hörte Sidney schon bald Gerüchte, nach denen sich seine geliebte Stella mit diesem Gauner Leach eingelassen habe, was seine Depressionen noch verstärkte. Es machte ihn krank. Zuerst dachte er an Mord, dann an Selbstmord. Er träumte davon, sie so zu beeindrucken, dass sie zu ihm zurückkam. Als er hörte, dass sie das Casino leitete, fuhr er nicht mehr hin. Aber das Glücksspiel gab er nicht auf. An den Wochenenden spielte er jetzt in den Casinos in Tunica County am Mississippi. In einer Marathonsitzung in einem Casino der Choctaw in Neshoba County gewann er vierzehntausend Dollar, und nachdem er im Grand Casino in Biloxi an zwei Tischen achtunddreißigtausend Dollar abgeräumt hatte, bat man ihn zu gehen. Er nahm eine Woche Urlaub und flog nach Las Vegas, wo er alle vier Stunden das Casino wechselte und die Stadt mit über sechzigtausend Dollar Gewinn verließ. Er kündigte seine Stelle bei der Versicherung und ging für zwei Wochen auf die Bahamas, wo er in jedem Casino von Freeport und Nassau die Hundert-Dollar-Jetons stapelweise scheffelte. Er kaufte sich ein Wohnmobil, fuhr durchs Land und hielt in jedem Reservat, das ein Casino vorweisen konnte. Von den etwa ein Dutzend Casinos, die er fand, waren alle froh, als er wieder ging. Dann war erneut Vegas an der Reihe, wo er einen Monat blieb und bei dem besten Glücksspieler der Welt in die Lehre ging, dem Mann, der *So sprenge ich das Casino* geschrieben hatte. Der Privatkurs kostete Sidney fünfzigtausend Dollar, war aber jeden Penny wert. Sein Lehrer bescheinigte ihm, dass er das Talent, die Disziplin und die Nerven habe, um Blackjack als Profi zu spielen. Ein solches Lob war höchst selten.

Nach vier Monaten hatte sich das Lucky Jack in der örtlichen Szene etabliert. Jeglicher Widerstand erstarb; es war klar, dass das Casino bleiben würde. Mit der Zeit entwickelte es sich zu einem beliebten Veranstaltungsort für Vereine, Klassentreffen, Junggesellenpartys, sogar ein paar Hochzeiten wurden dort gefeiert. Häuptling Larry plante den Bau eines Verwaltungszentrums für die Yazoo und sah begeistert zu, wie sein Stamm immer größer wurde. Leute, die bis dahin jede Andeutung, indianische

Vorfahren zu haben, entrüstet zurückgewiesen hatten, verkündeten plötzlich voller Stolz, ein Vollblut-Yazoo zu sein. Die meisten brauchten einen Job, und als der Häuptling davon sprach, die Gewinne aus dem Casino in Form von monatlichen Zuwendungen teilen zu wollen, hatte sein Stamm innerhalb kürzester Zeit über einhundert Angehörige.

Bobby Carl steckte seinen Anteil an den Gewinnen natürlich ein, doch über die Maßen gierig war er noch nicht. Auf Stellas ständiges Bohren hin lieh er sich noch mehr Geld, um einen Golfplatz und ein Kongresszentrum zu finanzieren. Die Bank zeigte sich erstaunt und erfreut über die hohe Liquidität und erweiterte den Kreditrahmen. Sechs Monate nach der Eröffnung hatte das Lucky Jack zwei Millionen Dollar Schulden, doch niemand machte sich deshalb Sorgen.

In den sechsundzwanzig Jahren, die Stella mit Sidney verbracht hatte, war sie kein einziges Mal im Ausland gewesen und hatte nur wenig von den Vereinigten Staaten gesehen. Sidneys Vorstellung eines gelungenen Urlaubs war eine billige Ferienwohnung an irgendeinem Strand in Florida gewesen, und selbst das nie länger als für fünf Tage. Ihr neuer Mann hatte eine Schwäche für Schiffe und Kreuzfahrten, und deswegen ließ Stella sich zum Valentinstag einen Wettbewerb einfallen, bei dem zehn Paare eine Kreuzfahrt in der Karibik gewinnen konnten. Sie annoncierte den Wettbewerb, manipulierte die Ergebnisse, suchte ein paar ihrer neuen Freunde und einige von Bobby Carl aus und gab dann über eine große Anzeige die Gewinner in den Lokalzeitungen bekannt. Dann ging es los. Bobby Carl und Stella, eine

Handvoll leitender Angestellter aus dem Casino – Häuptling Larry wollte nicht mitkommen, was für alle eine große Erleichterung war – und die zehn Gewinnerpaare verließen Clanton in schwarzen Limousinen und fuhren zum Flughafen in Memphis. Von dort flogen sie nach Miami und gingen mit viertausend anderen Urlaubern zusammen an Bord eines Schiffes, zu einer Kreuzfahrt in intimem Rahmen.

Nachdem sie das Land verlassen hatten, begann das Valentinstag-Massaker. An einem Abend, an dem sehr viel los war – Stella hatte ausgiebig Werbung für alle möglichen kitschigen Gratisangebote gemacht –, betrat Sidney das Casino. Er sah allerdings nicht aus, wie der Sidney, der dieses Casino schon öfter besucht hatte. Seine dunkel gefärbten Haare waren lang und strähnig und hingen ihm bis über die Ohren. Er hatte sich seit einem Monat nicht rasiert, und für seinen Bart hatte er das gleiche billige Färbemittel wie für seine Haare benutzt. Auf seiner Nase saß eine große, runde Hornbrille mit getönten Gläsern, so dass seine Augen kaum zu erkennen waren. Er trug eine lederne Motorradjacke und Jeans sowie an sechs Fingern Ringe aus unterschiedlichen Materialien. Eine schwarze, verwegen nach links hängende Baskenmütze bedeckte den größten Teil seines Kopfes. Damit die Sicherheitsleute an den Monitoren der Überwachungskameras eine Etage höher etwas zu sehen bekamen, hatte er beide Handrücken mit falschen obszönen Tätowierungen geschmückt.

Diesen Sidney hatte noch nie jemand gesehen.

Von den zwanzig Blackjacktischen waren nur drei für Spieler mit hohen Einsätzen vorgesehen. Pro Blatt mussten mindestens einhundert Dollar eingesetzt werden, weshalb an diesen Tischen in der Regel nur wenig los war. Sidney ging an einen der Tische, zog ein Bündel Banknoten aus der Tasche und sagte: »Fünftausend, in Hundert-Dollar-Jetons.« Die Geberin lächelte, als sie die Scheine nahm und auf dem Tisch ausbreitete. Ein Tischchef sah ihr über die Schulter dabei zu. Blicke, Kopfnicken, und eine Etage höher richteten sich zwei Augen auf einen Monitor. Außer Sidney saßen noch zwei Spieler am Tisch, die ihn aber kaum zur Kenntnis nahmen. Beide waren nicht mehr nüchtern und hatten bis auf ein paar Jetons schon alles verloren.

Sidney spielte wie ein Amateur und verlor zweitausend Dollar innerhalb von zwanzig Minuten. Der Tischchef wurde lockerer; es gab nichts, worüber er sich Sorgen machen musste. »Haben Sie eine Clubkarte?«, fragte er.

»Nein« war die barsche Antwort. Und bietet mir bloß keine an.

Als die beiden anderen Männer den Tisch verließen, expandierte Sidney und spielte an drei Plätzen gleichzeitig. Innerhalb kurzer Zeit hatte er seine zweitausend Dollar wieder, dann kamen weitere viertausendfünfhundert Dollar zu seinen Jetonstapeln hinzu. Der Tischchef ging auf und ab und versuchte krampfhaft, nicht in Sidneys Richtung zu starren. Die Geberin mischte gerade die Karten, als eine Cocktail-Kellnerin einen Wodka mit Orangensaft brachte. Sidney nippte daran, trank aber so gut wie nichts. Die nächsten fünfzehn Minuten spielte er an vier Plätzen mit je eintausend Dollar Einsatz und machte weder Gewinn noch Verlust, dann gewann er sechs Blatt nacheinander und damit vierundzwanzigtausend Dollar. In Hundert-Dollar-Jetons war das so viel, dass man die Stapel kaum noch bewegen konnte, daher sagte er:»Ich möchte die violetten Jetons haben.« Der Tisch hatte nur zwanzig der Tausend-Dollar-Jetons, so dass die Geberin eine Pause machen musste, während der Tischchef die Jetons holen ließ.»Möchten Sie etwas essen?«, fragte er leicht nervös.

»Ich habe keinen Hunger«, erwiderte Sidney.»Aber ich gehe schnell auf die Toilette.«

Als das Spiel fortgesetzt wurde, machte Sidney, der immer noch allein am Tisch saß und inzwischen einige Zuschauer hatte, mit vier Spielen zu je zweitausend Dollar weiter. Fünfzehn Minuten lang kam er mit null heraus, dann sah er den Tischchef an und fragte:»Können wir den Geber wechseln?«

»Aber natürlich.«

»Ich hätte gern wieder eine Frau.«

»Kein Problem.«

Eine junge Latina trat an den Tisch und begrüßte Sidney mit einem matten »Viel Glück«. Sidney antwortete nicht. Er setzte an jedem der vier Plätze eintausend Dollar und verlor dreimal hintereinander. Dann erhöhte er den Einsatz auf dreitausend Dollar je Blatt und gewann viermal in Folge.

Das Casino hatte inzwischen sechzigtausend Dollar verloren. Bis jetzt waren einhunderttausend Dollar in einer Nacht der Rekord beim Blackjack im Lucky Jack gewesen. Abgeräumt hatte ein Arzt aus Memphis, der aber am darauffolgenden Abend die gleiche Summe und noch erheblich mehr verlor.»Lasst sie ruhig gewinnen«, sagte Bobby Carl gern. »Das holen wir uns alles wieder zurück.«

»Ich hätte gern ein Eis«, sagte Sidney zu dem Tischchef, der sofort mit den Fingern schnippte. »Welche Sorte?«

»Pistazie.«

Nach kurzer Zeit wurde ihm ein Plastikschälchen mit einem Löffel und einer Portion Eiscreme serviert. Sidney gab der Kellnerin seinen letzten Hundert-Dollar-Jeton als Trinkgeld. Er aß einen Löffel Eis, dann setzte er je fünftausend Dollar an vier Plätzen. Zwanzigtausend Dollar bei einem Blatt zu riskieren, war sehr selten, und die Nachricht davon verbreitete sich in Windeseile im Casino. Hinter Sidney bildete sich eine kleine Menschenmenge, doch er nahm keine Notiz davon. Von den nächsten zehn Blatt gewann er sieben, so dass er bei hundertzweitausend Dollar war. Während die Geberin die Karten mischte, aß Sidney langsam sein Eis und tat nichts anderes, als die Karten anzustarren.

Es ging mit dem neuen Schlitten weiter, und Sidney variierte seine Einsätze von zehntausend bis zwanzigtausend Dollar pro Blatt. Als er weitere achtzigtausend Dollar gewonnen hatte, griff der Tischchef ein und sagte: »Das reicht. Sie zählen Karten.«

»Sie irren sich«, sagte Sidney.

»Lassen Sie ihn in Ruhe«, warf jemand hinter Sidney ein, doch der Tischchef ignorierte ihn.

Die Geberin hielt sich aus dem Ganzen raus. »Sie zählen Karten«, wiederholte der Tischchef.

»Das ist nicht verboten«, erwiderte Sidney.

»Nein, aber wir haben unsere eigenen Regeln.«

»Was soll der Mist?«, brummte Sidney, dann aß er noch einen Löffel Eis.

»Es reicht. Ich muss Sie bitten zu gehen.«

»In Ordnung. Meinen Gewinn will ich in bar.«

»Wir stellen einen Scheck aus.«

»Auf keinen Fall. Ich bin mit Bargeld hier reinmarschiert, also gehe ich auch mit Bargeld wieder raus.«

»Sir, würden Sie bitte mitkommen?«

»Wohin?«

»Wir regeln das im Büro des Kassierers.«

»Gut. Aber ich will Bargeld haben.«

Als die beiden den Tisch verließen, sah ihnen die Menge hinterher. Im Büro des Kassierers zog Sidney einen gefälschten Führerschein aus der Tasche, dem zufolge er Mr. Jack Ross aus Dothan, Alabama, war. Der Kassierer und der Tischchef füllten das vorgeschriebene Formular der Finanzbehörde aus, und nach einer hitzigen Diskussion verließ Sidney das Casino mit einem Bankbeutel aus Segeltuch, der hundertvierundachtzigtausend Dollar in Hundert-Dollar-Scheinen enthielt.

Am nächsten Abend war er wieder da, dieses Mal in einem dunklen Anzug mit weißem Hemd und Krawatte. Er sah völlig anders aus. Der Bart, die langen Haare, die Ringe, die Tätowierungen, die Baskenmütze und die alberne Brille waren verschwunden. Sein Kopf war kahl rasiert, die Oberlippe zierte ein schmaler grauer Schnurrbart, und auf der Nase thronte eine Lesebrille mit Goldrand. Er hatte sich einen anderen Tisch mit einem anderen Geber ausgesucht. Der Tischchef vom gestrigen Abend hatte frei. Sidney legte ein Bündel Scheine auf den Tisch und bat um vierundzwanzig Tausend-Dollar-

Jetons. Er spielte dreißig Minuten lang, gewann zwölf von fünfzehn Blatt und verlangte dann einen privaten Tisch, an dem er allein spielen konnte. Der Tischchef führte ihn in einen kleinen Raum in der Nähe der Pokertische. Die Sicherheitsleute im Stockwerk darüber standen vor den Monitoren der Überwachungskameras und verfolgten jede seiner Bewegungen.

»Ich hätte gern Zehntausend-Dollar-Jetons«, verkündete Sidney. »Und einen Mann als Geber.«

Kein Problem. »Möchten Sie etwas trinken?«

»Ein Sprite. Und was zum Knabbern.«

Er zog noch mehr Scheine aus der Tasche und zählte die Jetons, die er dafür bekam. Es waren zwanzig Stück. Er spielte an drei Plätzen gleichzeitig, und fünfzehn Minuten später hatte er zweiunddreißig Jetons vor sich liegen. Ein zweiter Tischchef und der diensthabende Manager hatten sich zu ihnen gesellt. Sie standen hinter dem Geber und sahen mit verkniffenen Gesichtern zu.

Sidney knabberte Salzgebäck, als würde er einen Zwei-Dollar-Spielautomaten mit Münzen füttern. Stattdessen setzte er je zehntausend Dollar an vier Plätzen. Dann zwanzigtausend Dollar, gleich darauf wieder zehntausend Dollar. Als der Schlitten fast leer war, setzte er plötzlich fünfzigtausend Dollar an allen sechs Plätzen. Der Geber hatte eine Fünf, seine schlechteste Karte. Seelenruhig splittete Sidney zwei Siebener und verdoppelte den Einsatz für eine harte Zehn. Der Geber deckte eine Königin auf, dann zog er sehr langsam seine nächste Karte. Es war eine Neun. Damit kam er auf vierundzwanzig und hatte sich überkauft. Das Blatt brachte Sidney vierhunderttausend Dollar, und der erste Tischchef stand kurz davor, in Ohnmacht zu fallen.

»Wir sollten vielleicht eine Pause einlegen«, schlug der Manager vor.

»Ich würde sagen, wir machen den Schlitten leer und legen dann eine Pause ein«, sagte Sidney.

»Nein«, erwiderte der Manager.

»Sie wollen doch Ihr Geld wiederhaben, oder nicht?«

Der Geber zögerte und warf dem Manager einen verzweifelten Blick zu. Wo war Bobby Carl, wenn man ihn brauchte?

»Dann machen wir weiter«, sagte Sidney mit einem Grinsen. »Es ist doch nur Geld. Herrgott nochmal, ich bin noch nie mit Geld in der Tasche aus einem Casino herausgekommen.«

»Würden Sie uns sagen, wie Sie heißen?«

»Aber sicher. Sidney Lewis.« Er zog seine Brieftasche aus der Tasche und warf seinen echten Führerschein auf den Tisch. Es war ihm egal, ob sie wussten, wer er war. Schließlich hatte er nicht vor, jemals wiederzukommen. Der Manager und die beiden Tischchefs musterten den Führerschein ausgiebig. Sie wollten Zeit gewinnen.

»Sind Sie schon einmal hier gewesen?«, fragte der Manager.

»Vor ein paar Monaten. Spielen wir jetzt weiter oder nicht? Was für ein Casino ist das hier eigentlich? Na los, teilen Sie aus.«

Der Manager gab ihm den Führerschein widerstrebend zurück, und Sidney ließ ihn auf dem Tisch liegen, neben den hoch aufragenden Stapeln mit Jetons. Dann nickte der Manager dem Geber zu. Sidney hatte an jedem der sechs Plätze einen Zehntausend-Dollar-Jeton liegen und fügte schnell vier weitere Jetons hinzu. Plötzlich ging es um dreihunderttausend Dollar. Wenn er an der Hälfte der Plätze gewann, wollte er weiterspielen. Wenn er verlor, würde er aufhören und gehen. Dann hatte er an zwei Abenden einen Gewinn von sechshunderttausend Dollar gemacht, ein nettes Sümmchen, das seinen Hass auf Bobby Carl Leach etwas mildern würde.

Die Karten wurden verteilt, und der Geber legte eine Sechs als seine offene Karte aus. Sidney splittete zwei Buben – eine gewagte Entscheidung, vor der die meisten Experten warnten – und lehnte weitere Karten ab. Als der Geber seine verdeckte Karte umdrehte und eine Neun zum Vorschein kam, verzog Sidney keine Miene, doch der Manager und die beiden Tischchefs wurden blass. Bei fünfzehn Augen musste der Geber noch eine Karte nehmen, was er auch zögernd tat. Er zog eine Sieben; das ergab zweiundzwanzig Augen, und damit hatte er sich überkauft.

Der Manager trat an den Tisch und sagte: »Das reicht. Sie zählen Karten.« Er wischte sich die Schweißperlen von der Stirn.

»Das soll wohl ein Scherz sein. Was für ein Saftladen ist das hier eigentlich?«

»Das war's«, sagte der Manager. Dann sah er die beiden muskelbepackten Sicherheitsleute an, die plötzlich hinter Sidney aufgetaucht waren. Dieser steckte sich seelenruhig eine Salzstange in den Mund und kaute geräuschvoll darauf herum. Er grinste den Manager und die Tischchefs an und beschloss, für heute Schluss zu machen.

»Ich will Bargeld«, sagte er.

»Das könnte ein Problem sein«, sagte der Manager. Sie begleiteten Sidney ins Büro des Managers, das im Stockwerk darüber lag. Die gesamte Entourage zwängte sich hinein und schloss die Tür hinter sich. Keiner setzte sich.

»Ich verlange Bargeld«, sagte Sidney.

»Wir geben Ihnen einen Scheck«, sagte der Manager wieder.

»Sie haben nicht so viel Geld, stimmt's?«, fragte Sidney spöttisch. »Dieses zweitklassige Casino hat nicht so viel Geld und kann seine Schulden nicht bezahlen.«

»Wir haben das Geld«, erwiderte der Manager ohne rechte Überzeugung. »Und wir schreiben Ihnen natürlich gerne einen Scheck aus.«

Sidney starrte den Manager, die beiden Tischchefs und die beiden Sicherheitsleute an und sagte dann: »Der Scheck wird platzen, stimmt's?«

»Natürlich nicht, aber wir möchten Sie bitten, ihn erst nach zweiundsiebzig Stunden einzulösen.«

»Welche Bank?«

»Merchants. In Clanton.«

Um neun Uhr am nächsten Morgen betraten Sidney und sein Anwalt die Merchants Bank im Stadtzentrum von Clanton und verlangten, den Direktor zu sprechen. Als sie in seinem Büro waren, zog Sidney einen vordatierten Scheck des Lucky Jack Casino über den Betrag von neunhundertfünfundvierzigtausend Dollar aus der Tasche, der in drei Tagen fällig wurde. Der Direktor sah sich den Scheck an, fuhr sich über das Gesicht und sagte dann mit schwacher Stimme: »Es tut mir leid, aber wir können den Scheck nicht einlösen.«

213

»Und in drei Tagen?«, erkundigte sich der Anwalt.

»Das bezweifle ich.«

»Haben Sie mit dem Casino gesprochen?«

»Ja, mehrmals sogar.«

Eine Stunde später marschierten Sidney und sein Anwalt in das für Ford County zuständige Gericht und betraten die Geschäftsstelle, wo sie einen Antrag auf einstweilige Verfügung zur sofortigen Schließung des Lucky Jack und Begleichung der Schuld stellten. Der Richter, Willis Bradshaw, setzte für neun Uhr am nächsten Morgen eine Eilanhörung an.

Bobby Carl verließ das Schiff in Puerto Rico und versuchte, auf den nächsten Flug nach Memphis zu kommen. Am späten Abend erreichte er Ford County und fuhr in einem bei Hertz gemieteten Kleinwagen schnurstracks zum Casino, wo er nur wenige Spieler und noch weniger Mitarbeiter vorfand. Niemand wusste, was am Abend vorher geschehen war. Der Manager hatte gekündigt und war nicht auffindbar. Einer der beiden Tischchefs, die mit Sidney zu tun gehabt hatten, war angeblich außer Landes gegangen. Bobby Carl drohte, alle Angestellten zu feuern bis auf Häuptling Larry, der von dem Chaos eindeutig überfordert war. Um Mitternacht traf sich Bobby Carl mit dem Bankdirektor und einigen Anwälten. Die Lage war mehr als nur beunruhigend.

Stella war noch auf dem Schiff, konnte die Seereise aber nicht mehr genießen. Mitten in dem Chaos, als Bobby Carl mit mehreren Leuten gleichzeitig telefonierte und mit allen möglichen Gegenständen um sich geworfen hatte, hatte sie ihn brüllen hören: »Sidney Lewis! Wer zum Teufel ist dieser Sidney Lewis?«

Sie sagte nichts, zumindest nichts über den Sidney Lewis, den sie kannte. Sie konnte einfach nicht glauben, dass ihr Exmann fähig gewesen war, ein Casino zu sprengen. Ihre Unruhe wurde immer größer, und als das Schiff in George Town auf Grand Cayman anlegte, nahm sie sich ein Taxi zum Flughafen und trat die Heimreise an.

Richter Bradshaw begrüßte die zahlreich erschienenen Zuschauer in seinem Gerichtssaal. Er bedankte sich für ihr Kommen und lud sie ein, auch an den weiteren Verhandlungstagen dabei zu sein. Dann fragte er, ob die Anwälte so weit waren, dass er fortfahren konnte.

Bobby Carl saß mit rot geränderten Augen und unrasiertem Gesicht neben seinen Anwälten und Häuptling Larry, der das erste Mal in seinem Leben einen Gerichtssaal von innen sah und derart nervös war, dass er einfach die Augen schloss und so tat, als würde er meditieren. Obwohl Bobby Carl schon viele Gerichtssäle gesehen hatte, belastete ihn die Anhörung genauso. Alles, was er besaß, hatte er als Sicherheit für den Bankkredit verpfändet, und jetzt standen die Zukunft des Casinos und sein gesamtes Vermögen auf dem Spiel.

Einer seiner Anwälte erhob sich und sagte: »Euer Ehren, wir sind so weit, aber wir haben beantragt, das Verfahren wegen Unzuständigkeit des Gerichts abzuweisen. Diese Angelegenheit gehört nicht vor ein Gericht des Staates Mississippi, sondern vor ein Bundesgericht.«

»Ich habe Ihren Antrag gelesen«, erwiderte Richter Bradshaw. Es war klar, dass ihm das, was er gelesen hatte, nicht gefallen hatte.»Und ich erkläre dieses Gericht für zuständig.«

»Dann klagen wir noch heute beim Bundesgericht«, gab der Anwalt zurück.

»Das kann ich Ihnen nicht verbieten. Sie können klagen, wo Sie wollen.«

Richter Bradshaw hatte den größten Teil seiner beruflichen Laufbahn damit verbracht, wüste Auseinandersetzungen zwischen streitenden Ehepaaren zu schlichten, und im Laufe der Jahre eine extreme Abneigung gegen die Gründe für Scheidungen entwickelt. Alkohol, Drogen, Ehebruch, Glücksspiel – er hatte ständig mit diesen Lastern zu tun. Er unterrichtete in der Sonntagsschule der Methodisten und hatte sehr genaue Vorstellungen davon, was richtig und was falsch war. Glücksspiel war ihm ein Gräuel, und er war hocherfreut, eine Gelegenheit zu bekommen, dagegen anzugehen.

Sidneys Anwalt argumentierte lautstark, dass das Casino unterkapitalisiert sei und nicht genug Barreserven habe; daher sei es eine andauernde Gefahr für andere Spieler. Er verkündete, dass er um siebzehn Uhr des gleichen Tages eine Klage einreichen werde, falls das Casino die Schulden bei seinem Klienten nicht begleiche. Bis dahin solle das Casino jedoch geschlossen werden.

Richter Bradshaw schien die Idee zu gefallen.

Den Zuschauern offenbar auch. Unter ihnen saßen etliche Prediger mitsamt ihren Anhängern, alles aufrechte Wähler, die Richter Bradshaw nach Kräften unterstützten und angesichts der Möglichkeit, dass das Casino geschlossen werden könnte, schon ganz aufgeregt waren. Das war das Wunder, um das sie gebetet hatten.

Und obwohl sie Sidney Lewis insgeheim für seinen liederlichen Lebenswandel verurteilten, mussten sie ihn – einen Einheimischen – dafür bewundern, dass er das Casino gesprengt hatte. Gut gemacht, Sidney.

Im weiteren Verlauf der Anhörung stellte sich heraus, dass das Lucky Jack über einen Bargeldbestand von vierhunderttausend Dollar verfügte. Darüber hinaus gab es Rücklagen in Höhe von fünfhunderttausend Dollar, die durch eine Anleihe gesichert waren. Im Zeugenstand gab Bobby Carl außerdem zu, dass das Casino in den ersten sieben Monaten seines Geschäftsbetriebs im Schnitt achtzigtausend Dollar Gewinn pro Monat gemacht hatte und dass diese Zahl ständig stieg.

Nach fünf zermürbenden Stunden verdonnerte Richter Bradshaw das Casino dazu, die gesamten neunhundertfünfundvierzigtausend Dollar auszuzahlen – sofort –, und untersagte den Geschäftsbetrieb, bis die Schulden beglichen war. Außerdem wies er den Sheriff an, die Zufahrt zum Casino ab dem Highway zu sperren und jeden Spieler festzunehmen, der versuchte, es zu betreten. Die Anwälte des Lucky Jack eilten schnurstracks zum Bundesgericht in Oxford und beantragten, das Casino wieder zu öffnen. Aus organisatorischen Gründen konnte eine Anhörung jedoch erst in einigen Tagen stattfinden. Wie angekündigt reichte Sidney sowohl an einem Gericht des Staates Mississippi als auch am Bundesgericht Klage ein.

In den nächsten Tagen wurden weitere Klagen eingereicht. Sidney verklagte die Versicherungsgesellschaft, die die Anleihe herausgegeben hatte, und gleich darauf auch noch die Bank, die wegen des Zwei-Millionen-

Kredits an das Lucky Jack plötzlich sehr nervös war und die Nase voll hatte von der zuvor so aufregenden Glücksspielindustrie. Sie kündigte den Kredit und verklagte die Yazoo, Häuptling Larry und Bobby Carl Leach. Diese reichten Gegenklage ein, mit der Begründung, es seien unlautere Praktiken verwendet worden. Die plötzliche Klagewelle sorgte für Begeisterung unter den lokalen Anwälten, von denen fast alle ein Stück vom Kuchen haben wollten.

Als Bobby Carl erfuhr, dass es sich bei Sidney um Stellas frisch geschiedenen Ehemann handelte, warf er ihr vor, mit ihm unter einer Decke zu stecken, und feuerte sie. Daraufhin verklagte sie ihn. Die Tage vergingen, das Lucky Jack blieb geschlossen. Zwei Dutzend Mitarbeiter, die kein Gehalt bekommen hatten, zogen vor Gericht. Regulierungsbehörden stellten Vorladungen aus. Der Richter am zuständigen Bundesgericht wollte nichts mit dem Schlamassel zu tun haben und lehnte den Antrag des Casinos auf Wiedereröffnung ab.

Nach einem Monat hektischer juristischer Schachzüge hielt die Realität Einzug. Die Zukunft des Casinos sah düster aus. Bobby Carl machte Häuptling Larry klar, dass sie keine andere Wahl hätten, als Insolvenzschutz zu beantragen. Zwei Tage später tat Bobby Carl widerstrebend das Gleiche. Nach zwei Jahrzehnten, in denen er zahllose Geschäfte am Rande der Legalität getätigt hatte, war er bankrott.

Sidney war in Las Vegas, als er einen Anruf von seinem Anwalt bekam, der ihm begeistert mitteilte, dass die Versicherungsgesellschaft für den vollen Betrag der Anleihe – fünfhunderttausend Dollar – geradestehen werde. Außerdem sollten die eingefrorenen Konten des Lucky Jack so weit angezapft werden, dass ihm ein zweiter Scheck über vierhunderttausend Dollar ausgestellt werden konnte. Triumphierend setzte sich Sidney in sein Wohnmobil und machte sich ohne Eile auf die Rückreise nach Ford County, allerdings nicht ohne drei von Indianern betriebene Casinos heimzusuchen, die zufällig auf dem Weg lagen.

Bobby Carls Lieblingsbrandstifter war ein Ehepaar aus Arkansas. Der Kontakt wurde hergestellt, Bargeld wechselte die Hand. Baupläne und Schlüssel wurden weitergereicht. Die Wachleute, die nachts im Casino patrouillierten, wurden gefeuert, das Wasser wurde abgestellt. Das Gebäude hatte keine Sprinkleranlage, da die Bauordnung keine vorschrieb.

Als die freiwillige Feuerwehr von Springdale um drei Uhr morgens den Einsatzort erreichte, brannte das Lucky Jack lichterloh. Die Metallteile der Gebäude schmolzen. Mehrere Brandschutzinspektoren tippten auf Brandstiftung, fanden aber keine Hinweise auf Benzin oder andere Brandbeschleuniger. Schließlich kamen sie zu dem Schluss, dass das Feuer von einem Gasleck und einer anschließenden Explosion verursacht worden war. Bei dem darauf folgenden Gerichtsverfahren legten Ermittler der Versicherung Unterlagen vor, aus denen hervorging, dass die Gastanks des Casinos aus unerklärlichen Gründen erst eine Woche vor dem Brand aufgefüllt worden waren.

Häuptling Larry kehrte in seinen Laden zurück und verfiel in eine schwere Depression. Wieder einmal war sein Stamm von der Gier des weißen Mannes zerstört worden. Die Yazoo waren in alle Winde zerstreut und würden nie wieder zusammenfinden.

Sidney blieb noch eine Weile in Karraway, hatte aber bald genug von dem Wirbel um seine Person und den vielen Gerüchten. Seit er seinen Job gekündigt und das Casino gesprengt hatte, wurde er von den Leuten ganz selbstverständlich als Berufsspieler bezeichnet, was im ländlichen Mississippi eine ausgesprochene Seltenheit war. Und obwohl Sidney nicht gerade dem Bild eines skrupellosen, mit hohen Einsätzen spielenden Zockers entsprach, war sein neuer Lebensstil in aller Munde. Jeder wusste, dass er der einzige Mann in der Stadt war, der eine Million Dollar besaß, und genau das war sein Problem. Plötzlich tauchten wie aus dem Nichts alte Freunde auf. Unverheiratete Frauen jeglichen Alters dachten sich alles Mögliche aus, um ihn kennenzulernen. Zahllose Hilfsorganisationen schrieben ihm Briefe und baten um Geld. Seine Tochter in Texas suchte wieder den Kontakt zu ihm und entschuldigte sich dafür, dass sie während der Scheidung zu ihrer Mutter gehalten hatte. Als er ein Schild mit der Aufschrift ZU VER-KAUFEN in den Vorgarten steckte, sprach man in Karraway von nichts anderem mehr. Das wildeste Gerücht besagte, dass er nach Las Vegas ziehen wolle.

Er wartete.

Stundenlang spielte er Internetpoker, und wenn ihm langweilig wurde, fuhr er mit seinem Wohnmobil zu den Casinos in Tunica oder an die Golfküste. Er gewann mehr, als er verlor, achtete aber darauf, nicht zu viel Aufsehen zu erregen. Zwei Casinos in Biloxi hatten ihn

220

schon vor Monaten gesperrt. Stets kam er nach Karraway zurück, obwohl er die Stadt am liebsten für immer verlassen hätte.

Er wartete weiter.

Den ersten Schritt machte seine Tochter. Eines Abends rief sie ihn an und unterhielt sich eine Stunde lang mit ihm. Nachdem sie über alles Mögliche gesprochen hatten, ließ sie gegen Ende des Gesprächs durchblicken, dass Stella einsam sei und dem Leben mit ihm nachtrauere. Der Tochter zufolge plagten Stella heftige Gewissensbisse, und am liebsten hätte sie sich sofort wieder mit dem einzigen Mann versöhnt, den sie je geliebt habe. Während Sidney dem Geplapper seiner Tochter zuhörte, wurde ihm klar, dass er Stella weitaus mehr brauchte, als sie ihm zuwider war. Trotzdem wollte er keine Versprechungen machen.

Beim nächsten Telefonanruf wurde seine Tochter deutlicher. Sie versuchte, ein Treffen zwischen ihren Eltern zu arrangieren, sozusagen einen ersten Schritt hin zur Normalisierung von deren Beziehung. Sie sei bereit, nach Karraway zurückzukommen und bei Bedarf als Vermittlerin zu fungieren. Es gehe ihr lediglich darum, dass ihre Eltern wieder zueinanderfänden. Sidney kam es seltsam vor, dass sie das nicht schon gesagt hatte, bevor er das Casino gesprengt hatte.

Nach einer Woche Schattenboxen kam Stella eines Abends auf eine Tasse Tee vorbei. Während eines langen, sehr emotionalen Gesprächs beichtete sie ihm ihre Sünden und bat um Vergebung. Dann ging sie nach Hause. Am nächsten Abend kam sie wieder, um das Gespräch fortzusetzen. Am dritten Abend gingen sie miteinander ins Bett, und Sidney war wieder bis über beide Ohren in sie verliebt.

Ohne über das Thema Heiraten zu sprechen, packten sie ihre Sachen in das Wohnmobil und fuhren nach Florida. In der Nähe von Ocala hatte der Stamm der Seminolen gerade ein Casino eröffnet, und Sidney brannte darauf, dort zu spielen. Er war sicher, dass er Glück haben würde.

MICHAEL

IN EINER STADT, die nur zehntausend Einwohner hatte, war eine solche Begegnung vermutlich unvermeidbar. Früher oder später traf man hier so gut wie jeden, auch die Leute, deren Namen man längst vergessen hatte und deren Gesichter einem nicht mehr richtig bekannt vorkamen. Manche Namen und Gesichter blieben einem im Gedächtnis und waren selbst nach Jahren noch präsent. Andere dagegen vergaß man sofort wieder, und die meisten davon aus gutem Grund.

Für Stanley Wade war der Anlass für diese Begegnung unter anderem eine hartnäckige Erkältung seiner Frau und die Tatsache, dass sie etwas zu essen brauchten. Dazu kamen einige andere Gründe. Nach einem langen Tag im Büro rief er zu Hause an und erkundigte sich, wie es seiner Frau gehe und was mit dem Abendessen sei. Sie teilte ihm recht brüsk mit, dass sie keine Lust habe, etwas zu kochen, und sowieso nicht viel essen könne und dass er, falls er Hunger habe, etwas mitbringen solle. Hatte er abends schon einmal *keinen* Hunger gehabt? Nach einigem Hin und Her einigten sie sich auf Tiefkühlpizza, was so ziemlich das Einzige war, das

Stanley zubereiten konnte, und seltsamerweise auch das Einzige, worauf seine Frau vielleicht Appetit haben würde. Am liebsten mit Salami und Käse. Komm bitte durch die Küche ins Haus und achte darauf, dass die Hunde ruhig sind, wies sie ihn an. Vielleicht liege sie ja auf dem Sofa und schlafe.

Der am nächsten gelegene Supermarkt war ein Rite Price, ein alter Discounter ein paar Straßen vom Stadtzentrum entfernt, mit schmutzigem Boden, niedrigen Preisen und billigen Werbegeschenken. Vor allem Kunden aus den unteren Schichten kauften hier ein; die meisten gut verdienenden Weißen gingen in den neuen Kroger südlich der Stadt, für den Stanley aber einen Riesenumweg hätte machen müssen. Er brauchte doch nur eine Tiefkühlpizza, die konnte er überall kaufen. Schließlich ging es ja nicht darum, frische Bioprodukte zu bekommen. Er hatte Hunger, wollte Junkfood und möglichst schnell nach Hause.

Stanley ignorierte die Einkaufswagen und Körbe und ging schnurstracks in die Tiefkühlabteilung, wo er sich für eine extragroße Pizza mit italienischem Namen und Frischegarantie entschied. Er schloss gerade die vereiste Glastür, als ihm auffiel, dass dicht hinter ihm jemand stand. Jemand, der ihn gesehen hatte, ihm gefolgt war und ihm jetzt buchstäblich im Nacken saß. Jemand, der sehr viel größer war als Stanley. Jemand, der sich nicht für Tiefkühlmahlzeiten interessierte, zumindest nicht jetzt. Stanley drehte sich um und starrte in ein hämisch grinsendes, unzufriedenes Gesicht, das er irgendwo schon einmal gesehen hatte. Der Mann war um die vierzig, etwa zehn Jahre jünger als Stanley, mindestens einen halben Kopf größer und erheblich breiter gebaut. Stanley war schlank, fast zierlich, und alles andere als muskulös.

»Sie sind doch Wade, der Rechtsanwalt?«, fragte der Mann. Es klang nicht wie eine Frage, eher wie ein Vorwurf. Selbst die Stimme kam Stanley irgendwie bekannt vor – ungewöhnlich hoch für eine derart imposante Gestalt, vom Land, aber nicht dumm. Eine Stimme aus der Vergangenheit, daran gab es keinen Zweifel.

Stanley ging zu Recht davon aus, dass es bei ihrer letzten Begegnung – wann und wo auch immer sie stattgefunden hatte – um irgendeinen Prozess gegangen war, und man brauchte kein Genie zu sein, um zu vermuten, dass der Mann und er nicht auf derselben Seite gestanden hatten. Für viele Anwälte, die ihre Kanzlei in einer Kleinstadt haben, gehört es zum Berufsrisiko, Prozessgegnern von früher über den Weg zu laufen. Sosehr Stanley auch versucht war, er brachte es nicht fertig, sich zu verleugnen. »Stimmt«, sagte er, während er krampfhaft seine Pizza festhielt. »Und Sie sind?«

Plötzlich ging der Mann an Stanley vorbei, nahm dabei seine Schulter etwas nach unten und versetzte ihm einen gewaltigen Stoß, so dass er gegen die Glastür geschleudert wurde, die er gerade geschlossen hatte. Die Pizza fiel zu Boden. Stanley fand das Gleichgewicht wieder und bückte sich, um sein Abendessen aufzuheben. Dann drehte er sich um und sah, wie der Mann den Gang hinunterlief und um die Ecke bog, wo es zu Frühstücksprodukten und Kaffee ging. Stanley holte tief Luft und wollte ihm etwas Provozierendes nachrufen, doch dann besann er sich eines Besseren. Er blieb stehen und versuchte, den einzigen feindselig gemeinten Körperkontakt zu analysieren, den es in seinem Erwachsenenleben bis jetzt gegeben hatte. Er war nie ein Raufbold, Sportler, Trinker oder Unruhestifter gewesen. Nicht Stanley. Er war der Denker, der Streber, der Drittbeste seines Jahrgangs beim Jurastudium gewesen.

Es war schlicht und einfach Gewaltanwendung. Und wenn nicht das, dann zumindest eine Berührung im Zorn durch einen anderen. Aber es gab keine Zeugen, und Stanley beschloss klugerweise, das Ganze zu vergessen oder es wenigstens zu versuchen. Angesichts des Missverhältnisses in Größe und Körperbau hätte es mit Sicherheit um einiges schlimmer ausgehen können.

Aber es war noch nicht zu Ende.

In den nächsten zehn Minuten versuchte Stanley, sich zu beruhigen, während er vorsichtig durch den Supermarkt schlich, um die Ecken spähte, Etiketten las, Fleischpakete inspizierte und unter den anderen Kunden nach seinem Angreifer oder einem Komplizen von ihm suchte. Als er einigermaßen sicher sein konnte, dass der Mann weg war, eilte er zu der einzigen offenen Kasse, zahlte schnell seine Pizza und verließ das Geschäft. Während er zu seinem Wagen ging, suchte sein Blick die Umgebung ab. Erst als er mit abgeschlossenen Türen in seinem Auto saß und den Motor angelassen hatte, wurde ihm klar, dass er schon wieder ein Problem hatte.

Hinter Stanleys Volvo blieb ein Pick-up stehen, der den Parkplatz blockierte. Vor dem Volvo parkte ein Van, was eine Flucht nach vorn unmöglich machte. Stanley wurde wütend. Er stellte den Motor ab, riss die Fahrertür auf und schickte sich an, aus dem Wagen zu steigen, als er den Mann sah, der vom Pick-up aus auf ihn zukam. Und dann sah er die Waffe – eine große schwarze Pistole.

Stanley murmelte ein leises »Was zum Teufel ...«, bevor er von einer Hand ohne Waffe ins Gesicht geschlagen und gegen die Fahrertür geschleudert wurde. Ihm wurde schwarz vor Augen, doch er spürte, dass er gepackt, zum Pick-up geschleift und auf den Vordersitz aus Kunstleder geworfen wurde. Die Hand in seinem Genick war groß, stark und sehr grob. Stanleys Hals war dünn und schwach, und zu seinem Entsetzen wurde ihm schlagartig klar, dass ihm der Mann mit einer einzigen Bewegung das Genick brechen konnte.

Am Steuer saß ein zweiter Mann, ein sehr junger Mann, vermutlich ein Teenager. Die Tür fiel zu. Stanleys Kopf wurde nach unten in den Fußraum gedrückt, kalter Stahl presste sich ihm ins Genick. »Fahr los«, sagte der Mann. Mit einem Ruck setzte sich der Pick-up in Bewegung.

»Wenn Sie sich bewegen oder etwas sagen, blase ich Ihnen das Gehirn raus«, sagte der Mann, dessen schrille Stimme aufgeregt klang.

»Okay, okay«, stieß Stanley hervor. Sein linker Arm war auf dem Rücken verdreht, und der Mann zerrte daran, bis Stanley vor Schmerz zusammenzuckte. Der Schmerz hielt etwa eine Minute lang an, dann ließ der Mann plötzlich los. Die Pistole entfernte sich von Stanleys Kopf. »Setzen Sie sich hin«, sagte der Mann. Stanley richtete sich auf, schüttelte den Kopf, rückte seine Brille zurecht und versuchte, etwas von seiner Umgebung zu erkennen. Sie hatten den Stadtrand erreicht und fuhren nach Westen. Einige Sekunden vergingen, in denen niemand etwas sagte. Links von Stanley saß der Junge, der den Pick-up fuhr und noch keine siebzehn war, ein schmaler Junge mit Ponyfrisur, Pickeln und Augen, die genauso überrascht und verwirrt wirkten wie die Stanleys. Dass er so jung und unschuldig war, tröstete Stanley irgendwie – dieser Gauner würde ihn doch sicher nicht in Gegenwart des Jungen erschießen! Rechts von ihm, so dicht neben ihm, dass ihre Beine sich berührten, saß der Mann mit der Pistole, die auf seinem massigen rechten Knie lag und nicht mehr auf Stanley zielte.

Sie ließen Clanton hinter sich, und noch immer herrschte Schweigen. Stanley Wade atmete langsam ein und aus und beruhigte sich ein wenig, während er versuchte, seine Gedanken zu ordnen und sich mit der Situation vertraut zu machen, die darin bestand, dass er gerade entführt wurde. Also los, Stanley. Was hast du in den dreiundzwanzig Jahren deiner beruflichen Laufbahn als Anwalt getan, um so etwas verdient zu haben? Wen hast du verklagt? Wer ist in einem Testament nicht bedacht worden? Geht es um eine schmutzige Scheidung? Wer hat bei einem Prozess verloren?

Als der Junge den Highway verließ und auf eine asphaltierte Nebenstraße abbog, fragte Stanley schließlich: »Würden Sie mir sagen, wo wir hinfahren?«

Der Mann ignorierte die Frage und sagte: »Ich heiße Cranwell. Jim Cranwell. Das ist mein Sohn Doyle.«

Aha. Dieser Prozess. Stanley musste schlucken. Erst jetzt fiel ihm auf, dass sein Nacken und sein Hemdkragen nass vor Schweiß waren. Er trug immer noch seinen dunkelgrauen Anzug, dazu ein weißes Baumwollhemd und eine langweilige kastanienbraune Krawatte, und mit einem Mal war ihm das alles viel zu warm. Er schwitzte, und sein Herz hämmerte wie ein Pressluftbohrer. *Cranwell gegen Trane,* vor acht oder neun Jahren. Stanley hatte Dr. Trane verteidigt, in einem hässlichen, emotionalen und letztendlich erfolgreichen Prozess. Es war eine bittere Niederlage für die Familie Cranwell gewesen. Und ein großer Sieg für Dr. Trane und dessen Anwalt. Doch Stanley kam sich jetzt nicht unbedingt wie ein Sieger vor.

Die Tatsache, dass Mr. Cranwell so bereitwillig seinen und den Namen seines Sohnes preisgab, konnte nur eines bedeuten, zumindest für Stanley. Mr. Cranwell hatte keine Angst davor, identifiziert zu werden, da sein Opfer dazu nicht mehr in der Lage sein würde. Irgendwann würde die schwarze Pistole neben Stanley benutzt werden. Eine Welle der Übelkeit erfasste ihn, und eine Sekunde lang überlegte er, wo er mit seinem Mageninhalt hinsollte. Nicht nach rechts, nicht nach links. Nur nach unten, zwischen seine Füße. Er biss die Zähne zusammen und schluckte alles hinunter.

»Ich hatte Sie gefragt, wo wir hinfahren«, sagte er in dem schwachen Versuch, zumindest ein bisschen Widerstand zu leisten. Doch seine Stimme klang dumpf und krächzend. Sein Mund fühlte sich trocken an.

»Am besten halten Sie einfach die Klappe«, erwiderte Jim Cranwell. Da Stanley in seiner momentanen Lage schlecht diskutieren oder noch einmal nachfragen konnte, beschloss er, der Aufforderung Folge zu leisten. Die Minuten vergingen, während sie weiter aufs Land hinausfuhren, auf der Route 32, einer Straße, die tagsüber stark befahren war, nachts jedoch verlassen dalag. Stanley kannte die Gegend gut. Er lebte seit fünfundzwanzig Jahren in Ford County, das nicht sehr groß war. Atmung und Herzfrequenz verlangsamten sich weiter, und er konzentrierte sich auf seine Umgebung. Der Pick-up war ein Ford aus den späten Achtzigern, das kleine Modell, außen metallicgrau – jedenfalls glaubte er das –, innen irgendwie dunkelblau. Das Armaturenbrett war Standard, es gab nichts, was ihm daran auffiel. An der Sonnenschutzblende auf der Fahrerseite war ein dickes Gummiband befestigt, mit dem die Wagenpapiere und ein paar Quittungen festgeklemmt waren. Dreihundertzehntausend Kilometer auf dem Tacho, was für diese Ecke des Landes nicht ungewöhnlich war. Der Junge fuhr konstant achtzig Stundenkilometer. Jetzt bog er von der Route 32 auf die Wiser Lane ab, eine kleine, asphaltierte Straße, die sich durch den westlichen Teil des County schlängelte und an der Grenze zu Polk County über den Tallahatchie führte. Die Straßen wurden schmaler, die Wälder dichter, Stanleys Chancen immer geringer.

Er starrte die Pistole an und musste an seine kurze Karriere als stellvertretender Staatsanwalt vor vielen Jahren denken. Während der Verhandlungen hatte er manchmal die mit einem großen Etikett versehene Mordwaffe genommen, sie den Geschworenen gezeigt und damit im Gerichtssaal herumgefuchtelt, um auf diese Weise Dramatik, Angst und die Lust auf Rache zu erzeugen.

Würde man seinen Mörder vor Gericht stellen? Würde diese ziemlich große Pistole – er vermutete, dass es eine .44er Magnum war, mit der man sein Gehirn problemlos über ein ganzes Feld verteilen konnte – eines Tages in einem Gerichtssaal herumgeschwenkt werden, wenn sich das Rechtssystem mit diesem grauenhaften Mord beschäftigte?

»Warum sagen Sie denn nichts?«, fragte Stanley, ohne Jim Cranwell anzusehen. Alles war besser als diese Stille. Wenn er eine Chance hatte, dann nur mit Reden, mit seiner Fähigkeit, logisch zu argumentieren. Oder mit Betteln.

»Ihr Mandant, dieser Dr. Trane, ist weggezogen, stimmt's?«, fragte Cranwell.

Wenigstens hatte Stanley an den richtigen Prozess gedacht, was aber überhaupt kein Trost für ihn war. »Ja. Schon vor ein paar Jahren.«

»Wo ist er hin?«

»Ich weiß es nicht.«

»Er hat Ärger bekommen, nicht wahr?«

»Ja, das könnte man so sagen.«

»Was für Ärger?«

»Daran erinnere ich mich nicht.«

»Lügen wird Ihnen auch nicht helfen, Wade. Sie wissen ganz genau, was mit Dr. Trane passiert ist. Er war ein Suffkopf und hat Tabletten gefressen, und von dem Medikamentenschrank in seiner Praxis konnte er auch nicht die Finger lassen. Er war süchtig nach Schmerzmitteln, hat seine Zulassung verloren, die Stadt verlassen und versucht, sich zu Hause in Illinois zu verstecken.«

Cranwell erzählte das so beiläufig, als wüssten alle in Clanton Bescheid, als würde man morgens in den Coffeeshops der Stadt und mittags im Golfclub darüber tratschen. Dabei war der Niedergang von Dr. Trane doch sehr diskret von Stanleys Kanzlei abgewickelt und unter den Teppich gekehrt worden. Das hatte er jedenfalls angenommen. Die Erkenntnis, dass Jim Cranwell nach dem Prozess Erkundigungen über alle Beteiligten eingezogen hatte, führte dazu, dass Stanley sich den Schweiß von der Stirn wischte, nervös hin- und herrutschte und erneut das dringende Bedürfnis verspürte, sich zu übergeben.

»Das dürfte in etwa hinkommen«, sagte Stanley.

»Reden Sie manchmal mit Dr. Trane?«

»Nein. Das letzte Mal ist schon Jahre her.«

»Angeblich ist er schon wieder verschwunden. Haben Sie davon gehört?«

»Nein.« Das war gelogen. Stanley und seine Partner in der Kanzlei hatten zahlreiche Gerüchte über das geheimnisvolle Verschwinden von Dr. Trane gehört. Er war in seine Heimatstadt Peoria geflüchtet, wo er seine Zulassung wiederbekommen und eine neue Praxis aufgemacht, aber erneut Ärger bekommen hatte. Vor etwa zwei Jahren hatte seine damalige Frau alte Freunde und Bekannte in Clanton angerufen und sie gefragt, ob sie ihn gesehen hätten.

Der Junge bog wieder ab, dieses Mal auf eine Straße ohne Beschilderung, eine Straße, von der Stanley glaubte, irgendwann einmal daran vorbeigefahren zu sein, sie aber nicht bemerkt zu haben. Auch sie war asphaltiert, aber so schmal, dass zwei Fahrzeuge nicht aneinander vorbeifahren konnten. Bis jetzt hatte der Teenager noch kein Wort gesagt.

»Sie werden ihn nie finden«, sagte Jim Cranwell wie zu sich selbst, aber mit einer grausamen Gewissheit.

Stanley drehte sich der Kopf. Er konnte nur noch verschwommen sehen. Er blinzelte, rieb sich die Augen, rang mit offenem Mund nach Luft und spürte, wie er die Schultern hängen ließ, als ihm klarwurde, was der Mann mit der Pistole gerade gesagt hatte. Sollte er, Stanley, etwa glauben, dass es diesen beiden Einfaltspinseln vom Land gelungen war, Dr. Trane aufzuspüren und zu beseitigen, ohne dabei erwischt zu werden?

Ja.

»Halt an Bakers Tor an«, sagte Cranwell zu seinem Sohn. Etwa einhundert Meter weiter blieb der Pick-up stehen. Cranwell stieß die Tür auf, fuchtelte mit der Pistole herum und sagte: »Aussteigen.« Er packte Stanley am Handgelenk und zerrte ihn vor den Pick-up, wo er ihn gegen die Motorhaube schubste und befahl: »Sie rühren sich nicht vom Fleck.« Dann flüsterte er seinem Sohn einige Anweisungen zu, der sich daraufhin wieder ans Steuer des Wagens setzte. Cranwell packte Stanley, zerrte ihn an den Straßenrand und von dort in einen flachen Graben, wo sie stehen blieben und dem Pick-up hinterhersahen, bis dessen Rücklichter hinter einer Kurve verschwanden.

Cranwell deutete mit der Pistole auf die Straße. »Laufen Sie los.«

»Damit werden Sie nicht durchkommen«, sagte Stanley.

»Halten Sie die Klappe und laufen Sie los.« Sie gingen die mit Schlaglöchern übersäte Straße hinunter, Stanley voraus, Cranwell keine zwei Meter hinter ihm. Die Nacht war klar, und der Halbmond gab gerade so viel Licht, dass die beiden Männer die Mitte der Straße erkennen konnten. Stanleys Blick wanderte nach rechts und links, dann wieder zurück, in dem vergeblichen Versuch, irgendwo die Lichter einer kleinen Farm zu sehen. Nichts.

»Wenn Sie abhauen, sind Sie ein toter Mann«, sagte Cranwell. »Und nehmen Sie die Hände aus den Taschen.«

»Warum? Glauben Sie, ich habe eine Waffe?«

»Klappe halten und laufen.«

»Wo sollte ich denn hin?«, fragte Stanley, ohne stehen zu bleiben. Ohne Vorwarnung machte Cranwell einen Satz nach vorn und versetzte ihm einen Faustschlag gegen den schmalen Nacken, der ihn auf den Asphalt stürzen ließ. Dann richtete Cranwell die Waffe auf ihn und blieb über ihm stehen.

»Wade, Sie sind ein kleiner Klugscheißer. Sie waren schon bei dem Prozess ein Klugscheißer. Und jetzt sind Sie immer noch ein Klugscheißer. Ich wette, Sie sind schon als Klugscheißer geboren worden. Und ich bin sicher, Ihre Mama war auch eine Klugscheißerin, und Ihre beiden Kinder sind mit Sicherheit auch Klugscheißer. Sie können einfach nicht anders, stimmt's? Aber jetzt hören Sie mir mal zu, Sie kleiner Klugscheißer, ab jetzt werden Sie eine Stunde lang kein Klugscheißer mehr sein. Haben Sie das verstanden, Wade?«

Stanley war benommen und hatte Schmerzen. Er wusste nicht, ob er seinen Mageninhalt bei sich behalten konnte. Als er nicht antwortete, packte Cranwell ihn am Kragen und riss ihn nach hinten, so dass er auf den Knien hockte. »Haben Sie noch was zu sagen?« Der Lauf der Waffe bohrte sich in Stanleys Ohr.

»Tun Sie's nicht«, flehte Stanley, der kurz davor war, in Tränen auszubrechen.

»Und warum nicht?«, zischte Cranwell über ihm.

»Ich habe Familie. Bitte, tun Sie's nicht.«

»Ich habe auch Kinder, Wade. Sie kennen die beiden. Doyle hat den Pick-up gefahren. Michael ist der Junge, den Sie beim Prozess kennengelernt haben, der kleine Junge mit dem Gehirnschaden, der nie Auto fahren, laufen, reden, essen oder alleine pissen wird. Und warum, Wade? Wegen Ihres angesehenen Mandanten Dr. Trane. Hoffentlich schmort er für immer in der Hölle.«

»Es tut mir leid. Wirklich. Ich habe doch nur meine Arbeit gemacht. Bitte, tun Sie's nicht.«

Die Pistole wurde noch ein Stück weitergeschoben, so dass Stanley den Kopf nach links neigen musste. Er schwitzte und rang nach Luft, während er fieberhaft nach Worten suchte, die ihn vielleicht retten würden.

Cranwell packte eine Handvoll von Stanleys schütterem Haar und riss daran. »Ihre Arbeit stinkt, Wade, weil Sie dabei lügen und betrügen und kein bisschen Mitgefühl haben für die Leute, denen Unrecht geschieht. Ich hasse Ihre Arbeit, Wade, fast so sehr, wie ich Sie hasse.«

»Es tut mir leid. Bitte.«

Cranwell zog die Pistole aus Stanleys Ohr, zielte die dunkle Straße hinunter und drückte keine zwanzig Zentimeter von Stanleys Ohr entfernt ab. In der Stille der Nacht hätte eine Kanone weniger Lärm gemacht.

Stanley, der noch nie angeschossen worden war, schrie vor Entsetzen und Schmerz laut auf und fiel auf den Asphalt. In seinen Ohren klingelte es, sein Körper zuckte unkontrolliert. Sekunden vergingen, in denen das Echo des Schusses von dem dichten Wald verschluckt wurde. Nach einigen weiteren Sekunden sagte Cranwell: »Stehen Sie auf, Sie elender Feigling.«

Stanley, der noch immer unangeschossen, sich dessen aber nicht so sicher war, begriff nur langsam, was geschehen war. Heftig schwankend stand er auf. Er keuchte immer noch, konnte kein Wort sagen und hörte nichts. Dann wurde ihm bewusst, dass seine Hose nass war. Im Angesicht des Todes hatte er die Kontrolle über seine Blase verloren. Er berührte seine Hüfte, dann seine Beine.

»Sie haben sich angepisst«, sagte Cranwell. Stanley hörte ihn, aber ganz leise. Seine Ohren taten weh, vor allem das rechte. »Armer Junge, überall Pisse. Michael nässt sich fünfmal am Tag ein. Manchmal können wir uns Windeln leisten, manchmal nicht. Und jetzt gehen Sie weiter.«

Cranwell schubste ihn wieder, während er mit der Pistole auf die Straße deutete. Stanley stolperte und wäre um ein Haar hingefallen, doch er fing sich und taumelte einige Schritte weiter, bis er sein Gleichgewicht wiedergefunden hatte und sich endlich ganz sicher war, dass er nicht angeschossen worden war.

»Es ist noch nicht so weit«, sagte Cranwell von hinten.

Gott sei Dank, hätte Stanley fast gesagt, doch er biss sich auf die Zunge, weil es mit Sicherheit wieder als Klugscheißerkommentar aufgefasst worden wäre. Während er die Straße entlangtaumelte, schwor er sich, keine weiteren Klugscheißerkommentare mehr abzugeben und nichts mehr zu sagen, was man auch nur im Entferntesten dafür halten konnte. Er steckte sich einen Finger ins rechte Ohr, weil er hoffte, dass das Klingeln dann aufhörte. Im Schritt und an den Beinen wurde ihm kalt wegen der Feuchtigkeit.

Zehn Minuten lang gingen sie weiter, doch Stanley kam es wie ein endloser Todesmarsch vor. Als sie um eine Kurve bogen, sah er Lichter vor sich, ein kleines Haus in einiger Entfernung. Er ging etwas schneller, weil er sicher war, dass Cranwell kein zweites Mal abdrücken würde, wenn jemand den Schuss hören konnte.

Das kleine, ziegelrote Haus lag etwa einhundert Meter neben der Straße und hatte eine Kieseinfahrt und ordentliche Hecken unter den Fenstern auf der Vorderseite. In der Einfahrt und auf dem Rasen waren vier Fahrzeuge geparkt, so planlos, als wären die Nachbarn spontan zu einem schnellen Abendessen vorbeigekommen. Eines davon war der Pick-up, den Doyle gefahren hatte. Unter einem Baum standen zwei Männer und rauchten.

»Da lang«, sagte Cranwell, während er mit der Pistole auf das Haus deutete und Stanley wieder einen Schubs gab. Sie gingen an den beiden Rauchern vorbei. »Seht mal, wen ich mitgebracht habe«, sagte Cranwell. Die beiden Männer bliesen Rauchringe in die Luft, antworteten aber nicht.

»Er hat sich angepisst«, fügte er hinzu. Die anderen fanden das lustig.

Sie gingen über den Rasen an der Eingangstür vorbei, dann um die Garage herum auf die Rückseite, wo ein billig gemachter Anbau aus ungestrichenen Sperrholzplatten wie ein Krebsgeschwür aus dem Haus ragte. Er war mit dem Haus verbunden, von der Straße her aber nicht zu sehen. Der trostlos wirkende Anbau hatte schief montierte Fenster, freiliegende Wasserrohre und eine wacklige Tür und sah aus, als wäre er in aller Eile errichtet worden.

Cranwell legte Stanley die Hand in den malträtierten Nacken und stieß ihn zur Tür des Anbaus. »Da rein«, sagte er, während er mit der Pistole wieder die Richtung vorgab. Der einzige Zugang war eine kurze Rollstuhlrampe, die genauso klapprig aussah wie das ans Haus angebaute Zimmer. Jemand machte die Tür auf. Drinnen warteten Leute.

Bei dem Prozess vor acht Jahren war Michael drei Jahre alt gewesen. Die Geschworenen hatten ihn nur ein einziges Mal zu Gesicht bekommen. Während des leidenschaftlichen Abschlussplädoyers seines Anwalts erlaubte der Richter, dass Michael in seinem Spezialstuhl hereingerollt wurde, damit ihn alle sehen konnten. Er trug einen Pyjama und ein großes Lätzchen, keine Socken oder Schuhe. Sein länglich geformter Kopf kippte zur Seite. Der Mund stand offen, die Augen waren geschlossen, und sein kleiner, missgestalteter Körper hätte sich am liebsten zusammengerollt. Der Junge hatte einen schweren Hirnschaden und war blind. Seine Lebenserwartung betrug nur wenige Jahre. Es war ein mitleiderregender Anblick, doch als es um das Urteil ging, hatten die Geschworenen kein Mitleid für ihn übrig.

Stanley erduldete den Anblick, wie alle anderen im Gerichtssaal, doch als Michael weggerollt wurde, ging er sofort wieder zur Tagesordnung über. Er war fest davon überzeugt, das Kind nie wieder zu sehen.

Er hatte sich geirrt. Jetzt hatte er eine etwas größere Ausgabe von Michael vor sich, die allerdings noch mitleiderregender wirkte als beim ersten Mal. Der Junge trug einen Pyjama und ein Lätzchen, keine Socken oder Schuhe. Sein Mund stand offen, die Augen waren immer noch geschlossen. Sein Gesicht war noch länger geworden und endete in einer hohen, leicht schiefen Stirn, die an einigen Stellen von verfilztem schwarzem Haar bedeckt wurde. Aus seinem rechten Nasenloch führte ein Schlauch irgendwohin. Die Arme waren an den Handgelenken verdreht und an den Körper gepresst, die Knie an die Brust gezogen. Sein aufgeblähter Bauch erinnerte Stanley an die Fotos, die er von verhungernden Kindern in Afrika gesehen hatte.

Michael lag auf einem alten Krankenhausbett, das von irgendeiner Klinik ausrangiert worden war. Sein schmaler Körper war mit Kissen abgestützt und mit einem Klettband, das locker über seiner Brust verlief, am Bett festgezurrt. Am Fußende saß seine Mutter, eine hagere, schwer geprüfte Frau, an deren Namen sich Stanley nicht gleich erinnerte.

Bei ihrer Aussage im Zeugenstand hatte er sie zum Weinen gebracht.

Am anderen Ende des Betts war ein kleines Bad, dessen Tür offen stand, und neben der Tür befand sich ein schwarzer Aktenschrank aus Metall mit zwei Schubladen, dessen unzählige Kratzer und Dellen Beweis genug dafür waren, dass er schon ein Dutzend Flohmärkte gesehen hatte. Die Wand neben Michaels Bett hatte keine Fenster, doch in den beiden Wänden an der Seite waren je drei schmale Fenster eingebaut. Das Zimmer war höchstens viereinhalb Meter lang und etwa dreieinhalb Meter breit. Auf dem Boden lag billiges gelbes Linoleum.

»Setzen Sie sich, Wade«, sagte Cranwell. Er stieß seinen Gefangenen auf einen Klappstuhl, der in der Mitte des kleinen Zimmers stand. Die Pistole war plötzlich weg. Die beiden Raucher von draußen kamen herein und machten die Tür hinter sich zu. Sie gesellten sich zu zwei anderen Männern in der Nähe von Mrs. Cranwell, nicht einmal einen Meter von Stanley entfernt. Fünf Männer, alle groß und furchteinflößend und bereit, Gewalt anzuwenden. Hinter Stanley war irgendwo auch Doyle. Mrs. Cranwell war da, Michael ebenfalls. Und Stanley Wade.

Es konnte losgehen.

Cranwell trat zum Bett und gab Michael einen Kuss auf die Stirn. Dann drehte er sich um und sagte: »Erkennen Sie ihn wieder?«

Stanley konnte nur nicken.

»Er ist jetzt elf Jahre alt«, sagte Cranwell, der seinem Sohn sanft über den Arm strich. »Immer noch blind, immer noch hirngeschädigt. Wir wissen nicht, wie viel er hört und versteht, aber es ist mit Sicherheit nicht viel. Einmal in der Woche lächelt er, wenn er die Stimme seiner Mutter hört, und manchmal lächelt er auch, wenn Doyle ihn kitzelt. Aber er reagiert kaum. Überrascht es Sie, dass er noch lebt?«

Stanley starrte einige Kartons an, die unter das Bett gestopft waren, um den Jungen nicht ansehen zu müssen. Er hatte den Kopf nach rechts gedreht, um Cranwell vor sich zuzuhören, denn soweit er das beurteilen konnte, war sein rechtes Ohr taub. Nach dem Schuss waren seine Ohren immer noch nicht wieder in Ordnung, und wenn er gerade keine anderen Probleme gehabt hätte, hätte er eventuell darüber nachgedacht, ob sein Gehör dauerhaft geschädigt war. »Ja«, antwortete er wahrheitsgemäß.

»Das habe ich mir gedacht«, erwiderte Cranwell. Seine schrille Stimme war um eine oder zwei Oktaven tiefer geworden. Seine Aufregung hatte sich gelegt. Er war zu Hause, unter Menschen, denen er vertraute. »Denn beim Prozess haben Sie den Geschworenen gesagt, dass Michael seinen achten Geburtstag nicht erleben würde. Eine Lebenserwartung von zehn Jahren sei unmöglich, jedenfalls meinte das einer dieser falschen Sachverständigen, die Sie in den Gerichtssaal gezerrt haben. Sie wollten sein Leben verkürzen, damit der Schadenersatz geringer ausfiel. Erinnern Sie sich daran?«

»Ja.«

Cranwell ging jetzt neben Michaels Bett auf und ab, während er mit Stanley redete, und sah zu den vier Männern hin, die an der Wand lehnten. »Michael ist jetzt elf, also haben Sie sich geirrt. Stimmt's, Wade?«

Wenn er es bestritten hätte, wäre alles nur noch schlimmer geworden. Und warum sollte er die Wahrheit bestreiten? »Ja.«

»Lüge Nummer eins«, verkündete Cranwell und hielt einen Zeigefinger hoch. Dann trat er ans Bett und berührte seinen Sohn wieder. »Weiter. Das meiste von seinem Essen geht durch den Schlauch da. Spezialnahrung für achthundert Dollar im Monat. Ab und zu kann Becky ihn überreden, feste Nahrung zu sich zu nehmen.

Sachen wie Pudding, Eis, aber nicht viel. Er bekommt alle möglichen Medikamente, um Anfälle, Infektionen und so zu verhindern. Für seine Medikamente müssen wir etwa eintausend Dollar im Monat hinlegen. Viermal im Jahr schleppen wir ihn nach Memphis zu Spezialisten, warum, weiß ich nicht, sie können ja auch nichts tun. Aber wir gehen eben hin, weil sie uns sagen, dass wir kommen sollen. Das kostet uns jedes Mal tausendfünfhundert Dollar. Alle zwei Tage braucht er einen Karton Windeln, sechs Dollar pro Karton, einhundert Dollar im Monat, das ist nicht viel, aber wenn nicht genug Geld dafür da ist, sind sie verdammt teuer. Dazu kommen noch ein paar Kleinigkeiten. Dreißigtausend Dollar kostet uns die Pflege von Michael jedes Jahr.«

Cranwell ging wieder auf und ab, während er sehr überzeugend seinen Fall darlegte. Seine handverlesenen Geschworenen waren bei ihm. Weit weg von einem Gerichtssaal hörten sich die von ihm genannten Zahlen noch viel gewaltiger an. »Wenn ich mich recht erinnere, hat sich Ihr Sachverständiger über diese Zahlen lustig gemacht. Er sagte, die Pflege von Michael würde keine zehntausend Dollar im Jahr kosten. Wissen Sie das noch, Wade?«

»Ich glaube, ja.«

»Können wir uns darauf einigen, dass Sie sich diesbezüglich geirrt haben? Ich zeige Ihnen gern die Quittungen.«

»Sie sind da drüben«, warf Becky ein, während sie auf den schwarzen Aktenschrank deutete. Es war das erste Mal, dass sie etwas sagte.

»Nein. Ihr Wort genügt mir.«

Cranwell stieß zwei Finger in die Luft. »Lüge Nummer zwei. Weiter. Derselbe Sachverständige sagte aus, dass eine Vollzeitkrankenschwester nicht notwendig sei. Er tat so, als würde der kleine Michael noch zwei Jahre den lieben langen Tag lang nur wie ein Zombie auf dem Sofa herumliegen und dann plötzlich sterben. Dass Michael zu hundert Prozent pflegebedürftig ist, hat er bestritten. Becky, möchtest du etwas zu ›hundert Prozent pflegebedürftig‹ sagen?«

Ihr langes Haar war grau und zu einem Pferdeschwanz zusammengebunden. Ihre Augen sahen traurig und müde aus. Sie versuchte erst gar nicht, die dunklen Ringe darunter mit Make-up zu verstecken. Becky stand auf und ging zu einer Tür neben dem Bett. Sie machte die Tür auf und zog ein schmales Klappbett herunter. »Hier schlafe ich, fast jede Nacht. Ich kann ihn nicht allein lassen, wegen der Anfälle. Manchmal schläft Doyle hier, manchmal Jim, aber nachts muss jemand hier sein. Die Anfälle kommen immer nachts. Ich weiß auch nicht, warum.« Sie klappte das Bett wieder hoch. »Ich füttere ihn viermal am Tag, jeweils dreißig Gramm. Er lässt mindestens fünfmal Wasser und hat mindestens zweimal Stuhlgang. Aber nicht regelmäßig. Es passiert immer zu einer anderen Zeit. Er ist jetzt elf Jahre alt, aber einen Rhythmus hat er dafür immer noch nicht gefunden. Zweimal am Tag bade ich ihn. Und ich lese ihm vor, ich erzähle ihm Geschichten. Ich komme nur selten aus diesem Zimmer heraus, Mr. Wade. Und wenn ich nicht da bin, habe ich ein schlechtes Gewissen, weil ich da sein sollte. Das Wort ›pflegebedürftig‹ trifft es nicht einmal annähernd.« Sie setzte sich wieder in den alten Sessel am Fußende von Michaels Bett und starrte auf den Boden.

Cranwell sprach weiter. »Wie Sie sicher noch wissen, hat unser Sachverständiger beim Prozess ausgesagt, dass wir eine Vollzeitkrankenschwester brauchen. Sie dagegen haben den Geschworenen gesagt, das sei Blödsinn. ›Kokolores‹ haben Sie, glaube ich, gesagt. Es sei nur ein weiterer Versuch von uns, an Geld zu kommen. Sie haben uns als geldgierige Arschlöcher hingestellt. Können Sie sich noch daran erinnern?«

Stanley nickte. Er wusste nicht mehr genau, wie er es damals formuliert hatte, doch es klang tatsächlich wie etwas, das er im Eifer des Gefechts sagen würde.

Drei Finger. »Lüge Nummer drei«, verkündete Cranwell seinen Geschworenen, vier Männern, die genauso stämmig gebaut waren wie er, die gleiche Haarfarbe und die gleichen harten Gesichter hatten wie er, die gleichen abgetragenen Latzhosen trugen wie er. Sie waren eindeutig miteinander verwandt.

Cranwell fuhr fort. »Letztes Jahr habe ich vierzigtausend verdient und für jeden einzelnen Dollar davon Steuern bezahlt. Die Steuervergünstigungen, die schlaue Leute wie Sie haben, bekomme ich nicht. Vor Michaels Geburt hat Becky als Hilfslehrerin in Karraway gearbeitet, aber das kann sie aus naheliegenden Gründen nicht mehr. Fragen Sie mich nicht, wie wir zurechtkommen, ich kann es Ihnen nämlich nicht sagen.« Er wies auf die vier Männer. »Wir bekommen viel Hilfe von Freunden und Kirchengemeinden aus der Gegend. Vom Staat Mississippi bekommen wir nichts. Das ergibt doch keinen Sinn, finden Sie nicht auch? Dr. Trane ist davongekommen, ohne auch nur einen Cent zahlen zu müssen. Auch seine Versicherung, diese Horde von Gaunern aus dem Norden, hat keinen Cent zahlen müssen. Die Reichen richten einen Schaden an und kommen ungeschoren davon. Können Sie mir das erklären, Wade?«

Stanley schüttelte nur den Kopf. Es würde nichts bringen, wenn er jetzt versuchte, mit Cranwell zu diskutieren. Er hörte zu, doch in Gedanken war er schon bei dem in allernächster Zukunft liegenden Moment, an dem er gezwungen sein würde, wieder um sein Leben zu betteln.

»Reden wir über eine andere Lüge«, sagte Cranwell. »Unser Sachverständiger sagte, wir könnten vielleicht eine Krankenschwester in Teilzeit für dreißigtausend im Jahr einstellen, was aber schon sehr günstig wäre. Dreißigtausend für die Krankenschwester, dreißigtausend für die anderen Ausgaben, alles in allem sechzigtausend pro Jahr, zwanzig Jahre lang. Die Rechnung war ganz einfach: 1,2 Millionen Dollar. Das hat unserem Anwalt Angst gemacht, weil in diesem County noch nie jemand eine Million Dollar von einem Geschworenengericht bekommen hatte. Damals, vor acht Jahren, waren zweihunderttausend Dollar das Maximum gewesen, und diese Summe wurde bei der Berufung auch noch drastisch zusammengestrichen, wie uns unser Anwalt erzählte. Arschlöcher wie Sie, Wade, und die Versicherungsgesellschaften, für die Sie sich prostituieren, und die Politiker, die sie sich mit ihrem Geld kaufen, sorgen dafür, dass geldgierige kleine Leute wie wir und die geldgierigen Anwälte, von denen wir uns vertreten lassen, in ihre Schranken gewiesen werden. Unser Anwalt hat uns gesagt, es sei gefährlich, eine Million Dollar zu verlangen, weil niemand in Ford County eine Million habe, warum also sollten wir so viel Geld bekommen? Vor dem Prozess haben wir stundenlang darüber geredet, und schließlich waren wir damit einverstanden, dass unser Anwalt weniger als eine Million verlangt. Neunhunderttausend Dollar. Wissen Sie das noch?«

Stanley nickte. Er wusste es tatsächlich noch.

Cranwell kam einen Schritt näher und zeigte auf Stanley. »Und Sie, Sie elender Scheißkerl, haben den Geschworenen gesagt, dass wir nicht den Mut hätten, eine Million Dollar zu verlangen, aber eigentlich eine Million Dollar haben wollten, weil wir versuchten, aus unserem kleinen Jungen Profit zu schlagen. Was für ein Wort haben Sie damals benutzt, Wade? ›Geldgier‹ war es nicht. ›Geldgierig‹ haben Sie uns nicht genannt. Was hat er damals gesagt, Becky?«

»Opportunistisch«, erwiderte sie.

»Genau. Wir haben drei Meter von Ihnen und den Geschworenen entfernt mit unserem Anwalt am Tisch gesessen, und Sie haben uns ›opportunistisch‹ genannt. Noch nie in meinem Leben war ich so kurz davor, einen Mann windelweich zu prügeln.« Und damit machte Cranwell einen Satz nach vorn und verpasste Stanley mit der Rückhand eine schallende Ohrfeige auf die rechte Wange. Seine Brille flog in Richtung der Tür.

»Sie mieses Stück Scheiße«, stieß Cranwell hervor.

»Jim, hör auf«, sagte Becky.

Eine lange Pause entstand, in der Stanley versuchte, die Benommenheit abzuschütteln und den Nebel vor seinen Augen zu vertreiben. Einer der vier Männer gab ihm widerstrebend die Brille. Der plötzliche Ausbruch schien alle zu schockieren, einschließlich Cranwell.

Cranwell ging wieder zum Bett und tätschelte Michael die Schulter, dann drehte er sich um und starrte den Anwalt an. »Lüge Nummer vier, Wade, und im Moment bin ich mir nicht sicher, ob ich mich an alle Ihre Lügen erinnern kann. Ich habe die Mitschrift des Prozesses gelesen – das sind über neunzehnhundert Seiten –, hundertmal gelesen, und jedes Mal, wenn ich sie lese, finde ich eine neue Lüge. Ich gebe Ihnen ein Beispiel: Sie haben zu den Geschworenen gesagt, wenn sie uns eine große Summe zusprechen würden, sei das schlecht, weil es die Kosten für die medizinische Versorgung und die Krankenversicherung in die Höhe treiben würde. Können Sie sich daran erinnern, Wade?«

Stanley zuckte mit den Achseln, als wäre er sich nicht sicher. Sein Hals und seine Schultern schmerzten, und selbst das Achselzucken tat weh. Sein Gesicht glühte wie Feuer, in seinen Ohren klingelte es, seine Hose war immer noch nass, und aus irgendeinem Grund wusste er, dass er gerade Runde Nummer eins hinter sich gebracht hatte und Runde Nummer zwei mit Sicherheit nicht einfacher sein würde.

Cranwell sah die vier Männer an und sagte: »Steve, kannst du dich daran erinnern?«

»Ja«, antwortete Steve.

»Steve ist mein Bruder, Michaels Onkel. Er hat jedes Wort von diesem Prozess gehört und hasst Sie inzwischen genauso sehr wie ich. Und jetzt zurück zu Ihrer Lüge. Wenn Geschworene kleine Summen oder gar nichts als Entschädigung zusprechen, müssen wir nicht so viel

247

für die medizinische Versorgung und unsere Krankenversicherung zahlen, stimmt's, Wade? Das war Ihr brill-
lantes Argument. Und die Geschworenen haben Ihnen
geglaubt. Schließlich kann man ja nicht zulassen, dass
diese geldgierigen Anwälte und ihre geldgierigen Mandanten unser System missbrauchen und dabei auch noch
reich werden. Nein, das geht natürlich nicht. Man muss
die Versicherungsgesellschaften beschützen.« Cranwell
sah seine Geschworenen an. »Mr. Wade hier hat ja dafür
gesorgt, dass der Arzt und seine Versicherungsgesellschaft
überhaupt nichts zahlen mussten. Wie viele von euch
haben heute weniger Ausgaben für ihre Krankenversicherung?«

Keiner der Geschworenen sagte etwas.

»Ach, übrigens: Haben Sie gewusst, dass Dr. Trane
zum Zeitpunkt des Prozesses vier Mercedes besessen hat?
Einen für ihn, einen für seine Frau und zwei für seine
beiden Teenager. Haben Sie das gewusst?«

»Nein.«

»Was für eine Art von Anwalt sind Sie eigentlich? Wir
haben das gewusst. Mein Anwalt hat seine Hausaufga-
ben gemacht. Er wusste alles über Trane. Aber er konnte
es nicht vor Gericht erwähnen. Zu viele Bestimmungen.
Vier Mercedes. Aber wahrscheinlich hat ein reicher Arzt
wie er so viele Autos auch verdient.«

Cranwell ging zum Aktenschrank, öffnete die oberste
der beiden Schubladen und zog einen etwa acht Zentimeter dicken Papierstapel heraus, der von einem blauen
Plastikordner zusammengehalten wurde. Stanley erkannte
ihn sofort wieder, da der Boden seines Büros in der
Kanzlei mit diesen blauen Ordnern gepflastert war. Pro-

zessmitschriften. Irgendwann musste Cranwell der Gerichtsstenografin ein paar Hundert Dollar gezahlt haben, um an ein Exemplar der Mitschrift zu kommen, in der jedes Wort stand, das im Kunstfehlerprozess gegen Dr. Trane gesagt worden war.

»Können Sie sich noch an den Geschworenen Nummer sechs erinnern?«

»Nein.«

Cranwell blätterte einige Seiten um, von denen viele mit Klebezetteln und gelbem oder grünem Leuchtstift markiert waren. »Ich sehe mir gerade die Auswahl der Geschworenen an. Mein Anwalt fragte die Geschworenen, ob einer von ihnen für eine Versicherung arbeitete. Eine Frau bejahte das und wurde daraufhin abgelehnt. Ein gewisser Mr. Rupert sagte nichts und wurde als Geschworener ausgesucht. Genau genommen arbeitete er nicht für eine Versicherung, er war gerade in Pension gegangen – nachdem er dreißig Jahre für eine Versicherung gearbeitet hatte. Nach dem Prozess und nach der Berufung haben wir herausgefunden, dass Mr. Rupert während den Beratungen der Geschworenen der eifrigste Verteidiger von Dr. Trane war. Er hat viel zu viel gesagt. Machte ein fürchterliches Theater, wenn einer der anderen Geschworenen auch nur erwähnte, dass man Michael vielleicht doch ein bisschen Geld zusprechen könnte. Wissen Sie, um wen es geht, Wade?«

»Nein.«

»Sind Sie sicher?« Cranwell legte die Mitschrift aus der Hand und ging einen Schritt auf Stanley zu. »Sind Sie sich da ganz sicher?«

»Ja, ich bin sicher.«

»Das glaube ich Ihnen nicht. Mr. Rupert hat dreißig Jahre lang als Schadenssachbearbeiter für die Southern Delta Mutual gearbeitet und war für den gesamten Norden Mississippis zuständig. Ihre Kanzlei hat jede Menge Versicherungsgesellschaften vertreten, einschließlich der Southern Delta Mutual. Und Sie wollen mir sagen, dass Sie Mr. Rupert nicht gekannt haben?« Noch ein Schritt näher. Gleich würde die nächste Ohrfeige kommen.

»Ich habe ihn nicht gekannt.«

Finger, die in die Luft gestoßen wurden. »Lüge Nummer fünf«, verkündete Cranwell und hielt den Geschworenen die ausgestreckten Finger seiner Hand hin. »Oder ist es schon Nummer sechs? Ich habe den Überblick verloren.«

Stanley machte sich auf einen Stoß oder eine Ohrfeige gefasst, doch nichts geschah. Stattdessen ging Cranwell wieder zum Aktenschrank und holte vier weitere Ordner aus der obersten Schublade. »Fast zweitausend Seiten voller Lügen«, sagte er, während er die Ordner aufeinanderstapelte. Stanley holte tief Luft und atmete erleichtert aus, weil er der Gewalt zumindest fürs Erste entkommen war. Er starrte auf das billige Linoleum zwischen seinen Schuhen und musste sich eingestehen, dass er wieder einmal in die Falle getappt war, in die sich so viele gebildete und gut verdienende Einheimische locken ließen, wenn sie sich einredeten, dass der Rest der Bevölkerung dumm und unwissend war. Cranwell war intelligenter als die meisten Anwälte in der Stadt und erheblich besser vorbereitet.

Nachdem Cranwell eine Handvoll Lügen aufgedeckt hatte, war er bereit fortzufahren. »Über die Lügen, die

Dr. Trane erzählt hat, haben wir noch nicht gesprochen. Vermutlich werden Sie jetzt sagen, das sei sein Problem, nicht Ihres.«

»Er hat ausgesagt. Ich nicht«, erwiderte Stanley etwas zu schnell.

Cranwell gab ein bitteres Lachen von sich. »Netter Versuch. Er ist Ihr Mandant. Sie haben ihn in den Zeugenstand gerufen, damit er aussagt.«

»Ja.«

»Und bevor er ausgesagt hat, lange vorher, haben Sie ihm dabei geholfen, sich auf seine Aussage vorzubereiten, nicht wahr?«

»Das ist die Aufgabe von Anwälten.«

»Danke. Dann ist es also die Aufgabe von Anwälten, ihren Mandanten beim Lügen zu helfen.« Es war keine Frage, und Stanley hatte auch nicht vor, darüber zu diskutieren. Cranwell blätterte einige Seiten um. »Hier haben wir ein Beispiel für Dr. Tranes Lügen, zumindest unserem Sachverständigen nach, ein feiner Mann, der immer noch in seinem Beruf arbeitet, der seine Zulassung nicht verloren hat, der kein Alkoholiker und Medikamentensüchtiger war und nicht aus Mississippi fortgejagt wurde. Können Sie sich noch an ihn erinnern, Wade?«

»Ja.«

»Dr. Parkin. Ein rechtschaffener Mann. Sie haben ihn wie ein Tier angegriffen, Sie haben ihn vor den Augen der Geschworenen in Stücke gerissen, und danach haben Sie sich mit einem zufriedenen Grinsen wieder hingesetzt. Kannst du dich noch erinnern, Becky?«

»Natürlich erinnere ich mich noch daran«, entgegnete Becky wie auf ein Stichwort.

»Hier steht, was Dr. Parkin über den guten Dr. Trane gesagt hat. Er hat gesagt, dass sein Kollege es versäumt habe, Wehen zu diagnostizieren, als Becky zum ersten Mal ins Krankenhaus kam, dass er sie nicht nach Hause hätte schicken sollen, wo sie drei Stunden wartete, bevor sie das Krankenhaus ein zweites Mal aufsuchte, während Dr. Trane nach Hause fuhr und ins Bett ging, dass er sie mit der Begründung nach Hause geschickt hätte, der Wehenmonitor habe keine Wehentätigkeit gemessen, während er in Wahrheit den Ausdruck falsch gelesen hatte, dass Dr. Trane, nachdem er endlich wieder im Krankenhaus war, Becky über mehrere Stunden Oxytocin verabreicht habe, dass er es versäumt habe, fötalen Stress zu diagnostizieren, dass er es erneut versäumt habe, den Ausdruck des Wehenschreibers richtig zu lesen, der eindeutig zeigte, dass Michaels Zustand sich verschlechterte und er dringend Hilfe brauchte, dass er es versäumt habe, zu diagnostizieren, dass das Oxytocin zu einer Hyperstimulation und einer übermäßigen uterinen Aktivität führte, dass er eine Entbindung mit der Saugglocke verpfuscht habe, dass er schließlich drei Stunden zu spät einen Kaiserschnitt durchgeführt habe, dass aufgrund des zu spät durchgeführten Kaiserschnitts eine Asphyxie und eine Hypoxie aufgetreten seien und dass es nicht zu der Asphyxie und der Hypoxie gekommen wäre, wenn er den Kaiserschnitt rechtzeitig durchgeführt hätte. Kommt Ihnen das irgendwie bekannt vor, Wade?«

»Ja, ich erinnere mich daran.«

»Und erinnern Sie sich auch daran, dass Sie den Geschworenen gesagt haben – als Tatsache, weil Sie als brillanter Anwalt es mit den Fakten ja immer sehr genau nehmen –, dass nichts davon wahr sei, dass Dr. Trane sich strikt an die Berufs- und Standesregeln gehalten habe, blabla, blabla, blabla?«

»Ist das eine Frage, Mr. Cranwell?«

»Nein. Aber wie wäre es damit: Haben Sie den Geschworenen während Ihres Abschlussplädoyers gesagt, dass Dr. Trane einer der besten Ärzte sei, die Sie kennen, ein echter Gewinn für unsere Stadt, eine Führungspersönlichkeit, ein Mann, dem Sie Ihre Familie anvertrauen würden, ein großartiger Mediziner, den die aufrechten Bürger in Ford County in Schutz nehmen müssten? Erinnern Sie sich noch daran, Wade?«

»Das ist jetzt acht Jahre her. Daran erinnere ich mich wirklich nicht mehr.«

»Dann sehen wir uns doch mal Seite 1574 in Band fünf an.« Cranwell zog einen Ordner aus dem Stapel und blätterte zu der Seite. »Wollen Sie nachlesen, was Sie damals gesagt haben? Hier steht es. Ich habe es unzählige Male gelesen. Sehen Sie sich das an und lassen Sie die Lügen für sich selbst sprechen.« Er warf Stanley den Ordner ins Gesicht, doch der schüttelte nur den Kopf und wandte den Blick ab.

Vielleicht lag es an dem Lärm, der wachsenden Anspannung im Raum oder einfach an den unterbrochenen Schaltkreisen in seinem Gehirn, jedenfalls erwachte Michael plötzlich zum Leben. Der Anfall erfasste seinen ganzen Körper, und von einer Sekunde zur anderen begannen seine Arme und Beine heftig zu zucken. Ohne ein Wort eilte Becky an seine Seite, mit einer Zielstrebigkeit, die von langer Erfahrung zeugte. Cranwell ver-

gaß Stanley für einen Moment und trat an das Bett, das
ruckte und quietschte, weil die Metallstangen und Federn
dringend geölt werden mussten. Doyle tauchte von ir-
gendwoher auf, und alle drei kümmerten sich um Michael. Becky murmelte tröstende Worte und hielt behutsam seine Handgelenke fest. Cranwell sorgte dafür,
dass ein weicher Gummikeil in Michaels Mund blieb.
Doyle fuhr seinem Bruder mit einem feuchten Hand-
tuch über den Kopf und sagte immer wieder: »Ist gleich
vorbei, ist gleich vorbei.«

Stanley sah zu, solange er konnte, dann beugte er sich
vor, stützte die Ellbogen auf die Knie, legte das Kinn in
die Hände und starrte auf seine Füße. Die vier Männer zu seiner Linken standen da wie Wächter mit unbe-
wegten Gesichtern, und Stanley war sicher, dass sie vorher schon einmal bei einem Anfall dabei gewesen waren.
Es wurde immer wärmer in dem Zimmer, und an Stanleys Hals liefen Schweißtropfen hinunter. Nicht zum
ersten Mal musste er an seine Frau denken. Seine Ent-
führung dauerte jetzt schon über eine Stunde an, und er
fragte sich, was sie wohl gerade machte. Vielleicht lag sie
schlafend auf dem Sofa, wo sie den größten Teil der
letzten vier Tage damit verbracht hatte, mit viel Ruhe,
Fruchtsaft und noch mehr Tabletten als sonst gegen ihre
Erkältung anzukämpfen. Es war sehr wahrscheinlich,
dass sie tief und fest schlief und gar nicht mitbekam,
dass er das Abendessen – wenn man es denn so nennen
wollte – noch nicht gebracht hatte. Falls sie wach war,
hatte sie ihn vermutlich auf dem Handy zu erreichen
versucht, aber er hatte das verdammte Ding in seinem
Aktenkoffer gelassen, der im Wagen lag, und außerdem

gab er sich immer sehr viel Mühe, es zu ignorieren, wenn er nicht im Büro war. Er telefonierte jeden Tag stundenlang und hasste es, nach der Arbeit angerufen zu werden. Es war eher unwahrscheinlich, dass sie sich Sorgen machte. Zweimal im Monat wurde es schon einmal etwas später, wenn er mit seinen Freunden im Country Club etwas trinken ging, doch seine Frau störte das nicht im Geringsten. Nachdem die Kinder ausgezogen waren, um aufs College zu gehen, hatten Stanley und seine Frau es sich schnell abgewöhnt, strikt nach der Uhr zu leben. Eine Stunde zu spät – nie zu früh – zu kommen war völlig in Ordnung.

Während das Bett klapperte und die Cranwells sich um Michael kümmerten, kam Stanley daher zu dem Schluss, dass nur eine sehr geringe Chance darauf bestand, dass ein Trupp Polizisten die Nebenstraßen nach ihm absuchte. Hatte vielleicht jemand gesehen, wie er auf dem Parkplatz des Rite Price entführt worden war, und dann die Polizei gerufen, die sich jetzt im Alarmzustand befand? Möglich, doch hier würden ihn selbst tausend Polizisten mit Bluthunden nicht finden.

Er dachte an sein Testament. Es war auf dem Laufenden, dank eines Partners in der Kanzlei. Er dachte an seine zwei Kinder, hielt es aber nicht lange aus. Dann dachte er an das Ende und hoffte, dass es schnell und schmerzlos gehen würde. Er widerstand der Versuchung, darüber nachzudenken, ob das Ganze ein Traum war oder nicht, weil es sowieso Energieverschwendung gewesen wäre.

Das Bett machte keinen Lärm mehr. Cranwell und Doyle traten ein paar Schritte zurück, während sich

Becky über den Jungen beugte, leise summte und ihm den Mund abwischte.

»Setzen Sie sich auf«, brüllte Cranwell plötzlich. »Setzen Sie sich auf, und sehen Sie ihn an!«

Stanley tat, wie ihm befohlen wurde. Cranwell öffnete die untere Schublade des Aktenschranks und suchte etwas in seiner Dokumentensammlung. Becky setzte sich ohne ein Wort in ihren Sessel am Fußende des Betts, eine Hand auf Michaels Fuß.

Cranwell holte ein Dokument aus der Schublade, blätterte ein paar Seiten um, während alle warteten, und sagte dann: »Ich habe noch eine letzte Frage an Sie, Wade. Das ist der Schriftsatz, den Sie am obersten Gerichtshof von Mississippi eingereicht haben, ein Schriftsatz, in dem Sie wie ein Löwe darum gekämpft haben, dass das Urteil der Geschworenen zugunsten von Dr. Trane nicht aufgehoben wird. Im Nachhinein weiß ich gar nicht, warum Sie sich überhaupt Sorgen gemacht haben. Unserem Anwalt zufolge entscheidet das oberste Gericht in neunzig Prozent aller Fälle zugunsten der Ärzte. Deshalb haben Sie uns vor dem Prozess auch keinen fairen Vergleich angeboten, stimmt's? Sie haben sich keine Sorgen darüber gemacht, den Prozess zu verlieren, denn ein Urteil zugunsten von Michael wäre vom obersten Gericht sowieso wieder verworfen worden. Schlussendlich würden immer Trane und die Versicherungsgesellschaft gewinnen. Michael hatte ein Recht auf eine angemessene Entschädigung, aber Sie wussten, dass das System Sie nicht verlieren lassen würde. Jedenfalls haben Sie, Wade, auf der vorletzten Seite Ihres Schriftsatzes Folgendes geschrieben: ›Der Prozess wurde fair, hart und mit wenig Kompromissbereitschaft auf beiden Seiten geführt. Die Geschworenen waren aufmerksam, engagiert und neugierig und wurden umfassend informiert. Der Urteilsspruch erfolgte nach gründlicher Beratung. Der Urteilsspruch ist reine Gerechtigkeit, eine Entscheidung, auf die unser System stolz sein sollte.‹« Mit diesen Worten schleuderte Cranwell den Schriftsatz in Richtung Aktenschrank. »Und was ist passiert? Unser ehrwürdiger oberster Gerichtshof war einverstanden. Nichts für den armen kleinen Michael. Nichts als Entschädigung. Nichts als Strafe für unseren lieben Dr. Trane. Nichts.«

Er ging zum Bett und streichelte Michael. Dann drehte er sich um und starrte Stanley an. »Eine letzte Frage, Wade. Und Sie sollten besser gut nachdenken, bevor Sie antworten, denn Ihre Antwort könnte sehr wichtig sein. Sehen Sie sich diesen armen kleinen Jungen an, dieses hirngeschädigte Kind, dessen Behinderung man hätte verhindern können, und sagen Sie uns, ob das für Sie Gerechtigkeit oder nur ein weiterer Sieg im Gerichtssaal ist. Beides hat nämlich nur sehr wenig miteinander zu tun.«

Aller Augen lagen auf Stanley. Er saß in sich zusammengesunken auf dem unbequemen Stuhl und ließ die Schultern hängen, was seine von Natur aus schon schlechte Haltung noch schlimmer machte. Seine Hose war immer noch nass, und die schlammverschmierten Sohlen seiner Halbschuhe berührten sich. Er starrte auf den verfilzten schwarzen Haarschopf über der schiefen Stirn von Michael Cranwell. Arroganz, Starrsinn, Leugnen – all das würde dazu führen, dass er erschossen wurde. Er machte sich nichts vor; er wusste, dass er den nächsten Morgen nicht erleben würde. Und er hatte auch nicht die Absicht, so weiterzumachen wie bisher. Cranwell hatte Recht. Tranes Versicherungsgesellschaft war bereit gewesen, vor Prozessbeginn ein großzügiges Angebot zu machen, doch Stanley Wade hatte abgelehnt. Er verlor nur selten einen Prozess in Ford County und stand in dem Ruf, vor Gericht stets mit harten Bandagen zu kämpfen. Außerdem wurde sein großspuriges Auftreten durch ein freundlich gesinntes oberstes Gericht noch unterstützt.

»Wir haben nicht die ganze Nacht Zeit«, sagte Cranwell.

Warum eigentlich nicht?, dachte Stanley. Warum sollte ich mich beeilen, zu meiner Hinrichtung zu kommen? Er nahm die Brille ab und fuhr sich mit der Hand über seine feuchten Augen. Es waren keine Tränen der Angst; er weinte angesichts der bitteren Realität, mit einem seiner Opfer konfrontiert zu werden. Wie viele davon gab es noch? Warum hatte er sich dafür entschieden, sein Leben damit zu verbringen, diese Leute übers Ohr zu hauen?

Er wischte sich die Nase am Hemdsärmel ab, setzte seine Brille wieder auf und sagte: »Es tut mir leid. Ich habe mich ganz fürchterlich geirrt.«

»Versuchen wir's noch mal«, sagte Cranwell. »Gerechtigkeit oder Sieg im Gerichtssaal?«

»Es war keine Gerechtigkeit, Mr. Cranwell. Es tut mir leid.«

Cranwell legte die Ordner und den Schriftsatz an ihren Platz in den Schubladen des Aktenschranks zurück und schob sie zu. Er nickte den vier Männern zu, die langsam zur Tür gingen. Plötzlich wurde es unruhig im Raum. Cranwell flüsterte Becky etwas zu. Doyle sagte etwas zu dem Mann, der als Letzter den Raum verließ. Die Tür schwang auf und zu. Cranwell packte Stanley am Arm, riss ihn hoch und knurrte: »Na los.« Als sie das Zimmer verließen und um das Haus herumgingen, fiel Stanley auf, dass es draußen erheblich dunkler geworden war. Sie kamen an den vier Männern vorbei, die irgendetwas in der Nähe eines Geräteschuppens zu tun hatten, und als er ihre Schatten anstarrte, hörte er deutlich das Wort »Schaufeln«.

»Da rein«, sagte Cranwell, während er Stanley in den Pick-up stieß, in dem er hergefahren worden war. Plötzlich war die Pistole wieder da. Cranwell fuchtelte Stanley damit vor der Nase herum und drohte: »Eine falsche Bewegung, und ich drücke ab.« Dann schlug er die Tür zu und sagte etwas zu den anderen Männern. Die Fahrertür wurde geöffnet, und Cranwell setzte sich mit der Pistole in der Hand ans Steuer. Er richtete die Waffe auf Stanley. »Legen Sie beide Hände auf die Knie, und wenn Sie auch nur einen Finger bewegen, stecke ich das hier in Ihre Niere und drücke ab. Auf der anderen Seite entsteht dann ein schönes großes Loch. Haben Sie mich verstanden?«

»Ja«, erwiderte Stanley, während sich seine Fingernägel in seine Knie krallten.

»Sie halten Ihre Hände ruhig. Ich habe wirklich keine Lust, so eine Schweinerei in meinem Wagen zu veranstalten.«

»Ja, schon klar.«

Sie fuhren rückwärts aus der Kieseinfahrt hinaus, und als sie sich vom Haus entfernten, sah Stanley, dass ihnen ein zweiter Pick-up folgte. Cranwell hatte offenbar genug gesagt, denn jetzt schwieg er. Sie rasten durch die Nacht und wechselten bei jeder Gelegenheit die Straße – zuerst eine unbefestigte Piste, dann Asphalt, dann wieder eine unbefestigte Piste, nach Norden, dann nach Süden, Osten und Westen. Stanley konnte die Pistole nicht sehen, doch er wusste, dass sie sich in Cranwells rechter Hand befand, während seine linke Hand den Pick-up lenkte. Stanleys Finger umklammerten immer noch seine Knie, weil er panische Angst hatte, eine falsche Bewegung zu machen. Seine linke Niere tat sowieso schon weh. Er war sicher, dass die Beifahrertür verriegelt war, und jeder Versuch, sie aufstoßen zu wollen, war von vornherein zum Scheitern verurteilt. Außerdem war Stanley starr vor Angst.

Im rechten Außenspiegel sah er das Scheinwerferlicht des zweiten Wagens, in dem, wie er annahm, die Todesschwadron mit ihren Schaufeln saß. Wenn Cranwell um eine Kurve bog oder über einen Hügel fuhr, verschwanden die Scheinwerfer für kurze Zeit, doch sie kamen immer wieder.

»Wo fahren wir hin?«, fragte Stanley schließlich.

»*Sie* fahren zur Hölle, schätze ich.«

Diese Antwort erstickte alle weiteren Fragen im Keim, und Stanley überlegte fieberhaft, was er als Nächstes sagen sollte. Sie bogen auf eine unbefestigte Straße ab, die schmalste, über die sie bis jetzt gefahren waren, und Stanley dachte: Das war's. Dichter Wald auf beiden Seiten. Kilometerweit kein Haus. Eine schnelle Hinrichtung.

Ein schnelles Begräbnis. Niemand würde je davon erfahren. Nachdem sie einen Bach überquert hatten, wurde die Straße wieder etwas breiter.

Mein Gott, jetzt sag schon was. »Ich kann Sie nicht davon abhalten, das zu tun, was Sie vorhaben, Mr. Cranwell, aber das mit Michael tut mir wirklich leid«, bekam Stanley schließlich heraus, doch er war sicher, dass seine Worte so lahm klangen, wie sie sich für ihn anhörten. Egal, wie viel Reue er jetzt zeigte, den Cranwells würde das wenig kümmern. Aber jetzt konnte er nichts mehr tun als reden. »Ich würde Ihnen gern bei den Ausgaben helfen.«

»Sie bieten mir Geld an?«

»So etwas in der Art. Ja, warum eigentlich nicht? Ich bin zwar nicht reich, aber ich verdiene ganz gut. Ich könnte ein bisschen einspringen, vielleicht die Kosten für eine Krankenschwester übernehmen.«

»Habe ich das richtig verstanden? Ich bringe Sie gesund und munter nach Hause, und morgen komme ich bei Ihnen in der Kanzlei vorbei, und wir reden über Ihren plötzlichen Drang, uns finanziell bei Michaels Pflege zu unterstützen. Vielleicht trinken wir einen Kaffee zusammen, essen ein paar Donuts. Zwei gute alte Freunde. Kein Wort über heute Abend. Sie setzen einen Vertrag auf, wir unterschreiben ihn, geben uns die Hand, ich gehe wieder, und dann schicken Sie uns regelmäßig einen Scheck.«

Stanley fiel keine Antwort auf diese absurde Idee ein.

»Wissen Sie was, Wade? Sie sind ein jämmerliches kleines Würstchen. Sie würden jetzt das Blaue vom Himmel lügen, nur um Ihren Arsch zu retten. Wenn ich morgen zu Ihnen in die Kanzlei gehen würde, würden dort zehn Polizisten mit Handschellen auf mich warten. Halten Sie einfach die Klappe, Wade, Sie machen alles nur noch schlimmer. Ich habe Ihre Lügen satt.«

Wie um alles in der Welt konnte es noch schlimmer werden? Doch Stanley sagte nichts. Er starrte auf die Pistole. Der Hahn war gespannt. Er fragte sich, wie viele Mordopfer in den letzten schrecklichen Sekunden ihres Lebens die Waffe sahen, mit der sie umgebracht wurden.

Abrupt führte die dunkle Straße inmitten der dicht an dicht stehenden Bäume auf eine Anhöhe, und als der Pick-up den Hügel hinunterrollte, endete der Wald. Vor ihnen waren Lichter zu sehen. Viele Lichter, die Lichter einer Stadt. Die Straße mündete in einen Highway, und als Cranwell die Auffahrt in Richtung Süden nahm, sah Stanley ein Hinweisschild für die State Route 374, eine alte, kurvenreiche Straße, die Clanton mit dem kleineren Karraway verband. Fünf Minuten später verließen sie den Highway, bogen auf eine Straße in einem Wohngebiet ab und fuhren im Zickzack durch den südlichen Teil der Stadt. Stanley sog den Anblick der vertrauten Umgebung in sich auf – rechts von ihm eine Schule, links von ihm eine Kirche, eine billige Ladenzeile, die einem Mann gehörte, den er einmal vor Gericht vertreten hatte. Er war wieder in Clanton, er war wieder zu Hause, und um ein Haar hätte er gejubelt. Er war verwirrt, aber froh darüber, am Leben und unversehrt zu sein.

Der andere Pick-up war ihnen nicht in die Stadt gefolgt. Jim Cranwell fuhr auf die Kieseinfahrt eines kleinen Möbelgeschäfts. Er zwang das Getriebe in die Parkstellung und schaltete die Scheinwerfer aus, dann richtete er die Waffe auf Stanley und sagte: »Hören Sie mir gut zu, Wade. Ich mache Sie nicht für das verantwortlich, was mit Michael geschehen ist, aber ich mache Sie für das verantwortlich, was mit uns geschehen ist. Sie sind Abschaum, und Sie haben keine Ahnung, wie viel Leid Sie angerichtet haben.«

Als hinter ihnen ein Auto vorbeifuhr, nahm Cranwell für einen Moment die Waffe herunter. Dann sprach er weiter. »Sie können die Polizei rufen, mich verhaften und ins Gefängnis werfen lassen und so, aber ich glaube nicht, dass Sie viele Zeugen finden werden. Sie können uns Ärger machen, aber ich versichere Ihnen, dass die Männer, die Sie eben kennengelernt haben, sofort reagieren werden. Eine falsche Entscheidung, und Sie werden es bereuen.«

»Ich werde nichts unternehmen, das verspreche ich Ihnen. Lassen Sie mich nur aussteigen.«

»Ihre Versprechen halten Sie sowieso nicht. Gehen Sie, Wade, gehen Sie nach Hause. Morgen gehen Sie dann wie immer in die Kanzlei und suchen sich ein paar andere kleine Leute, die Sie fertigmachen können. Bis Michael stirbt, herrscht zwischen Ihnen und mir Waffenstillstand.«

»Und dann?«

Cranwell lächelte nur und hielt Stanley die Waffe unter die Nase. »Gehen Sie, Wade. Machen Sie die Tür auf, steigen Sie aus, und lassen Sie uns in Ruhe.«

Stanley zögerte kurz, doch dann stieg er aus und entfernte sich von dem Pick-up. Er bog um die Ecke, fand im Dunkeln einen Gehsteig und sah plötzlich die Leuchtreklame des Rite Price vor sich. Um ein Haar wäre er losgerannt, doch hinter sich hörte er nichts mehr. Er sah sich um. Cranwell war nicht mehr da.

Während Stanley zu seinem Wagen lief, überlegte er, was er seiner Frau erzählen sollte. Er kam drei Stunden zu spät zum Abendessen und brauchte eine Erklärung. Und er war sicher, dass es eine Lüge sein würde.

ALTE FREUNDE

DAS QUIET HAVEN RETIREMENT HOME liegt ein
paar Kilometer außerhalb der Stadtgrenze von Clanton, ein wenig abseits der Ausfallstraße nach Norden, in
einem schattigen Tal versteckt, so dass es für den Durch-
gangsverkehr nicht einsehbar ist. Heime in der Nähe
von Hauptverkehrsadern bergen beträchtliche Gefahren. Das weiß ich aus Erfahrung, weil ich in Heaven's
Gate bei Vicksburg beschäftigt war, als Mr. Albert Wat-
son abhandenkam und auf einer vierspurigen Straße von
einem Tanklastwagen überfahren wurde. Er war vierund-
neunzig und einer meiner Lieblingspfleglinge gewesen.
Zu seiner Beerdigung ging ich noch. Als der Prozess begann, war ich nicht mehr da. Diese Patienten irren oft
ziellos umher. Manche versuchen auch zu entwischen,
was jedoch aussichtslos ist. An ihrer Stelle würde ich es
allerdings genauso machen.

Der erste Blick auf Quiet Haven zeigt mir einen roten
Backsteinbau aus den sechziger Jahren mit Flachdach,
ein heruntergekommenes Gebäude mit mehreren Flü-
geln und dem Charme eines aufgemotzten kleinen Gefängnisses, in dem Menschen ihre letzten Tage verleben,

ohne anderen zur Last zu fallen. Früher hießen diese Einrichtungen generell Pflegeheim, aber heutzutage verwendet man vornehmere Bezeichnungen wie Seniorenheim, Seniorenresidenz oder Zentrum für betreutes Wohnen und was es noch so an Beschönigungen gibt.

»Oma lebt in einer Seniorenresidenz« klingt auch viel zivilisierter als »Wir haben sie ins Pflegeheim abgeschoben«. Für Oma ändert das gar nichts, es hört sich nur besser an, zumindest für alle außer Oma.

Wie man sie auch nennt, deprimierend sind sie alle. Trotzdem – sie sind mein Revier, meine Mission, und jedes Mal, wenn ich neu in eine Einrichtung komme, freue ich mich auf die Herausforderung.

Ich stelle meinen uralten verbeulten VW Käfer auf dem kleinen Parkplatz vor dem Haus ab, der ansonsten leer ist. Dann rücke ich meine schwarze Fünfziger-Jahre-Brille zurecht, zupfe an meinem dicken Krawattenknoten – ein Sakko trage ich nicht – und steige aus. Unter dem Wellblechdach der Veranda am Eingang sitzt ein halbes Dutzend meiner neuen Freunde in großen Schaukelstühlen aus Korbgeflecht und starrt ins Leere. Ich grüße lächelnd und nicke ihnen zu, aber nur einige wenige sind in der Lage, darauf zu reagieren. Drinnen schlägt mir der schwere, faulige Desinfektionsmittelgeruch entgegen, der in jedem dieser Heime durch Gänge und Wände wabert. Ich melde mich am Empfang bei einer stämmigen jungen Frau in einer nachgemachten Schwesternuniform, die hinter der Theke so mit Papierkram beschäftigt ist, dass sie mich kaum zur Kenntnis nimmt.

»Ich habe um zehn einen Termin bei Mrs. Wilma Drell«, sage ich unterwürfig.

Sie mustert mich missbilligend und spart sich das Lächeln. »Ihr Name?«

Dem billigen Plastikschild über ihrer ausladenden linken Brust entnehme ich, dass sie selbst Trudy heißt, und Trudy ist gefährlich dicht dran, der erste Name auf meiner brandneuen schwarzen Liste zu werden.

»Gilbert Griffin«, erwidere ich höflich. »Zehn Uhr.«

»Nehmen Sie Platz.« Sie deutet mit dem Kopf auf eine Reihe Plastikstühle in der offenen Eingangshalle.

»Danke«, antworte ich und setze mich wie ein nervöser Zehnjähriger auf einen Stuhl. Ich starre auf meine Füße, die in alten weißen Turnschuhe und schwarzen Socken stecken. Meine Hose ist aus Polyester. Mein Gürtel ist zu lang für meine Taille. Kurz gesagt, ich bin bescheiden, kann mich nicht durchsetzen, stehe ganz am Ende der Nahrungskette.

Trudy wendet sich wieder der Sortierung ihrer Papierstapel zu. Von Zeit zu Zeit klingelt das Telefon, und mit den Anrufern geht sie einigermaßen höflich um. Zehn Minuten, nachdem ich – zur verabredeten Zeit – eingetroffen bin, rauscht Mrs. Wilma Drell aus dem Gang in die Lobby und stellt sich vor. Sie trägt ebenfalls eine weiße Uniform, sogar mit weißen Strümpfen und weißen Schuhen mit dicker Sohle, die es nicht leicht haben, weil Wilma noch schwergewichtiger ist als Trudy.

Ich stehe auf und sage etwas verschreckt: »Gilbert Griffin.«

»Wilma Drell.« Wir schütteln uns die Hand, weil uns nichts anderes übrigbleibt, dann macht sie auf dem Absatz kehrt und marschiert in die entgegengesetzte Richtung, wobei die dicken weißen Strümpfe gegeneinander-

267

reiben und ein Geräusch erzeugen, das noch aus einiger Entfernung zu hören ist. Ich laufe ihr nach wie ein verängstigter Welpe, und als wir um die Ecke biegen, sehe ich aus dem Augenwinkel, wie Trudy mir einen Blick abgrundtiefer Verachtung nachwirft. In diesem Augenblick landet sie ganz oben auf meiner Liste.

Ich bin davon überzeugt, dass Wilma Drell Nummer zwei werden wird, mit guten Chancen auf den ersten Platz.

Wir quetschen uns in ein kleines Büro mit behördengrau gestrichenen Wänden aus Betonformsteinen, einem billigen Metallschreibtisch und einem Sideboard, das von Automatenfotos ihrer stämmigen Kinder und ihres hageren Gatten geschmückt wird. Sie lässt sich hinter dem Schreibtisch auf einem drehbaren Chefsessel nieder, als wäre sie die Geschäftsführerin dieses aufstrebenden, blühenden Unternehmens. Ich sinke auf einen wackligen Stuhl, der mindestens dreißig Zentimeter niedriger ist als der Drehsessel. Ich sehe zu ihr auf. Sie blickt auf mich herab.

»Sie haben sich um eine Stelle beworben«, sagt sie und greift nach der Bewerbung, die ich ihr vergangene Woche geschickt habe.

»Ja.« Warum sollte ich sonst hier sein?

»Als Pfleger. Wie ich sehe, haben Sie Erfahrung mit Altersheimen.«

»Ja, das stimmt.« In meiner Bewerbung habe ich drei andere Einrichtungen aufgeführt. Von allen dreien habe ich mich einvernehmlich getrennt. Es gibt allerdings ein Dutzend andere, die ich niemals erwähnen würde. Falls sie meine Referenzen nachprüft, wird alles wie geschmiert laufen. Normalerweise wird jedoch nur ein halbherziger Versuch mit ein paar Telefonaten unternommen. Pflegeheime haben kein Problem damit, Diebe, Kinderschänder oder sogar Leute mit meiner schwierigen Vergangenheit einzustellen.

»Wir brauchen einen Pfleger für die Nachtschicht, von einundzwanzig Uhr bis sieben Uhr morgens, vier Tage pro Woche. Sie müssten die Gänge überwachen, sich um die Patienten kümmern und allgemeine Pflegeaufgaben übernehmen.«

»Das ist mein Job«, erwidere ich. Und die Patienten zur Toilette bringen, hinter ihnen aufwischen, wenn etwas danebengegangen ist, sie baden, umziehen, ihnen vorlesen, ihre Lebensgeschichte anhören, für sie Briefe schreiben und Geburtstagskarten kaufen, mich mit ihren Familien herumschlagen, Streitigkeiten schlichten, Bettpfannen unterschieben und ausleeren. Ich kenne die Routine.

»Arbeiten Sie gern mit Menschen?«, fragt sie, dieselbe dumme Frage, die immer gestellt wird. Als wären alle Menschen gleich. Die Patienten sind normalerweise entzückend. Auf meiner schwarzen Liste landen vor allem die Kollegen.

»O ja«, sage ich.

»Sie sind …«

»Vierunddreißig.« Kann die Frau nicht rechnen? Unter Punkt drei der Bewerbung wird das Geburtsdatum abgefragt.

Was will ein Vierunddreißigjähriger mit diesem miesen Job?, meint sie eigentlich. Aber das trauen sich diese Leute nie zu fragen.

»Wir zahlen sechs Dollar die Stunde.«

Das stand in der Anzeige. Sie sagt es, als wäre es ein Geschenk. Der aktuelle Mindestlohn beträgt 5,15 Dollar. Quiet Haven gehört einer Firma mit dem nichtssagenden Namen »HVQH Group«, die ihren Sitz in Florida hat und für ihr zwielichtiges Geschäftsgebaren bekannt ist. HVQH betreibt etwa dreißig Altersheime in einem Dutzend Bundesstaaten und hat eine schillernde Vergangenheit: Missbrauch von Pflegepatienten, Gerichtsverfahren, miserable Betreuung, Diskriminierung der Mitarbeiter und Steuerunregelmäßigkeiten. Diese Widrigkeiten haben den Konzern jedoch nicht daran gehindert, sich eine goldene Nase zu verdienen.

»Das geht in Ordnung«, sage ich. So schlecht ist es gar nicht. Firmen, die solche Ketten betreiben, lassen ihre Bettpfannenträger meist mit dem Mindestlohn anfangen. Außerdem bin ich nicht des Geldes wegen hier, zumindest nicht wegen des bescheidenen Lohns, den mir HVQH anbietet.

Sie liest immer noch die Bewerbung. »Sie haben einen Highschool-Abschluss. Auf dem College waren Sie nicht?«

»Hatte keine Gelegenheit dazu.«

»Schade.« Sie schnalzt mit der Zunge und schüttelt bedauernd den Kopf. »Ich habe an einem Community College studiert«, verkündet sie dann und sichert sich mit ihrer Selbstgefälligkeit endgültig Platz zwei auf meiner Liste. Dabei wird es nicht bleiben.

Meinen College-Abschluss hatte ich nach drei Jahren in der Tasche, aber das behalte ich grundsätzlich für mich. Von mir wird erwartet, dass ich etwas beschränkt

270

bin, warum also die Dinge unnötig komplizieren? Für das Aufbaustudium habe ich übrigens zwei Jahre gebraucht.

»Keine Vorstrafen«, stellt sie mit gespielter Bewunderung fest.

»Noch nicht einmal wegen überhöhter Geschwindigkeit«, behaupte ich. Wenn die wüsste ... Ich bin zwar nie verurteilt worden, jedoch viel zu oft nur um Haaresbreite davongekommen.

»Keine Gerichtsverfahren, keine Insolvenz«, meint sie nachdenklich. Das hat sie schwarz auf weiß vor sich.

»Ich bin noch nie verklagt worden«, sage ich, was sprachlich völlig richtig ist. Ich war an einer ganzen Reihe von Verfahren beteiligt, allerdings nie als Partei.

»Wie lange leben Sie schon in Clanton?«, fragt sie, um das Vorstellungsgespräch in die Länge zu ziehen, das noch keine sieben Minuten gedauert hat. Dabei wissen wir beide, dass ich den Job bekommen werde, weil die Anzeige schon seit zwei Monaten geschaltet wird.

»Seit ein paar Wochen. Vorher war ich in Tupelo.«

»Und was führt Sie nach Clanton?« Das ist der Charme des Südens. Die Leute haben selten Skrupel, persönliche Fragen zu stellen. Die Antwort interessiert Mrs. Wilma Drell im Grunde nicht, sie ist nur neugierig und will wissen, warum jemand wie ich in eine andere Stadt zieht, um sich einen Job für sechs Dollar die Stunde zu suchen.

»Eine unglückliche Liebe in Tupelo«, lüge ich. »Ich brauchte einen Ortswechsel.« Das mit der unglücklichen Liebe funktioniert immer.

271

»Tut mir leid«, sagt sie, was natürlich gelogen ist. Sie lässt meine Bewerbung auf den Schreibtisch fallen. »Wann können Sie anfangen, Mr. Griffin?«

»Nennen Sie mich Gill«, erwidere ich. »Wann brauchen Sie mich?«

»Wie wäre es mit morgen?«

»Geht in Ordnung.«

Normalerweise werde ich sofort benötigt, daher überrascht es mich nicht, dass ich gleich anfangen soll. In den nächsten dreißig Minuten erledige ich gemeinsam mit Trudy den Papierkram. Sie setzt bei dieser Routinearbeit eine wichtige Miene auf, um mich spüren zu lassen, dass sie im Rang weit über mir steht. Als ich losfahre, werfe ich einen flüchtigen Blick auf die trostlosen Fenster von Quiet Haven und frage mich wie immer, wie lange ich dort arbeiten werde. Mein Durchschnitt liegt bei etwa vier Monaten.

Mein einstweiliges Zuhause ist eine Zwei-Zimmer-Wohnung in einem heruntergekommenen Mietshaus, einer früheren Billigpension, die nur einen Häuserblock vom Stadtzentrum von Clanton entfernt liegt. Laut Anzeige sollte die Unterkunft möbliert sein, allerdings bestand diese Einrichtung bei meiner ersten Inspektion aus einem ausgemusterten Militärfeldbett im Schlafzimmer, einem rosa PVC-Sofa im Wohnzimmer und einer in dessen Nähe platzierten Esszimmergarnitur mit einem runden Tisch von der Größe einer Familienpizza. Außerdem gab es einen kleinen Ofen, der nicht funktionierte, und einen uralten Kühlschrank, der es kaum noch tat. Für diese Annehmlichkeiten verpflichtete ich mich, zwanzig

Dollar pro Woche an Miss Ruby, die Eigentümerin, zu zahlen.

Auch egal. Es hätte schlimmer kommen können, wenn auch nicht viel.

»Keine Partys«, meinte Miss Ruby lächelnd, als wir den Handel mit einem Handschlag besiegelten. Mit Partys schien sie sich auszukennen. Ihr Alter schätzte ich auf irgendwas zwischen fünfzig und achtzig. Ihr Gesicht ist weniger von den Jahren gezeichnet als von einem ausschweifenden Lebenswandel und erstaunlichem Zigarettenkonsum, aber sie gibt nicht kampflos auf und wirft dicke Schichten Make-up, Rouge, Wimperntusche, Eyeliner, Lippenstift und eine tägliche Dusche Parfüm in die Bresche, die mich in Verbindung mit dem Zigarettenqualm an den Geruch getrockneten, abgestandenen Urins erinnerte, der in Pflegeheimen weit verbreitet ist.

Vom Bourbon ganz zu schweigen. Sekunden nach dem Handschlag bot mir Miss Ruby »eine kleine Stärkung« an. Da standen wir im Wohnzimmer ihrer Erdgeschosswohnung, und bevor ich antworten konnte, hatte sie schon Kurs auf die Hausbar genommen. Sie goss ein paar Fingerbreit Jim Beam in zwei Trinkgläser, füllte mit Soda auf, und wir stießen an.

»Ein Highball zum Frühstück ist die beste Art, den Tag zu beginnen«, befand sie und gönnte sich einen Schluck. Es war neun Uhr morgens.

Sie zündete sich eine Marlboro an, und wir verlegten unseren Standort auf die Veranda vor dem Haus. Miss Ruby lebte allein, und mir wurde schnell klar, wie einsam sie war. Sie brauchte einfach jemanden zum Reden. Ich trinke selten Alkohol, nie Bourbon, und nach ein paar

Schlucken war meine Zunge taub. Falls der Whiskey irgendeine Wirkung auf Miss Ruby hatte, war nichts davon zu merken, denn sie redete wie ein Buch über Bürger von Clanton, denen ich nie begegnen würde. Nach einer halben Stunde ließ sie die Eiswürfel in ihrem Glas klirren und erkundigte sich, ob ich noch einen Jimmy wollte. Ich lehnte dankend ab und ging bald darauf.

Die Einführung übernimmt Schwester Nancy, eine nette alte Frau, die seit dreißig Jahren dabei ist. Mit mir im Schlepptau geht sie im Nordflügel von Tür zu Tür und bleibt in jedem Zimmer stehen, damit wir die Bewohner begrüßen können. Meist sind es zwei. Ich kenne alle diese Gesichter von früher: die strahlenden, die sich freuen, jemand Neues kennenzulernen, die traurigen, denen alles egal ist, die verbitterten, die sich mühsam durch einen einsamen Tag nach dem anderen kämpfen, die ausdruckslosen, die sich bereits aus dieser Welt verabschiedet haben. Im Südflügel sieht es genauso aus. Nur der rückwärtige Flügel ist anders. Er wird von einer Metalltür gesichert, die Schwester Nancy mit einem vierstelligen Code öffnet, den sie an der Wand eingibt.

»Hier sind die schwierigeren Fälle«, sagt sie leise. »Ein paar Alzheimer-Patienten, ein paar Verrückte. Wirklich traurig.«

Es gibt zehn Zimmer mit jeweils einem Bewohner. Meine Vorstellung bei den zehn Insassen verläuft ohne Zwischenfall. Ich folge Schwester Nancy in die Küche, die winzige Apotheke, die Cafeteria, den Ort der Mahlzeiten und geselligen Zusammenkünfte. Alles in allem ist Quiet Haven ein typisches Pflegeheim, einigermaßen sauber und effizient. Die Patienten sehen so zufrieden aus, wie man das erwarten kann.

Später werde ich mir den Terminkalender des Gerichts daraufhin ansehen, ob das Heim schon einmal wegen Misshandlung oder Vernachlässigung verklagt worden ist. Bei der Behörde in Jackson werde ich nachfragen, ob Strafanzeige gestellt wurde und Ladungen erfolgt sind. Ich habe einiges zu überprüfen, die übliche Routine.

Vorn am Empfang erklärt mir Schwester Nancy gerade die Besuchsregelung, als ich von einer Hupe aufgeschreckt werde.

»Vorsicht«, warnt sie und tritt einen Schritt näher an die Theke heran. Aus dem Nordflügel nähert sich mit beeindruckender Geschwindigkeit ein Rollstuhl. Darin sitzt ein alter Mann, noch im Schlafanzug, der uns mit einer Hand zur Seite scheucht und mit der anderen eine Fahrradhupe betätigt, die direkt über dem rechten Rad montiert ist. Er wird von einem Irren in schmutzigen weißen Socken ohne Schuhe geschoben, der nicht älter als sechzig wirkt und dessen enormer Bauch unter seinem T-Shirt heraushängt.

»Langsam, Walter!«, brüllt Schwester Nancy, als die beiden vorbeirasen, ohne uns zu beachten. Sie verschwinden im Südflügel, wo sich die anderen Patienten eilig in ihren Zimmern in Sicherheit bringen.

»Walter liebt seinen Rollstuhl«, erklärt sie mir.

»Wer schiebt ihn?«

»Donny Ray. Die beiden fahren jeden Tag bestimmt fünfzehn Kilometer weit durch die Gänge. Letzte Woche hatten sie einen Zusammenstoß mit Pearl Dunavant und hätten ihr fast das Bein gebrochen. Walter behauptet, er hat vergessen zu hupen. Wir schlagen uns immer noch mit ihrer Familie herum. Eine hässliche Sache, aber Mrs. Dunavant genießt die Aufmerksamkeit in vollen Zügen.«

Die Hupe ertönt erneut, und ich sehe, wie die beiden am hinteren Ende des Südflügels kehrtmachen und wieder auf uns Kurs nehmen. Sie donnern vorbei. Walter, der sich offenbar bestens amüsiert, wird fünfundachtzig sein, vielleicht ein Jahr jünger oder älter. Dank meiner Erfahrung liege ich mit meiner Schätzung selten mehr als drei Jahre daneben, auch wenn ich mich bei Miss Ruby geschlagen geben muss. Er hat den Kopf gesenkt und die Augen zusammengekniffen, als wäre er mit hundertfünfzig unterwegs. Donny Rays Blick ist genauso irr, der Schweiß tropft ihm von den Brauen und sammelt sich unter seinen Armen. Keiner der beiden beachtet uns, als sie vorbeirasen.

»Können Sie sie nicht zur Räson bringen?«, frage ich.

»Das haben wir versucht, aber Walters Enkel ist Anwalt und hat Krach geschlagen. Er hat damit gedroht, uns zu verklagen. Donny Ray hat Walter einmal umgekippt, keine ernsthaften Verletzungen, aber vielleicht eine leichte Gehirnerschütterung. Wir haben uns gehütet, die Familie zu informieren. Falls er weitere Hirnschäden erlitten hat, fällt es zumindest nicht auf.«

Wir beenden unseren Rundgang Schlag siebzehn Uhr, als Schwester Nancy Feierabend hat. Meine Schicht beginnt in vier Stunden, und ich weiß nicht, wo ich hinsoll. Meine Wohnung kommt nicht infrage, weil sich Miss Ruby bereits angewöhnt hat, nach mir Ausschau zu halten, und wenn sie mich erwischt, muss ich mit ihr auf der Veranda vor dem Haus einen kleinen Jimmy trinken. Egal, wie spät es ist, ein Drink geht bei ihr immer. Und ich kann Bourbon wirklich nicht ausstehen. Also bleibe ich. Ich ziehe meine weiße Pflegerjacke an und unterhalte mich mit den Leuten. Ich begrüße Mrs. Wilma Drell, die sehr mit der Leitung der Einrichtung beschäftigt ist. Ich schlendere zur Küche und stelle mich den beiden schwarzen Damen vor, die den elenden Fraß kochen. Die Küche ist nicht so sauber, wie sie sein sollte, und ich fange an, mir im Geiste Notizen zu machen. Um achtzehn Uhr trudeln allmählich die Essensgäste ein. Manche können ohne Hilfe gehen, und diese stolzen glücklichen Seelen geben sich alle Mühe, die übrigen Senioren daran zu erinnern, wie viel gesünder sie sind. Sie kommen früh, begrüßen ihre Freunde, helfen den Rollstuhlfahrern, ihren Platz zu finden, und eilen, so schnell es ihnen möglich ist, von einem Tisch zum anderen. Manche, die sonst Krücken und Rollator nutzen, lassen ihre Gehhilfen vor der Tür der Cafeteria stehen, damit ihre Mitpatienten sie nicht sehen. Denen helfen die Pfleger zu ihren Tischen. Ich mache mit, biete meine Hilfe an und stelle mich dabei vor.

Quiet Haven hat gegenwärtig zweiundfünfzig Bewohner. Ich zähle achtunddreißig, die sich zum Abendessen versammelt haben, als Bruder Don aufsteht, um den Segen zu sprechen. Plötzlich sind alle still. Er ist Prediger im Ruhestand, erfahre ich, und besteht darauf, vor jeder Mahlzeit ein Gebet zu sprechen. Bruder Don ist an die neunzig, aber seine Stimme ist immer noch klar und erstaunlich kräftig. Er spricht sehr lange, und bevor er zum Ende kommt, fangen ein paar der anderen an, mit Messer und Gabel zu klappern. Das Essen wird auf Plastiktabletts serviert, wie ich sie aus der Grundschule kenne. Heute Abend gibt es gebackene Hähnchenbrust – ohne Knochen – mit grünen Bohnen, Kartoffelpüree aus der Packung und – wie könnte es anders sein – Götterspeise. Heute Abend ist sie rot. Morgen wird sie gelb oder grün sein. Das ist in jedem Pflegeheim so. Ich weiß nicht, warum. Manchmal denke ich, selbst wenn wir unser ganzes Leben lang einen Bogen um Götterspeise machen, gibt es am Ende doch kein Entrinnen. Endlich verstummt Bruder Don und setzt sich, und das Festmahl beginnt.

Denjenigen, die zu gebrechlich für den Speisesaal sind, und den Unberechenbaren im rückwärtigen Flügel wird das Essen aufs Zimmer gebracht. Ich melde mich freiwillig zu diesem Dienst. Einige der Patienten haben nicht mehr lange auf dieser Welt.

Für die abendliche Unterhaltung sorgt diesmal eine Sippe Pfadfinderwölflinge, die Punkt neunzehn Uhr antreten und selbst dekorierte braune Tüten mit Keksen, Brownies und Ähnlichem verteilen. Dann versammeln sie sich am Klavier und geben »God Bless America« und ein paar Lagerfeuerlieder zum Besten. Achtjährige Jungen singen nicht freiwillig, und die Melodie wird von den Sippenmüttern gehalten. Um 19.30 Uhr ist die Vorstellung zu Ende, und die Bewohner schlendern allmählich wieder in ihre Zimmer zurück. Ich schiebe einen Rollstuhlfahrer und helfe dann beim Aufräumen. Die Stunden ziehen sich in die Länge. Ich bin dem Südflügel zugeteilt: elf Zimmer mit je zwei Personen, ein Einzelzimmer.

Um einundzwanzig Uhr ist Medikamentenausgabe, einer der Höhepunkte des Tages, zumindest für die Bewohner. Wer von uns hat sich nicht schon über seine Großeltern und ihr lebhaftes Interesse an ihren Leiden, Behandlungsmethoden, Prognosen und Medikamenten amüsiert, die jedem, der bereit war zuzuhören, in allen Einzelheiten geschildert wurden? Diese merkwürdige Liebe zum Detail nimmt mit dem Alter noch zu, worüber gern heimlich gekichert wird, was die Alten sowieso nicht mitbekommen. In Pflegeheimen ist es noch schlimmer, weil die Patienten von ihren Familien abgeschoben worden sind und kein Publikum mehr haben. Daher packen sie jede Gelegenheit beim Schopf, sich über ihre Gebrechen auszulassen, sobald jemand vom Personal in Hörweite kommt. Und wenn dieser Jemand auch noch ein Pillentablett dabeihat, ist die Erregung geradezu greifbar. Einige täuschen Misstrauen, Ablehnung und Angst vor, aber auch die schlucken bald die Medikamente und spülen sie mit Wasser herunter. Jeder bekommt dieselbe kleine Schlaftablette, eine, die ich selbst gelegentlich genommen habe, ohne dass sich die geringste Wirkung gezeigt hätte. Die meisten Medikamente sind echt, aber bei diesem nächtlichen Ritual werden auch eine Menge Placebos konsumiert.

Nach der Pillenausgabe wird es ruhig, und die Bewohner richten sich für die Nacht im Bett ein. Um zweiundzwanzig Uhr wird das Licht ausgeschaltet. Wie erwartet habe ich den Südflügel ganz für mich allein. Im Nordflügel gibt es eine weitere Pflegekraft, und zwei Pfleger kümmern sich um die »Bedauernswerten« im rückwärtigen Flügel. Weit nach Mitternacht, als alles, einschließlich des übrigen Pflegepersonals, schläft und ich allein bin, beginne ich, am Empfang herumzuschnüffeln und mir Berichte, Protokolle und was ich sonst noch so finde, zu Gemüte zu führen. Wie immer in diesen Heimen sind die Sicherheitsvorkehrungen ein Witz. Das Computersystem ist erwartungsgemäß Standard, und es wird nicht lange dauern, bis ich es geknackt habe. Ich habe im Dienst immer eine kleine Kamera in der Tasche, mit der ich Dinge wie verdreckte Sanitärräume, nicht abgesperrte Apotheken, schmutzige Bettwäsche, frisierte Krankenakten, abgelaufene Lebensmittel, vernachlässigte Patienten und so weiter dokumentiere. Die Liste ist lang und trostlos, und ich bin immer auf der Suche.

Das Gerichtsgebäude von Ford County steht auf einem prächtigen gepflegten Rasen im Stadtzentrum von Clanton inmitten von Brunnen, alten Eichen, Parkbänken, Kriegerdenkmälern und Pavillons. Während ich neben einem davon stehe, kann ich die Parade zum 4. Juli und die Wahlkampfreden geradezu hören. Auf einem Granitsockel blickt ein einsamer Soldat der Konföderierten mit dem Gewehr in der Hand nach Norden und hält Ausschau nach dem Feind, zur Erinnerung an eine ruhmreiche, verlorene Sache.

Im Gericht finde ich das Grundbuch bei der Geschäftsstelle des Chancery Court, wie bei den Gerichten aller Countys dieses Bundesstaates. Bei dieser Art von Recherche trage ich immer einen marineblauen Blazer mit Krawatte, eine adrette Baumwollhose und elegante Schuhe, mit denen ich problemlos als auswärtiger Anwalt durchgehe, der Eigentumsverhältnisse überprüft. Von diesen Juristen gibt es viele, sie kommen und gehen. Eintragen muss ich mich nirgends. Ich sage nichts, es sei denn, jemand richtet das Wort an mich. Da die Unterlagen öffentlich zugänglich sind, wird der Publikumsverkehr nur mangelhaft von Sachbearbeitern überwacht, die zu desinteressiert sind, um irgendetwas zu merken. Bei meinem ersten Besuch will ich mich nur mit dem Register, dem System vertraut machen, damit ich später alles finde. Urkunden, Übertragungen von Grundstücksrechten, Grundpfandrechte, gerichtlich bestätigte Testamente, alle Arten von Einträgen, mit denen ich mich in naher Zukunft eingehender befassen muss. Das Verzeichnis der Steuerzahler wird ein paar Türen weiter im Büro des Steuerveranlagungsbeamten aufbewahrt. Für die anhängigen Verfahren ist die Geschäftsstelle des Circuit Court im Erdgeschoss zuständig. Nach ein paar Stunden kenne ich mich aus, ohne mit irgendwem gesprochen zu haben. Ich bin nur einer von vielen auswärtigen Anwälten, die ihrem Alltagsgeschäft nachgehen.

Wenn ich in ein neues Heim komme, suche ich mir zunächst einmal eine Person, die schon seit Jahren dabei ist und mich bereitwillig über den Klatsch informiert. Diese Person arbeitet normalerweise in der Küche, ist häufig schwarz, oft eine Frau, und wenn hier tatsächlich eine Schwarze kocht, weiß ich, wie ich mir meine Quelle erschließe. Schmeichelei ist Zeitverschwendung, weil diese Frauen eine Nase dafür haben, wenn sie jemand hinters Licht führen will. Das Essen zu loben, bringt nichts – sie wissen selbst, was für ein furchtbarer Fraß das ist. Dafür können sie nichts. Sie bekommen die Zutaten hinge-knallt und Anweisungen, wie sie zuzubereiten sind. Am Anfang komme ich einfach jeden Tag vorbei, begrüße sie, erkundige mich nach ihrem Befinden und so weiter. Dass sich ein Kollege, ein Weißer, in freundschaftlicher Absicht auf ihr Terrain wagt, ist eine Seltenheit. Nach einer dreitägigen Charmeoffensive flirtet Rozelle, sechzig, mit mir, und ich flirte zurück. Ich erzähle ihr, dass ich allein lebe, nicht kochen kann und ein paar zusätzliche Kalorien gut gebrauchen könnte. Es dauert nicht lange, dann brät Rozelle mir Rühreier, wenn sie morgens um sieben anfängt, und wir trinken unseren Morgenkaffee gemeinsam. Ich stemple um sieben Uhr aus, bleibe aber normalerweise eine Stunde länger. Um Miss Ruby zu entkommen, erscheine ich bereits Stunden vor dem Stempeln zur Arbeit und melde mich für so viele Überstunden wie möglich. Als Neuer habe ich die Friedhofsschicht zugeteilt bekommen – von einundzwanzig bis sieben Uhr, Freitag bis Montag –, aber das macht mir nichts aus.

Rozelle und ich sind uns darüber einig, dass unsere Chefin, Mrs. Wilma Drell, eine dämliche, faule Schlampe ist, die rausgeworfen gehört, aber wohl bleiben wird, weil es höchst unwahrscheinlich ist, dass jemand Besseres den Job haben will. Rozelle hat so viele Chefs erlebt, dass sie sich nicht an alle erinnern kann. Schwester Nancy findet Gnade vor unseren Augen. Trudy vom Empfang nicht. Noch vor dem Ende meiner ersten Woche haben Rozelle und ich alle anderen Mitarbeiter beurteilt.

Richtig spannend wird es, als wir zu den Patienten kommen.

»Rozelle, bei der Medikamentenausgabe am Abend kriegt Lyle Spurlock immer Würfelzucker mit einer Dosis Salpeter von mir. Weißt du, weshalb?«

»Ach du lieber Himmel!«, sagt sie mit einem Grinsen, das ihre riesigen Zähne zeigt. Sie hebt theatralisch die Hände zum Himmel. Dabei rollt sie mit den Augen, um anzudeuten, dass ich in ein Wespennest gestochen habe. »Für einen weißen Jungen bist du ganz schön neugierig.« Aber sie hat angebissen, und ich weiß, dass sie darauf brennt, mit den pikanten Details herauszurücken.

»Ich wusste gar nicht, dass Salpeter überhaupt noch verwendet wird«, meine ich.

Sie öffnet bedächtig eine Großpackung tiefgefrorene Waffeln. »Weißt du, Gill, der Kerl war hinter jeder Frau her, die je dieses Heim betreten hat. Und immer wieder mit Erfolg. Vor ein paar Jahren ist er mit einer Krankenschwester erwischt worden.«

»Spurlock?«

»Junge, der alte Schmutzfink hat nur eins im Kopf. Der kann seine Hände nicht bei sich behalten, da kann die Frau noch so alt sein. Krankenschwestern, Patientinnen, Pflegerinnen, Damen von der Kirche, die zum Weihnachtsliedersingen hier waren. Früher wurde er zu den Besuchszeiten eingesperrt, damit er sich nicht auf die Mädchen der Familien stürzte. Einmal war er hier und wollte sich umsehen. Da habe ich mir ein Metzgermesser geschnappt und ihm damit gedroht. Seitdem hat es keine Probleme mehr gegeben.«

»Der Mann ist vierundachtzig!«

»So fit wie früher ist er auch nicht mehr. Diabetes. Ein Fuß amputiert. Aber die Hände hat er noch, und

283

damit betatscht er jede Frau, die in seine Reichweite kommt. Mich natürlich nicht mehr, und die Krankenschwestern halten Abstand.«

Die Vorstellung, wie der alte Spurlock es mit einer Schwester trieb, war einfach zu schön, als dass ich sie hätte ignorieren können. »Er ist wirklich mit einer Schwester erwischt worden?«

»Allerdings. Die war auch nicht mehr taufrisch, aber immerhin noch dreißig Jahre jünger als er.«

»Wer hat sie gefunden?«

»Kennst du Andy?«

»Klar doch.«

Sie wirft einen Blick über die Schulter, bevor sie mir von dem legendären Vorfall erzählt. »Also, Andy ist jetzt im hinteren Flügel, aber damals war er im Nordflügel, und du kennst doch den Abstellraum ganz am Ende des Nordflügels.«

»Natürlich.« Tue ich nicht, aber ich will die Geschichte zu Ende hören.

»Da stand früher ein Bett, und Spurlock und die Schwester waren nicht die Ersten, die es benutzt haben.«

»Kaum zu glauben.«

»Allerdings. Du kannst dir nicht vorstellen, was für Techtelmechtel hier gelaufen sind, vor allem als Lyle Spurlock noch in Form war.«

»Und Andy hat sie im Abstellraum erwischt?«

»Genau. Die Schwester ist geflogen. Spurlock sollte verlegt werden, aber die Familie hat sich eingeschaltet und ihnen das ausgeredet. Üble Geschichte.«

»Und dann haben sie angefangen, ihm Salpeter zu geben?«

284

»Hätten sie schon viel eher machen sollen.« Sie breitet die Waffeln auf einem Backblech aus, um sie in den Ofen zu schieben. Schuldbewusst sieht sie sich noch einmal um, aber niemand beachtet uns. Delores, die andere Köchin, kämpft mit der Kaffeemaschine und ist zu weit weg, um uns zu hören.

»Kennst du Luke Malone von Zimmer vierzehn?«

»Klar, das ist ja in meinem Flügel.« Mr. Malone ist neunundachtzig, bettlägerig, praktisch blind und taub und starrt jeden Tag stundenlang auf einen kleinen Fernseher, der von der Decke hängt.

»Er und seine Frau waren ewig in Zimmer vierzehn. Sie ist letztes Jahr gestorben, Krebs. Aber vor vielleicht zehn Jahren lief was zwischen Mrs. Malone und dem alten Spurlock.«

»Eine Affäre?«

Rozelle ist bereit, alles zu erzählen, braucht jedoch immer wieder ein Stichwort.

»Keine Ahnung, wie man so was nennen soll, aber die beiden hatten ihren Spaß. Spurlock hatte damals noch zwei Füße und war flink wie ein Wiesel. Wenn Mr. Malone nach unten zum Bingo gefahren wurde, flitzte Spurlock in Zimmer vierzehn, rammte einen Stuhl unter die Klinke und hopste mit Mrs. Malone ins Bett.«

»Sind die beiden je erwischt worden?«

»Mehrmals, aber nicht von Mr. Malone. Der hätte auch nichts gemerkt, wenn er im Zimmer gewesen wäre. Keiner hat ihm je was erzählt. Der arme Kerl.«

»Das ist ja furchtbar.«

»Das ist Spurlock.«

285

Dann scheucht sie mich weg, weil sie Frühstück machen muss.

Zwei Tage darauf verabreiche ich Lyle Spurlock statt seiner Schlaftablette ein Placebo. Eine Stunde später gehe ich wieder in sein Zimmer, vergewissere mich, dass sein Mitbewohner fest schläft, und gebe ihm zwei *Playboy*-Magazine. Diese Art von Literatur ist in Quiet Haven nicht ausdrücklich verboten, aber Mrs. Wilma Drell und die anderen herrschenden Mächte haben sich eindeutig dem Kampf gegen jedwedes Laster verschrieben. Im Heim gibt es keinen Alkohol. Kartenspiele und Bingo ja, aber kein Glücksspiel. Die paar verbliebenen Raucher müssen vor die Tür gehen. Und der Gedanke an Pornographie ist geradezu unvorstellbar.

»Passen Sie auf, dass die keiner sieht«, flüstere ich Spurlock zu, der nach den Magazinen schnappt wie ein verhungernder Flüchtling nach Essen.

»Danke«, sagt er eifrig.

Ich schalte das Licht an seinem Bett ein, klopfe ihm auf die Schulter und wünsche ihm viel Spaß. *Nur zu, alter Junge.* Lyle Spurlock ist jetzt mein neuester Fan.

Meine Akte über ihn wird dicker. Er ist seit elf Jahren in Quiet Haven. Nach dem Tod seiner dritten Frau fand die Familie offenbar, sie könne sich nicht um ihn kümmern, und steckte ihn ins Altersheim, wo er den Besucherlisten zufolge praktisch vergessen wurde. In den vergangenen sechs Monaten war eine Tochter aus Jackson zweimal da. Sie ist mit einem Bauträger für Einkaufszentren verheiratet, der ziemlich wohlhabend ist. Mr. Spurlock hat einen Sohn in Fort Worth, der Eisenbahnfracht disponiert und seinen Vater nie besucht. Laut Postregister schreibt er noch nicht einmal Briefe oder Karten. Mr. Spurlock hatte viele Jahre seines Lebens einen kleinen Elektrobetrieb in Clanton und besitzt kaum Vermögen. Dagegen hatte seine dritte Frau, die selbst bereits zwei Ehen hinter sich hatte, zweihundertsechzig Hektar Land in Tennessee geerbt, als ihr Vater im Alter von achtundneunzig Jahren das Zeitliche segnete. Ihr Testament wurde vor zehn Jahren in Polk County gerichtlich bestätigt, und als ihr Nachlass abgewickelt wurde, ging das Land an Mr. Lyle Spurlock. Es besteht eine reelle Chance, dass seine beiden Sprösslinge nichts davon wissen.

Es kostet stundenlange, mühevolle Recherche im Grundbuch, um diese Schätze zu entdecken. Oft bleibt meine Suche ergebnislos, aber wenn ich auf solch ein Geheimnis stoße, wird es spannend.

Heute Abend habe ich frei, und Miss Ruby besteht darauf, dass wir einen Cheeseburger essen gehen. Sie fährt einen endlos langen, knallroten Cadillac Baujahr 1972, in dem bequem acht Fahrgäste Platz finden. Während ich sie chauffiere, redet und gestikuliert sie und schlürft ihren Jimmy, wobei sie eine Hand mit einer Marlboro aus dem Fenster baumeln lässt. Im Vergleich zu meinem VW Käfer komme ich mir im Cadillac vor wie in einem Bus. Der Wagen passt kaum in den Parkplatz am Sonic Drive-In, einer zeitgenössischen Version des alten Klassikers, die für deutlich kleinere Fahrzeuge gedacht ist. Aber ich quetsche mich rein, und wir bestellen Burger, Pommes und Cola. Sie besteht darauf, dass wir auf der Stelle essen, und ich tue ihr den Gefallen gern.

Bei Jim Beam mit Soda am Nachmittag und Highballs früh am Morgen habe ich bereits erfahren, dass sie keine Kinder hat. Im Laufe der Jahre ist sie von mehreren Ehemännern sitzengelassen worden. Brüder, Schwestern, Cousins oder Cousinen, Nichten oder Neffen hat sie bisher nie erwähnt. Sie ist unglaublich einsam.

Und wie ich von Rozelle aus der Küche weiß, hat Miss Ruby bis vor etwa zwanzig Jahren das letzte noch verbliebene Bordell in Ford County geführt. Rozelle ist entsetzt zu hören, wo ich untergekommen bin. Sie denkt wohl, dort herrscht ein böser Geist.

»Das ist doch kein Ort für einen weißen Jungen«, findet sie. Rozelle geht mindestens viermal pro Woche zur Kirche. »Sieh zu, dass du da wegkommst. Satan sitzt in den Wänden.«

Satan hat jedoch nichts damit zu tun, als drei Stunden nach dem Abendessen – ich bin schon fast eingeschlafen – die Decke wackelt. Jemand strebt mit entschlossenen, regelmäßigen Lauten der baldigen Befriedigung entgegen. Ein klickendes Geräusch lässt mich vermuten, dass dabei ein billiges Bettgestell über den Boden rutscht. Dann folgt der tiefe Seufzer des siegreichen Helden. Stille. Der epische Akt ist vorüber.

Eine Stunde später klickt es wieder, das Bett hüpft erneut über den Boden. Diesmal muss der Hauptdarsteller größer oder grober sein, jedenfalls veranstalten die beiden mehr Lärm. Die Frau, wer auch immer sie sein mag, wird deutlich lauter, und eine beeindruckend lange Zeit höre ich mir mit großer Neugier und wachsender Erregung an, wie die beiden alle Hemmungen über Bord werfen und es treiben, ohne sich darum zu scheren, wer sie hören kann. Als es vorbei ist, brüllen sie geradezu, und ich bin versucht zu applaudieren. Dann kehrt oben Ruhe ein. Bei mir auch. Ich schlafe weiter. Etwa eine Stunde später ist die emsige Dame über mir zum dritten Mal am Werk. Es ist Freitag, und mir fällt erst jetzt auf, dass es mein erster Freitag in der Wohnung ist. Weil ich so viele Überstunden angehäuft habe, hat Mrs. Wilma Drell mir die Nacht frei gegeben. Das passiert mir nicht noch einmal. Ich kann es nicht erwarten, Rozelle zu erzählen, dass Miss Ruby immer noch als Puffmutter aktiv ist und ihre alte Absteige als Haus der Sünde betreibt, in dem sich Satan bester Gesundheit erfreut.

Am späten Samstagvormittag gehe ich in die Stadt und erstehe in einem Coffeeshop am Platz Würstchen im Teigmantel. Die bringe ich Miss Ruby. Sie öffnet die Tür im Bademantel, ihr toupiertes Haar steht in alle Richtungen, ihre Augen sind rot und verschwollen. Bald sitzen wir an ihrem Küchentisch. Sie kocht Kaffee, ein fürchterliches Gebräu einer Marke, die sie sich per Post schicken lässt, und ich lehne mehrfach die Einladung zu einem Jim Beam ab.

»Gestern Nacht war es ganz schön laut«, sage ich.

»Was Sie nicht sagen.« Sie knabbert an einer Teigrolle.

»Wer wohnt in der Wohnung über mir?«

»Die steht leer.«

»Aber nicht letzte Nacht. Da hatte irgendwer Sex, und zwar ziemlich lauten.«

»Ach, das war Tammy. Nur eins von meinen Mädchen.«

»Wie viele Mädchen haben Sie denn?«

»Nicht viele. Früher waren es mehr.«

»Ich habe gehört, hier war früher ein Bordell.«

»O ja«, erwidert sie mit stolzem Lächeln. »Vor fünfzehn, zwanzig Jahren hatte ich ein Dutzend Mädchen, und die ganzen dicken Fische der Stadt waren bei uns Kunden: Politiker, Sheriff, Bankiers und Anwälte. Im dritten Stock wurde Poker gespielt. In den anderen Zimmern waren meine Mädchen beschäftigt. Das waren gute Jahre.« Sie lächelt in Richtung Wand, während ihre Gedanken zurück zu besseren Tagen wandern.

»Wie oft arbeitet Tammy jetzt?«

»Freitags, manchmal auch samstags. Ihr Mann ist Fernfahrer, der ist am Wochenende unterwegs, und sie braucht das Extrageld.«

»Wer sind die Kunden?«

»Sie hat verschiedene. Sie ist sehr umsichtig und wählerisch. Interessiert?«

»Nein. Nur neugierig. Muss ich jeden Freitag und Samstag mit diesem Krach rechnen?«

»Höchstwahrscheinlich.«

»Davon haben Sie mir aber nichts gesagt, als ich die Wohnung gemietet habe.«

»Sie haben ja nicht gefragt. Kommen Sie, Gill, das stört doch nicht. Wenn Sie wollen, lege ich bei Tammy ein gutes Wort für Sie ein. Ist ja nicht weit. Sie könnte sogar zu Ihnen aufs Zimmer kommen.«

»Was verlangt sie?«

»Das ist Verhandlungssache. Ich regle das für Sie.«

»Ich überlege es mir.«

Nach dreißig Tagen werde ich zu einer Leistungsbeurteilung ins Büro von Mrs. Drell gebeten. In Großunternehmen ist das so üblich; die Verfahrensanweisungen füllen ganze Handbücher und Leitfäden, was zumindest den Eindruck einer brillanten Unternehmensführung vermittelt. Bei HVQH muss jeder neue Mitarbeiter nach dreißig, sechzig und neunzig Tagen, danach alle sechs Monate beurteilt werden. Die meisten Pflegeheime haben ähnliche Vorschriften, lassen die tatsächlichen Gespräche aber gern ausfallen.

Wir bringen den üblichen Quatsch hinter uns: wie es mir gefällt, was ich von dem Job halte, wie ich mit den Kollegen auskomme. Bis jetzt habe ich nichts auszusetzen. Sie lobt mich dafür, dass ich so bereitwillig Überstunden mache. Ich muss zugeben, dass sie nicht so übel ist, wie ich zuerst gedacht habe. Dass ich mich irre, kommt vor, wenn auch nicht oft. Sie steht immer noch auf meiner Liste, allerdings nur noch auf Platz drei.

»Die Patienten scheinen Sie zu mögen«, sagt sie.

»Das sind ganz liebe Leute.«

»Warum halten Sie sich so viel in der Küche auf?«

»Ist das gegen die Vorschriften?«

»Nein, nur etwas ungewöhnlich.«

»Wenn es Sie stört, lasse ich es.« Werde ich natürlich nicht, ganz egal, was Mrs. Drell sagt.

»Nicht doch. Wir haben unter Mr. Spurlocks Matratze *Playboy*-Magazine gefunden. Haben Sie eine Ahnung, wo er die herhat?«

»Haben Sie Mr. Spurlock gefragt?«

»Ja, aber aus dem ist nichts herauszubekommen.«

Gut gemacht, Lyle.»Keine Ahnung. Sind solche Magazine verboten?«

»Wir missbilligen diesen Schund. Haben Sie wirklich nichts damit zu tun?«

»Ich würde meinen, wenn Mr. Spurlock, der hier den vollen Preis zahlt, mit vierundachtzig Jahren den *Playboy* lesen will, sollte man ihn lassen. Schadet doch keinem.«

»Sie kennen Mr. Spurlock nicht. Wir versuchen, alles zu vermeiden, was ihn erregt. Ansonsten ist er kaum zu bändigen.«

»Der Mann ist vierundachtzig.«

»Woher wissen Sie, dass er den vollen Preis zahlt?«

»Das hat er mir erzählt.«

Sie blättert eine Seite um, als hätte meine Akte jede Menge Einträge. Nach einem Augenblick schließt sie den Ordner und sagt:»So weit, so gut, Gill. Wir sind sehr zufrieden mit Ihrer Leistung. Das wäre alles.«

Ich marschiere schnurstracks in die Küche und erzähle Rozelle von den jüngsten Ereignissen bei Miss Ruby.

Nach sechs Wochen in Clanton ist meine Recherche abgeschlossen. Ich habe alle öffentlichen Aufzeichnungen durchkämmt und Hunderte alte Ausgaben der *Ford County Times* studiert, die ebenfalls im Gerichtsgebäude aufbewahrt werden. Quiet Haven ist nie verklagt worden. Bei der Behörde in Jackson sind nur zwei kleinere Beschwerden verzeichnet, die beide auf dem Verwaltungsweg geregelt wurden.

Gerade einmal zwei Bewohner von Quiet Haven besitzen Vermögenswerte von Bedeutung. Mr. Jesse Plankmore gehören hundertzwanzig Hektar Kiefernwald in der Nähe von Pidgeon Island, ganz im Nordosten des Ford County. Nur weiß Mr. Plankmore das nicht mehr. Er hat sich schon vor Jahren von dieser Welt verabschiedet und wird es nicht mehr lange machen. Außerdem ist seine Frau vor elf Jahren verstorben, und ihr Testament wurde von einem örtlichen Anwalt bestätigt. Ich habe es zweimal gelesen. Sie hat Mr. Plankmore als Vorerben für sämtliche Vermögenswerte eingesetzt, bei seinem Tod fällt alles an die vier Kinder. Vermutlich hat er ein identisches Testament, dessen Original beim Anwalt im Safe liegt.

Der andere Grundbesitzer ist mein Freund Lyle Spurlock. Mit zweihundertsechzig Hektar unbelastetem Grund in seinem vernachlässigten Portfolio gehört er zu den aussichtsreichsten Kandidaten seit Jahren. Ohne ihn würde ich meinen Abgang vorbereiten.

Meine weiteren Recherchen sind aufschlussreich und bieten Stoff für Klatsch, sind jedoch weniger wertvoll. Miss Ruby ist tatsächlich achtundsechzig und dreimal geschieden, wobei die letzte Scheidung bereits zweiundzwanzig Jahre zurückliegt, hat weder Kinder noch Vorstrafen, und ihr Wohnblock wird vom County mit einem Wert von zweiundfünfzigtausend Dollar veranlagt. Vor zwanzig Jahren, als er noch ein florierendes Puff beherbergte, lag der Schätzwert doppelt so hoch. Einem alten Artikel in der *Ford County Times* entnehme ich, dass vor achtzehn Jahren eine Polizeirazzia stattfand, bei der zwei ihrer Mädchen und zwei Kunden verhaftet wurden, von denen einer ein Abgeordneter des Parlaments von Mississippi aus einem anderen County war. Weitere Artikel folgten. Der Abgeordnete trat in Unehren zurück und beging Selbstmord. Konservative Moralapostel schlugen Krach, und Miss Ruby war praktisch aus dem Geschäft.

Als einziger anderer Vermögenswert ist beim County der 1972er-Cadillac verzeichnet. Letztes Jahr hat sie dafür neunundzwanzig Dollar Kraftfahrzeugsteuer bezahlt.

Den Cadillac habe ich auch im Sinn, als ich mich um acht Uhr morgens bei meiner Rückkehr von der Arbeit von ihr erwischen lasse.

»Morgen, Gill«, pfeift sie aus ihren teergeschwärzten Lungen. »Wie wär's mit einem Jimmy?«

Sie sitzt auf der schmalen Veranda vor dem Haus und trägt ein grauenhaftes Sammelsurium, bestehend aus rosa Schlafanzug, fliederfarbenem Bademantel, roten Gummibadeschuhen und einem breitkrempigen schwarzen Hut, der mehr Regen abhält als ein Schirm. Mit anderen Worten, eins ihrer üblichen Outfits.

Ich werfe einen Blick auf die Uhr, lächle und sage: »Klar.«

Sie verschwindet im Haus und taucht umgehend mit zwei großen Wassergläsern mit Jim Beam und Soda wieder auf. Zwischen ihren klebrigen roten Lippen steckt eine Marlboro, die beim Sprechen munter auf und ab hüpft. »Alles in Ordnung im Pflegeheim, Gill?«

»Das Übliche. Haben Sie gut geschlafen?«

»Ich war die ganze Nacht wach.«

»Tut mir leid, das zu hören.« Sie ist die ganze Nacht wach, weil sie tagsüber schläft, ein Überbleibsel aus ihrem früheren Leben. Normalerweise schlägt sie sich bis etwa zehn Uhr morgens mit dem Whiskey herum, geht dann ins Bett und schläft, bis es dunkel wird.

Wir reden über dies und das, und ich höre noch mehr Klatsch über Menschen, denen ich nie begegnen werde. Ich spiele mit meinem Drink, traue mich aber nicht, allzu viel übrig zu lassen. Sie hat bereits des Öfteren meine Männlichkeit angezweifelt, wenn ich mich davonstehlen wollte, ohne den Bourbon bis zum Ende zu genießen.

»Miss Ruby, kennen Sie eigentlich jemanden namens Lyle Spurlock?«, frage ich in einer Gesprächspause.

Es dauert eine ganze Weile, bis sie alle Männer, die sie je gekannt hat, durchgegangen ist. Spurlock gehört nicht dazu. »Leider nicht, mein Lieber. Warum?«

»Das ist ein Patient von mir, im Grunde der, der mir am liebsten ist, und ich wollte heute Abend mit ihm ins Kino gehen.«

»Das ist aber nett von Ihnen.«

»Im Autokino läuft ein Double Feature.«

Sie prustet ihren Whiskey fast in den Vorgarten und lacht, bis sie keine Luft mehr bekommt. Als sie sich wieder beruhigt hat, sagt sie schließlich: »Sie gehen mit einem alten Mann in Pornofilme?«

»Klar. Warum nicht?«

»Ist ja witzig.« Sie amüsiert sich immer noch hervorragend und zeigt ihre großen gelben Zähne. Ein Schluck Jimmy, ein Zug an der Zigarette, und sie hat sich wieder im Griff.

Den Archiven der *Ford County Times* zufolge, zeigte das Daisy Drive-In im Jahre 1980 die Freilichtversion von *Deep Throat* und brachte damit in Clanton die Volksseele zum Kochen. Es gab Proteste, Märsche, Verordnungen, Prozesse gegen Verordnungen, Predigten und noch mehr Predigten, Politikerreden, und als der Wirbel vorüber war und sich der Staub legte, war das Autokino immer noch im Geschäft, zeigte immer noch Pornos, wenn ihm danach war, und wurde dabei durch die Auslegung des Ersten Zusatzartikels zur Verfassung der Vereinigten Staaten durch ein Bundesgericht geschützt. Als Kompromisslösung erklärte sich der Eigentümer jedoch bereit, fragwürdige Filme nur noch am Mittwochabend laufen zu lassen, wenn alle Kirchgänger in der Kirche waren. An den anderen Abenden dominierten Horrorfilme für Teenager, aber er versprach, möglichst viele Disneyfilme zu besorgen. Das half ihm auch nicht. Die Christen hatten das Daisy so lange boykottiert, dass es allgemein als Geißel der Gesellschaft galt.

»Ihr Auto kann ich mir wohl nicht leihen?«, frage ich in unschuldigem Ton.

»Warum?«

»Na ja.« Ich deute mit dem Kopf auf meinen schäbigen kleinen Käfer, der am Straßenrand parkt. »Der ist ein bisschen klein.«

»Wie wär's, wenn Sie sich einfach ein größeres Auto kaufen?«

Klein mag er ja sein, aber er ist trotzdem mehr wert als ihr Tanker.

»Ich denke drüber nach. Heute Abend könnte es auf jeden Fall eng werden. War nur so ein Gedanke, so wichtig ist es nicht. Ich kann schon verstehen, wenn Ihnen das nicht recht ist.«

»Lassen Sie mich nachdenken.« Sie lässt ihr Eis klirren. »Ich glaube, ich gönne mir noch ein Schlückchen. Und Sie?«

»Nein danke.« Meine Zunge brennt wie Feuer, und ich bin plötzlich völlig erledigt. Ich gehe zu Bett. Sie geht zu Bett. Nach ausgiebigem Schlaf treffen wir uns in der Abenddämmerung wieder auf ihrer Veranda, und sie macht da weiter, wo wir aufgehört haben.

»Ich glaube, ich gönne mir einen kleinen Jimmy. Was ist mit Ihnen?«

»Nein danke. Ich muss noch fahren.«

Sie mixt sich einen Drink, und dann geht es los. Ich habe sie zwar nicht ausdrücklich eingeladen, mir und Lyle bei unserem Junggesellenabend Gesellschaft zu leisten, aber als mir klarwird, dass ihr Cadillac nur mit ihr zusammen zu haben ist, ist mir das auch recht. Lyle Spurlock hat bestimmt nichts dagegen. Als wir in unserem Gefährt, das mich an einen Öltanker auf dem Weg zum Meer erinnert, durch die Stadt gleiten, äußert sie die Hoffnung, dass die Filme nicht *zu* schlüpfrig sind. Dabei klimpert sie dramatisch mit den Wimpern, und ich komme zu dem Schluss, dass das Daisy Drive-In für Miss Ruby nicht unanständig genug sein kann.

Ich öffne das Fenster einen Spalt, um Miss Rubys Ausdünstungen mit Frischluft zu verdünnen. Anlässlich unseres Ausflugs hat sie sich mit einer Extradosis ihrer verschiedenen Parfüms übergossen. Ihr Fenster lässt sie fest geschlossen, als sie sich eine Marlboro anzündet. Für eine Sekunde fürchte ich, dass die Flamme die um die Vordersitze wabernden Dämpfe entzündet und wir beide verbrennen. Der Augenblick geht vorüber.

Auf dem Weg nach Quiet Haven erfreue ich Miss Ruby mit all dem Klatsch, den ich in der Küche über Mr. Lyle Spurlock und seine lüsternen Blicke und Hände zu hören

bekommen habe. Sie behauptet, vor Jahren gerüchte-
weise von einem älteren Herren gehört zu haben, der
mit einer Krankenschwester im Bett war, und scheint
ehrlich erfreut über die Aussicht, eine solche Persönlichkeit kennenzulernen. Nach dem nächsten Schluck Jimmy
verkündet sie, sie könne sich doch an einen Kunden namens Spurlock erinnern, damals, in ihrer großen Zeit.

Für die zweite Schicht ist Schwester Angel zuständig,
eine frömmelnde, harte Frau, die gegenwärtig Nummer
zwei auf meiner schwarzen Liste ist und gute Chancen
auf den ersten Platz hat. Sie informiert mich unverzüglich darüber, dass sie meine Pläne missbilligt, mit Mr. Spurlock ins Kino zu gehen. (Außer Spurlock und jetzt Miss
Ruby habe ich keinem erzählt, was für Filme wir uns
ansehen wollen.) Ich halte ihr entgegen, dass das völlig
irrelevant ist, weil Mrs. Wilma Drell, die oberste Bie-
nenkönigin, ihre Zustimmung erteilt hat, wobei diese
Zustimmung keineswegs freiwillig gewährt wurde, sondern erst nachdem Mr. Spurlock und seine Tochter (per
Telefon) mehr Ärger machten, als Ihre Majestät verkraf-
ten konnte.

»Das ist schriftlich festgehalten«, sage ich. »Sehen Sie
in der Akte nach. Genehmigt von W. Drell.«

Sie knallt ein paar Papiere auf den Tisch, grummelt
etwas Unverständliches und runzelt die Stirn, als wäre
ein Migräneanfall im Anmarsch. Binnen weniger Minuten schlappen Spurlock und ich zur Eingangstür hinaus.
Er trägt seine schönste Hose und sein einziges Sakko,
einen alten glänzenden Blazer in Marineblau, den er seit
Jahrzehnten hat, und humpelt entschlossen neben mir
her.

Vor dem Gebäude nehme ich ihn am Arm. »Hören Sie, Mr. Spurlock, wir haben einen unerwarteten Gast.«

»Wen?«

»Sie nennt sich Miss Ruby und ist meine Vermieterin. Ich habe mir ihr Auto geliehen, und sie war sozusagen inbegriffen. Tut mir leid.«

»Geht schon in Ordnung.«

»Eine nette Frau. Sie werden sie mögen.«

»Ich dachte, wir wollten uns Pornofilme ansehen.«

»Das stimmt. Keine Sorge, Miss Ruby wird nichts dagegen haben. Sie ist keine echte Dame, wenn Sie verstehen, was ich meine.«

Lyle Spurlock versteht. Und wie. Seine Augen funkeln. Wir bleiben an der Beifahrertür stehen, und ich stelle die beiden einander vor, wonach Spurlock auf den riesigen Rücksitz klettert. Bevor wir den Parkplatz verlassen haben, dreht sich Miss Ruby um.

»Lyle, mein Lieber, hätten Sie gern einen Schluck Jim Beam?«

Dabei zieht sie bereits einen 1-Liter-Flachmann aus ihrer roten Großraumhandtasche.

»Lieber nicht«, sagt Spurlock, und ich entspanne mich. Mit Lyle Spurlock in einen harmlosen Pornofilm zu gehen, ist eine Sache, aber wenn ich ihn besoffen ins Heim zurückbringe, könnte es Ärger geben.

Sie beugt sich zu mir. »Der ist ja süß.«

Wir fahren los. Ich warte darauf, dass Miss Ruby den Sonic Drive-In erwähnt, und tatsächlich dauert es nur wenige Minuten.

»Gill, ich hätte gern einen Cheeseburger und Pommes zum Abendessen. Wie wär's mit dem Sonic?«

Mühsam manövriere ich den Öltanker in einen schmalen Parkplatz am Sonic. Es herrscht Hochbetrieb, und ich ertappe mehrere Kunden dabei, wie sie uns anstarren. Alles Leute in deutlich kleineren und neueren Autos. Ich weiß nicht, ob sie den knallroten Cadillac, der kaum Platz hat, lustig finden oder das merkwürdige Trio im Wagen. Interessiert mich auch nicht.

Ich habe so was schon früher, in anderen Heimen, getan. Eines der besten Geschenke, das ich meinen Freunden machen kann, ist Freiheit. Ich war mit alten Damen in Kirchen und Country Clubs, auf Beerdigungen und Hochzeiten und – selbstverständlich – beim Shopping. Ich habe alte Männer zu Veteranentreffen und Sportveranstaltungen, in Kneipen, Kirchen und Cafés begleitet. Sie sind dankbar wie Kinder für diese kleinen Ausflüge, diese simplen Akte der Menschenliebe, durch die sie aus ihren Zimmern herauskommen. Leider gibt es bei diesen Exkursionen in die reale Welt immer Ärger. Die anderen Angestellten, meine geschätzten Kollegen, verübeln es mir, dass ich bereit bin, zusätzlich Zeit mit den Bewohnern zu verbringen, und die anderen Bewohner werden eifersüchtig auf die Glückspilze, denen für ein paar Stunden die Flucht gelingt. Aber gegen Ärger bin ich immun.

Spurlock behauptet, keinen Hunger zu haben, bestimmt hat er sich mit Gummiadler und grünem Wackelpeter vollgeschlagen. Ich bestelle einen Hotdog und ein Root Beer, und bald rollen wir wieder durch die Straßen. Miss Ruby knabbert an einem Pommes frites, und weit hinter uns genießt Lyle Spurlock das weite Land.

»Ich möchte ein Bier«, sagt er plötzlich.

Ich fahre auf den Parkplatz eines rund um die Uhr geöffneten Lebensmittelgeschäfts. »Welche Marke?«

»Schlitz«, kommt es wie aus der Pistole geschossen. Ich kaufe einen Sixpack, gebe es ihm, und weiter geht's. Eine Dose wird aufgerissen, dann höre ich ein Schlürfen. »Wollen Sie auch eins, Gill?«

»Nein danke.« Ich hasse den Geruch und den Geschmack von Bier. Miss Ruby schüttet Bourbon in ihr Dr Pepper und nippt daran. Ein Lächeln liegt auf ihrem Gesicht. Vermutlich, weil sie nicht mehr allein trinken muss.

Im Daisy kaufe ich drei Karten zu je fünf Dollar, wobei sich meine Freunde beim Bezahlen vornehm zurückhalten, und wir rollen über den Kiesplatz und suchen uns einen Platz in der dritten Reihe, weit weg von allen anderen Autos. Der Film läuft schon. Ich montiere den Lautsprecher an meinem Fenster und stelle die Lautstärke so ein, dass Mr. Spurlock das ganze Stöhnen mitbekommt. Dann lasse ich mich in meinen Sitz sinken. Miss Ruby kaut immer noch an ihrem Cheeseburger. Spurlock rutscht über den Rücksitz in die Mitte, damit ihm auch nichts entgeht.

Der Handlungsstrang ist schnell durchschaut. Ein Vertreter versucht, Staubsauger zu verkaufen. Einen Vertreter stellt man sich ja irgendwie gepflegt und wenigstens ansatzweise freundlich vor. Dieser hier ist von Kopf bis Fuß schmierig, mit Ohrringen, Tätowierungen, einem engen, weit geöffneten Seidenhemd und einem lüsternen Grinsen, das jede anständige Hausfrau verschrecken würde. Selbstverständlich gibt es in diesem Film keine anständigen Hausfrauen. Sobald unser schleimiger Vertreter ins Haus gelangt ist, wobei er einen nutzlosen Staubsauger hinter sich herzieht, stürzt sich die Gattin auf ihn, reißt ihm die Kleider vom Leib und tollt fröhlich mit ihm herum. Der Ehegatte erwischt sie auf dem Sofa, und statt den Vertreter mit dem Staubsaugerschlauch bewusstlos zu schlagen, wirft er sich ebenfalls ins Getümmel. Bald wird die Sache zur Familienfeier, und aus allen Richtungen strömen Nackte ins Wohnzimmer. Es handelt sich um eine dieser Pornofamilien, bei denen die Kinder genauso alt sind wie die Eltern, aber wen interessiert das schon. Nun trudeln auch die Nachbarn ein, und es wird hemmungslos kopuliert, in Stellungen und nach Methoden, die sich die meisten Sterblichen noch nicht einmal vorstellen können.

Ich rutsche tiefer in meinen Sitz, bis ich gerade eben noch über das Lenkrad sehen kann. Miss Ruby mampft vor sich hin und kichert über etwas auf der Leinwand, ohne sich im Geringsten peinlich berührt zu zeigen. Spurlock macht noch ein Bier auf, das einzige Geräusch im Fond.

Irgendein Hinterwäldler in einem Pick-up zwei Reihen hinter uns hupt bei jedem Höhepunkt, der im Film gezeigt wird. Ansonsten ist das Daisy ziemlich still und verlassen.

Nach der zweiten Orgie wird mir langweilig, und ich entschuldige mich für einen Gang zur Toilette. Ich schlendere über den Kiesplatz zu einem schäbigen kleinen Gebäude, das einen Kiosk und die Sanitärräume enthält. Als Vorführraum dient ein wackliger Anbau. Das Daisy Drive-In hat definitiv bessere Zeiten erlebt. Ich kaufe einen Eimer altbackenes Popcorn und lasse mir Zeit, bevor ich zum Cadillac zurückgehe. Unterwegs werfe ich nicht einen einzigen Blick auf die Leinwand.

Miss Ruby ist verschwunden! Sekundenbruchteile nachdem ich den leeren Beifahrersitz entdeckt habe, höre ich sie im Fond kichern. Natürlich funktioniert die Deckenleuchte nicht, wahrscheinlich schon seit zwanzig Jahren oder so nicht mehr. Hinten ist es dunkel, und ich drehe mich nicht um.

»Alles in Ordnung?«, frage ich wie ein Babysitter.

»Und ob«, erwidert Spurlock.

»Hinten ist mehr Platz«, ergänzt Miss Ruby. Nach zehn Minuten entschuldige ich mich erneut und gehe auf einen langen Spaziergang über den Parkplatz bis zur hintersten Reihe und durch einen alten Zaun zu einer Anhöhe am Fuß eines uralten Baumes, wo um einen kaputten Picknicktisch Bierdosen verstreut liegen, Hinterlassenschaften von Jugendlichen, die zu jung oder zu arm sind, um sich Kinokarten zu kaufen. Ich setze mich auf den wackligen Tisch und habe nun einen hervorragenden Blick auf die Leinwand in der Ferne. Ich zähle sieben Pkws und zwei Pick-ups als zahlende Kunden. Der Fahrer, der am nächsten an Miss Rubys Cadillac steht, hupt immer noch genau im richtigen Augenblick. Ihr Auto leuchtet im Licht, das von der Leinwand reflektiert wird. Soweit ich das beurteilen kann, steht es völlig ruhig da.

Meine Schicht beginnt um einundzwanzig Uhr, und ich bin immer pünktlich. Laut schriftlicher Anordnung von Königin Wilma Drell muss Mr. Spurlock bis spätestens einundzwanzig Uhr zurück sein. Eine halbe Stunde vorher schlendere ich zurück zum Auto, unterbreche, was auch immer auf dem Rücksitz vorgeht – sofern dort überhaupt etwas vorgeht –, und kündige unseren Aufbruch an.

»Ich bleibe hinten.« Miss Ruby kichert und spricht etwas undeutlich, was angesichts ihrer Immunität gegen Alkohol ungewöhnlich ist.

»Geht es Ihnen gut, Mr. Spurlock?«, frage ich, als ich den Motor anlasse.

»Und ob.«

»Wie hat den Herrschaften der Film gefallen?«

Beide brüllen vor Lachen, und mir wird klar, dass sie beschwipst sind. Sie kichern die ganze Fahrt zu Miss Rubys Haus, was sehr unterhaltsam ist. Dann verabschiedet sie sich, und wir steigen in meinen Käfer um.

»Haben Sie sich amüsiert?«, frage ich Mr. Spurlock auf dem Weg zu Quiet Haven.

»Bestens. Danke.« Er hält ein Schlitz in der Hand, meiner Zählung nach Nummer drei, und hat die Augen halb geschlossen.

»Was haben Sie eigentlich da auf dem Rücksitz getrieben?«

»Nicht viel.«

»Sie ist nett, finden Sie nicht?«

»Ja, aber sie stinkt. Dieses ganze Parfüm. Hätte nie gedacht, dass ich mal mit Ruby Clements auf dem Rücksitz landen würde.«

»Sie kennen sie?«

»Ich weiß, wer sie ist. Ich lebe schon lange hier, mein Junge, und an viel kann ich mich nicht erinnern. Aber irgendwann wusste praktisch jeder, wer sie ist. Einer ihrer Ehemänner ist ein Cousin von einer meiner Ehefrauen. Glaube ich zumindest. Ist schon lange her.« Ich liebe Kleinstädte.

Unser nächster Ausflug findet zwei Wochen später statt und geht zum etwa eine Stunde von Clanton entfernten Brice's Crossroads, einem Schlachtfeld des amerikanischen Bürgerkriegs. Wie die meisten alten Südstaatler behauptet Mr. Spurlock, seine Vorfahren hätten tapfer für die Konföderation gekämpft. Er hat den Nordstaaten nicht verziehen und wird geradezu bitter, wenn es um den Wiederaufbau (»Welcher Wiederaufbau?«) und Yankee-Kriegsgewinnler (»Dreckige Diebe«) geht.

Ich hole ihn früh an einem Dienstag ab, und unter dem wachsamen und missbilligenden Blick von Königin Wilma Drell entfleuchen wir in meinem kleinen Käfer aus Quiet Haven. Ich halte an einem Lebensmittelgeschäft, kaufe zwei große Becher abgestandenen Kaffee, Sandwiches und Limonade. Dann sind wir bereit, den Krieg noch einmal zu erleben.

Der Bürgerkrieg ist mir völlig egal, und ich verstehe auch nicht, was die Leute daran so fasziniert. Wir, die Südstaaten, haben verloren, und zwar gründlich. Vergessen wir die Sache. Aber wenn Mr. Spurlock seine letzten Tage damit verbringen will, von der ruhmreichen Konföderation und dem, was hätte sein können, zu träumen, werde ich mein Bestes geben. Im vergangenen Monat habe ich ein Dutzend Bücher über den Bürgerkrieg gelesen, die ich mir aus der Clantoner Bücherei geholt habe, und drei weitere liegen noch in meinem Zimmer bei Miss Ruby.

Manche Einzelheiten hat Mr. Spurlock präzise im Kopf – Schlachten, Generäle, Truppenbewegungen –, bei anderen liegt er völlig daneben. Ich konzentriere mich auf mein neuestes Lieblingsthema: die Erhaltung der Schlachtfelder des Bürgerkriegs. Ich schimpfe über die Zerstörung geheiligten Bodens, vor allem in Virginia, wo Bull Run, Fredericksburg und Winchester durch Bauvorhaben verkleinert worden sind. Mr. Spurlock wird wütend und nickt dann ein.

Vor Ort sehen wir uns verschiedene Denkmäler und markante Punkte auf dem Schlachtfeld an. Er glaubt felsenfest, dass sein Großvater Joshua Spurlock bei irgendeinem heldenhaften Manöver während der Schlacht von Brice's Crossroads verwundet worden ist. Zum Mittagessen setzen wir uns auf einen Weidezaun und essen Sandwiches, und er sieht mit entrücktem Blick wie in Trance in die Ferne, als könnten jeden Augenblick Kanonendonner und das Getrappel von Pferdehufen an sein Ohr dringen. Er spricht über seinen Großvater, der entweder 1932 oder 1934 im Alter von etwa neunzig Jahren verstorben ist. Als Lyle Spurlock klein war, erzählte ihm sein Großvater davon, wie er Yankees tötete, selbst angeschossen wurde und unter Nathan Bedford Forrest kämpfte, dem größten unter den Befehlshabern der Südstaaten.

»Sie waren zusammen bei Shiloh«, sagt er. »Mein Großvater hat mich mal dorthin mitgenommen.«

»Würden Sie gern noch einmal hinfahren?«, frage ich.

Er strahlt, und es ist eindeutig, dass er das Schlachtfeld liebend gern noch einmal sehen würde. »Das wäre ein Traum«, erwidert er mit feuchten Augen.

»Lässt sich arrangieren.«

»Am liebsten im April, weil die Schlacht auch im April stattgefunden hat. Dann kann ich mir den Pfirsichgarten, den Blutteich und das Hornissennest ansehen.«

»Versprochen. Wir fahren nächsten April.« Bis April sind es noch fünf Monate, und in Anbetracht meiner Vorgeschichte ist es zweifelhaft, ob ich dann noch in Quiet Haven arbeite. Falls nicht, wird mich jedoch nichts daran hindern, meinen Freund Lyle Spurlock zu besuchen und mit ihm einen Ausflug zu machen.

Auf der Rückfahrt nach Clanton schläft er die meiste Zeit. Zwischen seinen Nickerchen erkläre ich ihm, dass ich Mitglied einer überregionalen Gruppe bin, die sich für die Erhaltung der Bürgerkriegsschlachtfelder engagiert. Es handelt sich um eine rein private Organisation, die nicht von der Regierung unterstützt wird und daher auf Spenden angewiesen ist. Bei meinem kleinen Gehalt kann ich jedes Jahr nur wenig beitragen, aber mein wohlhabender Onkel spendet große Summen, wenn ich ihn darauf anspreche.

Lyle Spurlock ist höchst interessiert.

»Wenn Sie wollen, können Sie sie in Ihrem Testament bedenken«, sage ich.

Keine Reaktion. Nichts. Ich lasse die Sache auf sich beruhen.

Wir fahren nach Quiet Haven zurück, und ich bringe ihn auf sein Zimmer. Während er Pullover und Schuhe auszieht, bedankt er sich bei mir für den schönen Tag. Ich klopfe ihm auf den Rücken und versichere ihm, dass es mir ebenfalls großen Spaß gemacht hat.

»Gill, ich habe kein Testament«, sagt er, als ich schon im Gehen bin.

Ich tue überrascht, bin es aber nicht. Es ist erstaunlich, wie viele Menschen, vor allem in Pflegeheimen, nie ein Testament gemacht haben. Ich gebe mich schockiert und enttäuscht.

»Lassen Sie uns später darüber reden, wenn Ihnen das recht ist«, sage ich dann. »Ich weiß, was Sie unternehmen müssen.«

»Gern«, erwidert er erleichtert.

Um halb sechs am nächsten Morgen liegen die Gänge verlassen, das Licht ist noch ausgeschaltet, und alles schläft oder sollte schlafen. Ich sitze am Empfang und lese eine Schilderung von General Grants Südstaatenfeldzug, als zu meiner Überraschung plötzlich Miss Daphne Groat vor mir auftaucht. Sie ist sechsundachtzig, dement und darf sich nur im rückwärtigen Flügel bewegen. Ich habe keine Ahnung, wie sie es durch die abgeschlossene Tür geschafft hat.

»Kommen Sie schnell!«, zischt es mit hohler, brüchiger Stimme aus dem zahnlosen Mund.

»Was ist los?« Ich springe auf.

»Harriet! Sie liegt auf dem Boden.«

Ich sprinte zum rückwärtigen Flügel, gebe den Code ein, reiße die schwere, gesicherte Tür auf und laufe durch den Gang zu Zimmer 158, wo Miss Harriet Markle lebt, seit ich in der Pubertät war. Ich schalte das Licht in ihrem Zimmer ein, und da liegt sie, auf dem Fußboden, offenbar bewusstlos, nackt bis auf die schwarzen Socken, und in einer widerlichen Pfütze aus Erbrochenem,

308

Urin, Blut und ihren eigenen Exkrementen. Der Gestank lässt meine Knie weichwerden, obwohl ich schon die erstaunlichsten Gerüche überlebt habe. Weil ich solche Situationen kenne, reagiere ich instinktiv. In aller Eile zücke ich meine kleine Kamera, mache vier Bilder, stecke den Fotoapparat wieder ein und hole Hilfe. Miss Daphne Groat ist nirgends zu sehen, und ansonsten schläft in diesem Flügel alles.

Es ist kein Pfleger vor Ort. Vor achteinhalb Stunden, als unsere Schicht anfing, hat sich am Empfang, wo ich mich zu der Zeit aufhielt, eine Frau namens Rita gemeldet, die dann Kurs auf den hinteren Flügel genommen hat. Sie hatte allein Dienst, was gegen die Vorschrift ist, weil hinten zwei Pfleger erforderlich sind. Jetzt ist Rita verschwunden. Ich sprinte zum Nordflügel, schnappe mir einen Pfleger namens Gary, und gemeinsam treten wir in Aktion. Wir ziehen Gummihandschuhe, Mundschutz und Stiefel an, heben Miss Harriet eilig vom Boden auf und legen sie ins Bett. Sie atmet noch, wenn auch nur schwach, und über ihrem linken Ohr klafft eine Platzwunde. Gary säubert sie, während ich die Hinterlassenschaften vom Boden aufwische. Als der gröbste Dreck beseitigt ist, rufe ich Schwester Angel und Königin Wilma an. Inzwischen sind andere aufgewacht und haben sich um uns versammelt.

Rita ist nirgends zu sehen. Zwei Pfleger, Gary und ich, für zweiundfünfzig Bewohner.

Wir verbinden die Wunde, ziehen Miss Harriet saubere Unterwäsche und ein Nachthemd an, und während Gary an ihrem Bett Wache hält, husche ich ins Stationszimmer, um mir die Akte anzusehen. Sie hat seit dem

Mittagessen am Vortag nichts zu essen bekommen – das sind nahezu achtzehn Stunden –, und um ihre Medikamente hat sich auch keiner gekümmert. In aller Eile kopiere ich sämtliche Notizen und Einträge, denn ich bin mir sicher, dass sie in wenigen Stunden frisiert sein werden. Die Fotokopien falte ich zusammen und stecke sie in die Tasche.

Der Krankenwagen kommt, Miss Harriet wird eingeladen und weggebracht. Schwester Angel und Mrs. Drell stecken nervös die Köpfe zusammen und fangen an, in den Papieren zu blättern. Ich gehe in den Südflügel zurück und schließe das Beweismaterial in einer Schublade ein. In wenigen Stunden werde ich es mit nach Hause nehmen.

Am nächsten Tag taucht ein Mann von irgendeinem Regionalbüro auf und will von mir wissen, was passiert ist. Er ist kein Anwalt, die sind erst später an der Reihe, und nicht besonders helle. Zunächst einmal erklärt er Gary und mir, was wir seiner Meinung nach in dieser Krisensituation gesehen und getan haben, und wir lassen ihn reden. Schließlich versichert er uns, dass Miss Harriet ordentlich mit Nahrung und Medikamenten versorgt war – steht alles in den Unterlagen – und Rita nur kurz zum Rauchen gegangen war, wobei ihr schlecht wurde, so dass sie für einen Augenblick nach Hause fahren musste, um dann bei ihrer Rückkehr die »unglückliche« Situation mit Miss Harriet vorzufinden.

Ich stelle mich dumm, das ist meine Spezialität. Gary auch; ihm fällt das leichter, aber er macht sich auch Sorgen um seine Stelle. Ich nicht. Endlich verschwindet der Idiot in dem Glauben, er hätte in unserer kleinen Hinterwäldlerstadt wieder einmal mit seinem meisterhaften Können eine Krisensituation entschärft, wie sie die HVQH Group nur allzu gut kennt.

Miss Harriet liegt eine Woche mit einem Schädelbruch im Krankenhaus. Sie hat eine Menge Blut verloren, und ihr Gehirn ist vermutlich noch weiter in Mitleidenschaft gezogen, aber wie will man das beurteilen? Auf jeden Fall gibt es in den richtigen Händen Stoff für ein höchst aussichtsreiches Gerichtsverfahren.

Da solche Klagen sehr beliebt sind und über den Pflegeheimen ständig die Geier kreisen, muss schnell gehandelt werden, das weiß ich aus Erfahrung. Mein Anwalt ist ein alter Freund namens Dexter Ridley aus Tupelo, an den ich mich im Bedarfsfall wende. Dex ist etwa fünfzig, hat schon einige Ehen und Leben hinter sich und vor ein paar Jahren beschlossen, dass beurkundete Verträge und einvernehmliche Scheidungen nicht zum Überleben reichen. Also hat er die nächste Stufe erklommen und ist nun Prozessanwalt, wobei er nur selten vor Gericht geht. Sein wahres Talent besteht darin, dass er auf hohe Summen klagt und dann herumeiert, bis sich die andere Seite auf einen Vergleich einlässt. Überall im nördlichen Bundesstaat Mississippi hängen Plakate mit seinem lächelnden Gesicht.

An meinem freien Tag fahre ich nach Tupelo, zeige ihm die Farbfotos der nackten und blutenden alten Dame sowie die Kopien der Patientenakte vor und nach den Verschönerungsarbeiten, und wir schließen eine Vereinbarung. Dex gibt Vollgas, kontaktiert die Familie von Harriet Markle und lässt HVQH innerhalb einer Woche nach dem Vorfall wissen, dass die Firma ein echtes Problem hat. Mich, meine Fotos und die Unterlagen, die ich habe mitgehen lassen, wird er erst erwähnen, wenn es sich nicht mehr vermeiden lässt. Aufgrund dieser Insiderinformationen wird es vermutlich einen schnellen Vergleich geben, und ich werde wieder einmal arbeitslos sein.

Auf Anweisung der Zentrale wird Mrs. Wilma Drell plötzlich sehr nett. Sie ruft mich zu sich und teilt mir mit, dass ich aufgrund meiner enorm gesteigerten Leistung eine Gehaltserhöhung bekomme. Von sechs Dollar die Stunde auf sieben, und das darf ich keinem von meinen Kollegen erzählen. Ich bedanke mich überschwänglich, und sie ist davon überzeugt, dass wir jetzt dicke Freunde sind.

Später am selben Abend lese ich Mr. Spurlock einen Zeitschriftenartikel über einen Bauträger in Tennessee vor, der ein vernachlässigtes Bürgerkriegsschlachtfeld planieren will, um noch eine Ladenzeile und billige Eigentumswohnungen aus dem Boden zu stampfen. Einheimische und Denkmalschützer leisten Widerstand, aber der Bauträger hat Geld und Politik auf seiner Seite. Spurlock ist empört, und wir unterhalten uns lange darüber, wie man der richtigen Seite helfen könnte. Er erwähnt sein Testament nicht, und für mich ist es noch zu früh, die Initiative zu ergreifen.

In Altersheimen sind Geburtstage eine große Sache – aus naheliegenden Gründen. Man feiert besser, solange es noch geht. Es gibt immer eine Party in der Cafeteria, mit Kuchen, Kerzen, Eis, Fotos und Gesang und so. Wir, das Personal, tun unser Bestes, um für freudig erregten Lärm zu sorgen und die Festlichkeiten auf mindestens eine halbe Stunde auszudehnen. Vielleicht in der Hälfte der Fälle sind ein paar Angehörige dabei, was die Stimmung hebt. Sind keine Angehörigen da, strengen wir uns noch mehr an. Jeder Geburtstag könnte der letzte sein. Das gilt zwar für uns alle, aber für manche mehr als für andere.

Lyle Spurlock wird am 2. Dezember fünfundachtzig, und seine großmäulige Tochter aus Jackson erscheint mit zwei Kindern und drei Enkelkindern und lässt ihren üblichen Schwall an Beschwerden, Forderungen und Vorschlägen los, ein lautstarker, aber nicht gerade überzeugender Versuch, ihrem geliebten Vater zu zeigen, wie wichtig er ihr ist, indem sie uns zur Schnecke macht. Sie bringen Luftballons und Papphüte mit, einen gekauften Kokoskuchen (sein Lieblingskuchen) und verschiedene Billiggeschenke wie Socken, Taschentücher und vergammelte Pralinen in grellbunten Packungen. Eine Enkelin stellt einen Ghettoblaster auf und lässt im Hintergrund Hank Williams (angeblich sein Lieblingssänger) laufen. Eine andere baut eine Ausstellung von vergrößerten Schwarz-Weiß-Fotos auf, die den jungen Lyle beim Militär, den jungen Lyle bei seiner (ersten) Hochzeit, den jungen Lyle vor vielen Jahrzehnten in den verschiedensten Posen zeigen. Die meisten Bewohner sind da und die meisten Angestellten, einschließlich Rozelle aus der Küche, wobei mir klar ist, dass es ihr nur um den Kuchen geht und nicht um das Geburtstagskind. Irgendwann kommt Wilma Drell Spurlock zu nahe, der, nachdem ich ihm keinen Salpeter mehr gebe, ungeschickt und für jeden sichtbar nach ihrem ausladenden Hinterteil greift. Er bekommt eine ordentliche Handvoll zu fassen. Sie quiekt entsetzt, und die meisten lachen, als wäre das Teil der Feier, aber es ist offensichtlich, dass Königin Wilma die Sache gar nicht witzig findet. Spurlocks Tochter reagiert über, kreischt los, gibt ihrem Vater einen Klaps auf den Arm und schimpft mit ihm, worauf die Stimmung ein paar Sekunden lang angespannt ist. Wilma Drell verschwindet und wird für den Rest des Tages nicht mehr gesehen. So aufregend war es für sie bestimmt schon seit Jahren nicht mehr.

Nach einer Stunde ist aus der Party die Luft raus, und mehrere unserer Freunde nicken ein. Die Tochter und ihre Brut packen eilig und sind bald weg. Umarmungen, Küsse und so weiter, aber der Weg nach Jackson ist noch weit, Daddy. Die Feier anlässlich von Lyle Spurlocks fünfundachtzigstem Geburtstag findet ein schnelles Ende. Ich bringe ihn zurück auf sein Zimmer, trage seine Geschenke und rede dabei über Gettysburg.

Unmittelbar nach dem Schlafengehen gehe ich leise in sein Zimmer und gebe ihm mein Geschenk. Ein paar Stunden Recherche und ein paar Telefonate mit den richtigen Personen, und ich habe in Erfahrung gebracht, dass es tatsächlich einen Captain Joshua Spurlock gegeben hat, der bei der Schlacht von Shiloh im Tenth Mississippi Infantry Regiment gekämpft hat. Er stammte aus Ripley, Mississippi, einer Stadt in der Nähe des Geburtsorts von Lyle Spurlocks Vater, wie meine Überprüfung der Fakten ergeben hat. Ich habe eine Firma in Nashville aufgespürt, die sich auf echte und nachgemachte Bürgerkriegsandenken spezialisiert hat, und achtzig Dollar bezahlt. Mein Geschenk ist eine gerahmte

Tapferkeitsurkunde, verliehen an Captain Spurlock, die rechts von der Kriegsflagge der Konföderierten und links von den offiziellen Insignien des Tenth Regiments flankiert wird. Sie will nicht mehr sein, als sie ist, eine gelungene und frei erfundene Nachschöpfung von etwas, das es nie gegeben hat, aber für jemanden, dem die ruhmreiche Vergangenheit so wichtig ist wie Lyle Spurlock, ist es ein wunderbares Geschenk. Die Tränen treten ihm in die Augen, als er es in den Händen hält. Der alte Mann ist nun bereit für den Himmel, aber ich habe noch Pläne für ihn.

»Das ist wunderbar«, sagt er. »Mir fehlen die Worte. Danke!«

»War mir ein Vergnügen, Mr. Spurlock. Er war ein tapferer Soldat.«

»Ja, das war er.«

Pünktlich um Mitternacht liefere ich mein zweites Geschenk ab.

Spurlocks Zimmerkollege ist Mr. Hitchcock, ein gebrechlicher, immer schwächer werdender Herr, der ein Jahr älter ist als Spurlock, aber in einem deutlich schlechteren Zustand. Wie ich gehört habe, hat er ein keusches Leben ohne Alkohol, Rauchen und andere Laster geführt, und dennoch ist nicht mehr viel von ihm übrig. Spurlock war sein ganzes Leben lang hinter den Frauen her, oft mit Erfolg, ist ehemaliger Kettenraucher und hat viel und gern getrunken. Nach jahrelanger Erfahrung in dieser Branche bin ich davon überzeugt, dass die Gene mindestens die halbe Lösung oder auch das halbe Problem darstellen.

Auf jeden Fall habe ich Mr. Hitchcock bei der Pillenausgabe ein stärkeres Schlafmittel als sonst verabreicht,
und er ist im Augenblick nicht von dieser Welt. Hören
wird er auf jeden Fall nichts.

Miss Ruby, die dem Jimmy mit Sicherheit mit der üblichen Entschlossenheit zugesprochen hat, befolgt meine
Anweisungen aufs Wort und parkt den enormen Cadillac neben dem Müllcontainer direkt vor dem Hinterein-
gang zur Küche. Sie krabbelt kichernd und mit einem
Glas in der Hand aus der Fahrertür. Auf der Beifahrerseite sitzt Mandy, eines von Miss Rubys »besseren« Mädchen. Es ist unsere erste Begegnung, aber jetzt ist keine
Zeit für eine offizielle Vorstellung.

»Leise!«, flüstere ich, und die beiden folgen mir durch
die Dunkelheit in die Küche und weiter in die schwach
erleuchtete Cafeteria, wo wir einen Augenblick lang stehen bleiben.

»Hallo, Gill, das ist Mandy«, verkündet Miss Ruby
stolz.

Wir schütteln uns die Hand. »Freut mich sehr«, sage
ich.

Mandy ringt sich kaum ein Lächeln ab. Ihr Gesicht
verrät, dass sie die Sache so schnell wie möglich hinter
sich bringen will. Sie ist um die vierzig, etwas mollig
und stark geschminkt, was aber die Spuren eines harten
Lebens nicht verbergen kann. Die nächsten dreißig Minuten werden mich zweihundert Dollar kosten.

Sämtliche Lampen in Quiet Haven sind gedämpft,
und ich spähe in den Gang zum Südflügel, um mich zu
vergewissern, dass alles ruhig ist. Dann eile ich mit Mandy
zu Zimmer 18, wo Mr. Hitchcock völlig weggetreten

ist, während Mr. Spurlock ungeduldig auf und ab geht. Er sieht sie an, sie sieht ihn an. Mit einem raschen »Happy Birthday« schließe ich die Tür und trete den Rückzug an.

Miss Ruby und ich warten in der Cafeteria und trinken. Sie hat ihren Whiskey dabei. Ich trinke aus ihrem Flachmann und muss zugeben, dass der Bourbon nach drei Monaten gar nicht mehr so übel schmeckt.

»Sie ist ein Schätzchen«, verkündet Miss Ruby, die offenbar begeistert ist, dass es ihr wieder einmal gelungen ist, Menschen zueinanderzuführen.

»Ja, ein nettes Mädchen«, sage ich, ohne nachzudenken.

»Sie hat bei mir angefangen, nachdem sie die Highschool abgebrochen hat. Die Familie war furchtbar. Danach sind mehrere Ehen in die Brüche gegangen. Hat einfach Pech gehabt. Ich würde ihr gern mehr Arbeit geben. Heutzutage ist es wirklich nicht einfach. Die Frauen haben keinen Anstand, die machen es umsonst.«

Miss Ruby, eine berufsmäßige Puffmutter aus Überzeugung, beschwert sich darüber, dass die modernen Frauen keinen Anstand haben. Ich denke eine Sekunde lang darüber nach, trinke dann noch einen Schluck und vergesse die Sache.

»Wie viele Mädchen haben Sie jetzt?«

»Nur drei, alle Teilzeit. Früher war es ein Dutzend, und die waren ständig beschäftigt.«

»Das waren noch Zeiten.«

»Allerdings. Die besten Jahre meines Lebens. Vielleicht finden wir in Quiet Haven noch mehr Kunden. Im Gefängnis gibt es einen Tag pro Woche, an dem die Ehefrauen zu Besuch kommen. So was könnte man doch hier auch einführen. Ich könnte eine Nacht pro Woche ein paar Mädchen herbringen, für die wäre das ein leichter Job.«

»Das ist wohl die dümmste Idee, die ich in den letzten fünf Jahren gehört habe.«

Im Dämmerlicht sehe ich, wie sie mich aus geröteten Augen anfunkelt. »Wie bitte?«, zischt sie.

»Trinken Sie lieber einen Schluck. In diesem Heim gibt es fünfzehn Männer, Miss Ruby, mit einem Durchschnittsalter von, sagen wir, achtzig. Über den Daumen gepeilt, sind fünf davon bettlägerig, drei hirntot, drei sitzen im Rollstuhl. Bleiben vier übrig, die noch gehen können. Ich würde eine Menge Geld darauf verwetten, dass von diesen vieren nur Lyle Spurlock noch irgendwas zustande bringt. Sex verkauft sich in einem Pflegeheim nicht.«

»Habe ich aber schon gemacht. Das ist nicht mein erstes Rodeo.« Damit bricht sie in das krächzende Raucherlachen aus, das ihr Markenzeichen ist, und bekommt einen Hustenanfall. Schließlich kommt sie zumindest wieder lange genug zu Atem, um die Sache mit einem Schluck Jim Beam herunterzuspülen.

»Sex im Pflegeheim«, meint sie kichernd. »Vielleicht ist das meine Zukunft.«

Ich beiße mir auf die Zunge.

Als die Sitzung vorbei ist, verabschieden wir uns eilig und etwas verlegen. Ich sehe dem Cadillac nach, bis er das Gelände verlassen hat und nicht mehr zu erkennen ist, und atme auf. Tatsächlich habe ich schon früher einmal ein solches Rendezvous organisiert. Nicht mein erstes Rodeo.

Als ich nach Lyle Spurlock sehe, schläft er wie ein Baby. Der Mund ist eingefallen, weil er das Gebiss herausgenommen hat, aber die Lippen kräuseln sich zu einem zufriedenen Lächeln. Falls sich Mr. Hitchcock in den vergangenen drei Stunden bewegt hat, ist es für mich nicht zu erkennen.

Er wird nie erfahren, was er verpasst hat. Ich überprüfe die anderen Zimmer und erledige meine Arbeit, und als alles ruhig ist, lasse ich mich mit ein paar Illustrierten am Empfang nieder.

Dex sagt, das Unternehmen habe mehr als einmal die Möglichkeit eines vorgerichtlichen Vergleichs in der Sache Harriet Markle angesprochen. Er habe anklingen lassen, dass er über Insiderinformationen bezüglich eines Vertuschungsmanövers verfüge – manipulierte Krankenberichte und andere Beweismittel, deren Erwähnung Dex immer geschickt einfließen lässt, wenn er mit den Anwälten solcher Unternehmen telefoniert. HVQH würde gern einen öffentlichkeitswirksamen, hässlichen Prozess vermeiden. Dex weist darauf hin, dass das Verfahren hässlicher werden wird als erwartet. So geht es hin und her, wie eben unter Anwälten üblich. Letzten Endes läuft es für mich darauf hinaus, dass meine Tage gezählt sind. Wenn eine beeidete Erklärung von mir, meine Fotos und die kopierten Unterlagen einen lohnenden Vergleich beschleunigen, soll mir das recht sein. Ich bin gern bereit, das Beweismaterial vorzulegen und weiterzuziehen.

Mr. Spurlock und ich spielen meistens um acht Uhr abends in der Cafeteria Dame; das ist lange nach dem Abendessen und eine Stunde, bevor ich offiziell stemple. Normalerweise sind wir allein, allerdings trifft sich montags ein Strickclub in der einen Ecke, dienstags ein Bibelclub in der anderen, und ein kleiner Zweig der Gesellschaft für die Geschichte von Ford County versammelt sich gelegentlich dort, wo gerade drei oder vier Stühle unbesetzt sind. Selbst an meinen freien Tagen komme ich normalerweise um zwanzig Uhr zu ein paar Spielen vorbei. Entweder das, oder ich muss mit Miss Ruby trinken und mich von ihrem Qualm vergiften lassen.

Lyle Spurlock gewinnt neun von zehn Spielen, nicht dass mir das besonders wichtig wäre. Seit seinem Rendezvous mit Mandy hat er Probleme mit seinem linken Arm. Der fühlt sich taub an, und die Worte kommen nicht mehr so schnell wie früher. Sein Blutdruck ist leicht erhöht, und er klagt über Kopfschmerzen. Da ich den Schlüssel zur Apotheke habe, bekommt er jetzt Nafred, einen Blutverdünner, und Silerall für Schlaganfallpatienten. Ich habe schon Dutzende von Schlaganfällen miterlebt und bin mir meiner Diagnose sicher. Ein ganz leichter Schlaganfall, der sonst keinem auffällt – nicht dass irgendwer darauf geachtet hätte. Spurlock ist ein sturer alter Esel, der nicht jammert, Ärzte nicht ausstehen kann und sich lieber die Kugel geben würde, als seine Tochter anzurufen und über seine Gesundheit zu klagen.

»Sie haben also kein Testament?«, beginne ich beiläufig, ohne den Blick vom Spielbrett zu heben. Gut zehn Meter von uns entfernt spielen vier Damen Karten, aber die können uns garantiert nicht hören. Die hören kaum, was eine zur anderen sagt.

»Ich habe darüber nachgedacht.« Sein Blick ist müde. Spurlock ist seit seinem Geburtstag, seit Mandy, seit seinem Schlaganfall deutlich gealtert.

»Um was für einen Nachlass geht es denn?«, fragte ich, als wäre mir das völlig egal.

»Ein bisschen Land, das ist so ziemlich alles.«

»Wie viel?«

»Zweihundertsechzig Hektar in Polk County.« Er lächelt, als er mit diesem Knüller herausrückt.

»Was ist das wert?«

»Keine Ahnung, der Grund ist auf jeden Fall nicht belastet.«

Ich habe keine amtliche Schätzung vornehmen lassen, aber zwei auf solche Dinge spezialisierte Agenten kamen auf etwa tausendzweihundert Dollar pro Hektar.

»Sie hatten davon gesprochen, etwas Geld für die Erhaltung von Bürgerkriegsschlachtfeldern beiseitezulegen.«

Darauf hat Spurlock nur gewartet. Seine Miene hellt sich auf, und er lächelt mich an. »Tolle Idee. Genau das habe ich vor.«

Für den Augenblick ist das Spiel vergessen.

»Am besten scheint mir ein Verein in Virginia, der Confederate Defense Fund. Man kann da nicht vorsichtig genug sein. Manche von diesen gemeinnützigen Organisationen geben mindestens die Hälfte des Geldes für Gedenkstätten aus, die an die Streitkräfte der Nordstaaten erinnern sollen. Das ist ja wohl nicht in Ihrem Sinne.«

»Kommt gar nicht in die Tüte!« Für einen Augenblick funkeln seine Augen streitlustig, und Spurlock ist noch einmal bereit, sich in die Schlacht zu stürzen. »Nicht mit meinem Geld!«, setzt er hinzu.

»Sie können mich gern zum Treuhänder ernennen«, sage ich und setze einen Damestein.

»Was heißt das?«

»Sie setzen den Confederate Defense Fund als Erben ein, und bei Ihrem Tod geht das Geld in ein Treuhandvermögen über, damit ich oder ein anderer von Ihnen bestimmter Nachlassverwalter kontrollieren kann, dass es in Ihrem Sinne ausgegeben wird.«

Er lächelt. »Genau so hatte ich mir das vorgestellt, Gill. Das ist es.«

»Es ist die beste Methode ...«

»Sie haben doch nichts dagegen, oder? Sie müssten sich nach meinem Tod um alles kümmern.«

Ich nehme seine rechte Hand, drücke sie und sehe ihm fest in die Augen. »Es wäre mir eine Ehre, Mr. Spurlock.«

Ein paar Spielzüge lang herrscht Schweigen, bevor ich letzte Unklarheiten beseitige. »Was ist mit Ihrer Familie?«

»Was soll mit der sein?«

»Ihre Tochter, Ihr Sohn, was erben die?«

Seine Antwort ist ein Mittelding aus Seufzer und Schnauben, und als er mit den Augen rollt, weiß ich, dass er seine lieben Kinder enterben will. Das ist in Mississippi und den meisten anderen amerikanischen Bundesstaaten völlig legal. Im Testament muss nur der überlebende Ehepartner berücksichtigt werden, und manche Leute versuchen, auch den zu übergehen.

»Von meinem Sohn habe ich seit fünf Jahren nichts gehört. Meine Tochter hat mehr Geld als ich. Die kriegen nichts.«

»Wissen die beiden von dem Grundstück in Polk County?«, frage ich.

»Ich glaube nicht.«

Das reicht mir.

Zwei Tage später breitet sich ein Gerücht in Quiet Haven aus wie ein Lauffeuer: »Die Anwälte kommen!« Vor allem dank meiner Wenigkeit wird fleißig über einen bevorstehenden großen Prozess getratscht, bei dem die Familie von Miss Harriet Markle alles aufdecken und Millionen zugesprochen bekommen wird. Das stimmt teilweise, nur weiß Miss Harriet nichts davon. Sie liegt wieder in ihrem Bett, einem sehr sauberen Bett, ist gut genährt und mit Medikamenten versorgt, wird ordnungsgemäß beaufsichtigt und nimmt ihre Außenwelt überhaupt nicht wahr.

Ihr Anwalt, der ehrenwerte Dexter Ridley aus Tupelo, Mississippi, trifft spät an einem Nachmittag mit einem kleinen Gefolge ein, das aus seiner getreuen Sekretärin und zwei Assistenten besteht, die ebenso dunkle Anzüge tragen wie Dexter und finster dreinblicken wie der beste Anwalt. Ein eindrucksvolles Team, und ich habe Quiet Haven noch nie so in Aufruhr erlebt. Derart sauber und gepflegt war das Heim auch noch nie. Selbst die Plastikblumen am Empfang sind durch echte ersetzt worden. Anweisung aus der Zentrale.

Dex und sein Team werden von einem Manager der unteren Konzernebene in Empfang genommen, der sich vor lauter Lächeln gar nicht mehr einkriegt. Offizieller

Anlass für den Besuch ist, dass sich Dex in Quiet Haven umsehen will, das Heim inspizieren, Untersuchungen vornehmen, Fotos machen und Messungen durchführen muss, was er eine Stunde lang sehr gekonnt tut. Darauf hat er sich spezialisiert. Er muss »ein Gefühl für die Einrichtung bekommen«, die er verklagen will. Tatsächlich ist alles nur Show. Dex ist davon überzeugt, dass die Angelegenheit in aller Stille großzügig geregelt werden wird, ohne dass er überhaupt klagen muss.

Obwohl meine Schicht erst um einundzwanzig Uhr beginnt, treibe ich mich wie üblich im Heim herum. Mittlerweile haben sich Personal und Bewohner daran gewöhnt, mich zu allen möglichen Zeiten dort zu sehen. Es ist, als wäre ich immer da. Aber nicht mehr lange, so viel ist sicher.

Rozelle, die länger arbeitet als sonst, bereitet das Abendessen vor – »Kochen« kann man das ja nicht nennen, wie sie selbst sagt. Ich bleibe in der Küche, lasse ihr keine Ruhe, tratsche herum und helfe ihr ab und zu. Sie will wissen, was die Anwälte planen, und wie üblich kann ich nur spekulieren, warte dafür aber mit jeder Menge Theorien auf. Punkt achtzehn Uhr trudeln die Bewohner in der Cafeteria ein, und ich fange an, Tabletts mit der langweiligen Pampe hinauszutragen, die wir ihnen auftischen. Heute Abend gibt es gelbe Götterspeise.

Genau um 18.30 Uhr trete ich in Aktion. Ich verlasse die Cafeteria und gehe zu Zimmer 18, wo Mr. Spurlock auf seinem Bett sitzt und eine Abschrift seines Testaments liest. Mr. Hitchcock ist ein paar Türen weiter beim Abendessen, so dass wir uns in aller Ruhe unterhalten können.

»Haben Sie Fragen?«, erkundige ich mich. Das Dokument ist nur drei Seiten lang, teilweise verständlich formuliert, teilweise jedoch so verklausuliert, dass auch ein Juraprofessor keine Chance hätte. Dex hat eine besondere Begabung für solche Machwerke. Er ergänzt sie immer mit der richtigen Dosis Klartext, um den Unterzeichner davon zu überzeugen, dass er vielleicht nicht genau weiß, was er da unterschreibt, das Dokument aber in seinem Sinne abgefasst ist.

»Eigentlich schon«, meint Spurlock verunsichert.

»Ein Haufen juristischer Kram«, erkläre ich hilfsbereit. »Aber anders geht es nicht. Im Prinzip heißt es einfach, dass Sie alles dem Confederate Defense Fund als Treuhandvermögen hinterlassen und ich die Oberaufsicht bekomme. Entspricht das Ihrer Absicht?«

»Ja, und vielen Dank, Gill.«

»Es ist mir eine Ehre. Gehen wir.«

Wir lassen uns Zeit – Spurlock bewegt sich seit dem Schlaganfall deutlich langsamer – und schaffen es schließlich bis zum Eingangsbereich direkt an der Haupttür. Königin Wilma, Schwester Nancy und Trudy, die Empfangsdame, sind schon vor zwei Stunden verschwunden. Da es gerade Abendessen gibt, ist nichts los. Dex und seine Sekretärin warten auf uns. Die beiden Anwaltsassistenten und der Mann vom Konzern sind schon weg. Ich übernehme die Vorstellung. Spurlock setzt sich, und ich baue mich neben ihm auf, während Dex methodisch eine grobe Zusammenfassung des Dokuments durchgeht. Spurlock verliert fast sofort das Interesse, und das merkt Dex.

»Entspricht das Ihrer Absicht, Mr. Spurlock?«, fragt er, ganz verständnisvoller Berater.

»Ja«, erwidert Spurlock und nickt. Er hat den Rechts-
kram gründlich satt.

Dex zaubert einen Stift hervor, zeigt Spurlock, wo er
unterschreiben soll, setzt dann seine eigene Unterschrift
als Zeuge darunter und weist seine Sekretärin an, dasselbe zu tun. Die beiden bestätigen, dass Spurlock im
vollen Besitz seiner geistigen Kräfte ist. Dann unter-
zeichnet Dex eine beeidete Erklärung, und die Sekretärin zückt Notarssiegel und -stempel, mit denen sie das
Testament beurkundet. Ich habe das schon ein paarmal
erlebt, und die Frau beurkundet einfach alles. Wenn
man ihr eine Fotokopie der Magna Charta unter die
Nase hält und schwört, dass es sich um ein Original handelt, beurkundet sie selbst die.

Zehn Minuten nachdem er sein Testament unterschrieben hat, sitzt Lyle Spurlock in der Cafeteria und nimmt
sein Abendessen ein.

Eine Woche später ruft Dex an, um mir mitzuteilen,
dass er sich mit den leitenden Anwälten aus der Unter-
nehmenszentrale zu einer abschließenden Erörterung
des Vergleichs trifft. Er hat sich entschieden, großfor-
matige Abzüge der Aufnahmen zu zeigen, die ich von
der in ihren eigenen Körperflüssigkeiten liegenden nackten Harriet Markle gemacht habe. Außerdem wird er
die nachträglich korrigierten Einträge erwähnen, allerdings keine Kopien aushändigen. Damit wird er zwar
einen Vergleich erreichen, jedoch auch meine Rolle bei
dieser Sache preisgeben. Ich bin der Maulwurf, das
Leck, der Verräter, und obwohl mich die Firma nicht
gleich rauswerfen wird – dafür wird Dex mit seinen Dro-

hungen schon sorgen –, weiß ich aus Erfahrung, dass es an der Zeit ist, meine Zelte abzubrechen.

Am nächsten Tag ruft mich Dex mit der Nachricht an, man habe sich, selbstverständlich vertraulich, auf eine Vergleichssumme von vierhunderttausend Dollar geeinigt. Das mag angesichts des Fehlverhaltens der Firma und dessen, was für sie auf dem Spiel steht, nach wenig klingen, aber es ist kein schlechtes Ergebnis. Miss Harriet hat kein Einkommen und daher auch keine großen finanziellen Einbußen. Sie wird keinen Cent von dem Geld sehen, aber ich wette, ihre lieben Angehörigen streiten sich schon um die Beute. Meine Belohnung sind zehn Prozent Finderlohn von der Gesamtsumme.

Am nächsten Tag tauchen zwei Männer in dunklen Anzügen auf, und die Angst geht um in Quiet Haven. In Königin Wilmas Büro finden lange Besprechungen statt. Die Atmosphäre ist angespannt. Ich liebe solche Situationen und verbringe einen Großteil des Nachmittags in der Sicherheit von Rozelles Küche, während sich draußen die Gerüchte überschlagen. Da ich ihr eine wilde Theorie nach der anderen auftische, scheinen die meisten Gerüchte in der Küche zu entstehen. Mrs. Drell wird schließlich entlassen und aus dem Gebäude eskortiert. Schwester Angel wird entlassen und aus dem Gebäude eskortiert. Später am Tag hören wir, dass ich gesucht werde, woraufhin ich unauffällig durch eine Seitentür verschwinde.

In einer Woche oder so werde ich zurückkommen, um mich von Lyle Spurlock und ein paar anderen Freunden zu verabschieden. Ich werde mit Rozelle den neuesten Tratsch austauschen, sie umarmen und versprechen, ab und zu vorbeizukommen. Ich werde bei Miss Ruby vorbeifahren, die ausstehende Miete bezahlen, meine Habseligkeiten einsammeln und einen letzten Jim Beam mit Soda auf der Veranda genießen. Der Abschied wird nicht leicht werden, aber ich bin das Abschiednehmen gewöhnt.

So verlasse ich Clanton nach vier Monaten, und während ich Richtung Memphis fahre, kann ich mich einer gewissen Selbstzufriedenheit nicht erwehren. Allein der Finderlohn bedeutet ein gutes Jahr. Mr. Spurlock hat mir praktisch alles vererbt, selbst wenn ihm das nicht klar ist. (Den Confederate Defense Fund gibt es schon seit Jahren nicht mehr.) Wahrscheinlich wird er das Testament bis zu seinem Tod nicht mehr anfassen, und ich werde oft genug vorbeischauen, um dafür zu sorgen, dass das verflixte Ding in der Schublade bleibt. (Ich habe mehrere großzügige Freunde, denen ich regelmäßig einen Besuch abstatte.) Wenn er stirbt – was wir sofort erfahren werden, weil Dex' Sekretärin täglich die Nachrufe liest –, wird seine Tochter anrauschen, das Testament finden und durchdrehen. Sehr bald wird sie Anwälte engagieren, die es in einem hässlichen Verfahren anfechten werden. Sie werden alle möglichen abscheulichen Vorwürfe gegen mich erheben, was man ihnen nicht verdenken kann.

Über die Anfechtung von Testamenten entscheiden in Mississippi Geschworenengerichte, und ich habe nicht die Absicht, mich von zwölf Normalbürgern auf Herz und Nieren prüfen zu lassen und abzustreiten, dass ich mich bei einem alten Mann in seinen letzten Tage im Pflegeheim eingeschleimt habe. Kommt gar nicht infrage.

Wir gehen nie vor Gericht. Wir, Dex und ich, regeln diese Fälle lange vorher. Die Familie kauft sich normalerweise für etwa fünfundzwanzig Prozent des Nachlasses frei. Das ist billiger, als die Anwälte für einen Prozess zu bezahlen, außerdem will sich die Familie nicht unbedingt bei einem Prozess blamieren, wenn es hart auf hart geht und sie dazu befragt wird, wie wenig Zeit sie mit ihrem lieben Verstorbenen verbracht hat.

Nach vier Monaten harter Arbeit bin ich erschöpft. Ich werde ein oder zwei Tage in Memphis, meiner Basis, verbringen und dann nach Miami fliegen, wo ich eine Eigentumswohnung in South Beach habe. Wenn ich ein paar Tage in der Sonne gelegen und mich erholt habe, werde ich mein nächstes Projekt ins Auge fassen.

Ein Ort zum Sterben

WIE DIE MEISTEN GERÜCHTE, die durch Clanton fegten, entstand auch dieses entweder beim Herrenfriseur, in einem der Coffeeshops oder in der Geschäftsstelle des Gerichts. Sobald sie auf der Straße waren, entwischten sie einem und waren nicht mehr zu kontrollieren. Ein heißes Gerücht umrundete den großen Platz im Zentrum Clantons mit einer Geschwindigkeit, die sämtlichen Naturgesetzen widersprach, und wenn es zu seinem Ausgangspunkt zurückkehrte, war es häufig so verändert und entstellt, dass der Urheber es fast nicht wiedererkannte. Das ist typisch für Gerüchte, doch gelegentlich – zumindest in Clanton – stellte sich heraus, dass ein Gerücht der Wahrheit entsprach.

Im Herrenfriseurgeschäft auf der Nordseite des Platzes, wo Mr. Felix Upchurch seit fast fünfzig Jahren Haare schnitt und Ratschläge erteilte, wurde das Gerücht eines frühen Morgens von einem Mann in die Welt gesetzt, der in der Regel gut informiert war. »Ich habe gehört, dass Isaac Keanes jüngster Sohn wieder nach Hause kommt«, sagte er.

Plötzlich entstand eine Pause beim Haareschneiden,

Zeitunglesen, Zigarettenrauchen, Debattieren über das Spiel der Cardinals am Abend vorher. Dann sagte jemand: »Ist das nicht dieser merkwürdige Junge?« Stille. Dann das Klappern einer Schere, das Umblättern von Seiten, ein Husten hier, ein Räuspern da. Wenn im Friseurgeschäft heikle Themen zutage gefördert wurden, begegnete man ihnen zunächst einmal mit Vorsicht. Niemand wollte als Erster darauf anspringen, damit er nicht Gefahr lief, als Klatschmaul bezeichnet zu werden. Niemand wollte etwas bestätigen oder dementieren, denn eine falsche Tatsache oder eine irrtümliche Annahme konnte sich schnell verbreiten und Schaden anrichten, vor allem bei Angelegenheiten, die etwas mit Sex zu tun hatten. An anderen Orten der Stadt war man da weitaus weniger zögerlich. Es gab zwar nur wenig Zweifel daran, dass die Rückkehr des jüngsten Sprösslings der Familie Keane aus allen möglichen Blickwinkeln seziert werden würde, doch die Herren im Friseurgeschäft gingen wie immer sehr vorsichtig vor.

»Ich habe gehört, dass er sich nichts aus Mädchen macht.«

»Da hast du richtig gehört. Die Tochter meiner Cousine ist auf dieselbe Schule gegangen wie er, und sie hat gesagt, er sei schon immer schwul gewesen, ein richtiger Waschlappen. Sobald er konnte, ist er von hier verschwunden und in eine Großstadt gezogen. Ich glaube, es war San Francisco, aber leg mich nicht drauf fest.«

(»Leg mich nicht drauf fest« war eine Art Schutzmechanismus, mit dem man jegliche Haftung für das, was gerade gesagt worden war, ablehnte. Wenn man sich dergestalt abgesichert hatte, stand es anderen frei, das weiterzuerzählen, was gerade gesagt worden war, doch wenn sich herausstellte, dass die Information falsch war, konnte der, vom dem das Gerücht stammte, nicht dafür verantwortlich gemacht werden.)

»Wie alt ist er?«

Eine Pause, in der Berechnungen angestellt wurden.

»Einunddreißig, zweiunddreißig vielleicht.«

»Warum kommt er zurück?«

»Ich bin mir nicht ganz sicher, aber ich habe gehört, dass er todkrank ist und niemanden hat, der sich um ihn kümmert.«

»Er kommt zum Sterben nach Hause?«

»Das hab ich gehört.«

»Isaac würde sich im Grab umdrehen.«

»Ich hab gehört, dass die Familie ihm jahrelang Geld geschickt hat, damit er nicht mehr nach Clanton zurückkommt.«

»Haben sie Isaacs Geld denn nicht schon komplett durchgebracht?«

Daraufhin begann eine heftige Diskussion über Isaacs Geld und sein Erbe, sein Vermögen und seine Schulden, seine Frauen und Kinder und Verwandten, die sonderbaren Umstände seines Todes. Schließlich einigte man sich darauf, dass Isaac gerade noch zur rechten Zeit gestorben war, denn seine Familie bestehe aus lauter Idioten.

»Was für eine Krankheit hat der Junge denn?«

Rasco, einer der größten Schwätzer in der Stadt und bekannt dafür, dass er gern übertrieb, sagte: »Ich habe gehört, dass es diese Schwulenkrankheit ist. Unheilbar.«

Bickers, der mit seinen vierzig Jahren an diesem Morgen der jüngste Kunde war, erwiderte:»Du meinst doch nicht etwa AIDS, oder?«

»Das habe ich gehört.«

»Der Junge hat AIDS und kommt nach Clanton.«

»Hab ich zumindest gehört.«

»Das kann nicht sein.«

Minuten später wurde das Gerücht bestätigt, und zwar im Coffeeshop auf der Ostseite des Platzes, wo eine neugierige Kellnerin namens Dell schon seit vielen Jahren das Frühstück servierte. Die Gäste an diesem Morgen bestanden aus der üblichen Mischung von Polizisten, die gerade nicht im Dienst waren, und Fabrikarbeitern, dazwischen ein, zwei Anzugträger. Einer von ihnen sagte:»Dell, hast du schon was über den jüngsten Sohn der Keanes gehört? Den, der wieder nach Hause kommt?«

Dell, die gutmütige Gerüchte häufig aus reiner Langeweile in die Welt setzte, in der Regel aber über hervorragende Quellen verfügte, antwortete:»Er ist schon da.«

»Und? Hat er AIDS?«

»Irgendwas hat er mit Sicherheit. Er ist ganz blass und ausgezehrt und sieht jetzt schon aus wie der Tod persönlich.«

»Wann hast du ihn gesehen?«

»Ich hab ihn nicht gesehen. Aber die Haushälterin seiner Tante hat mir gestern Nachmittag alles über ihn erzählt.« Dell stand hinter der Theke und wartete auf eine Bestellung aus der Küche. Sämtliche Gäste im Coffeeshop hörten ihr zu.»Der Junge ist krank, daran gibt es keinen Zweifel. Und es gibt keine Heilung, man kann gar nichts dagegen tun. In San Francisco wollte sich niemand um ihn kümmern, deshalb ist er zum Sterben nach Hause gekommen. Traurig, das Ganze.«

»Und wo wohnt er?«

»Na ja, im Herrenhaus wird er mit Sicherheit nicht wohnen. Die Familie hat sich beraten und beschlossen, dass er dort nicht bleiben kann. Seine Krankheit ist furchtbar ansteckend und tödlich, daher haben sie ihn in einem von Isaacs alten Häusern in Lowtown untergebracht.«

»Er wohnt bei den Farbigen?«

»Hab ich gehört, ja.«

Es dauerte eine Weile, bis es alle begriffen hatten, doch dann ergab es durchaus einen Sinn. Der Gedanke daran, dass ein Keane jenseits der Eisenbahnschienen im Schwarzenviertel der Stadt lebte, war schwer nachzuvollziehen, aber es schien logisch zu sein, dass jemand mit AIDS nicht in den Teil der Stadt durfte, in dem die Weißen wohnten.

Dell fuhr fort: »Gott allein weiß, wie viele Hütten und Häuser der alte Keane in Lowtown gekauft und gebaut hat. Ich glaube, er besitzt immer noch ein paar Dutzend.«

»Bei wem wohnt er? Was glaubst du?«

»Das ist mir eigentlich egal. Ich will nur nicht, dass er hierherkommt.«

»Und was würdest du tun, wenn er jetzt hier reinspaziert und frühstücken will?«

Dell wischte sich die Hände an einem Geschirrtuch ab und starrte den Mann an, der die Frage gestellt hatte. Um ihren Mund bildete sich ein scharfer Zug. »Ich habe das Recht, einem Gast die Bedienung zu verweigern. Bei den Gästen, die ich hier habe, überlege ich mir das andauernd. Aber wenn *er* hier reinkommt, werde ich ihn bitten zu gehen. Schließlich ist der Junge hochansteckend, und wir reden hier nicht von einer gewöhnlichen Grippe. Wenn ich ihn bediene, bekommt vielleicht einer von euch seinen Teller oder sein Glas, wenn er das nächste Mal hier ist. Denkt mal darüber nach.«

Sie dachten eine ganze Weile darüber nach.

Schließlich fragte jemand: »Wie lange wird er noch leben? Was glaubst du?«

Diese Frage wurde gerade auch auf der anderen Straßenseite diskutiert, in der Geschäftsstelle im ersten Stock des Gerichtsgebäudes, wo die Mitarbeiter bei einer Tasse Kaffee und Plundergebäck die neuesten Nachrichten durchhechelten. Myra, die für die Archivierung der Grundstücksurkunden zuständig war, hatte ein Jahr vor Adrian Keane ihren Highschool-Abschluss gemacht, und natürlich hatten sie damals schon alle gewusst, dass er anders war. Sie hatte die Aufmerksamkeit aller.

Zehn Jahre nach ihrem Highschool-Abschluss, als Myra und ihr Mann Urlaub in Kalifornien machten, hatte sie Adrian angerufen. Sie hatten sich zum Mittagessen am Fisherman's Wharf getroffen und mit Alcatraz und der Golden Gate Bridge im Hintergrund über ihre Jugend in Clanton gesprochen. Adrian hatte offen über seinen Lebensstil Auskunft gegeben. Man schrieb das Jahr 1984, er hatte sich endlich zu seiner Homosexualität bekannt, lebte aber in keiner festen Beziehung. Er machte sich Sorgen über AIDS, eine Krankheit, von der Myra 1984 noch nie etwas gehört hatte. Die erste Welle

336

der Epidemie hatte in der Schwulenszene von San Francisco gewütet und erschreckend viele Tote gefordert. Es wurde dringend empfohlen, das Sexualverhalten zu ändern. Einige sterben nach sechs Monaten, hatte Adrian Myra und ihrem Mann erklärt. Andere halten ein paar Jahre durch. Er hatte bereits einige Freunde verloren.

Myra beschrieb ihrem gebannt lauschenden Publikum, das aus einem Dutzend Angestellten des Gerichts bestand, noch einmal ganz genau, wie das Mittagessen damals verlaufen war. Die Tatsache, dass sie in San Francisco gewesen und über die Golden Gate Bridge gefahren war, machte aus ihr etwas Besonderes. Die Urlaubsfotos hatten die anderen schon gesehen, und das mehr als einmal.

»Ich habe gehört, dass er schon hier ist«, sagte eine Mitarbeiterin.

»Wie lange hat er noch?«

Myra wusste es nicht. Seit dem Mittagessen vor fünf Jahren hatte sie keinen Kontakt mehr zu Adrian gehabt, und es war klar, dass sie jetzt keinen mehr wollte.

Die erste Sichtung wurde Minuten später bestätigt, als ein Mr. Rutledge das Friseurgeschäft betrat, um sich wie jede Woche die Haare nachschneiden zu lassen. Sein Neffe verteilte jeden Morgen bei Sonnenaufgang die Tageszeitung aus Tupelo, und jedes Haus in der Innenstadt von Clanton bekam eine. Der Neffe hatte die Gerüchte gehört und Ausschau gehalten. Er war langsam mit seinem Rad die Harrison Street hinuntergefahren und noch langsamer geworden, als er am Haus des alten Keane vorbeigekommen war. Und tatsächlich, an eben jenem Morgen, es war noch keine zwei Stunden her, hatte er einen Fremden gesehen, den er so bald nicht wieder vergessen würde.

Mr. Rutledge beschrieb die Begegnung. »Joey sagte, er habe noch nie einen Mann getroffen, der so krank ausgesehen hätte, bleich wie ein Toter, mit Flecken auf dem Arm, eingefallenen Wangen, dünnem Haar. Es war, als hätte er einen Kadaver vor sich gehabt.« Mr. Rutledge erzählte nur selten etwas weiter, ohne es vorher gebührend ausgeschmückt zu haben, was die anderen wussten. Aber sie hörten ihm aufmerksam zu. Niemand wagte es, infrage zu stellen, ob Joey, ein Dreizehnjähriger von sehr schlichtem Gemüt, ein Wort wie »Kadaver« benutzen würde.

»Was hat er gesagt?«

»Joey sagte: ›Guten Morgen‹, und der Mann sagte: ›Guten Morgen.‹ Dann hat Joey ihm die Zeitung gegeben, aber er hat aufgepasst, dass er ihm dabei nicht zu nahe kommt.«

»Kluger Junge.«

»Dann hat er sich auf sein Rad gesetzt und ist ganz schnell davongefahren. Man steckt sich doch nicht an, wenn man die gleiche Luft atmet, oder?«

Niemand wagte es, eine Vermutung anzustellen.

Um 8.30 Uhr hatte Dell von der Sichtung gehört, und die ersten Spekulationen über Joeys Gesundheit wurden angestellt. Um 8.45 Uhr schwatzten Myra und die Mitarbeiter der Geschäftsstelle am Gericht angeregt über die geisterhafte Gestalt, die vor dem Haus des alten Keane den Zeitungsjungen verschreckt hatte.

Eine Stunde später rollte ein Streifenwagen durch die Harrison Street, in dem zwei Polizeibeamte saßen, die sich fast den Hals verrenkten bei dem Versuch, einen Blick auf den Geist zu erhaschen. Und bis Mittag wussten alle Einwohner von Clanton, dass sie einen Mann in ihrer Mitte hatten, der an AIDS starb.

Das Geschäft wurde nach sehr kurzen Verhandlungen abgeschlossen. Langwieriges Feilschen wäre unter diesen Umständen sinnlos gewesen. Die Parteien waren einander nicht ebenbürtig, und daher war es auch keine Überraschung, dass die Weiße genau das bekam, was sie wollte.

Die Weiße war Leona Keane, Tante Leona für einige, Leona die Löwin für alle anderen, die uralte Matriarchin einer Familie, die sich schon lange auf dem absteigenden Ast befand. Die Schwarze war Miss Emporia, eine von lediglich zwei unverheirateten schwarzen Frauen in Lowtown. Auch Emporia befand sich bereits in fortgeschrittenem Alter, sie war etwa fünfundsiebzig, jedenfalls glaubte sie das, allerdings existierte keine Geburtsurkunde. Das Haus, das Emporia schon seit ewigen Zeiten gemietet hatte, gehörte der Familie Keane, was auch der Grund dafür war, dass man sich so schnell handelseinig wurde.

Emporia pflegte den Neffen und bekam dafür nach dessen Tod das Grundstück übertragen. Das kleine rosafarbene Haus in der Roosevelt Street würde ihr gehören, frei von Lasten. Die Grundstücksübertragung hatte nur wenig Bedeutung für die Familie Keane, da sie Isaacs Vermögen schon seit vielen Jahren dezimiert hatte. Doch für Emporia bedeutete die Übertragung alles. Der Gedanke daran, dass ihr geliebtes Heim bald ihr gehören würde, wog weitaus schwerer als ihre Bedenken, einen sterbenden weißen Jungen zu pflegen.

Da Tante Leona lieber tot umgefallen wäre, als sich auf der anderen Seite der Eisenbahnschienen blicken zu lassen, wies sie ihren Gärtner an, den Jungen hinüberzufahren und an seiner letzten Adresse abzuliefern. Als Leonas alter Buick vor Miss Emporias Haus hielt, betrachtete Adrian Keane das rosafarbene Haus mit der weißen Veranda, den in Hängeampeln gepflanzten Farnen, den Blumenkästen mit Stiefmütterchen und Geranien, dem winzigen, von einem weißen Lattenzaun umgebenen Vorgarten. Sein Blick ging zu dem kleinen Haus daneben, das zartgelb gestrichen war und genauso ordentlich und hübsch aussah. Er sah die Straße hinunter, bis zu einer Reihe schmaler, fröhlich wirkender Häuser, die mit Blumen und Schaukelstühlen und einladenden Türen geschmückt waren. Dann sah er wieder auf das rosafarbene Haus und beschloss, dass er lieber hier sterben wollte als keine zwei Kilometer entfernt in dem herrschaftlichen Haus, das er gerade verlassen hatte.

Der Gärtner, der immer noch Arbeitshandschuhe trug, um jedes Infektionsrisiko zu vermeiden, lud flugs die beiden teuren Lederkoffer aus, die Adrians ganzes Hab und Gut enthielten, und eilte ohne ein Wort des Abschieds und ohne einen Händedruck davon. Er hatte strikte Order von Miss Leona, den Buick unverzüglich nach Hause zu bringen und den Innenraum mit Desinfektionsmitteln zu schrubben.

Adrian sah die Straße hinunter und bemerkte ein paar Leute, die auf den Veranden ihrer Häuser Schutz vor der Sonne suchten. Dann nahm er sein Gepäck, betrat den kleinen Vorgarten und ging über einen gepflasterten Weg zur Treppe des rosafarbenen Hauses. Die Haustür öffnete sich, und vor ihm stand Miss Emporia, mit einem Lächeln auf den Lippen. »Herzlich willkommen, Mr. Keane«, sagte sie.

»Bitte lassen Sie das ›Mister‹ weg. Ich freue mich, Sie kennenzulernen«, erwiderte Adrian. Der Form halber wäre an diesem Punkt Händeschütteln angebracht gewesen, doch er war sich des Problems bewusst. »Es passiert zwar nichts, wenn wir uns die Hand geben, aber das lassen wir jetzt einfach.«

Emporia hatte nichts dagegen. Leona hatte sie gewarnt, dass sein Aussehen erschreckend sei. Nach einem Blick auf seine hohlen Wangen und Augen und die weißeste Haut, die sie je gesehen hatte, tat sie so, als würde sie seine ausgemergelte Gestalt, an der viel zu große Kleidung hing, nicht bemerken. Ohne zu zögern, wies sie auf einen kleinen Tisch auf der Veranda und fragte: »Möchten Sie ein Glas Eistee?«

»Das wäre schön, vielen Dank.«

Seinen Südstaatenakzent hatte er schon vor Jahren verloren. Emporia fragte sich, was der junge Mann seitdem noch alles verloren hatte. Nachdem sie sich an den Tisch aus Weidengeflecht gesetzt hatten, goss sie den zuckersüßen Eistee ein. Neben den Gläsern stand ein Unterteller mit Ingwerplätzchen. Sie nahm sich eines davon, er nicht.

»Wie steht es mit Ihrem Appetit?«, fragte sie.

»Er ist weg. Als ich vor Jahren von hier weggegangen bin, habe ich ziemlich viel abgenommen. Ich habe mir

das frittierte Zeug abgewöhnt, und danach war ich nie
wieder ein großer Esser. Und jetzt habe ich sowieso
nicht mehr viel Appetit.«

»Dann brauche ich also nicht viel zu kochen?«

»Ich glaube nicht. Sind Sie eigentlich damit einverstanden? Ich meine, mit dieser Regelung? Es sieht nämlich so aus, als hätte meine Familie es Ihnen aufgezwungen, was natürlich typisch für sie wäre. Wenn es Ihnen
unangenehm ist, kann ich mir auch etwas anderes suchen.«

»Die Regelung ist so in Ordnung, Mr. Keane.«

»Sagen Sie bitte Adrian zu mir. Und wie soll ich Sie
nennen?«

»Emporia. Wir reden uns mit dem Vornamen an.«

»Einverstanden.«

»Wo würden Sie denn etwas anderes finden?«

»Ich weiß es nicht. Zurzeit ist alles ein Provisorium.«
Seine Stimme klang heiser, und er sprach sehr langsam,
als würde ihn das Reden anstrengen. Adrian trug ein
blaues Baumwollhemd, Jeans und Sandalen.

Emporia hatte früher einmal in einem Krankenhaus
gearbeitet und viele Krebspatienten in deren letzten Tagen gesehen. Ihr neuer Freund erinnerte sie an diese
armen Menschen. Doch so krank er auch war, früher
war er mit Sicherheit ein gut aussehender junger Mann
gewesen.

»Sind *Sie* denn mit dieser Regelung zufrieden?«, fragte sie.

»Warum sollte ich nicht?«

»Ein Weißer aus einer bekannten Familie wohnt hier
in Lowtown bei einer alten schwarzen Jungfer.«

342

»Wer weiß, vielleicht wird es ja ganz lustig«, sagte er und lächelte zum ersten Mal.

»Ich bin sicher, dass wir uns gut verstehen werden.« Er rührte seinen Tee um. Das Lächeln verschwand, als der Moment der Leichtigkeit vorbei war. Auch Emporia rührte ihren Tee um und dachte: Der arme Mann. Er hat so wenig, über das er lächeln kann.

»Ich habe Clanton aus vielen Gründen verlassen«, sagte er. »Für Leute wie mich, für Homosexuelle, ist es hier nicht schön. Und für Leute wie Sie ist es auch nicht gerade das Paradies. Ich hasse die Art, in der ich erzogen wurde. Ich schäme mich dafür, wie meine Familie Schwarze behandelt hat. Die Bigotterie in dieser Stadt habe ich gehasst. Außerdem wollte ich unbedingt in die Großstadt.«

»San Francisco?«

»Zuerst bin ich nach New York gegangen und habe einige Jahre dort gelebt, dann habe ich einen Job an der Westküste bekommen. Irgendwann bin ich nach San Francisco gezogen. Und dann bin ich krank geworden.«

»Warum sind Sie denn zurückgekommen, wenn Sie diese Stadt so verabscheuen?«

Adrian atmete aus, als würde er für die Antwort eine Stunde brauchen oder gar keine haben. Er wischte sich den Schweiß von der Stirn, Schweiß, der nicht von der hohen Luftfeuchtigkeit verursacht wurde, sondern von seiner Krankheit. Er trank einen Schluck aus seinem Teeglas. Schließlich sagte er: »Ich weiß es nicht so genau. In letzter Zeit habe ich viele sterben sehen und bin auf mehr Beerdigungen gewesen, als mir lieb ist. Ich konnte den Gedanken daran nicht ertragen, in einem kalten

Mausoleum in einer weit entfernten Stadt begraben zu werden. Vielleicht ist das so ein Südstaatending. Irgendwann kommen wir alle wieder nach Hause.«

»Das klingt einleuchtend.«

»Außerdem ist mir das Geld ausgegangen, um ehrlich zu sein. Die Medikamente sind sehr teuer. Ich brauchte meine Familie, zumindest ihre finanzielle Unterstützung. Es gibt auch noch andere Gründe. Das Ganze ist ziemlich kompliziert. Ich wollte meine Freunde nicht mit noch einem qualvollen Sterben belasten.«

»Und Sie hatten vor, drüben bei Ihrer Familie zu bleiben, nicht hier in Lowtown, stimmt's?«

»Ich bleibe viel lieber hier, das können Sie mir glauben, Emporia. Sie wollten nicht, dass ich nach Clanton zurückkomme. Jahrelang haben sie mir Geld geschickt, damit ich wegbleibe. Sie haben mich verleugnet, enterbt, sich geweigert, meinen Namen auszusprechen. Da habe ich mir gedacht, ich könnte ihr Leben doch noch ein letztes Mal aufmischen. Sie ein bisschen leiden lassen. Und sie dazu bringen, Geld für mich ausgeben zu müssen.«

Vor dem Haus fuhr langsam ein Streifenwagen die Straße hinunter. Keiner von beiden erwähnte ihn. Als er weg war, trank Adrian einen Schluck Eistee und sagte: »Ich sollte Ihnen vielleicht einige Informationen geben, zumindest die Grundlagen. Ich habe seit etwa drei Jahren AIDS und werde nicht mehr lange leben. Es kann eigentlich nichts passieren. Man kann sich nur durch Kontakt mit Körperflüssigkeiten anstecken, daher sollten wir uns darüber einig sein, dass wir keinen Sex miteinander haben werden.«

Emporia brüllte vor Lachen, und kurz darauf stimmte Adrian mit ein. Sie lachten, bis ihnen die Tränen kamen, bis die Veranda zitterte, bis sie über sich selbst lachten, weil sie so lachen mussten. Einige Nachbarn hoben erstaunt den Kopf und starrten zu ihnen hinüber. Als sie sich endlich wieder beruhigt hatten, sagte sie: »Ich hatte schon so lange keinen Sex mehr, dass ich gar nicht mehr weiß, wie es geht.«

»Ich kann Ihnen versichern, dass ich genug Sex für mich, für Sie und für halb Clanton gehabt habe. Aber diese Zeit ist vorbei.«

»Bei mir auch.«

»Gut. Sie behalten Ihre Hände bei sich, und ich werde das Gleiche tun. Abgesehen davon wäre es vernünftig, einige Vorsichtsmaßnahmen zu treffen.«

»Gestern war die Krankenschwester da und hat mir alles erklärt.«

»Gut. Wäsche, Geschirr, Lebensmittel, Medikamente, Badhygiene. Sie wissen Bescheid?«

»Ja.«

Er rollte den linken Ärmel seines Hemdes auf und zeigte auf einen dunklen Fleck. »Manchmal platzen diese Dinger hier auf, und wenn das passiert, lege ich einen Verband an. Ich sag's Ihnen, wenn es so weit ist.«

»Ich dachte, wir lassen die Finger voneinander.«

»Stimmt. Nur für den Fall, dass Sie sich nicht beherrschen können.«

Sie lachte wieder, aber nur kurz.

»Emporia, im Ernst, das Risiko einer Ansteckung ist sehr gering.«

»Das habe ich schon verstanden.«

»Ich bin mir sicher, dass Sie das verstanden haben, aber ich will nicht, dass Sie in Angst vor mir leben. Ich habe gerade vier Tage mit den Menschen verbracht, die von meiner Familie noch übrig sind, und sie haben mich behandelt, als wäre ich radioaktiv. Die Leute hier werden das Gleiche tun. Ich bin Ihnen sehr dankbar dafür, dass Sie sich bereiterklärt haben, mich zu pflegen, und ich möchte nicht, dass Sie sich Sorgen machen. Es wird nicht schön sein. Ich sehe jetzt schon so aus, als wäre ich tot, und es wird noch schlimmer kommen.«

»Sie haben es schon einmal erlebt, nicht wahr?«

»O ja. Schon viele Male. In den letzten fünf Jahren habe ich ein Dutzend Freunde verloren. Es ist grauenhaft.«

Emporia hatte so viele Fragen, über diese Krankheit und seinen Lebensstil, über seine Freunde und so weiter, doch sie stellte sie alle für später zurück. Er schien plötzlich müde zu sein. »Kommen Sie, ich zeige Ihnen das Haus«, sagte sie.

Der Streifenwagen rollte wieder vorbei. Adrian starrte ihm hinterher. »Wie oft fährt die Polizei in dieser Straße denn Streife?«

Fast nie, wollte sie antworten. Es gab Straßen in Lowtown, in denen die Häuser nicht so gepflegt, die Nachbarn nicht so zuverlässig waren. Es gab üble Spelunken, eine Billardhalle, ein Spirituosengeschäft, Gruppen von jungen, arbeitslosen Männern, die an den Straßenecken herumlungerten, und dort sah man tagsüber öfter einen Streifenwagen. Sie sagte: »Oh, ab und zu kommen sie schon mal vorbei.«

Kaum hatten sie das Haus betreten, standen sie auch schon im Wohnzimmer. »Das Haus ist ziemlich klein«, sagte sie wie zur Entschuldigung. Schließlich war Adrian in einem prächtigen Haus in einer von Bäumen gesäumten Straße aufgewachsen. Und jetzt stand er in einer kleinen Hütte, die sein Vater gebaut hatte und im Besitz seiner Familie war.

»Es ist doppelt so groß wie die Wohnung, die ich in New York hatte«, erwiderte er.

»Was Sie nicht sagen.«

»Im Ernst. Es ist hübsch. Ich werde hier glücklich sein.«

Die Holzböden glänzten vor Bohnerwachs. Die Möbel standen genau mittig an den Wänden. Die Fenster waren frisch geputzt. Es gab keinerlei Unordnung, und alles wirkte äußerst gepflegt. Hinter dem Wohnzimmer und der Küche lagen zwei Schlafzimmer. In Adrians Zimmer stand ein Doppelbett mit einem Eisengestell, das die Hälfte des Raums einnahm. Außerdem gab es einen winzigen Wandschrank, eine Kommode, die selbst für ein Kind zu klein war, und ein ins Fenster eingebautes Klimagerät.

»Es ist perfekt. Wie lange wohnen Sie schon hier?«

»Hm, etwa fünfundzwanzig Jahre.«

»Ich bin so froh, dass es bald Ihnen gehören wird.«

»Ich auch, aber Sie brauchen sich nicht zu beeilen. Sind Sie müde?«

»Ja.«

»Möchten Sie ein Nickerchen machen? Die Krankenschwester sagte, Sie bräuchten viel Schlaf.«

»Ein Nickerchen wäre großartig.«

347

Emporia schloss die Tür hinter sich, und es wurde still im Zimmer.

Während er schlief, kam ein Nachbar von der anderen Straßenseite auf die Veranda und setzte sich zu Emporia. Er hieß Herman Grant und war tendenziell neugierig. »Was macht denn der weiße Junge hier?«, fragte er.

Emporia hatte eine Antwort für ihn, die sie sich schon vor ein paar Tagen zurechtgelegt hatte. Die Fragen und Konfrontationen würden kommen und gehen, so hoffte sie jedenfalls. »Das ist Adrian Keane, Mr. Isaac Keanes jüngster Sohn. Er ist sehr krank, und ich habe mich bereiterklärt, ihn zu pflegen.«

»Wenn er krank ist, warum ist er dann nicht im Krankenhaus?«

»Diese Art von Krankheit hat er nicht. Im Krankenhaus kann man nichts für ihn tun. Er muss sich ausruhen und jeden Tag einen Sackvoll Tabletten schlucken.«

»Wird er sterben?«

»Vermutlich ja, Herman. Es wird noch ein bisschen schlimmer werden, und dann wird er sterben. Es ist sehr traurig.«

»Hat er Krebs?«

»Nein, Krebs hat er nicht.«

»Was hat er dann?«

»Eine andere Krankheit, Herman. Etwas, das sie in Kalifornien haben.«

»Das ergibt keinen Sinn.«

»Was ergibt schon einen Sinn?«

»Ich verstehe nicht, warum er bei dir wohnt, hier, auf unserer Seite der Stadt.«

»Wie ich schon sagte, Herman, ich pflege ihn.«

»Haben sie dich dazu gezwungen, weil das Haus ihnen gehört?«

»Nein.«

»Bekommst du Geld dafür?«

»Das geht dich nichts an.«

Herman stand auf und ging die Straße hinunter. Es dauerte nicht lange, bis alle Bescheid wussten.

Der Polizeichef kam in den Coffeeshop, um Pfannkuchen zu essen, und es dauerte nicht lange, bis Dell ihn sich vorknöpfte. »Ich verstehe einfach nicht, warum ihr den Jungen nicht unter Quarantäne stellen könnt«, sagte sie im Interesse der anderen Gäste so laut wie möglich. Die anderen Gäste spitzten die Ohren.

»Dazu brauche ich einen Gerichtsbeschluss«, erwiderte der Polizeichef.

»Dann kann er sich also frei in der Stadt bewegen und überall seine Bazillen verbreiten?«

Der Polizeichef war ein geduldiger Mann, der im Laufe der Jahre viele Krisen gemeistert hatte. »Dell, wir können uns alle frei bewegen. Das steht irgendwo in unserer Verfassung.«

»Und wenn er jemanden infiziert? Was werden Sie dann sagen?«

»Wir haben beim Gesundheitsamt nachgefragt. Letztes Jahr sind in Mississippi dreiundsiebzig Menschen an AIDS gestorben, die Leute dort kennen sich also damit aus. AIDS ist nicht so wie eine Grippe. Man kann sich nur über Körperflüssigkeiten anstecken.«

Stille herrschte, als Dell und die übrigen Gäste darüber nachdachten, wie viele verschiedene Flüssigkeiten

349

der menschliche Körper produzierte. Der Polizeichef nutzte die Pause, um einen Teil seiner Pfannkuchen zu essen, und nachdem er einen Bissen hinuntergeschluckt hatte, sagte er: »Es besteht kein Grund zur Sorge. Wir haben alles unter Kontrolle. Er stört niemanden. Sitzt doch nur die meiste Zeit über auf der Veranda, zusammen mit Emporia.«

»Ich habe gehört, dass die Leute dort sehr empört sind.«

»Das habe ich auch gehört.«

Im Friseurgeschäft sagte einer der Stammkunden: »Ich habe gehört, dass die Farbigen nicht gerade erfreut darüber sind, ihn bei sich zu haben. Man erzählt sich, dass sich dieser merkwürdige Junge in einem der Miethäuser versteckt, die seinem Vater gehört haben. Die Leute sind wütend.«

»Das kann ich ihnen nicht verdenken. Was würdest du denn machen, wenn er neben dir einziehen würde?«

»Ich würde meine Schrotflinte holen und dafür sorgen, dass er auf seiner Seite des Zauns bleibt.«

»Er tut doch niemandem was. Warum regen sich alle so auf?«

»Gestern Abend habe ich einen Artikel in der Zeitung gelesen, nach dem AIDS die tödlichste Krankheit der Weltgeschichte werden wird. Millionen werden daran sterben, vor allem in Afrika, wo es offenbar jeder mit jedem treibt.«

»Ich dachte, das wäre in Hollywood.«

»Da auch. Kalifornien hat mehr AIDS-Kranke als jeder andere Bundesstaat.«

»Hat sich der junge Keane nicht auch in Kalifornien angesteckt?«

»So hab ich's gehört.«

»Kaum zu glauben, dass wir 1989 hier in Clanton auch AIDS haben.«

In der Geschäftsstelle des Gerichts stand eine junge Dame namens Beth bei Donuts und Kaffee im Mittelpunkt, denn ihr Mann war Polizeibeamter und gestern mit dem Auftrag losgeschickt worden, in Lowtown nach dem Rechten zu sehen. Als er an dem kleinen rosafarbenen Haus von Emporia Nester vorbeigefahren war, hatte er auf der vorderen Veranda tatsächlich einen blassen, abgemagerten jungen Weißen gesehen. Weder der Polizeibeamte noch seine Frau hatten Adrian Keane je kennengelernt, doch da sich die halbe Stadt alte Jahrbücher der Clanton High School besorgt hatte, waren Klassenfotos im Umlauf. Und da der Polizeibeamte darauf trainiert war, Verdächtige schnell zu identifizieren, war er ziemlich sicher, dass er tatsächlich Adrian Keane gesehen hatte.

»Warum überwacht ihn die Polizei eigentlich?«, fragte Myra etwas irritiert.

»Mein Mann war nur dort, weil man ihm gesagt hat, dass er hinfahren soll«, antwortete Beth kurz angebunden.

»Es ist doch kein Verbrechen, eine Krankheit zu haben, oder etwa doch?«

»Nein, aber die Polizei muss die Öffentlichkeit schützen.«

»Dann können wir also ruhig schlafen, weil die Polizei Adrian Keane überwacht und dafür sorgt, dass er auf der Veranda bleibt? Willst du das damit sagen, Beth?«

»Das habe ich nicht gesagt, und du sollst mir keine Worte in den Mund legen. Ich kann für mich selbst sprechen.«

Und so ging es weiter.

Adrian Keane schlief lange und blieb dann noch eine Weile im Bett liegen, während er an die weiß gestrichene Decke starrte und sich fragte, wie viele Tage er wohl noch hatte. Wieder einmal fragte er sich, warum er eigentlich hier war, doch er kannte die Antwort schon. Er hatte zu viele seiner Freunde sterben sehen. Vor Monaten schon hatte er beschlossen, dass er die Freunde, die noch lebten, nicht mit seinem Anblick belasten wollte. Es war einfacher, sich mit einem schnellen Kuss und einer innigen Umarmung zu verabschieden, solange er dazu noch in der Lage war.

Seine erste Nacht in dem rosafarbenen Haus war wie immer gewesen: Schüttelfröste und Schweißausbrüche, Erinnerungen und Alpträume, kurze Nickerchen und lange Phasen, in denen er in die Dunkelheit starrte. Als er aufwachte, war er müde, und er wusste, dass die Müdigkeit nie wieder weichen würde. Schließlich stand er langsam auf, zog sich an und machte sich an die Einnahme seiner Medikamente. Vor ihm standen über ein Dutzend Tablettenflaschen, alle ordentlich aufgereiht, alle in exakt der Reihenfolge, die die Ärzte vorgeschrieben hatten. Die erste Ladung bestand aus acht verschiedenen Medikamenten, die er mit einem Glas Wasser hinunterspülte. Mehrmals am Tag würde er zurückkommen, um weitere Kombinationen zu schlucken, und als er die Deckel auf die Flaschen schraubte, musste er daran denken, wie sinnlos das Ganze war. Die Tabletten waren nicht dazu da, sein Leben zu retten – dieses Medikament musste erst noch erfunden werden –, sondern dienten nur dazu, es ein bisschen zu verlängern. Aber nur vielleicht. Warum machte er sich überhaupt Gedanken darüber? Die Tabletten kosteten eintausend Dollar im Monat, Geld, das seine Familie nur widerwillig herausrückte. Zwei Freunde hatten Selbstmord begangen, und er musste ständig an sie denken.

Das Haus hatte sich bereits aufgeheizt, und er musste an die langen, schwülen Tage seiner Kindheit denken, an die drückend heißen Sommer, die er in seinem anderen Leben überhaupt nicht vermisst hatte.

Als er Emporia in der Küche hörte, ging er hinüber, um ihr einen guten Morgen zu wünschen.

Er aß weder Fleisch noch Milchprodukte, und so einigten sie sich schließlich auf einen Teller aufgeschnittene Tomaten aus ihrem Garten. Was für ein seltsames Frühstück, dachte sie, doch Tante Leona hatte gesagt, sie solle ihm zu essen geben, was immer er wolle. »Er ist lange weg gewesen«, hatte sie gesagt. Nach dem Frühstück machten sie sich eine Tasse süßen Zichorienkaffee aus Pulver und setzten sich auf die Veranda.

Emporia wollte alles über New York City wissen, einen Ort, den sie nur aus Büchern und aus dem Fernsehen kannte. Und Adrian erzählte, redete über die Jahre, die er dort verbracht hatte, das College, seinen ersten Job, die vollgestopften Straßen, die unzähligen Geschäfte und Läden, die ethnisch geprägten Viertel, die Menschenmassen und das wilde Nachtleben. Eine Dame, die mindestens so alt war wie Emporia, blieb vor dem Haus stehen und rief:»Hallo, Emporia.«

»Guten Morgen, Doris. Setz dich doch zu uns.«

Doris zögerte nicht. Sie wurden einander vorgestellt, ohne Händeschütteln. Doris war die Frau von Herman Grant, dem Mann von gegenüber. Falls sie Adrians Gegenwart nervös machte, ließ sie es sich nicht anmerken. Nach wenigen Minuten unterhielten sich die beiden Frauen über ihren neuen Prediger, einen Mann, von dem sie noch nicht so richtig wussten, ob sie ihn mochten, und danach ging es um den Klatsch aus der Kirchengemeinde. Eine Weile vergaßen sie Adrian völlig, der sich mit der Rolle des amüsierten Zuhörers zufriedengab. Als das Thema Kirche durch war, machten die beiden Damen mit der Familie weiter. Emporia hatte natürlich keine Kinder, dafür hatte Doris genug für beide. Acht, von denen die meisten in den Norden gezogen waren, dazu über dreißig Enkelkinder und noch einige in der nächsten Generation. Alle möglichen Abenteuer und Konflikte wurden diskutiert.

Nach einer Stunde, in der er nur zugehört hatte, warf Adrian während einer kleinen Pause im Redefluss der beiden Damen ein:»Emporia, eine Frage: Ich muss in die Bücherei und ein paar Bücher leihen. Zum Laufen ist es wahrscheinlich zu weit, oder?«

Emporia und Doris sahen ihn von der Seite her an, sagten aber nichts. Selbst nach einem flüchtigen Blick auf Adrian war klar, dass er so schwach war, dass er es nicht einmal bis ans Ende der Straße schaffen würde. Bei dieser Hitze würde der arme Junge vermutlich einen

Steinwurf von dem rosafarbenen Haus entfernt zusammenbrechen.

Clanton hatte eine Bücherei, die in der Nähe des Stadtzentrums lag, aber eine Zweigstelle in Lowtown war nie in Erwägung gezogen worden.

»Wie machen Sie Ihre Besorgungen?«, fragte er. Es war klar, dass Emporia kein Auto besaß.

»Rufen Sie einfach bei Black and White an.«

»Bei wem?«

»Black and White Taxi«, sagte Doris. »Wir fahren andauernd damit.«

»Sie kennen Black and White nicht?«, fragte Emporia.

»Ich bin vierzehn Jahre weg gewesen.«

»Das merkt man. Es ist eine lange Geschichte.« Emporia rückte ihr Kissen zurecht und machte sich für die Geschichte bereit.

»Ja, das stimmt«, fügte Doris hinzu.

»Es gibt hier zwei Brüder, die beide mit Vornamen Hershel heißen. Der eine schwarz, der andere weiß, etwa im gleichen Alter. Ungefähr vierzig, würde ich sagen, nicht wahr, Doris?«

»Vierzig dürfte hinkommen.«

»Derselbe Vater, verschiedene Mütter. Eine hier. Eine auf der anderen Seite der Schienen. Der Vater ist schon vor langer Zeit abgehauen, und die beiden Hershels kannten die Wahrheit, verdrängten sie aber. Irgendwann haben sie sich dann mal zusammengesetzt und akzeptiert, was die ganze Stadt sowieso schon wusste. Sie sehen sich ziemlich ähnlich, findest du nicht auch, Doris?«

»Der Weiße ist größer, aber der Farbige hat sogar grüne Augen.«

»Jedenfalls haben sie ein Taxiunternehmen gegründet. Sie haben zwei alte Fords mit unzähligen Kilometern gekauft und sie schwarz und weiß lackiert. Das ist auch der Name der Firma. Sie holen die Leute hier ab und fahren sie nach drüben, wo sie Häuser putzen und einkaufen gehen, und manchmal nehmen sie auch jemanden von drüben mit und bringen ihn her.«

»Wozu?«, fragte Adrian.

Emporia sah Doris an, die ihren Blick erwiderte und dann die Augen niederschlug. Adrian roch schmutzige Kleinstadtwäsche und war fest entschlossen, mehr zu erfahren. »Also, meine Damen: Warum bringen die Taxis Weiße über die Eisenbahnschienen?«

»Hier gibt es Pokerspiele«, gab Emporia zu. »Das habe ich jedenfalls gehört.«

»Und ein paar von diesen Frauen«, fügte Doris leise hinzu.

»Und schwarzgebrannten Whiskey.«

»Ich verstehe«, sagte Adrian.

Nun, da die Wahrheit heraus war, beobachteten die drei eine junge Mutter, die mit einer braunen Papiertüte voller Lebensmittel in der Hand die Straße hinunterging.

»Dann rufe ich also einfach einen der beiden Hershels an und lasse mich in die Bücherei fahren?«, fragte Adrian.

»Ich rufe gern für Sie an. Die kennen mich.«

»Es sind nette Jungs«, ergänzte Doris. Emporia stand auf und ging ins Haus. Adrian lächelte und versuchte, die Geschichte von den beiden Brüdern namens Hershel zu glauben.

»Emporia ist eine reizende Frau«, sagte Doris, während sie sich Luft zufächelte.

»Allerdings.«

»Hat nur nie den richtigen Mann gefunden.«

»Wie lange kennen Sie sie schon?«

»Noch nicht lange. Dreißig Jahre vielleicht.«

»Dreißig Jahre sind nicht lang?«

Ein Schmunzeln. »Vielleicht für Sie, aber ich bin mit einigen der Leute hier aufgewachsen, und das ist schon ziemlich lange her. Für wie alt halten Sie mich?«

»Fünfundvierzig.«

»So ein Quatsch. In drei Monaten werde ich achtzig.«

»Nein!«

»Gott ist mein Zeuge.«

»Wie alt ist Herman?«

»Er sagt, dass er zweiundachtzig ist, aber das nehme ich ihm nicht ab.«

»Und wie lange sind Sie schon verheiratet?«

»Wir haben geheiratet, als ich fünfzehn war. Das ist schon lange her.«

»Und Sie haben acht Kinder?«

»Ich habe acht. Herman hat elf.«

»Herman hat mehr Kinder als Sie?«

»Er hat drei Kinder außerhalb der Ehe.«

Adrian beschloss, das Konzept von Kindern »außerhalb der Ehe« nicht weiter zu erkunden. Vielleicht würde er es verstehen, wenn er in Clanton leben würde, vielleicht auch nicht. Emporia kam mit einem Tablett voller Gläser und einem Krug Eiswasser zurück. Um sie zu beruhigen, hatte Adrian darauf bestanden, dass er jedes

Mal dasselbe Geschirr und Besteck benutzte. Sie goss Eiswasser mit Zitrone in das für ihn vorgesehene Glas, ein skurriles Souvenir von der Landwirtschaftsmesse des County 1977.

»Ich habe mit dem weißen Hershel telefoniert. Er ist gleich da«, sagte Emporia.

Sie tranken ihr Eiswasser, fächelten sich Luft zu, redeten über die Hitze. Doris sagte. »Er denkt, dass ich fünfundvierzig bin, Emporia. Was sagst du dazu?«

»Weiße haben dafür keinen Blick. Da ist das Taxi.«

Offenbar gab es an einem Dienstagmorgen nicht viele Fahrgäste, denn das Taxi kam keine fünf Minuten nach Emporias Anruf. Es war ein alter Ford Fairlane, schwarz mit weißen Türen und einer weißen Motorhaube, blank geputzt mit glänzenden Felgen und Telefonnummern auf den Kotflügeln.

Adrian stand auf und reckte sich langsam, als müsste er über jede einzelne Bewegung nachdenken. »Ich bin in etwa einer Stunde zurück. Ich gehe nur in die Bücherei und leihe mir ein paar Bücher aus.«

»Wird das nicht zu viel für Sie?«, fragte Emporia besorgt.

»Aber nein. Ich schaff das schon. Miss Doris, es hat mich gefreut, Sie kennenzulernen«, sagte er fast wie ein echter Südstaatler.

»Bis später«, entgegnete Doris mit einem breiten Lächeln.

Adrian ging die Treppe der Veranda hinunter und war auf halbem Weg zur Straße, als der weiße Hershel aus dem Taxi stieg und brüllte: »O nein! Sie kommen mir nicht in mein Taxi!« Er ging um das Auto herum und deutete wütend auf Adrian. »Ich habe schon von Ihnen gehört.«

Adrian blieb wie erstarrt stehen und wusste nicht, was er sagen sollte.

Hershel schimpfte weiter. »Sie ruinieren mir nicht das Geschäft!«

Emporia war zur Treppe gegangen. »Es ist schon in Ordnung, Hershel. Ich gebe Ihnen mein Wort darauf.« »Sie brauchen nichts mehr zu sagen, Miss Nester. Es geht nicht um Sie. Er kommt mir nicht in meinen Wagen. Sie hätten mir sagen müssen, dass ich *ihn* fahren soll.«

»Hershel, jetzt beruhigen Sie sich doch.«

»Die ganze Stadt weiß über ihn Bescheid. Auf keinen Fall. Auf gar keinen Fall.« Hershel marschierte zur offenen Fahrertür, stieg ein, schlug sie zu und fuhr davon.

Adrian sah dem Wagen hinterher, bis er am Ende der Straße verschwand, dann drehte er sich langsam um und ging die Treppe hoch, an den Frauen vorbei und ins Haus. Er war müde und musste sich hinlegen.

Die Bücher kamen am späten Nachmittag. Doris hatte eine Nichte, die Lehrerin an der Grundschule war, und diese hatte sich bereiterklärt, alles auszuleihen, was Adrian wollte. Er hatte beschlossen, endlich die Romane von William Faulkner wieder anzugehen, einem Schriftsteller, den man ihm in der Highschool aufgezwungen hatte. Damals hatte Adrian wie alle Schüler in Mississippi geglaubt, dass es irgendwo ein Gesetz gab, das Englischlehrer dazu nötigte, Faulkner in den Lehrplan aufzunehmen. Er hatte sich durch *Eine Legende, Requiem für eine Nonne, Die Unbesiegten* und andere Romane gequält, die er zu vergessen versucht hatte, und irgendwann hatte er dann nach der Hälfte von *Schall und Wahn* aufgegeben. Jetzt, am Ende seines Lebens, wollte er Faulkner endlich verstehen.

Nach dem Abendessen – in diesem Teil der Stadt wurde es »Abendbrot« genannt – setzte er sich auf die Veranda, während Emporia den Abwasch erledigte, und begann mit *Soldatenlohn*, den Faulkner 1926 mit gerade einmal neunundzwanzig Jahren veröffentlicht hatte. Nachdem er einige Seiten gelesen hatte, machte er eine kleine Pause. Er lauschte auf die Geräusche in der Umgebung: das leise Gelächter von den anderen Veranden, das Kreischen von Kindern, die in einiger Entfernung spielten, ein Fernsehgerät drei Häuser weiter, die schrille Stimme einer Frau, die mit ihrem Mann stritt. Er beobachtete den spärlichen Fußgängerverkehr auf der Roosevelt Street und war sich der neugierigen Blicke bewusst, die ihm zugeworfen wurden, wenn jemand an dem rosafarbenen Haus vorbeiging. Trafen sich die Blicke, lächelte und nickte er jedes Mal, und manchmal gab es dafür eine zögerliche Begrüßung.

Als es dämmerte, kam Emporia auf die Veranda und machte es sich in ihrem Lieblingsschaukelstuhl bequem. Eine Weile wurde nichts gesagt. Das war auch gar nicht notwendig, denn inzwischen waren sie alte Bekannte.

Schließlich sagte sie: »Das mit Hershel und dem Taxi tut mir wirklich leid.«

»Machen Sie sich deshalb keine Gedanken. Ich verstehe ihn.«

»Er ist einfach dumm.«

»Ich habe schon Schlimmeres erlebt, Emporia, und Sie auch.«

»Das mag sein. Aber das macht es nicht wieder gut.«

»Nein, tut es nicht.«

»Möchten Sie noch einen Eistee?«

»Nein. Ich hätte gern etwas Stärkeres.«

Sie dachte einen Moment darüber nach und antwortete nicht.

»Emporia, ich weiß, dass Sie nicht trinken. Ich schon. Ich bin kein Säufer, aber jetzt hätte ich wirklich gern einen Drink.«

»In diesem Haus wurde noch nie Alkohol getrunken.«

»Dann trinke ich ihn eben hier auf der Veranda.«

»Adrian, ich bin eine christliche Frau.«

»Ich kenne eine Menge Christen, die Alkohol trinken. Lesen Sie doch mal 1 Timotheus, Kapitel 5, Vers 23, wo Paulus dem Timotheus empfiehlt, ein wenig Wein zu trinken, um seinen kranken Magen zu kurieren.«

»Haben Sie Probleme mit Ihrem Magen?«

»Ich habe überall Probleme. Ich brauche etwas Wein, damit es mir bessergeht.«

»Davon habe ich noch nie etwas gehört.«

»Ihnen würde es dann bestimmt auch bessergehen.«

»Mein Magen ist völlig in Ordnung.«

»Also gut. Dann trinken Sie eben Tee und ich Wein.«

»Wo wollen Sie denn Ihren Wein herbekommen? Um diese Zeit sind die Spirituosengeschäfte schon geschlossen.«

»Sie schließen um zehn. Das ist in Mississippi gesetzlich geregelt. Ich wette, Sie haben hier eins ganz in der Nähe.«

361

»Adrian, ich kann Ihnen nicht vorschreiben, was Sie tun sollen, aber es wäre ein großer Fehler, wenn Sie um diese Zeit in den Whiskeyladen gehen würden. Sie würden vielleicht nicht mehr zurückkommen.« Sie konnte sich einfach nicht vorstellen, dass ein Weißer – und dann auch noch einer in seinem Zustand – die vier Blocks bis zu Willie Rays Whiskeyladen marschierte, wo sich jugendliche Halunken auf dem Parkplatz herumdrückten, Alkohol kaufte und es dann auch noch schaffte, zu ihrem Haus zurückzukommen. »Glauben Sie mir, es ist keine gute Idee.«

Einige Minuten verstrichen, in denen keiner von beiden etwas sagte. Von der Straße kam ein Mann auf sie zu. »Wer ist das?«, fragte Adrian.

»Carver Sneed.«

»Netter Kerl?«

»Er ist in Ordnung.«

»Mr. Sneed!«, rief Adrian.

Carver war Ende zwanzig und wohnte zurzeit bei seinen Eltern am anderen Ende der Roosevelt Street. Er ging nirgendwohin. Genau genommen schlenderte er nur an dem rosafarbenen Haus vorbei, weil er einen Blick auf den »Geist« werfen wollte, der auf Emporia Nesters Veranda saß und gerade am Sterben war. Allerdings hatte er nicht vorgehabt, mit dem Mann zu sprechen. Er kam an den Gartenzaun und sagte: »Guten Abend, Miss Emporia.«

Adrian stand auf der obersten Stufe der Treppe.

»Das ist Adrian«, sagte Emporia, der diese Begegnung sehr missfiel.

»Freut mich, Sie kennenzulernen, Carver«, sagte Adrian.

»Ganz meinerseits.«

Es war besser, keine Zeit zu verschwenden, dachte Adrian. »Wären Sie so nett und würden für mich zum Whiskeyladen gehen? Ich würde gern etwas trinken, aber Miss Emporia hat keinen Alkohol im Haus.«

»In meinem Haus gibt es keinen Whiskey«, bestätigte sie. »Früher nicht und jetzt auch nicht.«

»Ich bezahle Ihnen ein Sixpack Bier für Ihre Mühe«, fügte Adrian hinzu.

Carver ging zur Treppe und sah zu Adrian hoch. Dann wanderte sein Blick zu Emporia, die sich mit vor der Brust verschränkten Armen und verkniffenem Gesicht wieder hinsetzte. »Meint er das ernst?«, fragte er.

»Bis jetzt hat er jedenfalls noch nicht gelogen«, erwiderte sie. »Was aber nichts heißen will.«

»Was brauchen Sie denn aus dem Laden?«, fragte Carver an Adrian gerichtet.

»Ich hätte gern Wein, einen Chardonnay, wenn's geht.«

»Einen was?«

»Weißwein. Egal welcher.«

»Willie Ray hat nicht viel Wein. Der wird hier nicht oft verlangt.«

Adrian fragte sich plötzlich, wie Wein auf dieser Seite der Eisenbahnschienen definiert wurde. Auf der anderen Seite war die Auswahl schon dürftig genug. In Gedanken sah er alkoholversetzten Fruchtsaft mit Schraubverschluss vor sich. »Hat Willie Ray Wein, bei dem ein Korken in der Flasche steckt?«

Carver überlegte einen Moment. »Wozu braucht man den Korken?«

»Wie werden die Weinflaschen von Willie Ray aufgemacht?«

»Man schraubt den Deckel ab.«

»Verstehe. Und wie viel kostet eine Flasche Wein bei Willie Ray?«

Carver zuckte mit den Achseln. »Ich kauf nicht so viel Wein. Ich trinke lieber Bier.«

»Raten Sie einfach. Wie viel?«

»›Boone's Farm‹ dürfte so um die vier Dollar pro Flasche kosten.«

Adrian zog ein paar Geldscheine aus der rechten Hosentasche seiner Jeans. »Vergessen Sie das mit dem Wein. Bringen Sie mir die teuerste Flasche Tequila mit, die Sie in dem Laden finden können.«

»Was Sie wollen.«

»Für sich kaufen Sie ein Sixpack Bier, und das Wechselgeld bringen Sie wieder mit.« Adrian hielt ihm die Scheine entgegen, doch Carver zögerte. Er sah das Geld an, er sah Adrian an, dann sah er hilfesuchend Emporia an.

»Das ist okay«, sagte Adrian. »Vom Geldanfassen wird man nicht krank.«

Carver rührte sich immer noch nicht vom Fleck. Er brachte es nicht über sich, das Geld zu nehmen.

»Du brauchst dir keine Sorgen zu machen«, bestätigte Emporia, die plötzlich helfen wollte. »Vertrau mir.«

»Ich schwöre, dass nichts passieren wird«, sagte Adrian.

Carver schüttelte den Kopf, dann wich er zurück. »Tut mir leid«, murmelte er fast zu sich selbst.

Adrian steckte das Geld wieder in seine Hosentasche, während er zusah, wie Carver in der Dunkelheit ver-

364

schwand. Seine Beine fühlten sich wie Gummi an, und er musste sich hinsetzen, vielleicht sogar schlafen legen. Langsam ging er in die Hocke und setzte sich auf die oberste Stufe der Treppe, wo er seinen Kopf an das Geländer lehnte und eine Weile gar nichts sagte. Emporia trat hinter ihn und ging dann ins Haus.

Als sie wieder auf die Veranda kam, fragte sie: »Schreibt man ›Tequila‹ mit ›q‹ oder mit ›k‹?«

»Emporia, vergessen Sie's.«

»Mit ›q‹ oder mit ›k‹?« Sie zwängte sich an ihm vorbei und ging die Treppe hinunter zum Gehsteig.

»Nein, Emporia. Bitte nicht. Ich habe gar keinen Durst mehr.«

»Ich glaube, man schreibt es mit ›q‹, stimmt's?« Sie stand auf der Straße, mit einem Paar alter Turnschuhe an den Füßen, und marschierte dann in einem beeindruckenden Tempo los.

»Mit ›q‹«, rief Adrian ihr nach.

»Wusste ich's doch«, antwortete sie zwei Häuser weiter.

Häufig waren die Gerüchte falsch, reine Erfindungen, von jenen in die Welt gesetzt, denen es entweder Spaß machte, zuzusehen, wie ihre kleinen Lügen durch die Stadt marschierten, oder die Gefallen daran fanden, Ärger zu verursachen.

Die neueste Lüge entstand im ersten Stock des Gerichtsgebäudes, in der Geschäftsstelle, wo zu jeder Tageszeit Anwälte kamen und gingen. Als sich eine Gruppe von Anwälten zusammensetzte, um einige Titel durchzusprechen, ging es sofort mit dem Klatsch los. Da der

Familie Keane zurzeit mehr Aufmerksamkeit gewidmet wurde als sonst, war es selbstverständlich, dass die Anwälte aktiv an der Diskussion teilnahmen. Und noch selbstverständlicher, dass einer von ihnen Ärger machte. Obwohl mehrere Versionen in Umlauf waren, besagte das Gerücht Folgendes: Adrian hatte mehr Geld, als die meisten Leute vermuteten, da sein Großvater vor seiner Geburt ein paar komplizierte Treuhandfonds eingerichtet hatte, und an seinem vierzigsten Geburtstag würde Adrian eine beeindruckende Summe erben. Da er seinen vierzigsten Geburtstag nicht erleben würde, konnte er die Erbschaft in seinem Testament an einen von ihm zu bestimmenden Begünstigten übertragen. Und das Beste daran war, dass ein unbekannter Anwalt von Adrian beauftragt worden war, sein Testament aufzusetzen, mit Anweisungen darüber, wer diese geheimnisvolle Erbschaft erhalten sollte, und zwar a) Emporia Nester, b) eine neu gegründete Interessengruppe für die Rechte von Schwulen, die drüben in Tupelo ihre Tätigkeit aufgenommen hatte, c) ein Liebhaber in San Francisco oder d) eine Stiftung, die College-Stipendien an schwarze Studenten vergab. Sucht es euch aus.

Da das Gerücht so komplex war, wurde es von seinem eigenen Gewicht ausgebremst und gewann nur wenig an Fahrt. Wenn die Leute zum Beispiel darüber tratschten, wer mit wessen Frau eine Affäre hatte, war das ein ziemlich überschaubares Thema und leicht zu verstehen. Doch die meisten hatten keine Erfahrung mit generationenübergreifenden Treuhandfonds und Erbschaften und anderen juristischen Konstruktionen, und die Details wurden noch mehr durcheinandergebracht als sonst. Nachdem Dell das Gerücht im Coffeeshop verkündet hatte, erwartete den jungen Keane ein riesiges Vermögen, von dem Emporia das meiste bekommen würde, und seine Familie drohte, vor Gericht zu gehen.

Nur beim Friseur fragte eine Stimme der Vernunft das Naheliegende: »Wenn er tatsächlich so viel Geld hat, warum geht er dann zum Sterben in eine alte Hütte drüben in Lowtown?«

Daraufhin begann eine Diskussion darüber, wie viel Geld er tatsächlich hatte. Die meisten waren der Meinung, dass er kaum etwas besaß, aber auf die Erbschaft aus den Treuhandfonds zählte. Eine tapfere Seele machte sich über die anderen lustig und behauptete, das sei alles Unsinn, schließlich wisse man genau, dass der ganze Clan der Keanes »arm wie eine Kirchenmaus« sei.

»Seht euch doch die alte Bruchbude an«, sagte der Mann. »Sie sind zu arm, um das Haus mit richtiger Farbe zu streichen, und zu stolz, um Kalk dafür zu nehmen.«

Ende Juni erreichte die Hitze einen neuen Höhepunkt, und Adrian blieb die meiste Zeit über in seinem Zimmer in der Nähe des lärmenden Klimageräts, das kaum etwas nützte. Immer öfter bekam er Fieberanfälle, und die schwere, drückende Luft auf der Veranda tat ihm nicht gut. In seinem Zimmer trug er nur seine Unterwäsche, die häufig nass vor Schweiß war. Er las Faulkner und schrieb Dutzende von Briefen an Freunde aus seinem früheren Leben. Und er schlief, immer mal wieder, den ganzen Tag lang. Alle drei Tage kam eine Krankenschwester vorbei, um ihn kurz zu untersuchen und Nachschub an Medikamenten zu bringen, die er inzwischen aber alle die Toilette hinunterspülte.

Emporia gab sich viel Mühe, etwas Fett auf seine Rippen zu bekommen, doch er hatte keinen Appetit. Da sie nie für eine Familie gekocht hatte, verfügte sie nur über wenig Erfahrung in der Küche. In ihrem kleinen Garten wuchsen genug Tomaten, Kürbisse, Zucchini, Butterbohnen und Melonen, um sie das ganze Jahr über zu versorgen, und Adrian versuchte tapfer, die großzügig bemessenen Mahlzeiten zu genießen, die sie für ihn zubereitete. Sie überredete ihn, Maisbrot zu essen, obwohl es Butter, Milch und Eier enthielt. Sie hatte noch nie jemanden getroffen, der kein rotes Fleisch, keinen Fisch, kein Huhn und keine Milchprodukte aß, und mehr als einmal fragte sie: »Sind alle Leute in Kalifornien so?«

»Nein, aber es gibt dort eine Menge Vegetarier.«

»Dabei sind Sie doch so gut erzogen worden.«

»Ich will nicht darüber reden, wie ich erzogen wurde, Emporia. Meine Kindheit war ein einziger Alptraum.«

Dreimal am Tag deckte sie den Tisch, zu den Zeiten, die er bestimmte, und gemeinsam arbeiteten sie daran, die Dauer der Mahlzeiten zu verlängern. Adrian wusste, wie wichtig es ihr war, ihn ordentlich zu ernähren, und ihr zuliebe aß er, so viel er konnte. Doch nach zwei Wochen war klar, dass er immer noch Gewicht verlor.

Sie saßen gerade beim Mittagessen, als der Prediger anrief. Wie immer ging Emporia ans Telefon, das an einer Wand in der Küche hing. Adrian durfte das Tele-

125 Jahre Gastlichkeit auf Langeoog
1884 - 2009

*Das ****Haus mit der persönlichen Atmosphäre*

Hotel Flörke garni

26465 Langeoog / Nordseeheilbad

Telefon 0 49 72 / 9 22 00 · Telefax 0 49 72 / 16 90

www.hotel-floerke.de · E-Mail: gerda-spies@hotel-floerke.de

Name:

Tischnummer:

Bestellung:

Unterschrift des Gastes

Druck: E. Söker, Ese

fon natürlich benutzen, aber er tat es nur selten. Es gab niemanden in Clanton, mit dem er reden konnte. Familienmitglieder rief er nicht an, und sie riefen ihn auch nicht an. In San Francisco hatte er noch Freunde, doch von denen waren inzwischen fast alle gestorben, und die Stimmen der noch Lebenden wollte er nicht hören.

»Guten Tag, Reverend«, sagte Emporia. Dann wandte sie sich ab und zog die Telefonschnur aus, so weit es nur ging. Nachdem sie kurz miteinander geredet hatten, legte sie mit einem freundlichen »Dann bis um drei Uhr« auf. Sie setzte sich wieder an den Tisch und biss in ihr Stück Maisbrot.

»Wie geht es dem Reverend?«, erkundigte sich Adrian.

»Gut, nehme ich an.«

»Kommt er um drei Uhr vorbei?«

»Nein. Ich gehe zur Kirche. Er sagte, dass er etwas mit mir besprechen möchte.«

»Wissen Sie, um was es geht?«

»Sie sind seit neuestem ja so neugierig.«

»Emporia, ich wohne jetzt seit zwei Wochen in Lowtown, und mir ist klargeworden, dass hier jeder über jeden Bescheid weiß. Es wäre ja fast unhöflich, nicht nachzufragen. Außerdem sind Schwule neugieriger als Heterosexuelle. Haben Sie das gewusst?«

»Das habe ich ja noch nie gehört.«

»Es stimmt aber. Das wurde wissenschaftlich bewiesen. Also: Warum kommt der Reverend nicht her, um Sie zu besuchen? Gehört es denn nicht zu seinem Job, Hausbesuche zu machen, nach seinen Schäfchen zu sehen, Neuzugänge in der Gemeinde wie mich zu begrüßen? Vor drei Tagen habe ich ihn auf der Veranda gegenüber gesehen, wo er sich mit Doris und Herman unterhalten hat. Ab und zu hat er mal rübergesehen, als könnte er sich hier Fieber holen. Sie mögen ihn nicht, stimmt's?«

»Der andere Prediger hat mir besser gefallen.«

»Mir auch. Ich gehe nicht mit Ihnen in die Kirche, Emporia, also fragen Sie mich bitte nicht noch einmal.«

»Ich habe Sie nur zweimal gefragt.«

»Ja, und ich habe mich für die Einladung bedankt. Es ist sehr nett von Ihnen, aber ich habe kein Interesse daran, in Ihre oder irgendeine andere Kirche zu gehen. Ich bin mir nämlich nicht so sicher, ob ich zurzeit überhaupt irgendwo willkommen bin.«

Darauf hatte sie keine Antwort.

»Gestern Nacht hatte ich einen Traum. Ein Gottesdienst in einer Kirche, einer weiß angestrichenen Kirche hier in Clanton, eine dieser spektakulären Höllenfeuer-mit-Rauch-und-Schwefel-Geschichten, bei denen die Leute in den Bänken herumrollen und ohnmächtig werden, der Chor aus vollem Hals ein Kirchenlied schmettert und der Prediger am Altar alle Sünder auffordert, vorzutreten und zu bereuen. Sie wissen, was ich meine?«

»Das ist bei uns jeden Sonntag so.«

»Ich kam ganz in Weiß gekleidet durch die Tür und sah noch schlimmer aus als jetzt. Ich ging den Mittelgang hinunter auf den Prediger zu, einen Ausdruck des Entsetzens im Gesicht und unfähig, auch nur ein Wort zu sagen. Der Chor hörte mitten in der Strophe zu singen auf. Alle erstarrten, als ich zum Altar ging, was eine halbe Ewigkeit dauerte. Schließlich brüllte jemand: ›Das

370

ist er! Das ist der Kerl, der AIDS hat!‹ Jemand anders
brüllte: ›Weg hier!‹ Und dann war die Hölle los. Alle flüch-
teten in Panik, Mütter packten ihre Kinder. Ich ging
immer noch auf den Altar zu. Männer sprangen aus den
Fenstern. Ich ging weiter. Einige von den wahnsinnig
fülligen Sängerinnen in ihren wallenden goldenen Mess-
gewändern rutschten aus und fielen auf ihre fetten Ärsche, als sie versuchten, aus dem Altarraum zu flüchten.
Ich ging weiter auf den Prediger zu, und als ich ihn erreicht hatte, streckte ich meine Hand aus. Er bewegte
sich nicht. Er konnte nicht sprechen. Die Kirche war
leer, es war totenstill.« Adrian trank einen Schluck Tee
und wischte sich den Schweiß von der Stirn.

»Erzählen Sie weiter. Was ist dann passiert?«

»Ich weiß es nicht. Ich bin aufgewacht und habe mich
vor Lachen fast ausgeschüttet. Träume können sehr real
sein. Einige Sünder sind wohl ein hoffnungsloser Fall.«

»Davon steht in der Bibel aber nichts.«

»Danke, Emporia. Und danke für das Mittagessen. Ich
muss mich jetzt hinlegen.«

Um drei Uhr traf sich Emporia mit Reverend Biler in
seinem Büro in der Kirche. Ein Gespräch an einem solchen Ort konnte nichts Gutes bedeuten, und nach einigen anfänglichen Nettigkeiten kam der Reverend auch
gleich zur Sache. »Ich habe gehört, dass man Sie in Willie Rays Whiskeyladen gesehen hat.«

Das war beileibe keine Überraschung, und Emporia
hatte sich vorbereitet. »Ich bin fünfundsiebzig Jahre alt,
also mindestens dreißig Jahre älter als Sie, und wenn ich
Medikamente für einen Freund kaufen möchte, tue ich
das auch.«

»Medikamente?«

»So nennt er das, und ich habe seiner Familie versprochen, dass er alle Medikamente bekommt, die er braucht.«

»Nennen Sie es, wie Sie wollen, Emporia, aber die Kirchenältesten sind darüber sehr verärgert. Eine unserer Seniorinnen wird in einem Whiskeyladen gesehen. Was für ein Vorbild ist das für unsere Jugend?«

»Es ist Teil meiner Arbeit, und diese Arbeit wird nicht mehr lange dauern.«

»Es geht das Gerücht um, dass Sie ihn zu unserem Gottesdienst eingeladen haben.«

Danke, Doris, dachte Emporia. Doris war die Einzige, die wusste, dass sie Adrian in den Gottesdienst eingeladen hatte. »Reverend, ich lade jeden ein, zu unserem Gottesdienst zu kommen. Das wollen Sie doch. Das steht doch in der Bibel.«

»Dieser Fall liegt ein wenig anders.«

»Sie brauchen sich keine Sorgen zu machen. Er wird nicht kommen.«

»Gepriesen sei der Herr. Der Tod ist der Sünde Lohn, Emporia, und dieser junge Mann bezahlt jetzt für seine Sünden.«

»O ja, das tut er.«

»Und wie sicher sind Sie, Emporia? Diese Krankheit wütet in unserem Land, in der ganzen Welt. Sie ist hochansteckend, und um ehrlich zu Ihnen zu sein, es gibt ernsthafte Bedenken in unserer Kirchengemeinde, was Ihre Gesundheit angeht. Warum gehen Sie dieses Risiko ein? Warum lassen Sie es darauf ankommen? Das passt gar nicht zu Ihnen.«

»Die Krankenschwester hat gesagt, dass mir nichts passieren kann. Ich sorge dafür, dass alles sauber ist und er sein Essen und seine Medikamente bekommt, und wenn ich seine Wäsche mache, trage ich Gummihandschuhe. Das Virus wird durch Geschlechtsverkehr und Blut übertragen, und beidem gehe ich aus dem Weg.« Sie lächelte. Reverend Biler nicht.

Er faltete die Hände vor sich auf dem Tisch, was sehr fromm aussah. Auf seinem Gesicht lag ein harter Ausdruck, als er sagte: »Einige unserer Kirchenmitglieder fühlen sich in Ihrer Gegenwart nicht mehr wohl.«

Emporia hatte mit allem gerechnet, nur nicht damit, und als ihr klarwurde, was er gerade gesagt hatte, war sie sprachlos.

»Sie fassen das an, was er anfasst. Sie atmen dieselbe Luft wie er, Sie essen dasselbe Essen, trinken dasselbe Wasser, denselben Tee und Gott weiß was noch alles. Sie waschen seine Kleidung und seine Bettwäsche, und Sie tragen Gummihandschuhe wegen des Virus. Sollte Ihnen das nicht zu denken geben und Ihnen sagen, dass Sie in Gefahr sind, Emporia? Und dann bringen Sie die Bazillen auch noch hierher, in das Haus Gottes.«

»Mir kann nichts passieren, Reverend. Ich weiß, dass mir nichts passieren kann.«

»Das mag sein, doch es zählt, was ankommt. Einige unserer Brüder und Schwestern halten Sie für verrückt, weil Sie das tun, und sie haben Angst.«

»Jemand muss ihn doch pflegen.«

»Das sind vermögende Weiße, Emporia.«

»Er hat sonst niemanden.«

»Das bestreiten wir nicht. Mir geht es einzig und allein um meine Kirche.«

»Es ist auch meine Kirche. Ich war schon lange da, bevor Sie gekommen sind, und jetzt soll ich plötzlich wegbleiben?«

»Ich möchte, dass Sie eine Art Urlaub in Erwägung ziehen, so lange, bis er tot ist.«

Minuten vergingen, ohne dass etwas gesagt wurde. Emporia starrte mit Tränen in den Augen, aber hoch erhobenen Hauptes aus dem Fenster und beobachtete die Blätter eines Baums. Biler rührte sich nicht vom Fleck und musterte seine Hände. Als sie aufstand, sagte sie: »Dann nennen wir es eben Urlaub, Reverend. Er beginnt sofort, und er ist dann vorbei, wenn ich es sage. Und während meines Urlaubs werde ich so oft in den Whiskeyladen gehen, wie ich will, und Sie und Ihre kleinen Spione können so viel darüber tratschen, wie Sie wollen.«

Er folgte ihr zur Tür. »Regen Sie sich doch nicht gleich so auf, Emporia. Wir lieben Sie alle.«

»Das merke ich.«

»Und wir werden für Sie und ihn beten.«

»Ich bin sicher, dass er sich sehr darüber freuen wird.«

Der Anwalt hieß Fred Mays, und sein Name war der einzige im Branchenbuch, der Adrian bekannt vorkam. Er telefonierte kurz mit Mays, dann schrieb er ihm einen langen Brief. Um vier Uhr an einem Freitagnachmittag parkten Mays und seine Sekretärin vor dem rosafarbenen Haus. Mays nahm seinen Aktenkoffer vom Rück-

sitz. Dann holte er einen Karton Wein von dem besser
sortierten Spirituosengeschäft auf der anderen Seite der
Schienen aus dem Kofferraum. Emporia ging über die
Straße, um Doris zu besuchen, damit Adrian seine Rechts-
angelegenheiten in Ruhe erledigen konnte.

Im Gegensatz zu den Gerüchten, die über ihn im
Umlauf waren, besaß Adrian keinerlei Vermögen. Es
gab keine geheimnisvollen Treuhandfonds, die vor langer Zeit von irgendwelchen längst verstorbenen Verwandten eingerichtet worden waren. Das von Mays auf-
gesetzte Testament bestand nur aus einer Seite und
verfügte, dass der Rest von Adrians schon fast aufge-
brauchtem Geld an Emporia gehen sollte. Das zweite –
wichtigere – Dokument enthielt genaue Anweisungen
für seine Beerdigung. Als alles unterschrieben und be-
glaubigt war, blieb Mays sitzen und plauderte bei einem
Glas Wein über Clanton. Das Glas war schnell geleert.
Mays und seine Sekretärin schienen darauf bedacht zu
sein, den Termin so rasch wie möglich hinter sich zu
bringen. Sie verließen das Haus mit einem Abschieds-
gruß und einem freundlichem Nicken, aber ohne Händedruck, und kaum waren sie wieder in der Kanzlei in der
Innenstadt, erzählten sie allen von dem grauenhaften
Zustand des jungen Mannes.

Am nächsten Sonntag klagte Emporia über Kopfschmerzen und verkündete, dass sie nicht in die Kirche gehen werde. Es regnete, und das Wetter war eine
weitere Entschuldigung dafür, zu Hause zu bleiben.
Sie aßen Kekse auf der Veranda und sahen dem Gewit-
ter zu.

»Was machen die Kopfschmerzen?«, fragte Adrian.

»Es geht mir schon wieder besser.«

»Sie haben mir einmal erzählt, dass Sie seit vierzig Jahren kein einziges Mal den Gottesdienst versäumt haben. Warum bleiben Sie heute zu Hause?«

»Mir geht es nicht so gut, Adrian. So einfach ist das.«

»Hatten Sie und der Prediger Streit?«

»Nein.«

»Sind Sie sicher?«

»Ich sagte doch Nein.«

»Sie verhalten sich ganz anders, seit Sie sich neulich mit ihm getroffen haben. Ich glaube, er hat etwas gesagt, das Sie beleidigt hat, und ich glaube, dass es etwas mit mir zu tun hat. Doris kommt immer seltener. Herman nie. Isabelle ist seit einer Woche nicht mehr da gewesen. Das Telefon klingelt nicht mehr so häufig. Und jetzt gehen Sie nicht mehr in die Kirche. Wenn Sie mich fragen, würde ich sagen, Lowtown zeigt Ihnen die kalte Schulter, und das einzig und allein wegen mir.«

Emporia widersprach nicht. Wie auch? Er sagte die Wahrheit, und jeder Protest von ihr hätte falsch geklungen.

Donner ließ die Fenster klirren. Der Wind drehte und wehte den Regen auf die Veranda. Sie gingen hinein, Emporia in die Küche, Adrian in sein Zimmer, wo er die Tür hinter sich schloss. Er zog sich bis auf die Unterwäsche aus und legte sich auf das Bett. *Als ich im Sterben lag*, Faulkners fünften Roman, hatte er fast durch, obwohl er ihn aus naheliegenden Gründen eigentlich hatte auslassen wollen. Doch er fand das Buch zugänglicher als die anderen und überraschend humorvoll. Nach einer Stunde hatte er es ausgelesen und schlief ein.

Am späten Nachmittag hatte es zu regnen aufgehört; die Luft war klar und angenehm. Nach einem leichten Abendbrot, das aus Erbsen und Maisbrot bestand, zog es sie wieder auf die Veranda, wo Adrian nach kurzer Zeit verkündete, dass sein Magen durcheinander sei und er etwas Wein brauche, wie in 1 Timotheus, Kapitel 5, Vers 23 empfohlen. Sein Weinglas war eine angeschlagene Kaffeetasse mit Zichorienflecken. Nachdem er ein wenig Wein getrunken hatte, sagte Emporia: »Ich habe auch so ein flaues Gefühl im Magen. Vielleicht sollte ich es mal damit probieren.«

Adrian lächelte. »Wunderbar. Ich hole den Wein.«

»Nein, Sie bleiben sitzen. Ich weiß, wo die Flasche ist.«

Sie kehrte mit einer ähnlichen Kaffeetasse zurück und setzte sich wieder in ihren Schaukelstuhl. »Zum Wohl«, sagte Adrian, der froh war, in Gesellschaft trinken zu können.

Emporia trank einen Schluck, schmatzte mit den Lippen und sagte: »Nicht schlecht.«

»Das ist ein Chardonnay. Gut, aber nicht großartig. Der beste Wein, den es im Laden gab.«

Nach der zweiten Tasse begann Emporia zu kichern. Es war dunkel, die Straße lag verlassen da. »Ich wollte Sie schon die ganze Zeit etwas fragen«, sagte sie.

»Alles, was Sie wollen.«

»Wann ist Ihnen eigentlich klargeworden, dass Sie, na ja, Sie wissen schon, anders sind? Wie alt waren Sie da?«

Eine Pause, ein großer Schluck Wein, eine Geschichte, die er schon oft erzählt hatte, aber nur denen, die es verstehen konnten. »Bis ich zwölf wurde, war eigentlich alles ganz normal. Pfadfinder, Baseball und Fußball, Camping und Angeln, was Jungs eben so machten, doch als ich in die Pubertät kam, wurde mir langsam klar, dass ich mich nicht für Mädchen interessiere. Die anderen Jungs redeten über Mädchen, Mädchen, Mädchen, aber mir war das egal. Ich verlor das Interesse für Sport und fing an, Bücher über Kunst, Design und Mode zu lesen. Als ich älter wurde, hatten die anderen Jungs ihre erste Freundin, ich dagegen nicht. Ich wusste, dass da etwas nicht stimmte. Ich hatte einen Freund, Matt Mason, ein sehr gut aussehender Typ, nach dem alle Mädchen verrückt waren. Eines Tages wurde mir klar, dass ich mich in ihn verliebt hatte, aber das erzählte ich natürlich niemandem. Ich malte mir aus, wie es wäre, mit ihm zusammen zu sein. Es hat mich wahnsinnig gemacht. Dann fing ich an, anderen Jungs hinterherzusehen. Und als ich fünfzehn war, gestand ich mir schließlich ein, dass ich schwul war. Da hatte das Gerede aber schon angefangen. Ich konnte es gar nicht erwarten, von hier wegzukommen und so zu leben, wie ich wollte.«

»Bereuen Sie es?«

»Bereuen? Nein, ich bereue nicht, so zu sein, wie ich bin. Ich wünschte, ich wäre nicht krank, aber das wünscht sich wohl jeder, der eine tödliche Krankheit hat.«

Emporia stellte ihre leere Tasse auf den Tisch und starrte in die Dunkelheit. Die Lampe auf der Veranda brannte nicht. Sie saßen im Schatten und schaukelten langsam vor und zurück. »Kann ich Ihnen ein Geheimnis anvertrauen?«, fragte sie.

»Aber natürlich. Ich werde es mit in mein Grab nehmen.«

»Mir ging es so wie Ihnen, nur dass ich keine Jungs mochte. Ich dachte nie, dass ich anders bin, und ich dachte auch nie, dass mit mir etwas nicht stimmt. Aber ich wollte nie mit einem Mann zusammen sein.«

»Sie hatten nie einen Freund?«

»Doch, einmal schon. Es gab da einen Jungen, der häufig zu uns nach Hause kam, und ich dachte wohl, ich müsste einen Freund haben. Meine Familie machte sich schon langsam Sorgen, weil ich fast zwanzig und immer noch nicht verheiratet war. Wir sind ein paarmal miteinander ins Bett gegangen, aber es hat mir nicht gefallen. Genau genommen ist mir dabei schlecht geworden. Ich konnte es nicht ertragen, so angefasst zu werden. Aber jetzt müssen Sie mir versprechen, dass Sie es niemandem erzählen.«

»Ich verspreche es. Außerdem – wem sollte ich es sagen?«

»Ich vertraue Ihnen.«

»Ihr Geheimnis ist bei mir sicher. Haben Sie das schon mal jemandem erzählt?«

»Großer Gott, nein. Das würde ich nicht wagen.«

»Hatten Sie mal was mit einem Mädchen?«

»Junger Mann, damals war so etwas undenkbar. Man wäre sofort im Irrenhaus gelandet.«

»Und heute?«

Sie schüttelte den Kopf und überlegte. »Ab und zu hört man mal etwas über einen Jungen von hier, der nicht so recht dazupasst, aber das wird immer nur hinter vorgehaltener Hand erzählt. Man hört Gerüchte, aber niemand gibt es offen zu und lebt so, wie er will. Wissen Sie, was ich meine?«

»O ja.«

»Aber ich habe noch nie etwas von einer Frau von hier gehört, die Frauen mag. Ich glaube, sie unterdrücken es, heiraten und erzählen niemandem davon. Oder sie machen es wie ich – sie tun so, als ob, und sagen, dass sie nie den richtigen Mann gefunden haben.«

»Das ist traurig.«

»Ich bin nicht traurig, Adrian. Ich habe ein glückliches Leben gehabt. Wollen wir uns noch ein Schlückchen Wein genehmigen?«

»Das ist eine glänzende Idee.«

Sie eilte davon, froh, nicht mehr darüber sprechen zu müssen.

Die Fieberanfälle kamen wieder und blieben. Adrians Haut war nass vor Schweiß, dann begann er zu husten, ein schmerzhafter, trockener Husten, der ihn wie ein Anfall erfasste und derart schwächte, dass er sich nicht mehr bewegen konnte. Tagsüber wusch und bügelte Emporia die nassen Laken, doch nachts konnte sie nichts anderes tun, als den Geräuschen aus seinem Zimmer zu lauschen. Sie kochte Mahlzeiten, die er nicht essen konnte. Sie zog Handschuhe an und badete ihn mit kaltem Wasser, und keiner der beiden störte sich an seiner Blöße. Seine Arme und Beine waren inzwischen dünn wie Besenstiele, und er war so geschwächt, dass er es nicht einmal mehr auf die Veranda schaffte. Er wollte nicht, dass die Nachbarn ihn sahen, also blieb er im Bett und wartete. Die Krankenschwester kam inzwischen jeden

Tag, konnte aber nichts tun außer Fieber messen, Tablettenflaschen zurechtrücken und ernst den Kopf schütteln, wenn sie mit Emporia sprach.

An seinem letzten Abend schaffte Adrian es, eine dünne Stoffhose und ein weißes Baumwollhemd anzuziehen. Die Schuhe und den Rest der Kleidung packte er in seine beiden Lederkoffer, und als alles seine Ordnung hatte, nahm er die Todespille und spülte sie mit Wein hinunter. Er legte sich auf das Bett und sah sich noch einmal im Zimmer um. Dann platzierte er einen Briefumschlag auf seiner Brust, zwang sich zu einem Lächeln und schloss zum letzten Mal in seinem Leben die Augen.

Um zehn Uhr am nächsten Morgen fiel Emporia auf, dass sie noch keinen Ton von ihm gehört hatte. Sie klopfte an die Tür seines Schlafzimmers, und als sie eintrat, sah sie Adrian tot auf dem Bett liegen, mit einem Lächeln auf den Lippen.

In dem Brief stand Folgendes:

Liebe Emporia,
bitte vernichten Sie diesen Brief, wenn Sie ihn gelesen haben. Es tut mir leid, dass Sie mich so finden, aber letzten Endes war dieser Moment unvermeidbar. Die Krankheit hat ihren Lauf genommen, und meine Zeit war um. Ich wollte den Prozess lediglich ein wenig beschleunigen.

Fred Mays, der Anwalt, kümmert sich um die Beerdigung. Bitte rufen Sie ihn als Ersten an. Er wird den Leichenbeschauer verständigen, der herkommen und den Totenschein ausstellen wird. Da keines der Bestattungsinstitute in der Stadt bereit war, sich um

meine Leiche zu kümmern, wird mich ein Rettungs-
wagen zu einem Krematorium in Tupelo bringen.
Dort wird man mich einäschern und meine Asche in
eine Urne füllen. Die Standardversion, nichts Extravagantes. Mays wird meine Asche dann nach Clanton
zurückbringen und an Mr. Franklin Walker vom
Bestattungsinstitut hier in Lowtown übergeben. Mr.
Walker hat sich, wenn auch etwas widerwillig, bereiterklärt, mich auf dem Teil des Friedhofs zu beerdigen,
in dem die Schwarzen liegen, so weit von der Grab-
stätte meiner Familie entfernt wie nur möglich.

All das wird sehr schnell und, wie ich hoffe, ohne
Wissen meiner Familie erledigt werden. Ich möchte
nicht, dass diese Leute etwas damit zu tun haben. Sie
werden es sowieso nicht wollen. Für den Fall, dass es
doch dazu kommen sollte, hat Mays schriftlich einige
Anweisungen von mir bekommen.

Wenn meine Asche beerdigt wird, wäre es mir eine
Ehre, wenn Sie ein paar stille Worte sagen würden.
Und Sie können gern ab und zu vorbeikommen und
mir Blumen bringen. Aber auch hier bitte nichts
Extravagantes.

Im Kühlschrank sind noch vier Flaschen Wein.
Bitte trinken Sie sie mir zu Gedenken.

Ich danke Ihnen für Ihre Güte. Sie haben meine
letzten Tage erträglich und manchmal sogar schön
gemacht. Sie sind ein wunderbarer Mensch und haben
es voll und ganz verdient, das zu sein, was Sie sind.

Mit herzlichen Grüßen,
Adrian

Emporia setzte sich auf den Bettrand und blieb eine ganze Weile dort sitzen. Sie wischte sich die Tränen aus den Augen und tätschelte Adrian sogar das Knie. Dann riss sie sich zusammen und ging in die Küche, wo sie den Brief in den Mülleimer warf und den Hörer des Telefons abnahm.